方舟を燃やす
角田光代
新潮社

方舟を燃やす

第一部

柳原飛馬　1967

柳原飛馬《やなぎはらひうま》の名前は、有名な野球漫画からとられたのではなくて、飛行場ができた年に生まれたからそのようにつけられた。その前年に少年漫画誌ではじまった野球漫画の主人公は、「飛雄馬《ひゅうま》」だったし、両親は漫画を読む種類の人間ではなかった。彼らはただ「飛」という字を、次男の名前に入れたかったのである。飛呂志とか、飛佐男とか、ほかにも名前の候補はあったらしいが、いかにも当て字っぽくて悩んでいたところ、飛馬はどうだと土地の占い師が言ったらしい。それで飛馬になった。

名前の由来となった飛行場に家族で出かけたのは、飛馬が幼稚園に通うころだった。休日、父親の運転する車で出かけたのだ。母が助手席に、三つ年上の兄の忠士《ただし》と飛馬は後部座席に座った。家族で出かけることが少ない家だったので、忠士と飛馬ははしゃぎ、たがいをぶったり小突いたり、しまいには意味もなくとっくみあいのけんかをはじめて、母親に叱られ、後部座席でにやにやと顔を見合わせた。

飛行場はまあたらしく広大だった。未来にきたみたいだと飛馬は思った。建物のなかに入り、忠士と飛馬は言葉もなくきょろきょろとあたりを見まわし、先をいく父と母に幾度も遅れをとり、名前を呼ばれて彼らのもとに駆け寄った。

父は飛行場のなかの食堂に家族を連れていった。窓際の席に座り、ラーメンや定食を注文した。

飛馬はオムライスを選んだ。窓の外に飛行機が何機か停まっていた。陽を浴び、きらきらと輝いていて、飛馬にはロケットみたいに見えた。飛行機に気をとられてスプーンを持つ手が幾度も止まり、「ちゃんと食べんさいよ」とまたしても母に叱られた。

　飛馬は、てっきり飛行機に乗るのだと思っていた。飛行機というものがどこに向かうものなのか、具体的にはわかっておらず、ただずっと遠くにいける乗りものだという認識しかなかったが、飛行場にいくのは飛行機に乗るためだとしか思えなかった。しかし料理を食べ終えても両親は食堂から動かない。

「飛行機、飛ばんだかぁ?」と飛馬は父に訊いた。

「飛ぶわいや」と父は答えたが、ロケットみたいな飛行機が動き出す気配はなかった。空になった食器を前に、四人で動かない飛行機をじっと眺めた。

　ずいぶん長い時間そうしていたあと、父はようやく腰を上げた。食堂を出、いよいよ飛行機に乗るのかと飛馬は興奮したが、しかし次に父が足を向けたのはひとけのない売店だった。売られている饅頭やキーホルダーやペナントに夢中になって、飛馬はいっとき飛行機のことを忘れた。

「なんでも買ったるで」と父が言い、忠士は飛行機のプラモデルをせがんだが、言葉とは裏腹に父はそれを却下した。結局、忠士はキーホルダーを、飛馬はボールペンを買ってもらった。キーホルダーには顔の描かれたらっきょうがついており、飛馬はなんで兄がそんな妙ちきりんなものを選んだのか理解できなかった。飛馬の選んだボールペンの胴軸部分は透明で、なかにちいさな飛行機があった。ボールペンを傾けると飛行機がゆっくりと動いた。

　売店での買いものが終わると、父は建物を出てしまった。きたときと同じように車に乗りこみ、飛馬は飛行機には乗らないのだとこのときようやく理解し、ひどく落胆したが、その落胆を口に出すことはしなかった。父の運転する車はどこにも寄らず家を目指した。忠士は眠ってしまった。飛馬はひとり、ボールペンを右に左に傾けて、飛行機がゆるゆると動くのを眺めていた。

飛行機に乗ることはかなわなかったにせよ、飛行機のひと文字が入った自分の名が飛馬は好きだった。兄の忠士と比べて、かっこいい名前だと思ったのである。忠士の名は占い師ではなく、父方の祖母がつけた。

兄に命名をした祖母は、四人で飛行場を見にいった年に亡くなった。祖母は、長屋のように連なった飛馬の家の隣に住んでおり、朝方母親が顔を出したら布団のなかで死んでいたらしい。

飛行場の記憶より、祖母の死は飛馬のなかで一段色が薄いが、葬儀で「人が少ない」と思ったことだけは覚えている。ものごころついたときから父に祖父の伝説を聞かされて育ったので、祖母の死は国を挙げての大騒ぎになると、飛馬は薄ぼんやりと思っていたのだった。しかし自宅で執り行われた葬儀には数えるほどの人しかこなかった。「思ったのと違う」と飛馬は感じていた。

その日の夜、飛馬の夢に祖母が出てきた。いっしょにいこうと飛馬の手を引く。どこにいくの、と祖母とともに数歩歩きかけて、祖母は死んだことを夢のなかで思い出した。ぼくはいかないと祖母の手を振り払ったところで目が覚めた。布団が冷たかった。あんたはいつまでおねしょをするのと母に叱られ、おばあちゃんがきなさったけぇ、と飛馬は言いわけするように言った。母は汚れたシーツをまるめながら、おばあちゃんは来てごしならんよ、と言った。おばあちゃんはもう極楽にいったんだけぇ。

「極楽ってどこぉー。どこいっただぁ」飛馬は訊いた。

「あそこだで」母は面倒そうに空を指さした。「お花が咲いとって、きれいな音楽が流れとって、温泉があって、おじいちゃんもおって、お友だちもおって、おいしいごはんが毎日出てくるもんだけ、おばあちゃんはたのしゅうなってなぁてこっちには帰らんわいな」

飛馬は空を見上げた。祖母が飛行機に乗っている姿が浮かんだが、飛行機は死者の乗りものではないはずだ。よくわからないまま、「ふうん」と飛馬はちいさな声で言った。

実際、その後に祖母は飛馬を呼びにはこなかった。それでも完全には恐怖を拭い去ることのできなかった飛馬だが、小学校に入学すると、やがてそんなことも忘れてしまった。祖母の顔すらすぐには思い出せなくなった。


飛馬が生まれ育ったのは山間《やまあい》のちいさな町で、近所には細い川が流れていた。川の水は赤く、幼いころから、父や母から川に入って遊んではいけないときつく言われていた。神聖なものだから、入ったら罰が当たるというのが彼らの言いぶんだった。赤く流れる水は、粉を溶いて作るジュースを連想させた。忠士と田んぼを駆けまわって遊ぶとき、また学校からの帰り道、飛馬はその水を両手ですくってごくごく飲んでみたいという衝動と闘わなければならなかった。

小学校一年生のとき、飛馬はこの川に、ナワコを落としたことがある。ナワコというのは近所に住んでいる、飛馬よりひとつか二つ年下の女の子で、スカートでも平気でしゃがみ、パンツが見えていることを子どもたちが指摘しても、ただ笑っているようなふうがわりな子どもだった。

ナワコは幼稚園には通っていないらしく、下校する小学生を見つけては気のすむまであとをついて歩く。ランドセルに黄色いカバーをかぶせた一年生が、とくに気に入っているようだった。

あるとき、四人で下校する飛馬たちのあとをくっついてきた。くんな、だらー、と体のちいさな康男が言っても、ナワコはにやにやしながらついてくる。けんかっ早い浩之が石を投げようとして、いちばん体の大きな政恒《まさつね》が「放っとかぁで」と止めた。政恒は学級委員だったので、みんな彼の言うとおりナワコを無視し、自分たちだけでふざけながら川沿いを歩いていたのだが、相手にされないことがしゃくに障ったのかナワコのほうから石を投げてきた。飛馬はかっとして振り向き、「なんだいや、だらず」と怒鳴り、そのままつかつかとナワコに歩み寄って肩を押した。ぐいと力任せに押すと、ナワコはまったく抵抗せずに、数歩うしろによろめいて板きれみたいにどぼんと川に落ちた。

川は浅く、ナワコの腰のあたりまでしかなかった。ナワコは川に落ちたことに驚いたように、目玉をぱちくりさせて身じろぎもせず飛馬たちを見上げていた。みんな、しんとしてかたまったように動けなかったのは、やはりだれもが川に入ってはいけないと親たちに言われていたからだろう。

ナワコは腰まで川に浸かってじっとしていた。ナワコの着ていた白いスカートがみるみる朱色に染まり、腰のあたりでちろちろと揺れていた。みそっかすのナワコが、そのとき一瞬触れてはいけないもののようにうつくしく見え、飛馬はたじろいだ。

「おい」思い出したように政恒が飛馬を小突き、「早くあがれ」川べりの草むらに入ってナワコに手を差し出した。ナワコはじっとその手を見つめていたが、おずおずと右手を出して政恒の手を握った。その瞬間、飛馬ははじかれたようにその場から逃げ出した。浴槽の水が水位を上げるように、足元から恐怖が這い上がってきたのである。康男も浩之も、奇声をあげながら飛馬のあとを追いかけてきた。ぎゃあー、と叫びながら飛馬たちは全速力で走り、ぎゃあー、というちいさな木霊《こだま》があとから追いかけてきた。やがて川べりにぽつんと建つ井田雑貨店が見えるころ、飛馬は意味もなく笑い出した。康男も浩之もつられて笑った。雑貨店の前にへたりこんで、何かの発作のように笑い転げた。今走ってきた道をおそるおそる振り返ってみても、ナワコの姿も政恒の姿も見えなかった。飛馬は康男と浩之と顔を見合わせ、また大声で笑った。

その日飛馬がナワコを川に落としたことは、両親にすぐにばれた。ナワコの母親が飛馬の家に怒鳴りこんできたのである。飛馬の母は上がりがまちに頭をなすりつけるようにお辞儀をしてあやまった。ナワコの母はひとしきり言いたいことを叫ぶと、玄関にぺっとつばを吐いて出ていった。その様子を、玄関を入ってすぐ右手にある和室の襖の陰で飛馬は盗み見ていた。

その日の夜、帰ってきた父親は母からことの顚末を聞かされたらしく、茶の間でテレビを見ていた飛馬の前に仁王立ちになると、ばちんと平手打ちを食らわせた。力が強く、飛馬はうしろにひっくり返った。頰がびりびりと痛んだ。

「おまえは卑怯もんだ」と、父は飛馬をにらみつけて怒鳴った。額にもこめかみにも頰にも父はしわを寄せていた。いくつかのしわは、皮膚の下に生きものがいるかのように盛り上がっていた。「女の子を」父の怒鳴り声は震えている。「自分よりちいさい子を川に突き落とすっちゃぁなことはなぁ、卑怯もんのすることだわいや。おまえはこの家の恥わい。出ていけぇ」父は腕をのばすと飛馬のシャツの襟首をつかみ、茶の間のガラス戸を開け、猫の子を持ち上げるようにして外に放った。暗闇のなかで飛馬は尻餅をついた。

「おじいさんにあやまれや」父はさらに大声で怒鳴ると、がたぴしと雨戸を閉めてしまった。

何が起きたのかわからず、尻餅をついたまま雨戸を見ていた飛馬は、立ち上がり雨戸に駆け寄って、両手で雨戸を叩いた。裸足に土がひんやりと冷たかった。

「ごめーん、ごめーん、もうせんけー、ごめーん、おとうさんごめーん、おじいちゃんもうせんけー、もうせんけー入れてー」

飛馬は雨戸をめちゃくちゃに叩きながら叫んだ。グエグエと鳴く蛙の声がすぐ背後まで迫ってくる。風が木々をこする音も聞こえる。白黒写真のなかの不機嫌な祖母が、ひたひたと背後に近づき、ひとりはいやだと耳元でささやきかける気がした。

「ごめーん、ごめーん、おじいちゃんごめーん、ごめーん」

涙を流して飛馬は叫んだ。祖父には会ったこともなく、また写真でも見たことはないのだが、悪いことをしたとき、かならず父はおじいさんにあやまれと言うので、ごめんと言うとおじいちゃんと条件反射的に口をついて出た。

雨戸の向こうから、ヒーちゃんを入れてごせいな、ぼくもあやまるからヒーちゃんを入れてごせい、と泣く忠士の声が聞こえてきた。やがて軋みながら雨戸が開き、暗い庭にだいだい色の明かりが広がった。膝をついた母の姿と、母の背に顔を埋《うず》めて泣く忠士の姿が目に入った。泣きじゃくりながら飛馬は部屋に上がった。母は何も言わずに立ち上がり、濡れ雑巾を持ってきて飛馬に手渡す。飛馬は泣きながら足を拭った。

飛馬の会ったことのない祖父は、人を救うために自分のいのちをなげうった。飛馬はものごころついたときから父親にそう聞かされて育った。

飛馬の住む家のそばに銅が採掘できる鉱山がある。鉱山としてもっとも栄えていたのは大正期から昭和のはじめで、多いときには五百人もの労働者が働き、山周辺はほとんどひとつの町といってもいいほどの規模だった。経営者は近隣の山と田畑を含む広大な土地を所有していて、このあたり一帯には労働者家族の住まう長屋がいくつも連なって建っていた。隣の山には診療所も映画館も、露天風呂まであった。祖父、柳原庄三《しょうぞう》は銅を採掘する労働者だった。

昭和十八年、マグニチュード七・二の大地震が起きた。鉱山から少し離れたところにあった鉱《こう》泥《でい》堆積場の扞《かん》止《し》堤《てい》が決壊し、おびただしい量の汚泥《おでい》が土石流となって噴出した。土石流は川沿いの長屋や施設をのみこむようにして下流へと向かい、労働者とその家族六十五人が亡くなった。

死亡者が六十五人ですんだのは祖父のおかげだったと、父は言うのである。

祖父はその日の早朝、地震を予知した。もともと予知能力があったわけではなく、なのになぜかこの日だけ、川がいつもより赤い、地震が起きると言い出した。早朝、朝餉の支度をしている長屋の戸々をまわり、逃げるようにと祖父は言った。大地震がくる、高い場所に今すぐ逃げろ。祖父は長屋から長屋へ、施設から施設へ、そう言ってまわった。多くの人は、祖父の戯れ言か、気が触れたのかと思い、相手にしなかった。祖父と親しくしていた幾組かの家族が、ただごとではない祖父の様子を見て、朝食もそこそこに身のまわりのものをまとめて避難した。祖父は自分の家族――祖母と、小学校にまだ通っていない父親――を避難させたあとで、もう一度戻り、ふだんどおりに仕事に向かった男たちや朝食のあとかたづけをしている女たちに、声をからして逃げるように説得を続けた。責任者に談判してその日の採掘をやめさせようとし、ひとりでも多くの人をその場から連れ出そうとした。いつもと様子が違うが、さりとて祖父の口調も顔つきも気の触れたようには見えなかったし、あまりにも執拗に言い続けるので、最初は相手にしなかった人も身支度を整えて施設を出ていった。しかしまだ残る人々がいる。祖父はなんとか彼らを連れ出そうとした。

そこへ地震がきた。扞止堤が決壊し、怒濤のように土石流が流れ出し、長屋が押しつぶされ、逃げなかった人々は一瞬のうちに汚泥に流された。彼らを説得していた祖父もまた。

生き残った祖母と父のところに、その後毎日のように人が訪ねてやってきた。庄三さんのおかげで助かった、救ってもらったと涙を流しながら頭を下げる。戦争が終わり、鉱山の規模が縮小され、かつて長屋に住んでいた人々はちりぢりに全国へ引っ越していったが、それでも盆暮れの季節になると祖母の家を訪れる人は絶えなかった。

それが父の話だった。もしあのとき祖父が地震を予知していなかったら被害者は十倍でもすまなかっただろうと父は言うのだった。祖父の勇気ある死をたたえ、鉱山付近には石碑が建っているというのが父の話で、忠士と飛馬は一度、それを見に連れていってもらったことがある。石の積み上げられたその碑には、まだ枯れていない花がいくつか供えられていた。今も感謝を伝えにくる人々が絶えないというのが父の説明だった。

祖父の立派な行動に恥じることのない男になれ、というのが、父の説教の締めくくりだった。忠士と飛馬はこの祖父伝説をあまりにもくり返し聞かされたため、飛馬はその光景を実際に見たかのように思い描けるほどだった。汚泥の積まれた堆積場、長屋から長屋へと走りまわる祖父。忠士も飛馬も、父のその話を露も疑うことがなかった。

卑怯と思われる行為を父は毛嫌いしていた。学校に遅刻しても怒らなかったが、弱いものいじめをするのは父にとって卑怯な行為だった。試験で赤点をとっても父は笑い飛ばしたが、その答案用紙を捨てたり隠したりするとこっぴどく叱った。叱るときはかならず、おじいさんにあやまれ、おじいさんが泣くぞと、おじいさんを引き合いに出した。卑怯な行為をすると祖父の名誉が目減りすると思っているかのようだった。

川に突き落としたのが自分より非力なナワコではなくて、下級生に意地悪をする上級生だったら、父は自分を外に放り出したりはしなかったろうと、その夜、忠士の寝息を聞きながら飛馬は思った。飛馬は、赤い川に浸かったナワコを思い浮かべないように慎重に目を閉じて眠りを待つ。やがて訪れる眠りのなかで飛馬は祖父の夢を見る。英雄の、大きくぶあつい手のひらで頭を撫でられる夢である。

飛馬が小学校五年に進級する直前、柳原一家は県庁所在地に引っ越すことになった。父は、若いころは鉱山で働いていたが、閉山後は水産加工の工場で働いていた。とつぜん工場勤めをやめて、長年暮らした長屋を出ていくことになったのだが、その理由を父も母も口にしなかったので、飛馬は知らずにいた。にぎやかな町にいけることがただただうれしかった。

柳原一家は広い川が見下ろせる古びた団地に引っ越した。それまでの住まいは長屋とはいえ一軒家で庭があったが、３Ｋの団地のほうがよほど広かった。飛馬と忠士は二人で六畳間を与えられ、カーテンで仕切ってそれぞれの部屋を作った。

引っ越しで浮かれていたのは新学期がはじまって数日までのことだった。新学期一日目、飛馬は教師に連れられて五年五組の教室に入った。ついこのあいだまでいた学校と、なんだか様子が違っているような印象を飛馬はまず受けた。児童数も教室の数も倍ほどだったが、そういう違いではなく、色がやけにくっきりしているように見えて、飛馬はさっとうつむいた。

教師は黒板に飛馬の名前を書いた。馬、と書きはじめたところで教室内はざわめいた。うつむいたまま飛馬は上目遣いに教室を見渡してみた。幾人かの児童が小突き合ったり、顔を見合わせたりしている。「字、一個足りんのと違うだか」と男子児童が言い、教室じゅうが爆笑した。

飛馬という名前はめずらしかったから、それまでも名前のことでいろいろ言われたことはあった。前の学校の児童たちは「わったいな」「かっこええ」と言った。漫画の主人公とよく似ているから、「ギプスはめとるんだか」と笑いながら訊かれたことも、「将来は巨人か」と教師に肩をたたかれたこともある。それらの言葉の響きには、羨望というか尊敬というか、ともかく何かいいものが含まれていて、飛馬は自分の名前がとくべつなもののように感じていたのだが、この日教室で起きた笑いには何かしらいやなところがあった。あるいはそのように飛馬には感じられた。その日飛馬に話しかける児童はいなかった。意地悪をするわけではないが、遠巻きにして話しかけてこないのである。翌日も、その翌日も、授業がはじまっても、それはかわらなかった。なんとなく、あたらしい小学校の子どもたちは、やけにとりすましているみたいに飛馬には感じられた。山間のちいさな町からきた、漫画の主人公より一文字少ない名前の自分を、見下して馬鹿にしているように思える。もしかしたらそれは誤解で、ただ彼らは転校生というものに慣れていないだけなのかもしれなかったが、ともあれ飛馬はそう思いこんでしまい、そんならそれでいいや、と自分から見切りをつけてしまった。そして飛馬は、だれも話しかけてこない校内の、体育館の隅や渡り廊下で、会ったことのない祖父についてこれまで以上に思いを馳せるようになった。

もしこの学校のいけ好かないやつらが川で溺れていたとしたら、ぼくは助けてやれるだろうか。おじいちゃんのように自分のいのちをなげうってまで、だれかを助けてやれるだろうか。

下校時、飛馬はそんなことを考えながら千代橋《せんだいばし》の欄干に寄りかかって川面を見下ろす。流れる千代川は、今まで住んでいた場所を流れる川の五倍は大きかった。流れる水は赤くなかった。空を映して澄んだ青の川面を見つめて、同級生が溺れながら流されていく光景を飛馬は想像した。

同級生を助けることはたやすいように思えた。それで川面を見据えて、飛馬は強く決意する。もし、いちばんきらいな子が溺れていたってぼくは助ける。

ランドセルを脱ぎ捨てて、橋の欄干から川へと飛びこみ、流されていく子を追いかけて無我夢中で泳ぐ自分の姿を想像すると、今まで味わったことのない恍惚感が飛馬の全身を包む。だれかが溺れ流されていくその日が待ち遠しいようにも思えた。ときには、だれかが溺れているんじゃないかと川のずっと先まで目をこらすこともあった。しかしいつも川は空を映してしずかに流れているだけで、溺れる子どもの姿はなかった。

だれをも助ける機会のない飛馬は、町を縁取るような山々がシルエットになるころ、石や空き缶を蹴りながら団地へと帰るのだった。


団地に引っ越してから母親も働きに出るようになった。駅の近くの、ごちゃごちゃと飲み屋が軒を連ねる通りにある焼き鳥屋で、夕方まで働くのだった。焼き鳥屋といっても飲み屋ではなく、その場で焼いた串を持ち帰り用に売る店で、朝の十時から夕方六時までが母の勤務時間だった。だから飛馬ははじめて家の鍵を持たされていた。首からぶら下げた鍵を鍵穴に差しこみ、玄関のドアを開ける。家のなかはしずまりかえっている。飛馬はテレビを見ながら母の用意していったおやつを食べ、冷蔵庫から麦茶やジュースを出して飲む。飛馬がはじめて見知らぬ人に宛てて手紙を書いたのは、このしずかな時間のなかでだった。

カーテンで仕切った子ども部屋の、兄の領域に入ることを飛馬は禁じられている。部屋の明かりも出入り口も、飛馬側のスペースにある。飛馬側のスペースのほうが忠士より若干広く、そのかわり忠士側には押し入れがあり、忠士は押し入れの襖を外しライトをくくりつけ、狭いスペースを少しでも広く活用しようとしていた。

忠士の部屋はいつもきちんと整頓されている。学習机には教科書や参考書がきちんと並び、押し入れの上段がベッドのようにしつらえてあり、下段には、漫画雑誌やラジオ、少し前に忠士が熱中していたスーパーカーのおもちゃやプラモデルが、段ボール箱で作られた棚や台にのせられたりしまわれたりしている。それでも忠士にはこちら側には入るなと言われているから、忠士の漫画やスーパーカーを触るときはどぎまぎした。触っている時間よりも、もとの場所に戻し、位置や角度が変わっていないか確認する時間のほうがずっと長かった。

何度目かに忠士の部屋に忍びこんだとき、アイドル雑誌をめくっていた飛馬は文通コーナーを見つけた。カラーページが終わり、読者の投稿欄になり、さらに数ページあとにそのコーナーはあった。

茨城に住む中学二年の女子です。お友だちになってください。
ピンクレディーのミーが好き。情報交換しませんか?
北海道札幌市に住んでいます。返事ぜったい書きます、全国からお手紙待ってます!

アイドルの写真や記事より、スーパーカーや漫画雑誌より、飛馬はその文通コーナーに心惹かれた。茨城や札幌や、福岡や川崎という場所に、本当にこの人は住んでいるのだろうか。茨城も札幌もどこにあるか飛馬は知らず、読めない漢字も多かったが、ここから遠く離れたどこかだということだけはわかった。本当に手紙を書いたら、この「植村洋」や「田口幸子」や「多田淳子」や「松平徳義」に届くのだろうか。そしてどこか遠くに暮らすこの人たちは、自分に宛てて返事を書いてくれるのだろうか。会ったこともない、存在するのかもわからないだれかの言葉を読みながら、飛馬はそんなことを考えていた。

そうしてあるとき飛馬は、思い切って手紙を書いてみることにした。神奈川県に住む田中広子を選んだのは、年齢が近く、「田中広子」の名前がすんなり読めたからだった。中学生が多いなかで、田中広子は小学六年生と書いていた。

だれもいない家のなかで、テレビアニメの音を響かせながら、母の使っている無地の便箋に文字を書き連ねていった。けれど名前と年齢と、住んでいる場所と家族構成を書いてしまうと、あとは何を書いたらいいのかわからなくなる。好きなテレビ番組、好きな給食のおかず、好きな科目、そんなことを書いたらなんだか子どもっぽくて、六年生の田中広子に呆れられそうな気がした。ぼくの家のそばには川があります、と飛馬は書いた。前に住んでいた家のそばにも川がありました。その川はオレンジジュースのような色で、今の川は青いです。そこまで書いて、飛馬はナワコのことや政恒たちのことを思い出した。彼らに手紙を書けばいいのに、見知らぬ女の子に手紙を書いている自分が不思議に感じられた。大きさもだいぶ違います。ぼくは今の川のほうがすきです。田中さんの家のそばには何がありますか。犬かねこをかっていますか。

それだけ書くと、字が大きいせいで便箋が一枚埋まった。飛馬は便箋をていねいに折り、これも母の使っている封筒に入れ、引き出しに買いためてある切手を貼り、慎重に田中広子の住所を書いた。書き慣れない文字――「瀬」や「境」の文字は、ほかの文字より大きくいびつになった。

田中広子から返事がきたのは十日ほどたった日のことだった。郵便受けに入っている手紙を、いちばん先に帰ってきた飛馬が見つけた。そのことにほっとした。忠士や母に見つかれば、この子はだれだと問い詰められて、忠士の雑誌を盗み読んだことがばれてしまうから。

お手紙ありがとう、と田中広子は飛馬よりだんぜん上手な字で書いていた。うれしかったです。オレンジジュースの川なんておいしそう。私の家からも少し歩くと川があります。ふつうの川です。それから大きな公園があります。私は学校では美術クラブに入っていて、ピアノを習っています。

田中広子の手紙は飛馬が書いたものより長かった。それを読みながら飛馬は不思議な感覚を抱いた。田中広子の文字の向こうに、見たことのない世界がみるみるうちに広がったのである。飛馬の世界はそれまで一枚の絵のようだった。今まで住んでいた、細い川と田んぼと雑貨店と家のおさまった一枚の絵。今住んでいる、団地と川と学校と、駅と商店街と道路のおさまった一枚の絵。田中広子の手紙は、そのそれぞれの絵を立ち上がらせ、立体にした。飛馬の目の届かない部分にも空があり川があり学校があり家々がある。自分の見ているものとは異なる光景がどこまでも続いている。

飛馬はすぐさま返事を書いた。今抱いている不思議な感動を伝えたかったのだが、それを言葉にできなかったので、自分の見ている場所のことをことこまかく書いていく。母親の働いている焼き鳥屋のことや通学途中の家で飼われている犬のことや、教室から見下ろす花壇のことなんかを。

田中広子への手紙を書き終わると、忠士の部屋に忍びこみ、同じ雑誌の文通コーナーに掲載されているほかの人に向けて手紙を書きはじめる。長野県の長谷川勇一。石川県の飯塚容子。山口県の前田健太郎。

それが飛馬の日課になった。忠士の部屋に入らなくともすむように、小遣いを貯めて雑誌とレターセットを買い、片っ端から手紙を書いた。

夏休みがやってきても飛馬は手紙を書いていた。運送会社に勤める父親は、一週間のうち四日ほどしか帰ってこない。母は毎朝九時半にパートに向かう。忠士は午前中は家にいるが、午後になると、部活動だとか友だちの家にいくとかで、毎日出かける。みんなが出払うと、母親の用意していった昼食を終えた食卓で便箋を広げ、テレビをつけ放しにして飛馬は手紙を書いた。

どこかで耳にしたことのあるノストラダムスの大予言という言葉を、飛馬がはじめて身近に感じたのは、こうして闇雲に出した手紙の返信によってだった。愛知県に住む中学生が、飛馬が手紙に書いた赤い川について「それはノストラダムスの大予言の一部なのではないか」と書いてきたのである。一九九九年の七月に恐怖の大王によって世界は滅亡する、恐怖の大王とは超汚染のことであり、あなたの家の近くにあったジュースみたいな川というのは、つまるところ恐怖の大王による警告ではないのかしら、と手紙には書かれている。飛馬には意味がさっぱりわからず、読めない漢字も多かったが、何かまがまがしいことが書かれているというのはわかった。入ってはいけないと言われていたあの川について、田中広子は「おいしそう」と書いてくれて、だから飛馬は、手紙を書く際に自己紹介のように川について書いたのだけれど、こんなふうに「恐怖」とか「滅亡」（辞書で調べて意味を知った）などと組み合わせて語られるとは思っていなかった。いつもより川が赤いと言った祖父の話が思い出され、同時に、川に落とされてスカートを赤く染めていたナワコも思い出されて、飛馬はそらおそろしいような気持ちになった。

その大予言とやらについて飛馬はくわしく知りたかったのだが、母に訊くのも兄に訊くのも、なぜかはわからないながらはばかられた。しかしもしあの川とまがまがしい予言とやらが関係していたらと思うと、気持ちがざわついて、そのまま忘れてしまうこともできそうにない。愛知の中学生の返事に返事は書かず、べつの人に手紙を書く際、ノストラダムスってしっていますかと書いてみた。

「何しとるの、そげぇに一生懸命に」

時間を忘れて手紙を書いていたとき、いつもより早く帰ってきた母が飛馬に訊いた。

「宿題」

あわてて手紙をしまいながら飛馬は答え、すんなり嘘が口から出たことに自分で驚いた。

「宿題ってなにぃ」

「手紙を書くんだがぁ、あの、いろんな人に。自由研究の宿題で、そういうことをしてみようかなってぼくが思ったけぇ」嘘がほんものの嘘にならないように、飛馬は慎重に言い換える。

「へえ、手紙。瓶に入れて流すだかぁ？」

母は何に興味を持ったのか、食卓の自分の席に座って向かいの飛馬をのぞきこむ。

「瓶じゃないよ。切手を貼って出すんだけぇ」言ってから、しまったと飛馬は思った。買いだめしてある切手を勝手に使っていることを叱られると思ったのだ。「今日は焼き鳥のおみやげはないだかぁ？」話題を変えてみるが、

「へええ、すごいだかぁ。文通ってわけだか。返事をくれる人っておるん？」母はなおも訊く。

「おるよ。たいてい返事はくるけぇ」切手のことを言われなくてほっとして、飛馬は勢いこんで言う。本当は書いた手紙の半分も返事はこない。一度返事をくれても、それきりの人もいる。田中広子はまだ手紙をくれているけれど。

「おかあさんに見せてごしない、手紙」母は身を乗り出して子どものように言う。

「いけん、いけん」

「なんでぇ」

「だって、手紙を書いた人に悪いけぇ。ぼくに書いてくれんさったのに」子どものような母の頼みを断るのは胸が痛んだが、もらった手紙を見せるのはなぜか恥ずかしかった。だから飛馬は、「横浜には川があって駅ビルがあって、長野にはおっきな湖があって祭りがあるんだって。それから……」と、手紙によって知ったことを教えるつもりで言い連ねた。すると母は、

「そっか。飛馬くんはなんでも知っててえらいねえ」と、からかうような、意地悪を言うような、棘の含んだ調子で言ってその場を離れ、流しにいって水道の蛇口をひねる。なぜ母が突然そんな言いかたをしたのかがわからず、飛馬はただ母のうしろ姿を見つめた。

忠士が子ども部屋に無線機を持ちこんだのもその夏休みだった。ステレオにしてはちいさいし、ラジオにしては大きな黒い機械を忠士は自分の部屋に設置した。よほどうれしかったのか、ふだんはけっして入ることを許さないのに、飛馬を呼んで、これは無線機だと誇らしげに言う。

きちんと整頓された兄の部屋の、よけいなもののいっさいのっていない学習机に置かれた黒い機材を飛馬はしげしげと眺めた。ボリュウムをかえるような大小のつまみがいくつもあり、ステレオについているような針ののぞく窓があった。それがなんであるのか、飛馬にはまったくわからない。つまみに手を触れようとすると、

「さわんなよ」と、声変わりしかけたかすれた声で忠士が言った。「ぜったいにさわんなよ。勝手にいじったらぶっ殺すけぇな」ぶっ殺すという言葉はおだやかな性格の兄とは不釣り合いだった。

「どげにすんの、これ」飛馬は手を引っこめて訊く。

「これで日本じゅうの人と話ができるんだけ」忠士は得意げに言う。

「どげな、ふうに?」

「おまえに言ってもわからんわいや」忠士は言い、学習机から本を取り出し、黒い機械をいじりはじめる。飛馬はしばらく眺めていたが、忠士は本と機械を交互に見るだけで、その機械が動きはじめる気配はまるでなく、退屈して忠士の部屋を出た。

その夜、九時過ぎに布団に入った飛馬は、カーテンの向こうから漏れてきた聞き慣れない音で目覚めた。忠士の部屋のデスクライトでカーテンは黄色く光っている。じー、というような音が聞こえてくる。それはきゅいんとねじくれるように高音になったり、がーっという騒音に変わっ

たりする。そして忠士の、どこかうわずった声。「チェック……ガイトウ、与えておりませんでしょうか……」布団のなかで飛馬は向きを変え、あちらの気配をうかがう。「コウシンボウガイトウ、与えておりませんでしょうか」飛馬は忠士の頭がおかしくなったのかと不安になる。忠士はあきらかにだれかに呼びかけているようだが、その声に応える他人の声はまったく聞こえてこない。やがて忠士の声は途切れがちになり、ザー、ピー、という雑音ばかりが占めてきて、飛馬はその音に引きずられるように眠りに落ちていく。

その日以来、忠士は出かけていくことが少なくなり、自分の部屋に閉じこもって「無線機」とやらをいじっている。忠士の友だちがくることもあった。ザー、ジー、という雑音しか聞こえないときもあれば、ラジオ放送のような音声が途切れ途切れに漏れてくることもあり、だれかとしゃべっている忠士のほがらかな声がするときもある。

忠士やその友だちがしょっちゅう家にいるせいで、なかなか手紙を書けなくなった。忠士たちはカーテンの向こう側にこもっているが、ふと出てきて冷蔵庫からジュースを出して飲んだり、暑い暑いと言いながら風呂場に向かったりする。手紙を書いていても彼らは小学生の弟などにはかまわないだろうけれど、飛馬は落ち着いて文字を書き連ねることがなかなかできない。

それで一日、飛馬はテレビを見たり、雑誌の文通コーナーではないページを眺めたり、漫画雑誌を読んだりし、郵便配達のバイクの音が聞こえると一目散に集合ポストまで駆け下りていって郵便受けを開けた。

あの黒い機械を通して、日本じゅうの人と話ができると忠士は言ったが、文通のほうがより確実でよりおもしろく思えた。忠士の声を聞いていると、電話のようにつねにだれかと話せるわけではなさそうだったし、なめらかに会話が続くことはめったになかった。ただ、ときおりどこかのだれかと通じたとき、忠士とその友だちは興奮し、自分たちの住んでいる町や年齢のことを声を裏返して話しているので、それはなんだかうらやましく思えた。郵便受けに手紙のない日のほうが多かったからだ。

忠士の友だちがだれもきていない日、食卓で漫画雑誌を広げていた飛馬は、部屋から出てきた忠士に「ノストラダムスの大予言って知っとる?」と思いきって訊いた。それについて手紙で訊いた相手からの返信はまだない。

「知っとるで、一九九九年だが」と、驚いたことに忠士は答えた。

「えっ、知っとるだかぁ、それって何ぃ?」

「何ぃって、予言だが。そういう本があるんだけぇ」

「それってあの川と関係あるんだか? 前に住んどったとこの」

「はあ?」冷蔵庫から麦茶を取り出した忠士は、かすれた声で言い、「なんだそれ」とつぶやく。

「あの川が赤いことと関係があるん?」飛馬は重ねて訊く。

「ノストラダムスって外人だけ、こげに遠くの川のことなんか知っとるわけないがぁ」忠士は面倒そうに言ってコップに注いだ麦茶を飲み、部屋に戻ろうとする。

「みんな死ぬん?」

「地球が滅びるけぇな」と、なんでもないことのように忠士は言い、子ども部屋に入っていく。

「じゃあどげするの? どげすりゃ助かるの?」

飛馬は声をはりあげたが、それには返事がない。地球が滅びるという予言について、兄が前から知っているようだったのに驚いた飛馬は、もしかして、と思う。もしかして兄は、助かる方法を知るためにあの無線機を買ってもらったのではないか。ああやって日本じゅうのだれかと、それについて情報を交換しているのではないか。だんだん、そうに違いない気がしてきて、今はまだその方法はわからないにしてもきっといつかわかるはずだと思えた。そう確信することで飛馬は安堵した。

　やがて夏休みが終わり、学校がはじまった。忠士も飛馬も家に閉じこもってばかりはいられなくなり、飛馬は学校が終わると川を眺めることなくすっ飛んで帰ってきて便箋に文字を書き連ね、忠士が帰宅するとあわててそれを机に隠した。忠士が無線をいじるのは夕食後の一時間に限られた。十時以降の通信禁止を父親に言い渡されたためである。


　その年の秋の遠足は、鳥取砂丘だった。学校からさほど離れていない上、多くの子どもたちがすでに訪れたことがあるらしく、みな不満そうだったが、飛馬はそこにいったことがなかった。バスではなく、学校から歩いていくことになっていて、それもまたみな不服らしかった。

　晴れたその日、学校に集合した飛馬たちは、リュックサックを背負って学校を出た。列になって町を歩いた。飛馬がいつも眺めていた川を渡り、ほとんどの店が開いているのになぜかがらんとした印象の商店街を歩いた。列が崩れると、先頭か最後尾を歩いている教師が注意し、その都度児童たちは立ち止まり、整列しなおした。

　柳原って前どこに住んでたの？　と、隣を歩いている男子が訊き、飛馬はびっくりした。クラス全員が自分を無視しており、それは卒業式まで続くのだろうと飛馬は思いこんでいたからである。どぎまぎしながら飛馬は前に住んでいた家の住所を告げた。

「ふうーん。おれ、そげなほう、いったことないな」と、クラスメイトは言った。前田敏《さとし》という名の少年だった。「何があるだぁ？」

「山と、あと赤い川があるで」飛馬は答えた。

「赤い川？」

「うん、川が、赤いんけぇ。赤いっていうか、オレンジジュースみたいな色」

「へえっ、それなんだいや、赤い川なんて、見たことあるだかぁ」前田敏はふりむいて、後ろを歩く少年に訊く。

「知らんなぁ、そんなの。嘘だわ？」彼、渡辺守は飛馬に言う。

「嘘じゃないけ。見にいってみろよ、本当だけぇ」

「今度、見にいってみようぜ」前田敏は渡辺守に言う。

「そこ、黙って歩きんさい」

最後尾の教師が、飛馬たちに向かって言い、みな黙って前を向いて歩いた。目的地に着くまでのあいだ、列を乱してもいけないし、私語もいけないのだった。飛馬はがっかりし、教師をほんの少し憎んだ。もう少し話すことができたら、仲良くなれたかもしれないのに。彼らがぼくを、おもしろいやつと判断してくれたかもしれないのに。

砂丘はやけに遠かった。話もできないからなおのこと長く感じられた。さっきまでは軽かったリュックサックが、湿った毛布を背負っているみたいに重たく感じられはじめた。長袖シャツの脇も背も汗で濡れ、肌にぺたりとはりついた。のどが激しく渇いたが、水筒の水を飲むには引率教師の許可を取らなければならず、それが面倒で、飛馬は生唾を飲みこみつつ歩いた。この学校の遠足というのは、いつもこんなふうに苦しいものなのかと、その年転校したばかりの飛馬は、さっき話しかけてくれた前田敏に訊きたかったが、声をかければ最後尾の教師にまた注意されると思うと、できなかった。

砂丘なんかはもうどうでもよくなって、こんな訓練のような遠足は一刻も早く終わらせてしまいたい、と飛馬が思ったとき、列の前方にいたひとりの女子がしゃがみこみ、吐いた。列を作っていた子どもたちはきれいに円を描いてその場を離れた。

「ケロヨンが吐いた」「バスじゃないのに吐いたがぁ」「うー、おれも吐きたくなった」円の外側にいる子どもたちがささやくように言い合っては笑った。円の中心の、吐瀉物を覆うようにしゃがみこんでいる狩野《かりの》美保は、遠足のたびに吐き、ケロヨンというあだ名をつけられているらしいと、円のなかをのぞきこむ飛馬は知った。ケロヨンこと狩野美保とも、飛馬は言葉を交わしたことはなかった。

教師たちが狩野美保のまわりにあわてて駆けつけるのを見て、疲れ切っていた飛馬はほっとした。これで砂丘いきの行進が終わると思ったのである。秋とはいえ雲ひとつない晴天の下を延々歩かされ、子どものひとりが吐いたのだから、このような訓練は急遽中止され、貸し切りバスがやってきて児童たちを乗せ、ひゅっと砂丘まで連れていってくれるのではないかと飛馬は考えた。

しかしそんなふうにはならなかった。教師のひとりが狩野美保を助け起こし、何か質問し、水筒の水を飲ませているあいだ、べつの教師が乱れた列を整えるよう厳しく注意し、狩野美保をそこに置いたまま、また歩くよう促した。

道ばたで介抱される狩野美保をふりかえりふりかえり飛馬は歩いた。

「あいつ、すぐ吐くけぇな」前田敏がちいさな声で言った。

「あーあ、おれも吐きたなったぁ」渡辺守が不満げな声でささやいた。

砂丘なんて見なくていいと思うほど疲れ切っていたのだが、それでも目的地に到着すると、飛馬は広がる光景に目を見はらずにはいられなかった。

砂丘入り口の階段を上りきると、眼下は一面白っぽい砂だった。まっさらな、傷も裂け目もない砂地が、すり鉢のように足元からなだらかな下り坂になり、遠くで盛り上がって小高い山を作っていた。その小高い砂の山の向こうには海が見えた。砂丘と海。飛馬には見たことのない景色だ。

砂丘で弁当の時間になった。みな思い思いの場所で弁当を広げていいと、はじめてここで自由行動の許可が出された。はい解散、という教師の声で、飛馬は砂丘を駆け下りた。幾度か転びかけながら夢中で駆け下り、ふりかえると、ほとんどの子どもたちは本当に砂丘に興味がないらしく、入り口付近の草の生えた場所でビニールシートを広げていた。

砂丘の、いちばん低い平らな部分にたどり着き、リュックサックを背負ったまま飛馬は小高い山に向かって歩きだした。砂丘には、飛馬の学年の子どもたちばかりでなく、観光客らしき何人かがいた。たがいにすがりつくようにしながら、急な斜面を上がっていくアベックや、段ボールを尻に敷いて斜面をすべり下りようとしている男たちがいた。

足を踏み出すたびさらさらと崩れる砂の山を、懸命に上っていた飛馬は、ふいに立ち止まって耳を澄ました。ひゅううううう、と風の音が聞こえた。キャハハハハ、と笑う声は、アベックのものでも男たちのものでもなく、入り口付近で弁当を食べている同級生のものだった。すぐ間近にいるアベックの話し声はまったく聞こえないのに、手のひらよりちいさく見える同級生の声は、やけに近くに、やけにはっきりと聞こえた。飛馬はしばらくそこに突っ立って耳を澄まし、それから砂の山をふたたび上りはじめた。いちばんてっぺんまでたどり着くと、海が見渡せた。偽物かと思うほどの青だった。空よりも何倍も濃い青だった。うひゃあ、と飛馬はつぶやいた。その自分の声も、ひゅるるるる、という風に持っていかれてよくは聞こえなかった。

山のてっぺんで、はるか彼方の同級生たちを見遣る。あいかわらず、彼らの笑い声や話し声はすぐ近くで交わされているように聞こえた。「おーい」と飛馬は叫んでみた。何人かがこっちを見たような気がした。飛馬は大きく手をふってみた。だれかはわからないが手をふり返している。

飛馬は海に向かう斜面を走り下りた。途中で尻餅をつき、そのまますべり落ちる格好になった。ぎゃははは、と、開いた口から笑い声が漏れた。砂丘をすべり落ちるのはこわくて気持ちがよかった。砂まみれでいちばん下まで下りると、飛馬は海を見ながら弁当を食べた。名前を呼ばれてふりむくと、クラスの子たちが数人、砂の山のいただきに立っている。

「おまえ、どげぇしてそこまでいっただぁ」ひとりが訊き、飛馬は得意な気持ちになった。

「走り下りるんだけぇ。気持ちええで」

「転ばんの」

「転んだら、尻ですべればええんだが」

ひとりが意を決したように砂の山を下りてきた。やっぱり途中で尻をつき、そのまま砂まみれになってすべってきた。ぎゃははは、と彼も笑っていた。ひとりがやると、ほかの子どもたちも次々と下りてきた。途中からごろごろと転がり落ちた。ぎゃははは、とみな笑った。飛馬も笑った。口のなかがざらざらした。それでも笑い続けた。

てっきり学校か家に戻ったのだろうと思っていた狩野美保は、自由時間の終わりにはちゃんとみんなといっしょにいて、帰りの行進にも加わった。彼女がまた吐くのではないかと飛馬は列の前方をちらちらと見ていたが、彼女がしゃがみこむことはもうなかった。

今までなんとなく距離のあったクラスの男子たちは、学校に戻るとごくふつうに飛馬に話しかけてきた。その遠足の日、飛馬は数人の男子とともに下校した。前田敏や渡辺守や、彼らと仲のいい畠中《はたなか》鉄平と。

橋を渡りながら、昨日まではなんだったんだろうと飛馬は考えた。前田敏たちのなかで、何かが終わったんだろうか。たとえば、飛馬を無視するのをやめよう、といった具合に。それともそんなのは最初からなくて、ただ自分が勝手にそう思いこんでいただけなんだろうか。飛馬にはよくわからなかったが、それでも彼らとともに馬鹿笑いをしながら帰るのはたのしかった。前田敏たちは康男や浩之とあまり変わらなかった。テレビで見たコントのものまねをし、教師のものまねをし、小突きあって笑う。川を渡ったところで彼らと手をふって別れた。

家に着いたらすぐに田中広子に手紙を書こうと思い、飛馬は走って帰った。しかしすでに母も兄も帰ってきており、食卓でも子ども部屋でも手紙を書くのはためらわれた。

「どがぁだった、遠足」母に訊かれ、

「うん、たのしかったで」飛馬は素っ気なく答えてリュックサックを投げ出し、子ども部屋に向かった。砂丘が見たことがないほど不思議な光景だったことや、そこからつながる海が絵みたいだったことや、クラスの女の子が吐いたことや、前田敏たちといっしょに帰ってきたことを、飛馬は母に逐一話したかったのだが、「飛馬くんはえらいねえ」と、また棘のある言葉が返ってくるのではないかと思うとこわかった。それで母にはなんにも話さなかった。

その日、結局田中広子に手紙を書けなかった飛馬は、布団のなかで手紙の文面を考えては、忘れないようにくり返した。

母親が入院したのは飛馬が小学六年生になった年の秋だった。ときどきだるいと言って横になることの増えた母親だったが、焼き鳥屋は休まず通っていたし、入院するほど具合が悪いようには見えなかったから、飛馬は不思議な感じがした。しかもそれまで入院した人を見たことがなかった。父親が家に戻っていた日曜日、父と母、忠士と飛馬は車に乗って市内の病院に向かった。母は旅行にいくような大きな鞄を抱えていた。四人で出かけるのはずいぶん久しぶりに思えた。

すぐ病室に入るのかと思っていたが、ずいぶん長く待たされた。母が入院手続きをするのを待ち、病室に案内されるまで五階にある談話室でまた待たされた。その談話室は四角い広いスペースで、中央の壁際にテレビがあり、その前に椅子やテーブルが並んでいる。寝間着姿の男女がそこをうろつき、煙草を吸ったり話しこんだり、じっとテレビを見ていたりする。忠士と飛馬は革のひび割れた長椅子に並んで座った。父はひっきりなしに煙草を吸い、母は少し離れた場所に腰掛けて窓の外を見ている。忠士はテレビを見ていたが、飛馬は行き来する入院患者たちを見ていた。若い人も老いた人もいる。顔が土気色の人も、健康そうな人もいる。あたり一面には飛馬の嗅いだことのないにおいが漂っている。できたての料理と、腐っていく食べものを配分よく混ぜ合わせたようなにおいである。

ようやく看護婦が母の名を呼び、父と母は連れだって病室に向かう。忠士と飛馬もついていった。看護婦に通された部屋には六つベッドが並んでいた。母は一番奥のベッドに案内された。母と看護婦に続いて病室に入る父、忠士と飛馬を、ベッドにいた五人の女たちは順々に見る。ベッドの縁に座る母に看護婦が長々と説明しているあいだ、飛馬は所在なく窓の外に目を向けた。田畑がはるか先まで続いている。黒光りする屋根がところどころにある。田畑が持ち上がるようにして山がある。看護婦がいなくなると、父は持ってきた旅行鞄からいろんなものを取り出していく。箸箱や湯飲み、ティッシュの箱や財布、小型ラジオやタオル。それらを手に父はちょこまかと動く。入り口の脇にあるグレイのロッカーにしまったり、ベッドの脇にあるワゴンの引き出しに入れたり出したり、また入れたり出したりしている父を、飛馬はめずらしいものを見るように眺めた。忠士も困ったように父を見ている。

「あんたたち、出てごしない。着替えるけ」母が言い、父はあわててその場を離れる。しゃっと音をたてて母がカーテンを閉め、父と忠士に続いて飛馬がその場を離れようとすると、「ヒーちゃん、これ配ってきんさい」と母は飛馬を呼び止め、カーテンの隙間から、饅頭の箱を持った腕を突き出す。

「え、だれにぃ」

「だれにぃって、ここのみなさんにだが。よかったらどうぞ、って」

なんでぼくが、と思ったが、父も忠士ももう病室を出ているので、飛馬はやむなくその箱を受け取り、向かいのベッドから順番にまわる。よかったらどうぞと口のなかでもごもご言うと、髪を三つ編みに結ったまだ若い女性は「だんだん」と飛馬の頭を撫でた。飛馬は残り四人の女性たちにも饅頭を配った。頭を撫でたのはその向かいの人だけで、飛馬を見ずに手をのばして饅頭だけつかむ人もいれば、「あたし苦手だけ甘いもん」と、にこりともせずに言った初老の女もいた。

ともあれ五人の女たちのベッドをまわり、母のところに戻ると、母はまあたらしい寝間着を着てベッドに腰掛けている。一瞬にして知らない人になったように飛馬には思えた。

母親はなんの病気なのかと、家に帰る車のなかで飛馬は父に訊いた。

「そうむずかしいアレじゃないで、何日か休んだらすぐなおるけ」と父は言い、それは質問への正確な答えではないと飛馬は思ったが、すぐなおるという言葉に安心した。病名がなんであれ、すぐになおるのなら知らなくてもいい。それで飛馬は訊き返すことはしなかった。

その日は、駅近くのラーメン屋で夕食を食べた。誕生日でも旅行でもないのに外食をすることなんて今までなかったので、飛馬は興奮したが、はしゃいだり騒いだりすると叱られることも予想できたので黙っていた。忠士もきっと内心では興奮しているだろうに、それを押し隠すように膝の上に漫画雑誌を広げ目を落としている。父親はテレビを見ながらビールを飲んで料理がそろうのを待っている。

ラーメンや炒飯や餃子が運ばれてきて、飛馬たちは無言でそれらを食べた。飛馬と忠士が食べ終えても、父親は席を立たずビールを追加し、コップに注いで飲んでいる。

「これからは自分たちのことは自分たちでせんといけんで」と、空いた皿の並ぶテーブルに目を落としておもむろに父は言った。「かあさんが帰ってくるまで、かあさんの仕事をみんなで分担してやらんといけん。公平にな」

「とうさんがおらんときはどうすっだぁ」食べ終えてからふたたび漫画雑誌を広げている忠士が訊くと、しばらくの沈黙のあと、

「おまえらだけで留守番はさせられんけ、鹿野《しかの》のおばあちゃんにきてもらおうかと思ったけど、そがするとおじいちゃんにも不便をかけるけ、ま、とうぶん長距離は無理だわいな」と父はつぶやいた。

鹿野のおばあちゃんというのは母方の祖母のことで、幼いころ隣に住んでいた父方の祖母と違って、数えるくらいしか飛馬はこの祖父母に会ったことがない。そんな知らない人が家にくるより父にいてもらったほうがよほどよかった。

言葉どおり、その日以後、父は毎晩帰ってきた。夕方六時に帰るときもあれば十時過ぎに帰ってくることもあった。夕食は、忠士と飛馬が順番に用意した。父親が置いていく五百円で、忠士と飛馬はコロッケや唐揚げを買って帰り、保温しておいたごはんとできあいの惣菜で夕食にした。

食べ足りなければ買い置きのカップラーメンを食べる。

洗濯も、飛馬と忠士と父親で順番にやった。アイロン掛けはだれもやらないので、体操服もシャツもしわだらけだったがとくに困ることはない。やがて忠士も飛馬もアイロンの必要な衣類は着なくなった。

父親が家にいることが増えて、忠士が無線機をいじることは以前より減った。茶の間から流れてくるテレビの音がうるさいからかもしれない。母がいるときは、夕食時のテレビは禁止だったが、入院後は眠るまで見放題だった。チャンネル権は父親にあり、父の帰宅後は父の見たい番組を見るしかないのだが、父が好んで見ているお笑い番組や時代劇や野球放送は、飛馬もべつに嫌いなわけではなかった。兄は、テレビよりも無線が好きなのか、父親の帰りが遅いときには、テレビを見ずに自分の部屋に閉じこもる。仕切りのカーテンの向こうから以前と同じく声が聞こえてくることもあるが、十時にはちゃんと静まりかえる。

母が入院してしばらくは、飛馬は毎日学校帰りに病院に寄った。母親がいればベッド脇にパイプ椅子を置いて話をし、検査か何かでいなければ談話室でテレビを見てから帰る。毎日こなくていいと母はかならず言うのだが、そう言う母がさみしそうに見えて、飛馬はやはり次の日も学校から病院に向かう。さみしいのは母ではなくて自分かもしれないとは、しかしそのときは思わなかった。


九月後半には修学旅行があった。急行列車と新幹線を乗り継いで広島に向かう、二泊三日の旅である。修学旅行の支度を忠士も父も手伝ってくれないので、飛馬はひとりで準備をしなければならなかった。

その修学旅行の二日目に、平和学習として平和記念公園にいき、原爆ドーム、資料館とまわり、ホールで被爆者の講話を聞いた。鳥取を出たことのなかった飛馬は、急行列車や新幹線、さらに大広間にずらりと並んで食べる品数の多い夕食や朝食に興奮しきっていたのだが、この一連の見学で、かつてないほどの衝撃を受けた。資料館で見た、黒焦げの弁当箱や人が座っていた石段の影のあとにおののき、講話はほとんど耳に入ってこなかった。

講話が終わり、クラスごとに列になって資料館を出て、また無言を強いられて広島城へと行進する。その道すがら、いきの列車では吐かなかった狩野美保がしゃがみこんで吐いた。いつもと同様、近くにいた児童はさっと彼女を遠巻きにしたが、何人かの子どもがつられて吐いた。飛馬はそれを見ていて、胃のなかで炭酸飲料が逆流するような感覚をおぼえ、自分も吐くのかとあわてて口を開けたが、開けた口から漏れたのは笑いだった。飛馬はとっさに右腕で自分の顔をおさえた。なぜ笑いがあふれてくるのかわからず、笑いのこみあげている自分を先生や同級生に見られてはいけないと思った。ここで笑うのは、砂丘で笑うのとはわけが違うということはわかっていた。

先生は吐いた子どもたちを集め、ほかの先生たちが吐瀉物の始末について話し合い、引率者のいなくなった子どもたちはその場に立ち尽くす。そんな事態のおかげで飛馬がとつぜん笑い出したことに気づいた人は、さいわいなことにいなかった。

「ノストラダムスの大予言って知っとるだか」と前田敏が飛馬に訊いたのは、その日の夕食の席でだった。飛馬は唐揚げをつまんだ箸を止めて前田敏を見てうなずく。

昨年、文通によってはじめて身近に感じたおそろしい予言について、忘れたわけではないが、ずっと考えていたわけでもなかった。学校でそのことについて話している同級生はおらず、今はコックリさんとか、口さけ女の話なんかをよく耳にする。なんだかノストラダムスという響き自体、ちょっと古びた感じすらする。けれども飛馬はなぜ今、敏がそんなことを言い出したか理解できた。

「何それ、なんの話ぃ？」前に座っていた畠中鉄平が訊く。

「え、知らんの？　一九九九年の七月にうちんたちはみんな死ぬんだが」鉄平の隣に座っていた、ケロヨンこと狩野美保がぼそりと言う。

「なんだいや、みんなって」訊き返す鉄平は、飛馬にはやけに無邪気に、子どもっぽく見えた。

「だけぇ地球上の全員」

「七月のいつだいや、どがしてそがいなことになるの？」

「七月何日かはわからんけど、恐怖の大王が地球を滅ぼすんだけ」と前田敏が続ける。

その地球を滅ぼすだの超汚染だのというイメージを飛馬はまったく抱けなかったのだが、今日の資料館で、そのとらえきれないイメージがあるくっきりとした像を描いたのだった。つまりあのおそろしい世界戦争は将来もう一度起きて、世界じゅうが真っ黒に焼き払われる。あやまちはもう二度とくりかえしません、戦争は二度と起こさないと今日あちこちで読んだけれど、それらの主語のない文言は、飛馬を安心させないばかりか、地球滅亡のイメージを奇妙に補強した。狩野美保が吐いたときに笑いがこみ上げてきたのがなぜだか、飛馬は理解する。あまりに強く恐怖を覚えると、人は笑ってしまうことがある。おもしろくなくても人は笑うことができる。白いスカートを朱色に染めてこちらを見ていたナワコと、笑いを止められなかった今より幼い自分を、飛馬は遠く思い出す。

「それっておれたちは何歳のときだぁ？」鉄平が不安そうな声を出し、みんなが暗算のために上

を向いたとき、

「おまえら、しゃべっとらんで早よ食べいや」と、同じテーブルの隅に座っていた教師が立ち上がって注意した。飛馬たちはあわてて自分の皿に目を落とし、食事を続ける。

「三十二歳だがぁ」狩野美保が食べながらつぶやく。

飛馬にとって二十年後ははてしなく遠く、三十代になる自分など想像もできなかったので、そのとき世界戦争が起きるとしても、それはもうしかたのないことのように思えた。というより、しかたのないことと思えるほどに遠かった。ただ世界の滅亡ということが、以前よりよほどはっきりとしたイメージとして飛馬のなかに根づいた。絵空事ではなく、実際に起きうることとして記憶された。でももし――その夜、慣れない布団で眠るとき、飛馬は豆電球に照らされる天井を見て考えた。でももし、ぼくにだけ助かる方法がわかったら、どこに隠れればええとか、どこに逃げれば安全だけぇとか、そげなことが滅亡する直前にぼくにだけわかったら、ぼくはみんなを救えるだらぁか。地球上の全員は不可能かもしれんけど、でも周囲の何十人か、あるいは何百人かには、伝えられるんじゃないだらぁか。そげなくらいの未来には、忠士の無線機よりもっと広範囲の人たちに、いっぺんに伝えられるあたらしい機械ができていたりせんだかなぁ、でも問題は、どうすれば助かる方法を知ることができるかだけん、おじいちゃんのように予知ができたりしないだらぁか――そんなことをくり返し考えながら飛馬は眠りに落ちていく。

修学旅行から帰って以後、飛馬は以前のように毎日病院に寄ることはしなくなった。放課後、飛馬は敏たちと遊んでいた。女子チームと分かれてケイドロごっこをしたり缶蹴りをしたり、帰り道にある廃屋を探検したりした。廃屋探検のときは近所の人にあやしまれ、警察に通報される騒ぎになり、飛馬たちは担任の先生とともに近隣住民に謝罪しにいった。しかしそんなこともたのしかった。あと二十年で、世界は終わり、自分たちはみんないなくなる。駆けまわり、声をからして遊んでいるとそんなことを忘れた。

細々とだが、文通も続いていた。横浜に住む田中広子は口さけ女を本気でこわがっていた。広子の学校は集団下校をするようになったという。飛馬はなぜか、口さけ女は恐怖の大王ほどには現実味を持った恐怖を覚えなかった。学校ではこわがっている同級生たちもいるが、もし口さけ女がひとりなら、こんなふうに全国的に目撃されるはずがないように思われるのだった。それに、田中広子の学校が集団下校をするほど事態をおそれているのなら、口さけ女は今横浜にいるのだろう、ここいらは安泰だろうと思うのだった。

母親が手術を受けることになったのは十月の、飛馬の学校の運動会の日だった。忠士の通う中学校は、翌週の土曜日が運動会である。

「じゃあ、どうするだぁ運動会」

品数の少なさに慣れた夕食の席で、手術の日が決まった、その日は手術が終わるまで病院にいると言う父親に飛馬は真っ先に訊いた。父親は見たことのないものに出くわしたような顔つきで飛馬をまじまじと見て、

「あ?」とかすれた声を漏らす。

「え、だけぇ運動会……」父親の表情の意味がわからず、飛馬はただくり返した。手術というものがどんなことであるのかも、飛馬はあまりよくわかっていなかった。昨年の運動会に、父親はこなかったが母親はきてくれて、飛馬は母と弁当を食べた。

「あのなあ、かあさんは手術だけぇな、運動会なんか……」父親は言いかけた言葉をのみこみ、

まだぽっかりした顔で飛馬を見ている。飛馬は、だって最後の運動会なんだと言おうとしたが、

「おれ部活休むで?」と忠士が先に口を開いた。

「ええけ、休まんで。とりあえず部活が終わったら病院にきんさい」父はようやく飛馬から視線をそらして返事をし、食事の続きを再開した。

部活を休むか忠士が訊くくらいなのだから、母の手術は自分が思うよりたいへんな事態なのかもしれないとようやく飛馬は思いつき、ということは運動会の日、父親も弁当など用意してくれないだろうし、見にくるはずもなく、ならばひとりで参加して弁当の時間は敏や美保に食べものを分けてもらわなければならないのかと、飛馬は混乱しながらめまぐるしく考えて、

「手術って……」と、父と忠士の様子をうかがうようにつぶやいた。父はもう飛馬のことを見ずに食事を続けていて、忠士はちらりと飛馬を見て、

「おまえも終わったら遊ばんと病院にきんさい」と言い、どんな顔をしていたのか自分ではわからないが忠士は急にやさしい声色になって、「かあさんは強いけ、心配すんな」と励ますように言った。

保護者のだれもこない運動会を終えて飛馬は病院に向かった。おにぎりだけだったが父は弁当を用意してくれたし、休み時間は敏と鉄平の家族の輪に加えてもらって、想像していたよりみじめではなかった。汗くさい運動着のまま飛馬は病院に向かった。

母の病室があるフロアの談話室には、入院患者と一般の見舞客たちに交じって、父と、鹿野の祖父母がいた。三人ともテレビの前に座って、呆けたように見ている。

「あんたが飛馬かいな、大きなったけ、わからんかったが」と祖母は笑ったが、その祖母も祖父も、飛馬には知らない人たちみたいだ。

「おかあさんは」父の隣に座って訊くと、

「手術だが」と馬鹿みたいな答えが返ってくる。

窓の外に広がる空がだいだい色から紺色を帯びてくるころになって忠士があらわれ、祖父母に向かって「久しぶりです」と挨拶し、「手術はまだ終わらんだか」と父に訊いている。

祖父は売店でジュースと菓子を買ってきて忠士と飛馬に渡してくれ、飛馬たちはそれを飲み食いしながらテレビを見続けた。窓の外の紺色が濃くなり、見舞客たちが帰っていき、談話室にも夕食の、あまりおいしそうではないにおいが流れてきた。祖父は椅子の背にもたれて眠り、忠士は学生鞄から本を出して読み、飛馬もうとうとしたころに、看護婦が「柳原さん」と父を呼びにきた。父と祖父母だけ、彼女に連れられてどこかにいき、忠士と飛馬はそこに残された。

病院からの帰り、祖父母と父、忠士と飛馬は駅近くのそば屋に寄った。父だけが酒を飲み、祖父母はせいろそばを食べ、忠士と飛馬はそれぞれ天ぷらそばとカツ丼を食べた。だれも何も話さず、テレビの音声だけが明るく店内に流れる、奇妙に重苦しい食事の時間だった。祖父母は飛馬たちの家ではなく、ホテルに泊まると言って、そば屋を出てすぐに別れた。

「手術は成功したの」と、帰り道で忠士が父に訊くと、

「ああ、心配はないけぇ」と父は短く答え、それきり何も言わない。

運動会の次の日は休みだった。父と忠士がそれぞれ出かけていってから飛馬は目を覚まし、朝食を食べて片づけ、運動着とともにかごに入っている衣類を洗濯機にかけ、干し、テレビを見ながら昼にカップラーメンを食べて、面会時間よりだいぶ前に病院に向かった。前の日、母親には会っていなかった。

面会者用の出入り口はまだ開放されていなかったが、受付にいる事務員に、「昨日、おかあさ

んが手術したけん、会いにきました、柳原です」と飛馬が告げると、面会者ノートに名前の記入を求められる。

「学校はどがしたの、休んだの」

　名前を書き入れていると、事務員の中年女性が訊く。

「昨日運動会で、だけぇ今日は休み」

「そがかぁ、運動会か」

　飛馬は一礼して受付を通り過ぎる。

　面会時間前の病院はしずかだった。例の、おいしくなさそうな食べもののようなにおいがうっすらと漂っている。五階でエレベーターを降りる。談話室の長椅子には何人か寝間着姿の人が座っているが、テレビはついていない。飛馬は母の部屋を目指す。

「あら、学校は」すれ違った看護婦にまた訊かれ、

「休みです。昨日運動会だったけん」飛馬は同じことを答える。

「柳原さん、今寝とるかもしれんよ」

　飛馬は何か訊きたいが、言葉が出てこない。飛馬がそのままその場に突っ立っていると、

「さっきまでは起きとんなって、お昼のお粥も食べたんよ。でも手術したばかりだけん疲れてるから、寝ちゃってるかもしれんよ」と看護婦は言い、まだ何か言うつもりなのか、飛馬を見ている。

「いかんほうがいいですか」それで飛馬はそう訊いた。

「あ、そんなことはないけぇ。もう少ししたら起きなるかもしれんし。しずかにしといてごしないね」彼女は言って、ようやくナースステーションに向かっていく。解放されたような気持ちで

飛馬は病室へと急いだ。そうするように言われているので、部屋に入るとき「こんにちは」と挨拶をする。こんにちはと返事してくれる人もいるが、ちらりとも見ない人もいる。カーテンが閉まったままのベッドもあれば、シーツとタオルケットの乱れた、だれもいないベッドもある。

　窓際のベッドで、たしかに母親は寝ていた。ベッドサイドに立って飛馬は眠る母親を見下ろす。手術して、体に穴を開けて、病気のもとを切り取られ、また閉じられて、疲れて寝ているのだと、飛馬は考える。眠る母親は、手術前の母親とは何か違うように見える。

　母親はタオルケットから右腕を出している。汗ばんだ額に髪がはりついている。薄く口を開いている。くちびるが乾燥して白い皮が浮き出ている。死んだ人みたいだと飛馬は思い、そう思ったことにひどく驚く。祖母の死に顔を見たのかどうか、飛馬は今や覚えていない。だから死んだ人がどんなふうかという記憶なんてないのに、なぜそう思ったのかわからない。タオルケットを見つめると、ゆっくりと上下しているので飛馬は安心する。顔を上げる。窓の外には瓦屋根と、蛇行して流れる川が見える。

　そこに立っていることに飽きて、飛馬はベッドを離れて病室を出る。母親が起きるまでテレビを見て待っていようと思い、談話室にいく。

　テレビはまだ消えていて、勝手につけていいのか判断に迷い、とりあえずテレビに向かって並ぶ長椅子のいちばん前に飛馬は座った。ナースステーションにいってテレビのことを訊こうか、それともだれか看護婦さんが通りかかるのを待とうかと考えていると、

「おなかを開けたはええだけど、もう、どがすることもできんだったって言うんだけぇ」と背後から声が聞こえてきて、飛馬はそっと振り返る。

　母と同室の、初老の女性が数列うしろにいて、隣に座る同世代の女性に話している。あの、饅

頭を持っていったときに、甘いものが苦手だとにこりともせずに言った人だ。隣は飛馬の知らない人だが、べつの部屋の患者だろう。

「どがすることもできんで、そんでどうしたのぉ」

「だけぇなんもせずに閉めて、また縫ったんだが」

「家族にはなんて伝えるだかぁ、そげな場合は」

「さあ、それだがぁ、無事に悪いところはとりました、なんて言うんじゃないの。安心させなあかんけぇ」

「そげぇなこと手術のし損だがぁ、おなか開けて、手遅れだけぇ閉じるなんて」

「だけど開けんとわからんのだけぇ、しかたがないがぁ」

「おなかを切る前にそういうことがわかるような機械が、この先できればええんだけど。だって体にメスを入れるとものすごく体力を消耗するって言うけぇね」

「ほんとだね。でもそげな機械ができるころには、うちげたちなんかもうこの世におらんかもしれんで」

「嫌なことを言いなるねえ」

二人は飛馬が見ていることにまったく気づかず、あるいは気づいていても頓着せずに、話し続けている。聞いているうちに心臓の音が大きくなり、血がどくどくと脈打ちながら流れていくのを飛馬は感じる。

二人が話しているのは母親のことだと飛馬は思った。二人は母のことを話していて、昨日の手術は失敗だったと言っているのだと直感するように思った。

話の詳細がわかったわけではない。でも、手術したのに手遅れで、処置できなかったということは理解できた。手術はぶじに終わったというのは嘘で、母はただおなかを切って開かれただけで、なかにある悪いものはまだ母のおなかのなかにあるらしい。

あまりにもじっと見ていたからか、飛馬の知らないひとりが飛馬を見る。飛馬はあわてて前を向いて、電源の入っていないテレビを見た。長椅子に座る自分が薄く映っている。

どのくらいそこでそうしていたのか、気がつくと、談話室も病室もにぎやかになっている。面会時間がはじまったのだ。テレビもついていて、陽気なコマーシャルの音を談話室に響かせている。花束を持って病室に向かう若い女性たち、長椅子に座って話す患者とその友人あるいは家族たち、談話室を走りまわって親に怒られている子どもたち。見舞客と患者の笑い声や会話が響く談話室で、飛馬はそっとふりかえった。初老の女性二人はもうそこにはいない。

立ち上がり、反響するたくさんの声を、まるで重たい膜のように感じながら飛馬は病室に向かって歩く。

母の病室もにぎやかだった。入り口に近いベッドと、母のはす向かいのベッドは来客で囲まれている。母の隣の、さっき談話室にいた初老の女性はおらず、夏用掛け布団がめくれている。母は横になっているが、のぞきこむとぱっちりと目を開けた。

「ヒーちゃん、きんさったの」とやけに白い顔の母は言う。

「うん、さっき。今日学校休みだけ。昨日、運動会で」

「運動会」と母は、その言葉を知らないかのようにつぶやいた。「運動会か。そうか、最後の運動会だったんだよね。いけなくて許してごしないね」

運動会のことを言って父を怒らせたのに、母が自分の望んでいたようにあやまってくれたことに飛馬は驚き、

「いや、あの、弁当はおとうさんが作ったたし、昼休みは敏たちといっしょで、鉄平げのおとうさんがきなって、写真を撮ってくれて、あとで焼き増ししてくれるって言っとったけ、もらったら持ってくるね」

あわてて言葉をつないでいると、鼻の奥がつんとして、あ、まずいと思う間もなく、こちらを見上げる母親の顔がかすみ、涙があふれる。

「騎馬戦では最後まで残ったし、徒競走は一番ではなかったけど三番で、終わったあとジュースが出て、それで終わって病院にきたけど、おかあさんは寝てるから帰ったんだけん」

腕で顔を拭いながら飛馬はしゃべる。泣いたらだめだ、泣いたらだめだと自分に言い聞かせる。泣いたらばれてしまう、母親にばれてしまう。手術しても手遅れだったことがばれてしまう。もうすぐ死んでしまうことがばれてしまう。そう思ったことに飛馬は鳥肌が立つくらい驚いて、驚いたとたんに嗚咽が漏れる。死んでしまうとは二人は言っていなかった、でもきっとそういうことを話していた。

「おうちの人がきならん子なんておらんかったよね、ごめんねヒーちゃん」

母は力なく言い、飛馬はもうこらえきれずに、女子みたいに両手で顔をおさえてしゃくり上げる。最後の運動会という母の言葉は、小学校最後の運動会という意味ではなくて、母が見られたかもしれない最後の運動会というふうに飛馬には聞こえた。

「冷蔵庫開けてきてごらん。柳原って書いてあるゼリーがあるけぇ、好きな味を選んで持ってきて食べんさい」

母は横になったままかすれた声で言い、飛馬は涙と鼻水でべとべとになった腕をTシャツで拭きながら病室を出た。患者たちが共同で使う冷蔵庫まで歩きながらもしゃくり上げ続けた。母が死んでしまうということがどういうことなのかわからないのに、母がいなくなってしまうという想像はやけに現実味があった。

翌日の夜、病院で泣いたことを父は知っていて、そのことを飛馬に注意した。夕食のあとで、忠士はテレビを見ながら食卓に宿題を広げていた。

「なんで泣いたかわからんが、かあさんの前で泣いたらいけん」と父はしずかな声で言った。「泣いたりしたらかあさんがなんだかこわくなるけ、よけいな心配をさせちゃいけんで」

怒っているふうではなく、おだやかな声で父は言い、それでよけい飛馬はいたたまれない気分になった。母が、飛馬が泣きじゃくったのだと父に説明している様子を思い描こうとしたが、あまりうまくいかない。

「運動会が……」飛馬はつぶやいた。同じ病室のおばあさんの話を聞いてしまったことを、父にもぜったいに言ってはいけないような気がした。

「運動会にだれもこんかったくらいで、男が泣くな」父は言い、コップに焼酎を注いでテレビを見る。説教はもう終わりのようだった。

「あの、おかあさんってなんの病気なの」飛馬はおそるおそる父に訊いてみた。忠士が参考書から顔を上げてちらりと飛馬を見、目が合うとさっとまた視線を落とす。

「胃潰瘍だが。胃のなかにできものができる病気だで、それをこのあいだ手術でとったんだけぇ。とったからもう問題はないけん。傷がふさがって、体力が戻ったら退院してくるで」テレビを見たまま父は言う。無事に悪いところはとりました、なんて言うんじゃないの、という老女の声を飛馬は思い出し、父もまた医者にだまされ、それを信じているのだろうかと考える。

それ以降、放課後は病院にいくかどうか激しく迷った。敏たちと遊んでいても気持ちはつねに上の空で、罪悪感がべったりとつきまとい、でも、病院にいくのには多大な覚悟が必要だった。何も知らないだろう忠士は、飛馬からすれば変わりなく日々を過ごし、保護者のだれもこない運動会も文句も言わず終えて、一日おきくらいに母親の見舞いにいっている。

その日は何をするでもなく、下校途中にある神社の境内で、いつもの敏や鉄平たちと駄菓子を食べ、ポテトチップスのおまけについてくる野球カードを見せ合って遊んでいた。女子もまじっていた。ケロヨンこと狩野美保、それからクラスの数人。野球に興味のない子たちは、意味もなく境内を走りまわっている。

「ケロヨンって死んだ人見たことあるだかぁ？」

ほかの子どもたちと少し離れて座っている狩野美保に近づいて、隣にしゃがみこみ、飛馬は訊いてみた。狩野美保はすぐに吐くことをほかの子どもたちからからかわれていたが、数人が吐いた修学旅行のあとでは、なんとなくみんな親近感を感じているというか、彼女を仲間と見なしているように飛馬には思えた。飛馬にとっても、修学旅行の夕食の席で、ノストラダムスの大予言について当然のように話していた狩野美保は、一目置くような存在になっていた。そのようなことを飛馬は自覚していたわけではないが、人が死ぬことについて話せるのはほかのだれでもない、狩野美保のような気がしていた――そのことに、唐突な質問をしてはじめて気づいた。

「おばあちゃんが死んだのは見たことがあるよ」狩野美保は細い枝で地面を引っ掻きながら答える。

「いつぅ？」

「飛馬くんが転校してくる前だけぇ、四年生のときかな」

「うち家《げ》もおばあちゃんは死んだけど、ぼくは死んだあとを見とらんけぇなぁ」

「うちは見たけん。たくさんのお花に囲まれて、鼻に白いものが入っとったよ。鼻血のときみたいに」

カラスかほかの鳥か、ギョエーッとどこかで叫ぶような鳴き声を出し続けている。敏たちのふざける声が聞こえてくる。

「うちのおかあさんが死んでしまうんだがぁ」

狩野美保が枝でつつく地面に目を落として飛馬は一息に言った。言ったとたんに体がふっと軽くなり、今まで自分が抱えこんでいたものの大きさを思い知る。飛馬は長い息を吐き、

「だれも知らんけど、聞いちゃったんだがぁ」とつけ加える。

狩野美保はちらりと飛馬を見てから、また地面に視線を落として、「聞いたってだれからぁ、お医者さん?」と表情のない声で訊く。

「医者は本当のことは言わんみたいだけん。医者の話を聞いた人が話しとるのを、たまたま聞いちゃったんだがぁ」

「なおらない病気なの?」

うん、と答えたつもりが唸るような声になり、飛馬は涙がこぼれそうになるのをこらえる。夕暮れ近い日射しが、木々の隙間からさしこみ、地面に繊細な模様を描いている。ちらちらと絶え間なく動き続けて、まるで生きているみたいだった。

「おまえらデートしよるんか」

背後から声を掛けられ飛馬は振り向く。鉄平が体を大きく反らせて、架空の銛《もり》を投げるジェスチャーをし、

「男には男の武器がある！」とコマーシャルのセリフを叫んでげらげら笑う。

「何言っとるだぁ、おまえ」敏が呆れたように言い、

「こいつら逢い引きしよるんだがぁ」と鉄平は指笛を鳴らそうとするが息が漏れるだけだ。そして自分を見つめる飛馬の顔つきに気づくと、ふと笑いを引っこめて、「色鬼《いろおに》するやつおるだか」と素っ頓狂な声を上げて背を向けた。それで、どうやら自分は泣きそうな顔をしているらしいと飛馬は思う。

「色鬼だって、男子ってガキだけん」

「するわけないがぁ、そんなもん」

「口さけ女が出るけん帰ろうよ」

女子たちが言い合って境内を出ていく。男子も広げていたカードをしまい、帰り支度をはじめている。ぞろぞろと田畑のなかの一本道を歩く。だれかが流行歌を歌い出すと、何人かが声を揃える。

「飛馬くん」うしろを歩く狩野美保に名を呼ばれ、振り向く。少し離れて歩く美保は、自分の足元を見つめたまま顔を上げずに、しばらく黙っていたが、意を決したように、「どうせみんな死んじゃうんだけぇ、こわがることはないでね。飛馬くんのおかあさんがいくところに、うちげたちみんな大人になってすぐにいくんだけん」ぼそぼそ一気に言うと、ちらりと上目遣いで飛馬を見、ぱっと駆け出して飛馬を追い越していった。

美保が言っていたのは修学旅行で話に出たノストラダムスの大予言のことで、自分たちは三十代になって数年後、この世界は滅びるのだから、少し早く母親がこの世ならぬ場所にいってもかなしむことはないという意味のことなのだろうと飛馬は理解した。そう言われてみれば、世界が

滅びるさまを母は見なくてすむのだ。恐怖の大王を知らずにすむのだ。

　みんなと別れ家に帰るまで、飛馬は美保の言葉を胸の内でくり返した。夕食の当番だったことを思い出して、精肉店で唐揚げとポテトサラダを買って帰る。途中、薄暗くなりつつある川を飛馬は眺める。かつて想像したようには、だれも流されていないし、従って自分はだれのことも助けていない。母親のことも助けることができない。そしてきっと、この世界が滅びていくのも助けることができないだろう。そう思っても、そのときの飛馬はあまり悲観的な気持ちにはならなかった。美保の言葉をくり返すうち、飛馬のなかで世界滅亡のイメージが変化していた。全員が死ぬということは、死後の世界はこの現実世界の反転でしかない、そんなふうに飛馬は思いはじめていた。もちろんそれは、死も滅亡も自分の理解をはるかに超えているからだったが、そう思うことで気持ちが、というより体が軽くなるのはたしかだった。


「ヒーちゃん、おかあさん、もしかしてもうおうちに帰れんかもしれんって思うんだけど」と、ベッドに横になった母が飛馬にささやくように言ったとき、パイプ椅子を用意していた飛馬はぎくりとして動きを止めたが、すぐに父の、母の前で泣くなという言葉を思い出し、

「え、何だぁ、それ」と軽く言って椅子を広げてベッドサイドに置いた。

「何だぁそれって……、ヒーちゃんは本当は知っとるのとちがう?」

　知っとるってなんのこと？　そう言え、と心の声が命じるのに言葉が出てこない。

　前の週末に家族三人で見舞いにきたときは、母はやっぱりまだ起き上がれずに点滴を受けながら横になっていたが、おだやかに笑っていたし、飛馬が持っていった運動会の写真を熱心に見ていた。

「このあいだヒーちゃんが泣いたんは、運動会がさみしかったからじゃなくて、おかあさんがもうおうちに帰れんけぇじゃないの？」

母の声は弱々しいのに奇妙な勢いがあって、それが飛馬をひるませる。それってなんのこと、なんの話って訊け、とふたたび心の声が強く命じるのに反して、腹が急に差しこむように痛む。飛馬は跳ねるように立ち上がって、便所と言い残してトイレへと走った。どぎまぎしたせいか、急におなかをくだしていて、なかなか便座から立ち上がることができない。脂汗をてのひらで拭いながら、母はきっと疑っただろう、気まずくて便所に逃げたと思っているだろう、取り返しのつかない失敗をしたと、飛馬は叫びたいような気持ちになる。

ようやくトイレを出て病室に戻る。母の隣、初老の女性のベッドは今日も乱れたままで、だれもいない。入り口近くに若い女性たちがベッド脇にずらりと立ってにぎやかにおしゃべりをしている。窓際の母は、飛馬に気づかず点滴の管をつけたまま窓の外を見ている。手術で悪いところをとったのに、元気になったようには見えない。点滴もつないだままだし、立ち歩いていない。頬もこけて、でも足はむくんでいる。

「腹をこわしたぁ」飛馬は言い訳がましく言ってパイプ椅子に座る。

ええ？　今日の給食はなんだったの？　昨日何かおかしげなもの食べたの？　と、飛馬のよく知る母なら訊くはずだったが、母は窓から飛馬にもの憂げに視線を移すと、

「おとうさんは本当のことを言ってくれんけぇ、ヒーちゃんに訊くんだけんね。ヒーちゃんが本当のことを教えてくれたら、おかあさんもヒーちゃんだけに本当のことを教えてあげるけぇね」

とさっきの話を蒸し返す。

「手術が終わったらすぐにようなるってお医者さんもおとうさんも言っとったで」飛馬は急いで

言った。それは嘘ではなかった。そうだ、嘘ではないことを伝えればいいのだ。「すぐにようなるけん、だけぇ鹿野のおばあちゃんたちを呼ぶのはやめようでって言ってた。すぐに戻ってくるんだけ、アイロンとかしなくてもええし料理を覚えんでもええって。傷がふさがったらすぐによくなるし……」必死で言いながら、涙が流れてくるのを飛馬は止めることができない。入院患者同士が母とおぼしき人について手遅れだったと話しているのを盗み聞きした、それを母が知っているはずはないのに、なぜ本当のことを言えと自分を責めるのか、飛馬は混乱していた。母親に不当な意地悪をされているようにすら感じていた。母が死ぬから泣いているのではなくて、不当に意地悪されて言葉も嗚咽にのみこまれてしまう。ますます泣き止むことができず、やがて話すいるから泣いているのだと母は思ってくれないだろうかと、手の甲で涙と鼻水を拭いながら飛馬はすがるように思う。

母は上半身を少しだけ起こして、点滴の針が刺さっていないほうの手をのばし、飛馬の頭を撫でる。

「ヒーちゃん、文通まだしとんなるの?」と、ようやく話題を変える。

「やっとるよ」母の差し出すちり紙を受け取り、洟をかんで飛馬は言う。

「日本じゅうの人からお返事がくる?」

「うん、くるよ」と飛馬は答えたが、実際は以前のように熱心に手紙を書いてはいないし、そもそも返事がもうあんまりこない。

「口さけ女が出るけぇ横浜では集団下校になったんだけん」

「そんなもん、おるわけないのにね」母は笑う。母が笑って飛馬はへたりこみそうなほど安堵し、安堵したとたんにまた涙があふれる。ちり紙でごしごしと顔を拭う。もっと何か言いたくて飛馬は言葉をさがす。日本海のほかにも海がある、海みたいな湖もある、広島には野球場がある、北海道の夏休みは短いと、母に話したかった。ここ以外の世界の話をしてあげたかった。あの、見たことのない世界が、立体的にみるみる広がっていくさまを、この部屋と部屋の窓の外しか見えない母に、味わわせてあげたかった。でも、飛馬には何も思い浮かばない。かろうじて思い浮かんだことを言う。

「一九九九年には世界が滅びるんだで。恐怖の大王が世界を滅ぼすんだけん」

そんなこと、あるわけないのにねと母は言わなかった。

「そっか、滅びるのかぁ」母は言い、ふふふ、と飛馬に笑いかけた。

「あのさ」飛馬は涙がおさまったのを確認して、口を開く。母はベッドから飛馬を見上げる。

「本当のことって何ぃ?」

「え、なあに」

「さっき言っとったがぁ。ぼくが本当のことを言ったら、おかあさんも何か教えてくれるって。ぼくは本当のことを言ったがぁ、すぐにようなるっておとうさんは本当に言っとったんだけ。だけぇさっきの、教えてよ」

ああ、と母はうなずき、ふふふと笑いかけた顔のまま、

「あんたたちのおじいちゃんが地震を予知したなんて話は嘘なんよ」と言った。

「は?」母の言うことがあまりにも予想外だったので、飛馬は何をどう訊いていいのかわからず、ふぬけた声を出した。

「そんなこと、あるはずがないがねぇ」

「だけど……」幼いころ、父に連れられて祖父をたたえる記念碑を見にいったじゃないかと思っ

たが、そんなふうに反論する気になぜかなれず、飛馬はただ押し黙る。

「だけぇ、忘れたほうがええよ、そんな話」母はおだやかな笑みを浮かべてつぶやいた。

この日の母との会話はいったいなんだったのか、飛馬はその後ずっと考えることになる。自分は家に帰れないのではないかと、なぜ母は思ったのか。なぜ飛馬ならそれを知っていると思ったのか。そしてなぜ、祖父の伝説が嘘だと唐突に言い出したのか。

ともあれその日、飛馬は何がなんだかわからないまま病院をあとにした。説明のつかない、うっすらとしたいやな気持ちだけが強く残っていた。


なぜあんなことを言ったのか、いつか母に訊こうと飛馬は思っていたが、それはかなわないこととなった。

十一月の半ばすぎに母は亡くなった。

終わりの会の前に担任教師が飛馬をさがしにきて、廊下に連れ出すと、「すぐ病院にきんさいっておとうさんから連絡があったけん」と告げた。終わりの会には出ず、掃除をすることもなく、飛馬はランドセルを背負って校門を出て病院に向かった。

晴れて空が高く、まるで夏のような厚みのある雲が浮かんでいた。下校する生徒のいないいつもの帰路を歩くのは、夢のなかのできごとのようで、足元がふわふわした。教師はそうは言わなかったけれど、母が死にそうなのだと飛馬には理解できた。しかし現実味があまりないせいで、不安もかなしみもさほどなかった。世界が終わるときはこんなふうなのではないかと、ゆっくりと流れる雲を見上げて歩きながら飛馬は思った。こんなふうにしずかで、どこかのんびりしていて、圧倒的にいつもどおりのまま、ふっとどこかに吸いこまれるように世界は終わるのではないか。

病院に着いて面会者用の出入り口にいくと、ときどき顔を見る職員が、「柳原さんだったよね、名前は書かなくていいけん急いでいきんさい」と真剣な面持ちで言い、飛馬はこの段になってようやくいやな予感を覚えた。

エレベーターを降り、走って病室に向かう飛馬を、顔見知りの看護婦がナースステーションの前で呼び止めた。

「あのねえ、おかあさん、べつのお部屋に移ったんよ」と言い、困ったようにナースステーションを振り向き、ほかの看護婦と何やら低い声で言葉を交わし、「ちょっこし談話室で待ってようか」と飛馬に言い、早足でその場を去っていく。

談話室にいくと、テレビは消えていて、がらんとしているが、ところどころ入院患者が座っている。飛馬は以前と同じようにテレビの前の長椅子に座り、灰色の画面を見る。

「だけぇ、おなかに水がたまったら最後だって言うけぇね」

と声が聞こえてきて飛馬はそっと振り向く。あの人だ、とすぐにわかる。母の隣のベッドの、初老の女性だ。隣にいる浴衣姿の女性が、以前見かけたのと同じ人なのかどうか飛馬にはわからない。

「そうなの？　抜いたらええんじゃないの。あの人だって抜いたら元気になりんさったじゃないの」

「抜いたってまたたまるけぇ、抜いたらなおるわけじゃないけん。ともかく水がたまったら……」と初老の女性はそこで言葉を切って、飛馬に気づいてじろりと見、「余命はもう数えるくらいだって。三か月ももたないって言うんだがぁ」と声を落として言っている。飛馬は彼女ににらまれても目をそらすことができず、声を落として話す彼女を見つめる。そこに先ほどの看護婦とともに父親があらわれて、飛馬に手招きをする。父は看護婦に頭を下げて飛馬の背を押し、エレベーターホールへと向かう。どうやら母は違う階に引っ越したらしい。ともにエレベーターに乗りこむと、父はＢ１のボタンを押す。

「飛馬、かあさん、死んでしまったがぁ」

ボタンを見つめたまま飛馬を見ず、父は振り絞るような声で言う。エレベーターの白々とした明かりが急に切れたように飛馬には感じられた。ついにこの日がきてしまったという思いと、そんなことがあるはずがないという思いとが入り交じって、鼓動が激しくなる。

飛馬が連れていかれたのは地下の、暗い不気味な部屋だった。部屋にはすでに忠士もいた。土間と和室のようなしつらえの奇妙な部屋で、部屋の奥、壁際に布の掛けられた台があり、その前に低いテーブルが置かれ、火のついたろうそくが二本立っていて、その中央に線香立てがある。忠士は土間の隅に立ち、うつむいた肩をふるわせている。布の掛かった台は棺で、そこに母の遺体が入っているらしいと飛馬は推測したが、母の姿が見えないせいで、本当に母が死んだのかどうかの確信が持てない。

「かあさん、死んでしまったがぁ」父はもう一度言って、その場に膝をつく。

飛馬のなかで訊きたいことが渦巻くのだが、しかし何からどう訊いていいのかがわからない。言葉が出てこない。飛馬が最後に母に会ったのは四日前の日曜日で、家族で面会にきて、あまり長居せず帰ったのだが、そのときの母は四日後に死ぬような人には見えなかった。やつれていたし足はあいかわらずむくんでいて弱々しく、手術後に何かがよくなったようにはやはり見えなかったけれど、死が迫っているようではなかった。でも自分が知らないだけで病気というのはそういうものなのかもしれない。飛馬はただ明確な言葉にならない考えがぐるぐる浮かんでは消えるのに任せてその場に立っている。

ドアがノックされ、看護婦が顔を出し、何か言うより先に看護婦をうしろから突き飛ばすようないきおいで鹿野の祖母が入ってきて、続いて祖父がのっそりあらわれる。飛馬たちを見ることなく、祖母は白い布で覆われた棺の前に倒れこむように座り、祖父は呆然と立ち尽くして棺を見ている。

「手術は成功したんじゃないかいなぁ、そういう説明だったがぁ、術後にまだ治療があるし再発の危険もないとは言えないけぇ、でもいのちにかかわることはないとお医者さんは言いんさったがね」祖母はだれに言うでもなく、音程の安定しない声で言い募る。「それに、なんだいや、おかしいけぇ、こげなことになっとるの、あの子の顔は見られんのかいな」祖母は父にとりすがって泣いている。

「それが……」と父は言いかけ、飛馬と忠士を見て、「お線香あげて、それから外で待っとりんさい」と言う。

忠士は言われたとおりに進み出て、線香を一本手に取り、ろうそくの火を移し、それを線香立てに立てて手を合わせている。忠士の肩が小刻みに揺れているのを眺めていた飛馬は、忠士がそこをどいてから忠士のまねをして手を合わせた。ろうそくの火が、飛馬に話しかけるように大きく揺れる。

地下の暗い廊下にはひとけがなく、長椅子が壁際に置かれている。忠士はそこに座ってまだしゃくり上げている。飛馬も忠士の隣に座る。ぽかんとした空洞が自分の内側にあって、それがどんどん広がっていく。かなしみなのか驚きなのか別の何かなのか、飛馬には判断がつかない。

廊下は無音で、人の気配がまったくしない。廊下の奥で蛍光灯がひとつ、不定の間隔で点滅している。すでに終わった世界にいるみたいに飛馬には感じられた。

父と鹿野の祖父母がいる部屋から、甲高い祖母の声が漏れ聞こえてきて、飛馬はふいに現実に引き戻されて扉を見る。どがぁして死んだ、いったい何があっただぁ、あんたはあの子に何を言ったんだぁ、と荒らげた声が聞こえる。ポーンというやけに大きな音が響き、エレベーターの扉が開いて二人の男性が降りてきて、廊下を進み父たちのいる部屋に入る。男性二人は黒い背広を着て黒い鞄を持っていて、はっきり顔を見なかったせいで飛馬には二人が死神のように思えた。二人が扉の向こうに消えると、祖母の声はもう聞こえてこず、また廊下は静まりかえる。

「飛馬、かあさんに何か言われただかぁ?」ふいに忠士が訊く。涙声で、目も濡れているが、もう涙は流していない。「何か、気になるようなことはないだかぁ?」

本当のことを教えて、と言う母がとっさに思い浮かんだが、それはけっして言ってはいけないことに感じられて、飛馬はただ無言で首を振る。

「おれはおとといだか、見舞いにきて、かあさんは寝ていたんだけど、帰るときに起きて、たっちゃん世界は終わるらしいけん、ってぼんやりした顔で言うんだがぁ。それってあれだがぁ、ノストラダムスの。そんなの古いけんっておれはつい言ったんだがぁ、だって今そんな話しとるやつなんてだれもおらんけぇ。そしたらかあさんは、世界が終わるまえに遠くにいくといいけぇって言ったんだがぁ。なんだそれって訊いたら、ほら大学とか、いきんさいな、って言うんだ。そんなのまだ先すぎてわからんし、寝ぼけてるのかもしれんけぇと思って、わかったけんって話を切り上げて帰ったんだがぁ」

忠士はぼそぼそと一気に話す。続きを待つが、忠士はそれきり何も言わずに床に目を落としている。おじいちゃんが地震を予知したっていうのは嘘だって言ってた、と、喉元まで出かかったのを飛馬は言うまいとこらえた。

扉が開き、死神然とした二人が出てきてエレベーターホールに向かう。それから父が、次に祖父母が出てくる。祖父に支えられるようにして歩く祖母はすすり泣いている。

「お葬式は週末にすることになったけぇ」と、忠士と飛馬の前に立って父は言う。

「あんたたち、あの子から何か聞きんさったか、あの子は何か言ってなかっただかぁ？　あの子はなぁ、何か勘違いしたんだがぁ、自分は死ぬんだけんって思い詰めてこげなことになったんだけぇ、こげなのおかしいがぁ、間違っとるがなぁ」祖母は飛馬と忠士にとりすがるようにして泣きながら訴える。

「やめてごせぇ、この子らはなんにも知らんのだけぇ」父が、飛馬たちと祖母のあいだに割るようにして立ちはだかると、

「だいたいあんたはなんだいや！　あんたはちゃんとあの子に伝えただかぁ？　ぜったいになおるけぇってきちんと話をしんさっただかぁ？」支える祖父の腕から逃れるように体を揺すって祖母は叫び、

「やめんさい、落ち着きんさい」祖父が低く言い、祖母を引きずるようにしてエレベーターホールに向かう。

何か尋常でないことが起きている、あるいは起きたらしいと、飛馬は直感で悟る。人が死ぬこと自体が尋常でないことではあるが、それとは異質の常ならぬことだ。なのにそれについて大人たちはだれも説明しないだろうし、子どもらしさを装って訊いてもいけないということも、直感が告げている。飛馬と忠士は父に連れられて母が入院していた病棟に向かう。すでに面会時間は

はじまっていて、談話室にも病室に続く廊下にも、見慣れた光景が広がっている。

「片づけにいくけん、ここで待っとってもええし、きてもええ」と父が言い、忠士と飛馬は何も言わずに父に従って母のいた病室にいった。出入り口脇のベッドがひとつ空いている。退院したのか、カーテンは開かれ、サイドテーブルには何ものっておらず、ベッドはシーツも剝がされた状態になっている。挨拶をしていたはずなのに、そこにいた患者がどんな人だったのか、飛馬は思い出せない。

　母のベッドも、きちんと片づけられている。まるでだれもそこにいなかったかのように掛け布団もシーツも剝がされているが、サイドテーブルにはティッシュやコップや箸箱や、見慣れた母の持ちものが雑然と置いてある。父は出入り口脇のロッカーから入院するときに母が持ってきた旅行鞄を出してきて、こまごましたものを確認もせずに放りこんでいく。

　父がそうしているあいだ、忠士も飛馬もベッドの脇に突っ立っていた。飛馬は母の隣のベッドを見ていた。ベッドには今日も初老の女性はおらず、シーツと薄い掛け布団が乱れたままになっている。今もまだ談話室で、死んでいく患者の話をしているんだろうか——そう考えて飛馬ははっとする。手術しても手遅れだったと話していた声は、今も耳に残っている。あれははたして本当に母のことだったのだろうか。もしそうではなかったとしたら——唐突にそう思い、飛馬は底が見えない深い深い穴を覗きこんでいるような、バランスを崩したらその穴に落ちてしまうような、不安と恐怖を覚える。どうしていいのかわからなくなってベッドのふちに座る。立ち上がる。また座る。また立ち上がる。それをくり返す飛馬に、忠士は目をくれることもない。

　病院を出ると山ぎわの空だけがだいだいとピンクの混ざり合った色で、そのほかは濃紺だった。父は黙々と歩き、駅近くのラーメン屋に入った。母が入院した日に三人で食事をした店である。

テーブル席に着き、父は隣の椅子に旅行鞄を置く。店員にビールと餃子と炒飯を頼み、忠士はチャーシュー麺を、飛馬はラーメンを頼む。

「とうさん、かあさんはなんの病気だっただかぁ」ビールを飲む父に、忠士が訊いた。

「がんだけぇ」父は忠士を見ずに答える。

「すぐ退院できるって言っとったのに」

「そのはずだったがぁ」

「じゃあ」と忠士が言いかけたとき、店員が餃子の皿と飛馬のラーメンをテーブルに置いた。炒飯とチャーシュー麺も運ばれてくる。忠士も父も飛馬も、テーブルに並べられる料理を見ていた。じゃあ、の続きを言わず、忠士は食べはじめる。

「おばあちゃんはなんであんなに怒っとったん」食べはじめる前に飛馬も訊いてみた。

「かあさんが死んじゃったからだけぇ」父は言い、「これも食べんさい」と餃子の皿を忠士と飛馬に勧める。

父の答えに納得したわけではなく、得体の知れない疑問と違和感はますます飛馬の内で強くなったが、それを言葉にできずに飛馬は箸を割って麺を食べる。食べながら、父の隣の旅行鞄を見る。鞄は母の不在そのもののように思えたが、母がもういないという実感はあいかわらず持てないままだった。母が本当にもういないのなら、こんなふうに三人で食事をしているはずがない。ラーメンがおいしいはずがない。

望月不三子　1967

谷部不三子《やべふみこ》は高校に進学したころから、大学に進学したいと漠然と思っていて、高校一年時の担任教師も、このまま勉強をがんばれば国立大学に進学できるのではないかと言ってくれたけれど、進路について真剣に考えはじめるより先に、父親が亡くなった。不三子が高校二年に上がった夏の終わりだ。その年は災害の多い年で、七月には西日本を、八月には羽越を、死傷者が数多く出る豪雨が襲ったが、テレビのない谷部家ではラジオと新聞でそのニュースを見聞きし、死者の数でしか被害の甚大さに思いを馳せることができないでいた。そこへきて父親が急死し、遠い地の災害は不三子の頭からすぐに消えた。

不三子は、自動車製造会社で働く父、総合病院で清掃の仕事をする母、三歳下の弟と六歳下の妹の五人家族で、自分の家が貧しいことは幼いころから理解していた。父親が脳卒中であっけなく亡くなったとき、父の死をかなしみながら不三子は、大学進学の夢が完全に潰《つい》えたと思った。進学したってどの大学も学生運動で授業などろくにやっていないに違いない、と自身に言い聞かせた。実際に、新聞にはそんな記事ばかり書かれている。それにクラスの大半は、とくに女生徒は受験などしない。

就職先が無事に決まり卒業するころには、だから不三子は大学進学を夢見ていたことなどすっかり忘れ、あたらしくはじまる社会人としての生活に胸をはずませていた。

不三子が就職したのは製菓会社である。久我山にある自宅から電車を乗り継いで、八丁堀にある会社まで小一時間ほどかかる。

「私、就職試験を受けたのはみんな食べものの会社なの」と、同期入社の吉川佳世子といっしょになった帰り道、不三子は打ち明けた。

「わかる。食べものの会社なら、きっと食べるものに困ることはないものね、自分のところで作っているんだから」と佳世子も笑った。

同期入社の男性たちは、みな営業研修をはじめたけれど、不三子たちは清掃や茶菓の補充、電話応対や伝票整理などを先輩社員から教わる。敬語もうまく使えず、上座が何かもお茶の出しかたについても知らない不三子は、いちいち先輩から叱られてあわてふためいたが、作法を覚えていくのは新鮮だった。そして佳世子やほかの新入社員たちが、自分とは異なってそうしたひととおりのマナーを知っていることにひそかに驚いていた。彼女たちは自分と同じ高卒で、とくべつ裕福な家の子女というわけでもなさそうである。それでも茶器の選びかたやお茶のいれかたや接客マナーをすでに熟知している。佳世子はお茶とお花を習っているというし、書道の得意な女子もいれば日本舞踊をやっているという女子もいて、そうした習いごとの例を聞くまでもなく、みんな文化的な家庭の子どもらしいのが、不三子には不思議でもあった。

亡くなった父親は家にいるときは酒を飲むばかりの無口な男で、母親は料理や掃除といった最低限の家事はするが、子どもたちは放ったらかしで、正月におせちを用意するとか、破れた衣類を繕うとか、デパートに子どもたちを連れていくとか、そういったことはいっさいしなかった。夕食の準備をしないこともあるくらいで、不三子は中学に上がったころから妹や弟のために食事を作っていた。

中学高校に通っているときからうすうすわかっていたことだけれど、こうして社会に出てみると、自分の家がいかに非文化的で時代遅れだったのか不三子はあらためて実感した。けれども、電話での受け答えも、茶托の使いかたも知らない不三子を、先輩社員も同期の女性たちも馬鹿にすることはなく、知らないことは知らないと言えば呆れながらもきちんと教えてくれるので、不三子は劣等感を味わうことも卑屈になることもなかった。叱られれば気落ちしたが、知らないことを知っていくのはたのしかった。

もらった給料の三分の一を母親に渡し、残りのお金で衣類や化粧品を買い、たまには弟や妹の身のまわりのものも買う。佳世子と映画を見にいったり喫茶店に寄ったりするようになり、お給料はいつでも足りない。会社にミシンのセールスマンがきて、月に二度ほど講習会を開いていたので、不三子も参加してバッグやエプロンの縫いかたを習った。やがてスカートやシャツまで縫えるようになると、ミシン購入のために積み立てもはじめた。

勤めはじめて二年目になると、不三子は佳世子に誘われて会社の登山部に入部し、休みのたびに近隣の山に登るようになった。不三子がはじめてデートをしたのは登山部に所属する四歳年上の羽賀雅夫だ。それまでも佳世子を含めて四人で映画を見にいったり、ビアホールにいったりしたこともあったけれど、二人で会うのははじめてだった。

羽賀雅夫は不三子と同期入社しているが、四年制大学を卒業しているので年上なのだった。誘われて、日曜日に有楽町で映画を見て、雅夫の案内で洋食屋にいった。赤い絨毯敷きの高級そうな店で、入り口でコートを預かってもらうのにもウエイターに椅子を引いてもらうのにも不三子はどぎまぎし、渡されたメニュウを開いても書かれている文字がよくあたまに入ってこない。かろうじて知っている料理名を見つけ、信じられないような金額だったけれど、手持ちのお金でなんとかなりそうではあったのでハンバーグを注文した。雅夫は何かの料理と二人ぶんのビールを頼んだ。不三子はあまり好きではなかったが、運ばれてきたビールグラスを雅夫と軽く合わせてから口をつける。

「アメリカと日本じゃあいろいろ違うけど、でもぼくもちょうど学生時代はあんな感じだったから、すごくよく理解できたし、もどかしい気持ちになったな」

と雅夫はビールを飲みながら映画の感想を述べる。映画は雅夫が選んでチケットを買ってくれたのだが、アメリカの学生運動事情を描く映画は不三子にはよくわからなかった。学生運動がどんなものかもよく知らないし、知らないゆえに興味の持ちようもないのだった。もし父が死んだりせず、あるいはもう少しめぐまれた経済状況の家に生まれていて、淡く願ったとおりに大学にいけていたらあんな目に遭っていたのだろうかと思う程度だ。

感想を聞かれたらなんと言おうか、不三子はせわしなく考えていたが、彼はとくに意見を求めることなく、料理が運ばれてくるとビールを二杯追加している。

「あの、お箸って……」料理の両側に並んだナイフとフォークに戸惑って、去りかけたウエイターに不三子は思わず訊くが、

「お箸って、きみ、そんなお店じゃないよ」と雅夫に笑われて、不三子も曖昧に笑ってナイフとフォークを手に取る。仕事帰りに佳世子たちと洋食屋で食事をすることもあるけれど、たいてい気楽な雰囲気の店で割り箸が出てくる。不三子もナイフとフォークを知らないわけではないが、平皿にのったごはんをそれらでうまく食べられる自信がない。しかたがないので不三子はフォークだけでハンバーグを切り、ごはんを口に運ぶ。雅夫はカレーライスのような料理なのに、ナイフとフォークで中身の肉を切り分けて、フォークで汁とごはんを口に運んでいる。米粒をこぼさずに食べているのは不三子にはみごとな芸当に見える。

「谷部さん、お休みの日は何をしているの。山登り以外に何が好きなの」雅夫に訊かれ、不三子はなんと答えるべきかめまぐるしく考えて、

「積み立てでミシン買ったんです。会社にミシンの人がきてくれるでしょ？　針で縫うのは好きじゃないけれど、ミシンだと早い上にまっすぐ縫えるから、お洋服なんかすぐできちゃうの」と言った。雅夫を好きかどうかを考えるよりまず先に、雅夫に気に入られなければいけないような気がしていた。

「ミシンの人？」ナイフとフォークを動かしながら、羽賀雅夫は不三子に訊く。

「ミシンの会社の人が講習してくれるんですよ、私は入社してからずっと参加していて」

「へえ、そういうのがあるなんて知らなかったな。ただで教えてくれるの？　あ、ミシンを売りつけるんだから、ただというわけでもないか」

「いやだ、売りつけるなんて押し売りみたいに」不三子は笑った。「希望者が買うんです。無理に買わせたりしませんって」

雅夫は笑う不三子をじっと見ていたが、「女性はいいね、給料をもらいながら花嫁修業ができるってわけだ」とおだやかな笑みで言う。

たしかにそうだ。男性社員とは違って出張もないし残業もない。お茶の入れかたや電話応対のしかたを教わり、ミシンを習い、それで毎月お給金をもらって、多くの女性が結婚と同時にやめていく。

「でももし私が男の人だったら、あたらしいお菓子を作って売り出したいな」フォークでハンバーグを切り分けて口に運びながら不三子は言う。

「あたらしいお菓子？」雅夫が訊いてくれるのでうれしくなって不三子は話す。

「最近はお菓子もずいぶん安く買えるようになったでしょ、チョコだっていろんな種類が出て、アポロチョコなんてすごいと思うわ。だからね、和歌が書いてあるビスケットとか、めずらしい動物のかたちで、名前が書いてある一口サイズのチョコレートとか、たのしんであたらしいことが覚えられるお菓子があったら、おもしろいと思っていて」

「添加物のことなんかは考えないわけ？　食品衛生法が変わったよね」

雅夫に言われて不三子はとっさに後悔する。夢中になって、なんだか馬鹿みたいなことをべらべら話していたことを思い知らされる。

「そういうことは私、学がないから知らなくて」

「これからはお菓子の形状なんかより、添加物とか製造方法とか、そういうのが重要になってくる時代だとぼくは思うな」

ふふふ、と不三子は笑い、皿にこびりついた米粒をフォークではがして口に入れ、何も残っていないのを確認してフォークをもとの位置に戻す。ハンバーグの皿にはソースがたっぷりと残っているが、なめるわけにもいかないのでそのままにする。ビールが残っているのに気づいて一気に喉に流しこむ。気がつけば店は混んでいて、不三子たちと同世代の男女がみな向き合って食事をしている。女たちはみんな若いのに高級そうに見える服を着て、ナイフとフォークを優雅に操っている。不三子は急に、ナイフとフォークに戸惑い、何もわからないくせに菓子について得意げにしゃべり、安売りで買ったワンピースを着て座っている自分が恥ずかしくなり、今すぐにでも帰りたくなる。尿意を覚えるが、手洗いにいきたいなどと言い出しにくい。登山部のときは女性たちでかたまって行動しているので、平気でお手洗いにいくと男性たちに言えるのだ。

メニュウでハンバーグの値段を見たときにとっさに財布の中身を勘定した不三子だったが、その日の食事代は雅夫が支払った。礼を言って駅まで歩き、そこで別れると、不三子はすり足で公衆便所に向かった。

また雅夫から誘われて食事をし、それを数回くり返して、結婚の申しこみがあり、それで退社することになるのだろうと、この日の帰り道、不三子はなんとなく想像した。会社に入って二年目だし、まだまだ習いたいこと覚えたいことはたくさんあるからやめたくはないが、けれども同期入社の女子社員たちのなかで最後まで取り残されるのもいやだった。だから退社はしたほうがいい、これからは雅夫を支えていけばいいと考えた不三子だったが、その想像に反してその後雅夫から映画にも食事にも誘われることはなかった。

結局、谷部不三子が結婚したのは、雅夫との結婚を想像したときから四年後、相手は、上司から勧められた見合いで知り合った、三歳年上の望月真之輔《もちづきしんのすけ》だった。四年制大学を卒業後、電機メーカーに勤務する無口な男で、見合いのあと、真之輔は不三子を三回映画に誘い、その都度食事をし、一九七五年の春に結婚することになった。真之輔の誘う映画は、『砂の器』や『伊豆の踊子』といった日本映画で、漫画の実写映画と二本立ての『ノストラダムスの大予言』に誘われたときは一抹の不安を覚えたが、その馬鹿げた予言書がはやっているのは不三子も知っていたし、小難しい映画ではないことにやはり安心した。食事も、このときにはナイフとフォークを躊躇なく使えるようになっていたけれど、真之輔が連れていくのは安価な中華料理屋や居酒屋だったから不三子はそう緊張せずにすんだ。銀座に一号店ができたファストフードも、不三子は真之輔とはじめて食べた。真之輔は映画の感想を言うこともなく、ましてや添加物や「これから」の日本のことなども話さないが、不三子の話をよく聞いてくれ、妹や弟のシャツくらいなら買うより縫ったほうが安いと言う不三子を大げさに褒めた。会話が途切れても沈黙は苦にならず、何より不三子は真之輔の前でならお手洗いにいってきますと言うことができた。

年が改まり、誘われて初詣にいった帰りに真之輔から求婚された。その後、不三子は静岡の、下田にある真之輔の実家に挨拶にいき、また真之輔も久我山の不三子の母親に挨拶にきて、三月に東中野の結婚式場で挙式した。製菓会社を不三子は三月末で退社し、同期最後の居残りにならなくてすんだことにほっとした。

結婚してすぐに住んだのは高円寺のアパートである。実家に暮らしていたときはとくに不満もなかったのだが、そうして家を出てみると驚くほどの解放感があった。弟は大学四年に進級し、学費はアルバイトでまかなっている。妹は高校を出てデパートで働きはじめた。もう弟妹の学費や生活費の心配をすることもなく、炊事や洗濯に追われなくてすむ。そして何より陰気な母親から逃れられたことが、呼吸をしやすくなった最大の原因のようだと思った。

木造アパートは台所兼食堂と、和室が二間、古びたアパートだったけれど真之輔が社員割引で買った冷蔵庫も洗濯機もテレビも掃除機も電子レンジも最新型だった。足踏みミシンも家から持ってきて、寝室にした和室に置いた。佳世子や、先に寿退社した元社員がときどき遊びにきてくれる。佳世子はまだ勤めていて、登山部にも参加している。

「私は結婚しないし、したとしても仕事は続ける」と佳世子はいつも言っている。けれどきっと、ほかの女性社員たちがみんないなくなったら佳世子もあわてて結婚相手をさがすだろうと不三子は思っている。不三子が退社するより先に北海道に転勤になっていた羽賀雅夫が、その地で結婚したことも、不三子は佳世子から聞いたのだった。

高円寺のアパートで、望月真之輔と新婚生活をはじめた不三子は、早朝に真之輔を見送ると、最新型の掃除機で部屋を掃除し、洗濯機で洗濯をし、終わったものを干して、テレビで料理番組を見、夕食の買いものにいって、冷蔵庫でビールを冷やして夕食を作る。

そうした暮らしが張り合いに満ちていたのは、しかし三か月程度だった。真之輔の帰りは毎日遅く、休みの日も仕事にいくことが多い。時間を持て余すと不三子はテレビをつけて真剣に見た。ベトナム戦争が終わったことも、日本人女性がエベレスト登頂を成功させたことも、不三子はテレビを見て知った。寺内貫太郎も沢田研二も、田部井淳子もサザエさんも日本赤軍も、みんなテレビのなかの人――自分の住む場所からはとてつもなく遠い惑星の、住人のように感じられた。

買いものにいった先で、新発売のお菓子を見つけると、不三子は自分がかつて製菓会社の社員だったことを思い出した。山に登り、ミシンを習い、女性社員たちとビアホールにいっていた、たった数か月前までの自分も、今や遠い惑星にいるかのようだった。

妊娠がわかったときは、これでようやく私もその惑星にいけると不三子は思い、そう思ってから、へんな感想だと気づいて苦笑した。翌年の五月、ゴールデンウィークが終わるころが予定日だと医師に告げられた。

不三子は隣の区にあるキリスト教系の病院にバスで通った。近隣では、そこがいちばん大きな病院だったからである。看護婦も医師も、威圧的なところのないおだやかな人たちで、受付にあるパンフレットを見て、真之輔が仕事で不在にする日曜日、礼拝にも参加してみた。讃美歌は歌えず、牧師の話もまったくわからなかったが、チャペルに座っているとしずかな気持ちになることができて、おなかのなかの子どもにもいいように思えた。

毎週ではなかったものの、教会に顔を出すようになってしばらくすると、信者たちから声をかけられるようになった。献金を強要されたり、活動への参加を勧められたりするのではないかと不三子は勝手に身構えていたのだが、話してみれば、その人たちは近所のおばさんたちとさほど変わらない。気安さは変わらないのだが、病院付属の教会だからか、妊婦の健康について一家言ある人が多い。

「妊婦の敵は貧血よ。ほうれん草やレバーをきちんと食べなさい」と言われれば、妊婦の敵は風邪だとばかり思っていた不三子は言われたとおりにし、

「骨盤体操を毎日すれば、赤ちゃんが自然に出てきやすくなるわよ」と言われれば、膝を曲げて横になって骨盤を上げる運動を寝る前にやるようになり、

「四か月を過ぎたらもう骨盤体操はしないほうがいい」と言われればあわててやめて、

「赤ちゃんはもう耳が発達しているから、音楽を聴かせたり、話しかけたりしないと」と言われれば、真之輔に頼んでクラシックのテープを買ってきてもらい、それをかけながら家事をした。実家の母親より彼女たちのほうがよほど親身になってくれて、しかもいろんなことをよく知っていた。

料理教室に誘われたのは、おなかの子が生まれるまであと二か月足らずというころだった。やはり教会に通っている年輩の女性が、おなかの目立ちはじめた不三子に目を留めて、

「お料理教室なんだけど、体にいいお料理を教えてくれるから、望月さんもこない？　おっぱいの出もきっとよくなるから」と誘ってくれたのだった。

その教室は不定期ながら月に二、三度、病院の近くにある区民センターの一室で行われていて、区民センターのほかに、病院や教会の掲示板にも次回の予定が貼り出されている。たまたま健診と重なる日があったので、不三子は区民センターに顔を出してみた。

区民センターの一室は、教室のように長机が配置されている。

「望月さん、こっちこっち。はじめてのみなさんは前に座って」と、誘ってくれた女性が不三子を見つけて手招きし、不三子は言われるまま最前列のパイプ椅子に座る。隣に座る女性も不三子

と同世代で、不三子を見ておずおずと会釈をする。集まってくるのは老若の女性ばかりだ。やがて真っ白い割烹着を着た女性が入ってきて、

「ややあみなさん、お集まりだね。もうすっかり春。今はなんといっても山菜ね。ふきもよし、よもぎもよし、田芹《たぜり》もいいね、たんぽぽつくし、帰りがけに摘んでいけますね」とテンポよく言いながら、抱えてきた風呂敷包みをほどき、竹で編んだ籠をいくつか取り出して、長机に並べている。

「前列はあたらしい人たちだね、ようこそいらっしゃいました。ここはただの料理教室だけど、私たちが幸福になるか否かはすべて料理にかかっています。だからね、あなたたちが今日参加しているのは料理教室でありながら、幸福教室でもあるのね。あら、あなた妊婦さん。節句のころに登場なさるのか、あらあら、でもあれか、兜のお祝いじゃないね、鯉のぼりを急いで買いなさんなよ」彼女は不三子を見て早口で言い、さもおかしそうに笑っている。「あなたはあれだ、ご登場はまだまだ先だ、つわりは苦しい？　それはね、あなた白砂糖白ごはん白パンね、大好物の真っ白いクリームもね、今日からやめなさい、ぴたりと止まるから、つわり。それから胎盤ができはじめてるから、赤ちゃんのためにも白いものはぜんぶやめて。添加物も気をつけること。悪いものぜんぶそのまま赤ちゃんにいってしまうからね。蓮根湯おすすめよ。あとで教えましょう。あらあら申し遅れました、わたくし勝沼沙《かつぬまさ》苗《なえ》です、はじめての人たちはどうぞよろしくね。うしろのみなさんも元気でしたね、うん、みんな元気そうだ。今日はヒエとあわについて学びましょうね」

彼女が竹籠の中身を見せながら言うと、不三子の背後からノートや筆記用具を取り出す音が聞こえてくる。勝沼沙苗は白髪の多い灰色の髪をひとつに結わいていて、その髪から判断するに七

十歳前後と思えるが、しかししみもしわもないはりのある肌をしていて、しかも目が幼子のように澄んでいる。いったいこの人は何歳なんだろうと思いながらも、不三子は彼女の語りのいきおいにのまれていく。

「みなさんこのあとお茶を飲んだりするけれど、どうする?」

会が終わり、教会のメンバーにそう訊かれた不三子は、隣に座っていた女性と顔を見合わせる。

「私はこのあと買いものしなきゃいけないので、帰ります」と彼女が言い、

「じゃあ私も……。今日はありがとうございました」不三子も断った。

「わかったわ。また教会で会いましょうね。お体おだいじにね」彼女はにこやかに言い、参加していた女性たちと談笑しながら部屋を出ていく。

「なんというのか、これって何かの思想団体?」

区民センターを出て、なんとなく駅の方向に並んで歩き出したとたん、隣の席だった女性が言う。

「あの人、つわりのこと当てたのはすごいけど、あんなの口からでまかせですよね? 妊娠十週くらいならだれだってつわりがたいへんなんだし」

「あの先生に妊娠十週だって前もって伝えてたの?」と不三子が訊いたのは、隣を歩く女性はまだおなかも出ておらず、言われなければ妊婦と気づかなかったからだ。

「言ってないけど、大勢の女性たちや妊婦たちを見てればわかるものなんじゃないかな」

まだ午後の日は高く、学校帰りの子どもたちが何人も通り過ぎていく。立ち止まったりしゃがみこんだり、追いかけっこをしたりしている子どもたちの声は、春の日射しに反射するように明るく澄んでいる。隣を歩く彼女も不三子と同じ病院に通っていて、「健康にいい料理を教えてく

れる会がある」と、看護婦のひとりに教わったのだという。

「でもなんだか昔みたい。うちの親だって玄米なんか食べないし、ヒエやあわなんて戦時中じゃあるまいし。お肉を食べないなんていうのも古くないですか？　アメリカ人みたいな食生活にすればアメリカ人みたいな体格になって、足もすらっと長くなるって言われてる時代なのに」と、駅までの道すがら、彼女はひとしきり文句を言い続ける。

「でもつわり、玄米に変えたらぴたりと終わるって……」

「だってこの時代に玄米なんてどこで売ってるの？」あきれたように彼女は言い、「何か売りつけられなかっただけでもよかったですよね」と、にこりともせずに言う。

「私、バスなので、ここで」

私鉄の駅に向かっていく女性に不三子は声をかける。じゃあまた、と軽く会釈をして彼女は歩き去る。不三子はその場に突っ立ってそのうしろ姿を見送った。なんだか熱に浮かされたような気分だった。

勝沼沙苗が言っていたことは、一言一言すべてすんなりと不三子の内に入ってきた。だからなぜ隣の女性が思想団体だとかなんとか、悪く言うのかが理解できない。要約すれば、食生活が私たち人間の、いのちや幸福にとっていかに重要かという話だった。

現代的な食生活は便利になったが、便利さに飛びつくとたいせつなことを失ってしまう、手がかかっても日本古来の食生活に戻すべきだ、それがひいてはこの国の国民のいのちと幸福に結びつく、というのが話の主旨だった。添加物はよくないと約一時間半の講義のなかで勝沼沙苗はくり返し言っていた。たとえばインスタントラーメンにはどれほどの添加物が入っているのか、どれほどたやすく私たちはその安易な味の中毒になるか。

それを聞いたとき、不三子ははっとした。有楽町のレストランで雅夫が言っていたことを思い出したのだ。これからは菓子製造に携わる自分たちも、添加物や製造方法などに重きを置くべきだと、そのようなことを雅夫も言っていた。

あのとき、食品の法律がどうだとか雅夫が言い、何も言えなかったことを不三子は思い出す。法改正があったのかどうかも、あったとしたら添加物にたいするどんな規制なのかも、未だに不三子は知らない。法律だとか、なんだかむずかしそうなことは男の人にまかせておけばいいと思っていた。

でもそうじゃないのではないか、と今、思う。沙苗の言うとおり、法律だ改正だといったって、食べものにかんするかぎり主権は女にある。結局台所に立つのは私たち女なのだから。添加物に目を光らせたり、便利さを排して調理に手間暇かけるのは女たちだ。つまり、家族のいのちと幸福は、私たち女性の手にかかっているといえないか。雅夫はあのとき、無意識ながらたいせつなことを私に教えてくれていたのではないか。あの会話がなければ、勝沼沙苗の話もこんなふうにピンとはこなかったかもしれない。

ただ夜空の点でしかない星を、星座のかたちを知って縫いつないでいくと、ひしゃくやきりんがくっきりとあらわれてきて、もうそれ以外のものに見えなくなるように、不三子のなかで、何かがすっと一本の線で結ばれていくような気がした。勝沼沙苗が言っていることは古いのではない、かえってあたらしいことなんだと、ひらめくように不三子は思う。

バス停に立つ不三子は、足元から何か気力のかたまりみたいなものが這い上がってくるのを感じる。重たくせり出したおなかに、それが渦巻いていくように感じる。つわりがつらい、冷えたごはんしか食べられないと母に訴えると、みんなそうだと母は言った。母親なんてみんなそうだ、つらい時期を乗り越えるのがふつうなんだと。違う、つわりが苦しかったのは白飯を食べ白砂糖を使い白い食パンを食べていたからだ。昨日の、先週の、一か月、三か月前に食べたものが次々と頭に浮かぶ。今までにないくらい頭のなかが冴えわたっているのを感じる。今日までの生活はもう間に合わない、へその緒を通して子どもにいってしまっている、でもあと二か月ある、二か月のあいだに食生活を改めよう、それで何が変わるか自分でたしかめてみよう。

「あんた、乗るの乗らないの」

背後から声をかけられて、ドアを開いたバスが停まっていることに不三子は気づく。すみませんととっさにあやまってバスに乗る。不三子のおなかが大きいことに気づいたセーラー服の女の子がさっと立ち上がる。不三子は礼を言って空いた席に座る。紺色のセーラー服を着て、吊革につかまる女子学生を不三子は見上げる。意志の強そうな顔つきの少女はまっすぐ窓の外を見ている。

私の生まれ育った家庭は貧しかった、と不三子はバスに揺られて実感する。経済的にも文化的にも貧しかったが、何より知識も情報も、貧しかったのだ。これから自分の家庭を作る私は、あの貧しさと決別すべきだ。あの貧しさを自分の家に入れてはぜったいにいけない。沙苗の話に、沙苗の話が理解できたことに、不三子は興奮していた。その興奮のなかでそう決意した。私はゆたかな家庭を作る。母の私が、幸福を家に持ちこみ、守る。母の私にしかできないことなのだ。

バスを降りた不三子はスーパーマーケットに寄って玄米をさがしたが、隣の女性が言っていたように見あたらない。翌日、不三子は精米店にいってみた。三キロ入りの玄米を見つけてほっとする。精米しましょうかと店員に訊かれたが断って、それを抱えて帰る。米を揉むように洗い、ひと晩水につけるのだと勝沼沙苗は言っていた。ひと晩が待ちきれず、五時間ほど水につけてから炊飯器で炊いてみた。

炊き上がりのブザー音を聞いて炊飯器を開けると、もわんとした、かすかな酸味のあるにおいが広がって、不三子は思わず顔をしかめる。いつものように真之輔は帰りが遅いようなので、不三子はひとりで夕食を食べた。玄米と菜の花の煮浸し、納豆と香のものと味噌汁という献立は、勝沼沙苗の教室で勧めていた食事だが、不三子の目にも地味で質素である。しかも玄米はぼそぼそとかたく、独特のにおいが鼻について、とてもではないがおいしいとは思えない。日本人にいちばん必要な栄養素が詰まっているのはゴマだと勝沼沙苗は言っていた。毎日さじで三杯のゴマを食べていた人のがんがなおったのだと言っていた。玄米にゴマで鬼に金棒だと勝沼沙苗は言っていたが、玄米にゴマをかけてみても格段においしくなるわけではない。

無理矢理食事を終えた不三子だが、このにおいの強いぼそぼそのごはんを、疲れて帰ってくる真之輔に出すのはさすがに気が引けて、残りの玄米は冷蔵し、あたらしく白米を炊いた。

勝沼沙苗の次回の教室が待ち遠しくて、通院の日でなくても不三子は隣の区までバスでいき、教室の開催日が書かれていないか掲示板を確認した。

玄米は日々、試行錯誤をくり返す。水につける時間を長くしたり、つけている水を替えたり、揉み洗いの時間を長くしたり、炊飯器ではなく鍋で炊いてみたりした。

二回目の料理教室に参加するころには、なんとなくこつがつかめてきた。揉み洗いは入念にしたほうがよく、つける水も三、四時間で替えたほうがよく、炊飯器より鍋で炊いたほうがよく、炊くときにひとつまみの塩を入れたほうが、おいしくなる。

二回目の料理教室には、不三子は筆記用具持参で参加した。前回、時代遅れだと言っていた女性の姿はやはりなく、つわりがどうなったか訊くことはできなかった。二回目の教室では、砂糖を用いないおやつや甘味の作りかたを教えながら、勝沼沙苗はホルモンの話をした。女性ホルモンには卵胞ホルモンと黄体ホルモンがあり、前者は妊娠できる女性らしい体を作り、後者は妊娠を維持する役割がある。重要なのは体だけではなくて、このホルモンが女性らしい心をも育むということだと勝沼沙苗が言うのを、不三子は必死でノートに書きこんだ。

「なんでもかんでも欧米化がいいっていうんで、最近はアレでしょう、バターを食べて肉を食べる。そんな食事を続けていてごらんなさい、体が男みたいになってくる。心も変わる。毛深くなって、肌だって男性みたいにざらついてくる、あたりまえだよね。闘争本能が強くなって何ごとも勝たなくちゃ気がすまなくなる。肉食大食は女性から女性らしさを奪うんだ、おそろしいんですよ。母親らしい愛情も奪っていくから。じゃあ男は男で肉を食べていればいいのかっていうと、これもだめ。やはり古来の食事ね、女性が女性らしければ、食事に手間暇かけることなんて当然だと思えてくるんです」

勝沼沙苗は早口で、話がどんどん逸れながら進んでいくので、ホルモンと食事と心の関係が今ひとつよくわからない不三子も、メモをしていくうちにどんどんわかった気持ちになっていき、わかった気持ちになると焦りばかりが募る。自分だけ玄米を食べ、夫には白米を食べさせていることが罪悪に思えてくる。

教室のあった週の日曜日、不三子は真之輔の夕食にも玄米を出した。もううまく炊けている自信もあった。

「これ、どうしたの」と茶色い米の入った茶碗を見て真之輔は言う。

「あのね、白いお米は玄米からいい栄養素をぜんぶはぎとっているの。ビタミンや何かが不足してしまって体によくないの。これからはあなたのためにも、赤ちゃんのためにも、そういうことを考えた献立にしていきますから、よくよく嚙んで食べてくださいね」不三子は説明した。

わかったようなわからないような顔つきで、しかし真之輔は玄米も野菜中心のおかずもきちんと食べた。

ほっとした不三子は、以後、白米を使うのはやめて玄米食だけにした。朝食はもちろん、真之輔が夕食を外ですますか家でとるかわからないことが多いが、毎日夕食でも用意する。

しかしある朝、納豆と玄米の朝食を見て真之輔は眉間にしわを寄せ、

「何か大きな買いものをしたの？　お金が足りなくなるような……」と不三子に訊いた。

「え？　買いものっていつもの買いものしかしていないけれど」意味がわからないまま答え、不三子は真之輔の言わんとすることがふとわかって噴き出した。「いやね、節約してこういうおかずなんじゃないわ。私、生まれてくる子どものために勉強してるんです。お肉は体によくないんですって。昔は今みたいにお肉なんて食べなかったでしょ。それに今はね、やわらかいお肉にするために、牛や豚に石油物質を食べさせたりビールを飲ませたりしているそうよ。そういうのを食べているとがんになりやすくなって……」

不三子は、あれ以後通い続けている勝沼沙苗の教室で聞いたことを整理して話した。真之輔は黙って聞いていたが、玄米は三分の一ほどしか食べず、味噌汁だけ飲んで席を立った。

最初はしかたがない、と食卓に残された食事のあとを見て不三子は思う。脂っこいものが好きな真之輔が玄米や薄味のおかずのおいしさにすぐ気づくわけがない。私だってそうだった。玄米は嚙めば嚙むほどおいしいとは、慣れなければ気づかない。これから慣れさせて、気づかせていかねばならない。

それ以後も、朝は玄米と味噌汁と漬けものを用意し、夜は外食の多い真之輔のために玄米と野

菜の煮物を詰めた弁当を持たせることにした。朝は、時間がないと言って食べずに出ることが増えたが、真之輔はいやがることなく弁当を持っていき、空の弁当箱を持って帰ってくる。不三子はそのことに満足した。夜はさらに帰らない日が増えて、休日ですら仕事がある、つきあいがあると真之輔は出かけるようになった。それはそれで不満ではあったが、仕事を辞めさせるわけにはいかないのだから、快く送り出すしか不三子にはできない。子どもが生まれれば真之輔も変わるだろうと思うほかなかった。仕事もたいせつだけれど、今よりは家庭をだいじにしてくれるようになるだろうと思うほかなかった。そもそも、まったく家族を顧みず、家に帰ってきたのかもわからないような自分の父親よりは、真之輔は父親としてだいぶましなほうだ。

五月四日の昼過ぎ、不三子は出産した。前日の祝日も真之輔は出かけていたが、夜八時過ぎには帰ってきて、それを待っていたかのように腹痛の間隔が狭まって、我慢できないほどの痛みになり、不三子はタクシーを呼んでもらって真之輔とともに病院に向かった。その後陣痛はおさまってしまい、明けがた、不三子を残して真之輔はいったん家に戻っていった。病棟に朝食の匂いが漂い出すころにふたたび陣痛がはじまった。

生まれたのは勝沼沙苗が言っていたとおり女の子だった。出産は、ちまたで聞かされるほどの激痛ではなく、看護婦や医師の言うとおり「あっけないくらいの安産」だった。食生活を変えたからだと不三子は確信した。分娩後の処置をしてもらい、夕方になって不三子は看護婦につきそわれ、新生児室に生まれた子を見にいった。窓越しに眺める赤ん坊は光り輝いているように見えた。何か完璧なものが自分の体を通ってこの世にあらわれたように、不三子には思えた。

その日の夜、残業もつきあい酒もなく、職場からまっすぐ病院にやってきた真之輔に、「この子の名前は湖都《こと》にしようと思う」と不三子は言った。

本当は二人の名前から一文字ずつとった「真三子」はどうかと、それまで不三子は真之輔と話していた。けれども生まれたばかりの赤ん坊を窓越しに見ていたとき、「こと」とすっと名前が出てきた。ああ、あなたはことちゃんね。胸の内で話しかけると、しわくちゃの赤ん坊はたしかにこちらを向いた。不三子にはそう感じられた。

「字はね、湖に都で湖都」不三子は自信満々に説明するが、真之輔はぴんとこないような顔つきで、

「湖都なんて、なんだか古風すぎやしないかな」と言う。

「古く思えることがこれからはあたらしくなる、そういう時代になるのよ」と不三子は言った。出産で疲れ果てていたが、興奮剤でも飲んだみたいに気分が高揚していた。

勝沼沙苗の教室の仲間が病院にきてくれたのは、湖都が生まれた四日目、明日退院という日だった。

はじめて教室にいったのは二か月ほど前で、不三子は六回しか参加していないが、その六回で親しく口をきくようになった年齢のばらばらな三人の女性たちである。不三子のいる四人部屋に顔をのぞかせた彼女たちは、

「これ、みんなからお祝い」とリボンのついた四角い包みをひとりが差し出す。

「これおなか空いたら食べて。玄米ときなこのかりんとうなの」ともうひとりがハンカチの包みからタッパーを取り出す。

「ヤンノーなんだけど、もし給湯室を使えたら、小鍋であたためて飲んで。むくみにいいから」とべつのひとりはかばんから水筒を取り出してサイドテーブルに置く。

「お産がとても軽かったんです、先生のおかげで」不三子はベッドから起き上がり、礼を言ってタッパーやプレゼントを受け取る。

「私も十五年前に先生に出会っていたかったわよ」

「お子さん、もうそんなに大きいの？　高校生ってこと？」

「反抗期の真っ最中。そんなことよりお子さんは？　私たち、会えたりしないのかしら」

「抱っこはできないけど、新生児室の窓からなら見られます。ぜひ会ってやってください」

不三子は三人を引き従えるように新生児室に向かう。ずらりと窓が並んでいて、窓越しにベビーベッドが置かれている。寝ている赤ん坊もいれば、泣いている赤ん坊もいる。何人かの母親とその家族たちがすでに集まっている。不三子は湖都をさがす。ベビーベッドのなかで湖都は泣くこともなく、天井を見て、ちいさな手足を動かしている。

「この子です、湖都といいます」不三子は彼女たちに窓際を譲る。

「まあ、なんてきれい！」

「お目々を見てよ、黒水晶みたいじゃない。湖都ちゃん、湖都ちゃんこんにちは」

「こっちを見たわ、聞こえたのね、不三子さん、ほら笑ってる！」

呼ばれて彼女たちの隙間から見ると、たしかに窓の向こうで湖都はこちらに目を向けて口元を動かしている。味わったことのない感動を覚えて不三子は涙ぐみそうになる。そうなんです、自分の名前を生まれたときからわかってるんです、とくべつな子なんですと胸の内で叫ぶように思う。

「なんて神々しいのかしらね」

「きよらかというかね」

「なんだか私も若返った気がする」

「あらいやだ、図々しいわよ、さすがに」

彼女たちはかしましく笑い、「いやだ、しーっ、しずかに」ひとりがあわてて口に指を当てる。

「退院して、落ち着いたらまた教室にいらしてね。赤ちゃん連れでもだいじょうぶだと思うわよ」

「お乳の出のよくなる食事のことも勉強できると思うから」

「あれは気をつけてね、ワクチンのお知らせ、すぐくるから」

「そうね、必要なものと必要でないもののことは、母親がちゃんと勉強しなきゃね」

「こんなにちいさくてきよらかなのにね、毒を体に入れるようなものだから」

「やだ、そういうこと言うとよくないって先生もおっしゃってるじゃない。ぜんぶがいけないわけじゃない、ぜんぶが毒なんていうと狂信的すぎるって」

待合室のソファで彼女たちは口々に言う。

「ワクチンってなんですか」不三子は訊いた。「BCGとか?」BCGは耳にしたことがある。自分も打ったはずだ。けれどBCGがなんの頭文字なのかは知らない。

「私たちが子どものときよりも種類が増えているの。でもね、それこそ昔は深刻な病気だったけど今はもう不治の病とはいわない病気もたくさんあるし、病気自体が今は聞かないものもあるでしょう」としずかに話すのはヤンノーという何かを持ってきてくれた女性である。「免疫をつけるってことは、その病原体を体に入れるってことでしょ。あんな生まれたての赤ちゃんに、そんなことをする必要があるのかどうなのか」

「いや、だからそれは、おかあさんが自分で決めないと。頭ごなしの否定はよくないから」

ないのか。

「どうやって決めればいいんですか？」不三子は訊く。そもそも何を決めるのか。決める権限が母親にあるのか。決めるための規則みたいなものがあって、それを守らなければいけないのではないのか。

「どうやってって……、お医者さんはまず打ったほうがいいって言うに決まっているから、それよりは本なんか読んだほうがいいかもしれないわね。不三子さん、産後すぐでつらいだろうから、読みやすくてわかりやすいものを見つけたらお知らせするわ」

「そうよ、産後すぐなのよ。こんなにおしゃべりしてたら疲れちゃうわよね。私たち、もう帰りましょ」

三人はあわただしく言いながら立ち上がる。待合室の前で手を振り合って別れた。エレベーターのドアが閉まり彼女たちが見えなくなり、不三子も病室に戻ろうと振り返る。産科病棟の壁は淡いピンク色で、やわらかい蛍光灯がその壁を照らし、新生児室から赤ん坊の透きとおった泣き声が聞こえてくる。エレベーターホールからこちら側はなんだか別世界のように思えた。たったひとりの時間を持て余し、あるいははじめての妊娠の不安を紛らわすために教会に足を運んでいただけで、不三子は熱心に聖書を読むこともしなかったけれど、エレベーターホールから見る産科病棟は何かとくべつな力に守られているような気がした。神さまの領域のようだと不三子は思った。

病室に戻り、もらったプレゼントの包み紙を解くと、出てきたのは料理本だった。表紙は、すぐには料理名のわからないごちそうのカラー写真に、マクロビオティック料理集という文字が書かれている。その言葉を不三子ははじめて見たけれど、ぱらぱらめくってみると、勝沼沙苗の教室で習うような料理ばかりが羅列されている。玄米菜食というと地味だけれど、マクロビオティック料理というとなんだかすごく先進的だと不三子は思い、もらったかりんとうを齧りながら夢中でページをめくる。

退院後、不三子は猛烈に忙しくなった。体はまだ本調子ではないというのに、夜更け、湖都が泣き出せば起きてお乳が出ようが出まいがおっぱいを含ませ、あやし、おむつを替え、あまりに泣き止まないときは自分も泣きそうになりながら抱っこしてあやし続けた。朝食と弁当を用意して真之輔を送り出すと、食器を洗い、洗濯機をまわし、掃除機をかけて、湖都のおむつを手洗いする。そのあいだも湖都が泣けばおっぱいを飲ませておむつを確認し、歌をうたってあやす。とぎれとぎれの睡眠のせいで、おむつを洗いながらこくりと首《こうべ》が垂れ、はっと目覚めることもある。

すべてがはじめてのことなのに、体が自然に動くことが不三子には不思議に思えた。うつらうつらしていても湖都がぐずればすぐ目が覚めるし、湖都がなぜ泣いているのかはわからないままにおっぱいを含ませたりおむつを確認したりと、考えるより先に動くことができる。おっぱいの出が安定するまで一か月以上はかかる、それまで赤ちゃんがおっぱいをほしがったら出なくても乳首を口に入れてあげて、と病院で習っていたけれど、幸運なことに最初からよく出た。通院時に待合室でいっしょになった母親が、おっぱいがぜんぜん出ないと話しているのを聞いたこともあるし、入院している短いあいだに、おっぱいマッサージが痛いと泣いている人も見た。おっぱいにさほど苦労しないでいいのは、玄米中心の食生活のおかげだと不三子は実感した。

入院中にもらったマクロビオティック料理の本を参考に料理をはじめたものの、野菜をすりつぶしたりあく抜きしたり、豆類を戻して煮たり、肉のかわりになるというコーフーをこねて作ったりするよりは、六十円程度で買えるコロッケやインスタントラーメンを使えばどれほど楽かと思わずにいられない。精肉店の前を通りかかって、揚げもののいいにおいに唾があふれることもある。けれどそうした誘惑は、勝沼沙苗の言うとおり罠に違いなく、罠にかかればいっときは楽ができても結局は乳も出なくなるだろうし、出たとしても添加物まみれの乳になるはずで、それを飲んで育つ湖都は、ゼロ歳児ながらにして立派な添加物中毒者になる。そう思うと、誘惑に負けてできあいの惣菜などを買うわけにはいかないと、不三子は思いをあらたにするのである。

お宮参りは、真之輔の夏休みがとれそうな時期までのばし、彼の両親とともに、七月ごろに下田の神社で行うことに決めた。

出産後に病院から母に電話はしたけれど、おめでとうでもおつかれさまでもなく、男か女かを訊き、女の子だと不三子が言うと、「ああ、そうなの」とだけ言い、名前も訊かない。湖都という名前に決めましたと不三子から報告すると、ああそう、とだけ返ってきた。妹の仁美《ひとみ》は五月の半ば、デパートが休みの平日にひとりで不三子のアパートを訪ねてきて、ドレスを着た人形と、実用品というよりは飾りもののようなかわいらしいベビー靴をお祝いにと言って渡し、おっかなびっくり湖都をあやしていった。が、母が訪ねてくることはない。

教会の、わずかに面識のあるだけの人たちや、勝沼沙苗の教室の人たちのほうが、よほど面倒見がよく、自分を気遣って助言してくれることはとうに知っていたけれど、じつの母親がここまで娘にも娘の出産にも孫にも無関心だと思い知ると全身から力が抜けるようだった。

あんな家にはしないと不三子はくり返し決意する。あんな貧しい家にはしない。貧しいのは、お金がないのだからしかたがないとずっと思っていた。終戦後の雰囲気は色濃く残っていて、どこの家だって貧しかった。でも違うのだ。そうではない。あの家の貧しさは、母が、考えることを、いや、生きることそのものを放棄していたゆえの貧しさだ。豪華な食材なんてなくても、いくらでもゆたかな食事はできる。玄米と少しの魚と野菜で、家族を健康でやすらかで幸福にできる。私は考える母親になる。よりよく生きる母親になる。

六月に入って、不三子は湖都を連れて一か月健診に出かけた。もう梅雨入りしたのか、雨の日が続いていたが、今日は曇っていても雨の気配はない。不三子は湖都を抱っこして、替えのおむつや着替え、母子手帳やミルクを入れた哺乳瓶などでぱんぱんになったバッグに折りたたみ傘を押しこんで出かけた。

予約時間より早く病院に着いた不三子は、隣接する教会や、地域の掲示板に料理教室の案内が出ていないか調べにいった。ちょうど二週間後に、以前と同じ区民センターで開催されるという案内を見つけ、忘れないように手帳に日時を書いておく。

小児科の待合室には同じく健診待ちらしい母子が何組か座っている。湖都と同じ一か月健診らしい乳児もいれば、生後半年くらいの子も、もうよちよち歩きをしている子もいる。小児科の待合室は、不三子が入院していた産科病棟と同じく淡いピンク色の壁で、漫画の登場人物や動物たちの切り抜きが貼ってある。壁際には本棚があり、絵本やおもちゃが陳列されている。診察室の向こうから、いったい何をされているのかと不安になるような赤ん坊の泣き声が響いている。

身体測定も原始反射も問題なし、やや黄色っぽい顔色は母乳性黄疸で、母乳をおもに飲む赤ちゃんにはよくあることだから問題ないと医師に言われ、不三子は大いに安堵する。

「おかあさんも体調に問題ないようでしたら、外の空気に触れさせてあげてください」

ありがとうございますと立ち上がろうとした不三子は、ふと思い出し、

「保健所からワクチンのお知らせがきたんですけど、受けるべきでしょうか」と訊いてみた。

「受けたほうが安心だと思いますよ。というか、安心だから打ちましょうってお知らせがきてい

るわけだから」と、カルテに何か書きこみながら年配の医師は言う。続きを待つが、「次は二か月健診ですね、予約していってもいいですし、電話でもいいですよ」医師は顔を上げないまま言い、それを合図にするように看護婦が診察室のドアを開け、

「どうぞ」と不三子にほほえみかける。

病院からアパートに帰ろうとして、せっかく出てきたのだからと思い立ち、不三子は実家にいくことにした。今も病院で清掃の仕事をしている母が帰宅するのは四時過ぎである。連絡せずとも、寄り道などしたこともない母だから、家にいるだろうと時間を確認しながら不三子は思い切ってタクシーに乗る。

玄関の戸を叩くと、大儀そうに出てきた母は、不三子の抱いた湖都を見て、一瞬、不三子が見たことのない顔をした。母の無表情を食い破るようにして、驚きとよろこびと、あとは不三子には名づけられない何か強い感情が交じり合ってあふれでてくる、そんな感じだった。

「一か月健診だったから、病院のついでに寄ったんだけど。湖都、おばあちゃんよ」腕のなかの湖都に言い、母に目を戻すと、母はふいと背中を向けて家に入っていく。

母に続いて部屋に入ると、やけに暗い。まだ夕方五時前だが、曇っているので明かりをつけない部屋もどんよりしている。そうだった、日が暮れかけてもなかなか電気をつけない家だったと不三子は思い出す。目覚めた湖都がぐずり、不三子はその場で乳を出して湖都の口に含ませる。めずらしいものを見るように、母がそれをじっと見ている。

「めずらしくもないでしょうに」母の視線を居心地悪く感じた不三子が言うと、ふ、と息をついて母は目をそらす。

お宮参りを下田ですることや、食生活を変えたことを話してみても、母はいいかげんな相づち

を打つだけである。お茶を出すわけでもなく、出産がどうだったのかを訊くでもない。湖都をちらちらと見はするものの、抱き上げてあやすわけでもない。お乳を飲んだ湖都が眠ってしまうと、とたんに不三子は手持ち無沙汰になり、仁美が帰るまでいようと思っていたけれど、それも苦痛に感じられる。そうそうに帰り支度をはじめ、

「そういえば私が赤ん坊のころには、ワクチンなんてあったの？」ふと思いついて不三子は訊いてみる。

「ワクチン？」

「お知らせがきたんだけど、私こういうのあんまり考えたことなくて。受けるのがふつうなのかなと思って」

眠っている湖都を起こさないようにそっとおくるみでくるむ。玄関にいこうとする不三子に、

「ふつうかどうかなんて、そんなことはないよ」座ったまま母が言う。「自分で考えて決めなさい」

「お医者さんは受けるのが当然みたいに言うけど、気をつけたほうがいいって言う人もいて」

「だから、だれがどう言った、みんながやっている、そういう考えでなく、自分でしっかり考えて決めなさい。去年だっていろいろあったでしょう」

めずらしく饒舌な母に驚き、

「去年いろいろって、何があったの？」廊下で振り向いて不三子は訊いた。

「事故とかさ。そういうのも自分で調べなさい。自分で調べて、自分で考えないと、あとあと何かのときに後悔するんだから」と母は不三子を見ず、自分の手のひらに目を落として言う。

「事故？　ワクチンの事故があったの？」突っ立ったまま不三子が訊くと、母は立ち上がり、

「ほらもう帰りなさい。食事の支度があるでしょう」まるで追い返すように不三子を玄関に向かわせる。

その日真之輔は十時近くに帰ってきた。飲んできたようで、ただいまと言う声とともに酒くささが漂っている。

風呂に湯をはるあいだ、濃いほうじ茶を入れ、帰りに買ってきたさくらんぼを出して、不三子は保健所からのお知らせをテーブルに広げる。

「今日久我山の家に湖都を連れていったんだけれど、母がね、去年ワクチンの事故があったとかなんとか言うのよね。受けたほうがいいのかしらね。どう思う?」

真之輔はほうじ茶をすすり、お知らせの紙を手に取って見ているが、読んでいるのかいないのか、すぐテーブルに置き、

「保健所から受けるようにって手紙がきているんなら受けたほうがいいよ。みんなそうするんだろう」と言い、あくびをしてさくらんぼをひとつ口に含む。種を出さずに飴玉のようにしゃぶっている。

「事故のこと、何か知ってる?」訊いてみるが、

「いや知らん」真之輔は言ってさくらんぼの種を灰皿に出し、ふらふらと立ち上がって風呂にいく。

不三子も立ち上がり、玄関先のコート掛けに掛けた真之輔の背広に鼻を近づける。酒と煙草と、すえた脂のにおいがして、それが不三子にはたえがたい異臭に思える。ハンガーに掛けたままベランダに持っていき、物干し竿にそれをかけながら、たった三か月ほど肉類を食べなくなっただけで、こんなにも感覚が変わったのかと不三子は驚く。真之輔が仕事のつきあいで食べたらしい

肉料理のにおいは、酒と煙草と混じり合い、荒々しく野蛮な獣臭に感じられ、吐き気すらもよおしそうだった。煙草の煙が充満した空間で、こうした体によくない食事をすることも仕事に含まれている真之輔が――というより、食の主権を握ることのできない世の男性たちというものが急に気の毒に感じられ、不三子はため息まじりの深呼吸をする。夜は難しくても、せめて昼だけは、こうしたものから真之輔を守る弁当を作らなければならないと不三子は自分の使命を感じるのだった。

柳原飛馬　1980

母がいなくなってもあたらしい年が明けて、年明け早々から忠士は高校受験、飛馬は中学入学の準備であわただしく日々を過ごした。母と仲のよかった同じ団地の女性が、顔を合わせるたび何か困っていないかと訊いてきたり、もらったからと茹でたエビや蟹汁を鍋ごと持ってきてくれたりした。

母の遺骨は、父の祖父母が眠る岩美町《いわみちょう》の墓に埋葬された。四十九日に納骨する際に、引っ越してからはじめて飛馬は岩美町にいった。鹿野の祖父母はこなかった。二人は葬儀には出席したが、通夜振る舞いの席でも、火葬を待つあいだの食事の席でも、ほとんど黙りこくっていて、いつ彼らが帰ったのか飛馬は気づかないほどだった。

納骨のために墓地にいったのは父と忠士と飛馬の三人だけだった。このとき飛馬は、子どものころに父が連れていってくれた祖父をたたえる石碑を見にいきたいと思ったのだが、言い出すことができなかった。これから墓参りにくることも多いだろうから、そのときにまた見にいけばいいと、言い出せない自身を説得し、黙って父の運転する車に乗っていた。

四月、多くの同級生たちと同様に飛馬は公立中学に進学した。生徒数は増えたが、クラスの半分は同じ小学校からきた生徒なので、不安はあまりなかった。忠士は市内でもっとも偏差値の高い県立高校に入学した。今までにないせわしなさで日々が流れ、母がいなくなったことを飛馬はときどき忘れそうになる。卒業式にも入学式にも母がいないのは、今も病院の窓際のベッドで寝ているからのように思えた。

中学生になったからというだけでなく、あたらしい年が一九八〇年だったからか、入学式も健康診断も終わり、通常の授業がはじまっても、川沿いの桜が葉桜になっても、クラスは全体的に浮かれていた。ノストラダムスの予言や口さけ女におびえたのはほんの数か月前なのに、そんなことなどみんな忘れているように飛馬には見えた。

飛馬が振り分けられた一年二組には敏と狩野美保がいた。敏はバドミントン部に入り、美保は合唱部に入った。何かひとつ部活に入らないといけない決まりがあるので、飛馬は放送部に入った。運動は苦手だし、楽器を覚える自信もなく、放送部は昼休みに好きな音楽をかけられるらしいと聞いて、そこにしたのだ。部活動は週に三日あり、グラウンドの隅で発声練習をしたり機材について学んだりするほか、昼は放送室に集まって給食を食べる。

忠士もまた、中学とは違う日々を送っている。入学後すぐに新聞配達のアルバイトをはじめ、父親より早く出ていって自転車で新聞を配っている。昼は学食で食べ、放課後は無線のクラブに入ったらしく、部屋にあった無線機も学校に持っていってしまい、あの奇妙な雑音やおさえた話し声がカーテンの向こうから聞こえてくることはなくなった。かつてアイドル雑誌が置かれていた場所に、無線関係の雑誌に隠してエッチな雑誌が置いてあるのを飛馬は知ったが、盗み見るのには猛烈な罪悪感と羞恥心が入り交じり、小学生のころのように勝手に持ち出すことはできずにいる。

敏と美保以外にも、同じ小学校だった同級生たちはいたが、中間試験が終わるころ、小学校のときとはまったく異なったグループができあがっていた。学生鞄をつぶし制服を改造する男女が数人、運動か勉強ができるとみなされる数人、テレビのコントや漫才をまねしておちゃらける数人、それからあまり自己主張なく、おとなしいと見なされているその他大勢で、飛馬はそのうちのひとりだった。異なるグループごとのコミュニケーションは少なく、違う層で暮らしているみたいだ。たったひとつ年齢を重ねただけなのに、小学生のときみたいに、たまたま居合わせた顔ぶれで遊びにいったり、額を合わせて口さけ女の情報を共有したりする雰囲気ではなくなっているのが、飛馬には不思議だった。

母のいない最初の夏休みは、飛馬にとってひたすら退屈だった。毎年ではないにせよ、何回かいったことのある近隣への家族旅行も、近場の海への海水浴もなく、父は休みの日曜は寝ているか、起きていてもテレビの前から動かない。忠士はアルバイトと部活に追われてほとんど家にいない。

ほんの一、二年前だったら、だれもいない日中に好きなだけ手紙を書けたのに、今やほとんど文通相手から返事はこなくなっている。いちばん長く続いた田中広子とのやりとりも、去年から止まっている。口さけ女を回避するためにか、生徒の恐怖をやわらげるためにか、集団下校をするようになった、その後のことを、だから飛馬は知らない。

中学二年に上がると美保も敏もべつのクラスになった。まじわらないグループができているのはあいかわらずで、でもそのなかに、暗黙の了解のように、男子と女子それぞれの人気ランキングができあがっていた。アイドルやタレントのように容姿がいいか、運動が得意か、勉強ができるか、おもしろいやつが男女ともに人気があって、だれとだれがつきあっているらしいとか、二人でスーパーのフードコートにいたとかといったうわさが流れた。

テレビをつけると、ワイドショーでは中学校や高校で起きている生徒による暴力事件が報じられ、ドラマでは不良学生たちが問題を起こしていた。暴走族や竹の子族という人たちも飛馬はテレビで知った。東京には本当に制服をこんなに長くしたり太くしたりする中高生がいるのか、民族衣装のような服で踊る集団がいるのか、教師が生徒に殴られ、町を歩いていると不良にカツアゲされるのかと、異国のふうがわりな祝祭を見るような気持ちで飛馬は食い入るようにテレビを見ていた。

飛馬自身の周辺はのどかなもので、フードコートにいたといううわさの二人が、妊娠騒動を起こすことも退学になるようなこともなかったし、そもそものうわさ自体がそれ以上に発展しない。アイドル歌手の髪型をまねする女子は増えてきたが、化粧をしている女子生徒もいないし特攻服を着ている男子生徒もいない。町を歩いていても見かけない。不良の格好をした猫のポスターや、写真つき商品は近所の文房具屋でも手に入る。猫がこんな格好をさせられているくらいなのだから、テレビのなかだけではなく、東京には袴《はかま》みたいな学生ズボンやドレスみたいに長いセーラー服姿の人たちが、ごくふつうに歩いているのだろうと飛馬は思う。

だから中学二年の、夏休み間近に起きた事件は、飛馬には衝撃的だった。

飛馬たち部員が放送部の部室で、夏休みに行われる講習会についてまとめていると、救急車のサイレンが聞こえ、だんだん近づいてきて、驚くほどの大音量となり、窓から校庭を見下ろすと、まさに今走りこんできた救急車が正面玄関で停まったところだった。

「え、なんだいや」

「だれか倒れただかぁ？」

部員たちの肩越しに飛馬も窓から下をのぞいてみる。車から降りた救急隊員が校舎へと入っていく。窓から様子を見る部員のほかに、何が起きたのか見るために放送室を出ていく生徒もいる。開け放たれた放送室のドアから、遠く、何人かの叫び声が聞こえ、飛馬たちはぎょっとして顔を見合わせる。

真っ先に飛び出していった一年生が戻ってきて、「コックリさんにとりつかれたらしいです！」とその場にいる部員たちを見まわして叫ぶ。校舎のどこかから、連鎖するように悲鳴が上がるのが聞こえる。「え、だれが」「何年？　どのクラス？」何人かが訊くが、「わからんけど、みんなそう言っとるけぇ」と一年生は息せき切って言う。

三年のひとりが思い出したように窓辺に戻り、飛馬もつられて見下ろすと、救急車はとうにドアを閉め、走り去っていく。校門を出てからサイレンが聞こえてきた。

「コックリさんにたたられたみたいだがぁ」と、またひとり戻ってきて、真顔で言う。

「何年？」「だれ？」「なんでまた」数人が口々に訊き、

「二年らしいだがぁ」とその部員が答えて、

「えっ、何組？」様子を見守っていた飛馬は思わず声を出す。

「わからんけど、あんなもんやるもんじゃないけぇ、きっと手を離しちゃったとかそういうのだでぇ」

「っていうか、あれぜったいだれか動かしとるんだけ」

「ああいうの、ぜったいいけんわ。素人がやったらいけん」

「え、じゃプロっておるんだか」

とみんな興奮し、講習会のことなど忘れてそれぞれ勝手に話し出す。放送室のドアが勢いよく開き、みんな破裂したような悲鳴を上げる。入ってきたのは放送部の顧問である国語教師だった。

「今日は部活動終了時間も早めて、全生徒五時半には下校するようにってことだから、みんなもその放送が終わったら今日は帰るように」と、まだ年若い女性教師は言う。

「何があったんですか」

「コックリさんにたたられたって本当?」

「何年何組のだれだいや、ひとり、それとも全員だかぁ?」みんな色めき立って訊くが、

「たたられたりするわけないでしょう。興奮して気を失っただけだと思うわよ。ともかく、下校の放送、よろしくね。それが終わったらみんな速やかに帰ること」念を押して教師は部室を出ていく。


コックリさんのことは飛馬が小学生のころからよく話を聞いていた。それでもこわくてだれもやらなかったのだが、中学に上がってからやる人が出てきたらしい。最近も流行っていることは飛馬もなんとなく知っていた。コックリさんを呼び出して何か訊くと、十円玉が文字盤を勝手に動くらしいということを飛馬も知っていたし、手書きの文字盤も見たことがあるが、信じる信じない以前に、なんだか薄気味悪くて近づきたくなかった。

下校の放送が終わったあと、放送部員はいつものように最後に下校する。ふだんはばらばらに帰るのに、みんな興奮さめやらず、同じ方向の部員たちでかたまって歩き、夢中でコックリさんの話をしている。呼び出したものの、コックリさんが帰ってくれず、二日にわたってやるはめに

なった話や、コックリさんが帰る前に手を離した人が、コックリさんの怒りを受けて乗り移られた話など、みんなどこで聞いたのか、口々におそろしい話をしている。

「コックリさん、兄貴のとこでもやってたりするだかぁ？」

その日、忠士と二人の夕飯時、飛馬は訊いてみた。忠士はテレビを見ながら味噌汁を飲み、出来合いのコロッケをごはんにのせて掻きこむようにして食べている。それをのみこんでから、

「そんな阿呆なこと、するわけないがぁ」とあきれたように言う。

「今日、コックリさんをやっとって倒れた生徒が出たみたいで、救急車がきたんだがぁ。たたられたんだがぁってみんな言っとったけん」

忠士はテレビから目をそらさずに、

「集団ヒステリーだが。霊とか関係ないけぇ、阿呆らしいわ」忠士は笑わずに言う。

コロッケにキャベツは添えられていない。ひとり二つ、ただ皿に並べただけだ。団地のおばさんがくれた山芋の千切りと野菜の煮物は、もらったときのままタッパーごと出されている。品数と彩りの多かった、母が用意する食卓をふいに飛馬は思い出す。テレビの刑事ドラマがコマーシャルに切り替わると、箸を握ったまま忠士が飛馬を正面から見据える。

「飛馬、おれ、かあさんがノストラダムスがどうたら言っとったこと、なんだぁ、どんどん腹がたってくるんだわ。ええ大人が、しかも入院して手術して、そんなこと言っとる場合だかぁて、今思っても遅いけど、でも今も腹たつけん」

穏やかな口調ながらそんなことを言い出す忠士に、飛馬は戸惑い目をそらした。母にその話をした自分が、今さらながら咎められている気がした。

「本気でコックリさんをやっとったり、屋上で輪になってＵＦＯを呼んでたりするの、小学生ま

でだわって思うけど、ふつうにそんなことで盛り上がっとる高校もあるんだけぇ。だけ飛馬、高校はちゃんと選べよ。うちげは塾に通える余裕なんかないんだけぇ、勉強は自分でやらんといけんで」と、急に大人びた口調で言う。

どうやら忠士は非科学的な話が嫌いで、弟がこうしてコックリさんだのたたられただのと話しているのもたえがたいらしい、と飛馬は理解できたし、進学校ではたしかにそんな話をする生徒もいないのだろうと納得もしたが、でも忠士に訊いてみたかった。もしコックリさんが本当だったとしたら、母と対話することも可能ではないかと、一度も考えたりしないのか、訊いてみたかった。

コックリさんの途中で倒れた生徒が狩野美保であると、翌日になって飛馬は聞いた。放課後、教室でコックリさんをやっている途中で意識を失い、いっしょにやっていた生徒たちがパニック状態で職員室に駆けこみ救急車を呼んだが、到着するころには美保は意識も戻り、受け答えもしっかりしていたので、救急車はだれも乗せずに戻ったらしいと、夢中に話すクラスメイトたちの話から昨日の経緯を知った。白目をむいて泡を吹いたとか、意識を失う前に呪いの言葉をつぶやいたとか、数年前に学校で自殺した生徒が降霊したとか、いろんな情報がつけ加えられていたが、おもしろおかしくするために話を作っているのだろうと飛馬は思った。

隣のクラスの美保はふつうに登校していて、その様子は、吐いたのちに何ごともなく遠足の列に戻っていた小学生のころを思い出させた。

その日の帰りの会で、以後コックリさんを校内でやるのは禁止になったと、担任教師が告げた。教室内はざわめき、何人かの生徒が教師に質問をしている。禁止になるのは昨日霊が降りてきちゃったからですか。たたりがあるかもしれないからですか。飛馬はまじめに訊く生徒の声と、ちいさく笑う数人の声を聞きながら、窓の外に目をやる。すでに真夏の、くっきりした青空に分厚い雲が浮かんでいる。

放送部に向かう途中、飛馬は廊下で狩野美保とすれ違った。

「おい、だいじょうぶだかぁ」と思わず訊くと、美保はちらりと飛馬を見てうなずき、そのまま足を止めずに通り過ぎていった。コックリさんに何を教えてもらおうとしたのか、気を失う際に何があったのか、コックリさんは本当なのかどうか、美保にものすごく訊きたくて声をかけたのだと、そのうしろ姿を見て飛馬は気づいた。追いかけてまで訊こうとは思わなかったけれど。

三年生になってすぐ、修学旅行があった。いき先は京都で、班ごとに行動計画を作成し、二泊三日の二日目、その計画に沿って生徒だけで移動する。六人組の班は生徒が自由に決めることができ、見た目の不良っぽい生徒たちは仲間同士で集まり、飛馬は同じ放送部の女子と彼女の友だち、余った男子たちでなんとか六人になった。

自由行動の二日目、同じ班の佐久間さんが作成した計画に沿って飛馬たちは移動した。彼女と、もうひとり男子生徒が引率者のように、バスや地下鉄を乗りこなして神社仏閣を目指す。行動計画について飛馬はほとんど意見せずまかせっぱなしで、この日も言われるままに歩いたり電車を乗り換えたりしていた。それまであまり話したことがなかったが、佐久間さんは仏像好きらしく、「これが京都ではもっとも古い仏像だけん」だとか「これは楊貴妃を写したって言われている仏像で、お詣りすると美男美女になれるけん、真剣に祈りんさいね」などときびきびと説明して飛馬を驚かせた。どこにいっても学生服の集団でごったがえしていたが、六波羅蜜寺という寺は空いていた。佐久間さんは「私はこれをずっと見たかったけん」と言って、ちいさな仏像の前に佇み涙ぐんでいる。
「なんだぁ、すごいな」と飛馬は心底つぶやき、隣に立つ男子生徒も、
「あいつ変わっとるなぁ」とため息を漏らすように言う。
そば屋での昼食を挟んで、また学生服の集団で混む寺院で途方もない数の仏像を見、そこからバスに乗る。本当は三千院にいきたかったのだが、ほかの女子たちが清水寺にいきたいと言うか
ら譲ったと、これまた学生たちで混むバスのなかで佐久間さんは隣に立つ飛馬に愚痴った。それ
を聞き流しながら窓の外を見ていた飛馬は、「あっ」と声を上げた。一軒の商店の前にベンチが
あり、そこにぽつねんと狩野美保が座っていたのである。バスが信号で止まり、飛馬は窓に顔を
近づけて、過ぎ去ったベンチのほうを見やる。やはり美保である。美保は三年でも違うクラスで、
だれとグループを組んでいるのかも知らない。
「あれ、狩野美保がおるんだけど」思わず言うと、隣の佐久間さんも窓をのぞき、
「ほんとだがぁ」とつぶやく。
「あいつ、吐いたんかなあ」小学生のころのことを思い出し、飛馬はついそう言った。
「ええ、何それ？　だれか待っとるんじゃないだかなぁ」と佐久間さんが笑い、
「小学生のころ、遠足っていうと、酔って吐いてたから」飛馬は説明する。
「そうなの？　乗りもの酔いしやすいのなら、休んでるのかもね」と佐久間さんが言うのと同時
に、
「霊に乗り移られたんと違う？」と、背後にいた男子生徒が振り向いて、からかい口調で言う。
コックリさん騒動をすっかり忘れていたことを、飛馬はそれで思い出す。
「京都は多いっていうしなあ」と佐久間さんがまじめにうなずいているので、飛馬はバスを降り

て声をかけようか一瞬迷う。けれどその一瞬のうちに信号はかわりバスが走り出し、飛馬はほっとする。乗りもの酔いでそこに座っているのならいいが、もし本当に霊が取り憑いているような状態だったら、ととっさに思ってしまったのだ。

「京都は多いって、霊が多いんか」佐久間さんに訊きながら、忠士の不機嫌な顔を思い出して飛馬は情けなくなる。

「心霊スポットは多いらしいけん」

「え、どこどこ、知っとるん？　今回いくところにも心霊スポットあるんだか？」

佐久間さんのまわりでちいさく盛り上がる声を聞き流し、飛馬はふたたび窓に顔を近づけて、とうに過ぎてしまった道の先に目をこらす。美保の姿はもう見えない。ふいに、ちいさな女の子を赤く染まった川に落とした記憶が明確によみがえる。飛馬はその脈絡のなさに戸惑う。ふざけて押した幼い子の細くてなまあたたかい肩、草いきれ、虫の羽音、赤く染まって揺れるスカート、そしておまえは卑怯もんだ、この家の恥わいと言う父の怒号。なぜ今、そんなことを思い出すのか。

清水寺へ続く道も学生服の中高生で混んでいる。清水寺の境内にある地主神社は縁結びのご利益があるのだと、前を歩く佐久間さんたちが話している。ついて歩きながら、飛馬は何度も何度も振り返る。気分が悪くなったのか、霊に取り憑かれたのか、ともかく落ち着きを取り戻した美保の姿が、人波の向こうにあらわれるのではないかと、幾度も振り返るが、笑い合いふざけ合う他校の生徒たちしか見えない。

中学三年の夏以降、放送部の活動にはほとんど出ずに勉強し続けた甲斐あって、飛馬は第一志望だった高校に合格した。忠士の通っていた高校である。忠士は第二志望の国立大学に受かり、三月の末に大阪に引っ越した。学生寮の部屋は四畳半より狭いらしく、身のまわりのものだけを持った引っ越しで、仕切りの向こうの忠士の部屋の、カラーボックスも勉強机もそのままだったが、仕切りのカーテンを取り払った部屋はまるまる飛馬のものになった。

制服は忠士のものを譲り受けて、鞄や上履きや運動服を新調して飛馬は進学に備えた。中学生になったときも、それまでの世界と大きく変わったことを実感したが、高校生活はその比ではなかった。高校は城址内に建っていて、お堀にかかる橋を渡って登校することは、市内の人ならだれでも知っていることだけれど、在校生として橋を渡るときはやはり誇らしい気持ちになった。入学早々、新入生たちは応援団から応援練習を受けさせられ、校歌や応援歌や体操を覚えねばならないことには驚愕した。忠士からは何も聞いていなかった。こわもての応援団員に指名されたら、ひとり前に出て歌わねばならず、泣き出す女子もいた。部活動は多岐にわたり、休み時間に各部の部員たちが教室に入ってきて趣向を凝らした勧誘を行う。多くの部が、県大会や全国大会など、公的な大会で好成績を出していることにも飛馬はびっくりした。

同じ中学からきた生徒たちもいたが、つるむようなこともなく、だれがどこの中学出身かなどは入学したとたんに関係なくなり、すでに、みんなこの高校の生徒なのだとだれもが思っているふうだった。だから、転校前の小学校で一緒だった平野政恒に会っても、飛馬もさほど驚かなかった。康男や浩之は元気かと訊くと、康男は○高へ、浩之は△高へ進んだと、昨日もしゃべっていたような気安さで政恒は答える。ナワコはどうしているのか、川は今も赤いのかと、飛馬はなんとなく訊けなかった。あたらしい場所で、わざわざいやな思い出を持ち出すこともないように思えた。

中学とくらべて、全体的に開けていて、自由で、やりたいことのはっきりした生徒が多く、そのぶん他者にあまり関心がなく、そのためにいい意味でばらけた印象があった。まだ一学期が正式にはじまってもいないうちから、忠士が、コックリさんやらノストラダムスやらが腹立たしいと言った、その理由がわかる気がした。コックリさんや口さけ女や、超能力や心霊スポットで騒いでいた自分たちが、ものすごく幼稚に思えた。忠士が言おうとしていたのは、非科学的なことがばかばかしいということではなく、狭い世界の価値判断にとらわれるな、ということだったのだろうと飛馬は理解した。

中学のときと同じく放送部に入ろうかと飛馬は考えていたが、勧誘にきた部員たちの話によれば、放送部はレベルが高く、アナウンス部門でも番組制作部門でも全国大会にほぼ毎年出場していると聞き、及び腰になった。部活には入りたかったが、大学進学のためには、部活に多くの時間を割くわけにはいかない。部活に力を注ぎながら成績優秀でいられる自信は、飛馬にはなかった。

忠士と同じアマチュア無線部に入ったのは、勧誘にきた男子部員二人が、「うちげの部は地味で、コンテストにばんばん参加するような部じゃないけん」とか「女子はけっこう少ないけぇ華やかさはないけど」などと前置きしながらも、「無線は災害みたいないざっていうとき、連絡手段として社会の役に立つんだけん」とどこか誇らしげに言ったからだった。そんなにしごかれることはなさそうだし、地味ながらも人の役に立つらしいところに惹かれた。

部室棟の隅にある無線部を訪ねると、窓際に並んだ長机に、放送部と似たような機械がずらりと並んでいる。そのなかに、コードが無数に絡まり合ったむき出しの基板や、上蓋もなく、内臓のような中身を見せた機械がまじって置いてある。

部屋の中央の机では、四、五人の男子生徒が漫画を読んだり、広げたノートに何か書きこんだりしていた。飛馬が入っていくと、部員勧誘にきていた生徒が「新入生だかぁ」とやる気もさほどなさそうに訊き、うなずくと、「とりあえず、クラスと名前を書きんさいな」とノートを開いた。飛馬が名前を書き入れるのを見ていたべつの男子生徒が、

「あれ、柳原ってもしかしてあんた、おにいさんおらんだかぁ?」と訊いてくる。はい、と飛馬が答えると、部室にいた面々はこのときだけぱっと顔を輝かせて、「柳原さんの弟かあ」「この機材、柳原先輩が持ってきてくれたやつ」「使ってええけぇって置いていってくれて」などと口々に言う。この機材、と彼が触れた黒い機械は、たしかにかつて、カーテンの仕切りの向こうで飛馬が見たものだった。

「兄はなんにも教えてくれなかったけぇ、無線のことなんにも知らないですけど」飛馬が言うと、「平気平気、うち、団体戦とかないし、コンテストもやりたい人しかやってないけぇ」とひとりが答える。

無線部に入った新入生は飛馬のほかに三人いたが、みな男子だった。夏休みの終わりごろに市内で講習会があるから、新入生はそれに参加して従事者免許をまずはとるようにとのお達しがあった。免許という言葉はずいぶん大人びて聞こえ、忠士が中学生のときには免許を取得していたのかとあらためて飛馬は知った。

高校に上がってから、飛馬にとっていろんなことが格段に楽になった。最初の中間試験が終わるころにクラスにはやはりグループができていたけれど、制服の改造具合や個人の性格ではなく、たんに趣味嗜好に沿ったグループで、たがいに干渉し合うことはなく、おおむねクラス内は仲がいい。学食があるから毎日弁当を作らなくてもすみ、父親は帰りが遅くなることが増えて、今ま

でのように家族の夕食を用意したり、みんなのぶんの洗濯をしたりしなくてよくなった。

でも、そうした具体的なことより何かが圧倒的に楽になった。たとえば朝食用に米を炊かなくてもいいことよりも、朝早くに家を出て、パン屋で買ったパンを部室や教室で食べてもいいことが楽だった。三人ぶんの惣菜を買って帰らずにすむことよりも、カップラーメンで夕食をすませられることが楽だった。部活動も、とりあえず無線部に入ったけれど、進路が決まったら退部して帰宅部になることもできる、そう思えることが気楽だった。この先進学先を決めることもできるし、それが決まれば、たとえば忠士のようにバイトをすることもできるし、なんにもしないでいることもできる。そんなふうに、選択ができることが楽さの原因なのだろうと飛馬は考えた。

母が死んで以来、自分でも意識しないくらいごく当たり前に、自身の内側に空洞がある。その空洞は、喪失感というよりも罪悪感に近く、何かたのしいと思ったり、何かを思いきりやってみたいと思ったとたんに、その興奮や好奇心はその空洞にのみこまれていく。ただ、高校生になって感じるこの「楽さ」は、そこにはのみこまれていかない。たのしいことや夢中になることと、楽になることとは違うのだと、飛馬は知った。

遠くへいけと母から言われたと忠士は言っていた。遠くというのは、忠士にとって、この高校であり大阪の大学だったはずだ。だったらぼくも遠くにいかねばならない、と飛馬は思った。遠くにいけばいくほど世界は広くなり、世界が広くなれば選択肢は増え、もっともっと楽になるはずだから。

夏休みには、飛馬は郵便局で仕分けのアルバイトをし、それ以外の時間は涼しい図書館で勉強して過ごした。ときどき駅の周辺やスーパーマーケットで、中学の同級生たちを見かけた。せいいっぱいおしゃれをした敏たち男子グループと、大人びた女子グループがたむろしているのも見かけたことがある。同い年の彼らはきらきらして見えて、飛馬は声を掛けられるのを避けて、隠れるようにして通り過ぎ、そうしている自分をかっこわるいと思った。

図書館で、飛馬は勉強に飽きて雑誌コーナーにいき、目についたアイドル雑誌を手に取ってみた。ビキニ姿だったりブルマー姿だったりする女性アイドルたちを食い入るように眺めたあと、巻末のモノクロページを見てみた。小学生のときにいちばんよく見ていた文通コーナーは、そこには見あたらない。がっかりしたような、ほっとするような気持ちで雑誌を閉じたとき、肩をたたかれ、ふりむくと狩野美保が立っている。飛馬はあわてて雑誌をもとに戻して、

「いやあの、勉強しにきとって、机はあそこなんだけど」と学習コーナーを指すが、美保は気にとめるふうもなく、

「ひさしぶりだがぁ、元気ぃ？」と無愛想に言う。

美保に会うのは中学校の卒業式以来で、そんなふうに一対一で会話をするのはいつぶりか、思い出せないくらい前のことだった。

「本当にひさしぶりだがぁ。美保はどこの高校にいったんだっけ」

「私立の女子高だよ」

その場で立ち話をしていると、椅子に座って新聞を開いていた初老の男がわざとらしく咳をして、にらんでいる。飛馬と美保は目で示し合わせて、図書館を出ることにした。飛馬が勉強道具をまとめておもてに出ると、美保は入り口の日陰に立っている。

自動販売機でジュースを買って、図書館前のベンチに座る。

「女子高って女子しかおらんだか」

「当たり前だが、女子高だけぇ」美保はあきれたように言う。「柳原は県立だっただか」

「おお、おっとろしいところだわ」飛馬は入学直後の応援練習の話をおもしろおかしく話して聞かせる。美保が笑い、なぜか飛馬は安堵する。

話が途切れると、蟬の声が急に大きくなる。同い年くらいのグループ連れが目の前を通り過ぎていく。

「部活何やってる？」黙っているのが気まずくて、飛馬は訊いた。

「前と同じ、合唱部。柳原は？」

「無線部。兄貴も入っとったとこ」

「へえ、無線……、おもしろいんだか？」

「おもしろいでぇ。知らん人と話すんだけん、年齢が上の人もおるし、ときどき小学生もおって」

「私たちの学校じゃ公衆電話の混線みたいなのがはやっとるんだけど、それと似とるんかな」

「え、何だぁそれ、混線？」

「使われていない電話に掛けるとずっと呼び出し音が続くけぇ、そのときにだれかいますかーって話しかけると、呼び出し音の向こうからだれかが答えるけん。それで会話するの。名前や電話番号を交換することもあるんだって」

「知らん人と？　それって無線と同じだけぇ、無線にしたらいいがぁ」

「無線だったらつまらんのじゃない？　不確定なのがおもしろいんとちがうかな。すごくはやっとって、休み時間、みんな公衆電話に群がってるから、無線なんかより、きっとぜんぜんおもしろいんだと思う」

つながるか不確定なのは無線も同じだし、飛馬はまだそういうことがないが、親しくなったら同じ時間につなぐと決めて話している人もいると聞くから、公衆電話の混線と何が違うのか今ひとつ飛馬にはわからなかったが、無線を熱心に勧めていると思われたくもないので、

「同じ中学からきたやつおるだかぁ？　おれのところは何人かおるけど、つるんだりはせんけぇなぁ」と話を変えた。

「おらんよ。おらんところを選んで受験したけん」美保は早口で言って缶に口をつける。

「え、そうなん？　なんで」

「だけぇ、みんなコックリさん事件を覚えとるでしょ。あたらしいところでだって言いふらされるに決まっとるが」

飛馬は驚いて美保を見た。美保は軽い感じで言って笑っているが、修学旅行のバスから見た、見知らぬ町にひとりでいる美保の姿が思い浮かぶ。

「え、何だぁそれ、っていうか、なんか言われたんだか、おまえ」

「言われてたっていうか」美保は曖昧に笑う。

「はねこにされてたとか？」

美保はそれには答えず、ちいさな文字を読むように缶に顔を近づける。

「え、なんかぜんぜん知らんかったんだけど。そんなことあった？」

「はねこにされるっていうか」美保はつぶやき、「気味が悪かったんだと思うわ」

テレビドラマやワイドショーや、ときおり新聞で見るような、ぞっとするような意地悪を、美保はされていたのだろうかと不安になるが、しかしいくらなんでも、そんなことがあれば同じ学年なのだから、ほかのクラスでも気づきそうなものだ。自分が鈍感なだけかもしれないが、体操服を便所に捨てられたり、掃除道具入れに閉じこめられたりしていたはずはない。ただ口をきい

てもらえなかったとか、そういうことだろうかと飛馬はめまぐるしく考える。その考えを読んだように、

「何かされたとかじゃないけん」と美保は言った。「ただなんかよそよそしいっていうか、コックリさんとか陰で呼ばれとったのも知っとったし、だけぇ同級生のおらん女子高にしようって決めたんだけぇ」

小学校はケロヨンで、中学はコックリさんか、とふざけようかと飛馬は一瞬思ったが、やめておいた。

「でもさ、結局あれってなんだったかなぁ、なんでおまえ、倒れたの」訊いていいのか迷いつつも、知りたい気持ちが先に立って飛馬は訊いてみた。

「わからんが。みんなで遊んでたら、ふーっと目の前が暗くなって、気づいたら倒れとったけん」

「あれってなんなの？　本当に霊が十円玉を動かすんだかなぁ？」訊きながら、飛馬は忠士のいやそうな顔を思い出す。

「わからんがぁ。そうなんじゃないの？　だれかが動かすわけじゃないけん。私はべつに、乗り移られたとか取り憑かれたとかじゃないけん。ただ貧血みたいな感じになっただけ。でも、たしかにこわいよね、コックリさんをやってる最中に倒れたら。コックリさんが帰るまで手を離すなとか、途中でやめて死んだ人がおるとか、たくさん噂があったし」いい思い出ではないはずなのに、なつかしいできごとを話すような口ぶりで美保は言う。

「でもそんな噂を信じてて、取り憑かれたとかこわがって無視するとかは幼稚だけぇ」そう言ってから、京都のバスで美保を見かけたとき、降りようかと一瞬迷ったことを思い出す。バスが走

り出してほっとした気分を、もっと色濃く思い出す。

「今は、女子しかいないけん、中学とはぜんぜん違う。夏なんてみんなスカートをまくって下敷きで扇いでる」美保はジーンズをはいていたが、スカートをまくって扇ぐふりをして笑う。美保は美保で遠くにいったのだと飛馬は思う。美保は空を見上げるようにしてジュースを飲むと、立ち上がり、

「暑いからもういくけんね。またね」と背中を向けた。

「美保」飛馬は思わず呼ぶ。振り向く美保に、「おれは受験して東京にいくけん」と言う。高校に入って考えたこと、遠くへいけば価値判断も選択肢もぐんと増えて、呼吸がしやすくなるのだということを飛馬は伝えたかった。美保は意味がわからないという顔をしたが、

「おう、そうか」とうなずいて、ガッツポーズをし、笑みをつくってまた背を向けた。うしろ姿は日陰を出て、強い日射しにさらされながら遠のいていく。


一九八五年の夏、お盆に合わせて母の七回忌をやると父が決めたので、大学進学後はじめて忠士は帰省していた。

帰省した日の夜は父が鮨の出前を頼み、三人で食卓を囲んだ。忠士はやけに大人びていて、父とともにビールを飲む、日焼けした無精髭の男に、飛馬は妙に緊張した。アマチュア無線部では何をやっているのか、好きな子はいるのか、第一志望の大学はどこかと、飛馬にしたらわざとらしい関西のイントネーションで訊く忠士は、はるか昔に会ったことのある遠い親戚の人みたいだった。

「そういえば、無線部の噂、聞いたことあるだかぁ?」

話題を思いついたことにほっとしつつ、忠士をなんと呼んでいたのか一瞬思い出せず、主語を省いて飛馬は訊く。

「噂？　どんな」

「未来からきた人がおるっていう」

　そんな噂を耳にしたのは、飛馬が二年に上がってからだった。ゴールデンウィークに自宅で無《ハ》線《ム》をしていた先輩部員が、交信した相手から聞いたのだという。青森の弘前の個人局から通信している女性が、自分は一九七〇年生まれで、でも二〇〇〇年からきたので本当は三十歳を過ぎていて、二〇〇〇年までの未来で知りたいことがあればなんでも訊いていい、と言うらしい。先輩にそのことを教えた通信相手は、二〇〇〇年に世界は滅びていないのか、なぜ滅びずにすんだのかを訊いたという。その未来さん（名前が本当に未来と書いてミライさんらしい）は、そもそも第三次大戦もなく、恐怖の大王もこないと答えたらしい。ほかにも、二〇〇〇年にはペットみたいなロボットも人間みたいに歩くロボットもいるとか、多くの人の家に家庭用ゲーム機があるとか、第三次世界大戦は起きてはいないが、世界から戦争がなくなったわけではないとか、訊くといろいろ教えてくれるという。

　未来といってもたった十六年先からやってきたなんて、ずいぶんせせこましい気が飛馬はしたのだが、でも話としてはおもしろかったし、世界が滅びていないというのは妙な説得力があった。それから飛馬を含めた部員たちは、ＱＳＬカード交換や遠方局との交信よりも、未来さんと話したい、いや、未来さんとだれかが話しているのを聞いてみたいがために、自宅より大きなアンテナのある部室の無線機やレシーバーで熱心に通信をはじめたのだった。

「なんだそれ、聞いたことないで」忠士は笑う。

「しょうもないデマを信じるやつがおるもんだなぁ、高校生にもなって」と父は呆れたように言う。

「いや、だけん、最近はもうみんな飽きはじめとるがぁ……」言い訳のように飛馬は言い、「もうハムはやっとらんの?」と忠士に訊いた。

「サークルではやっとらん。登山部に入ってるけん、トランシーバーを持って山に登ることもあるけどなぁ、交信が目的じゃないしな」

そのとき、つけっぱなしのテレビ画面上部に、速報の文字が点滅した。東京発大阪いきの航空機がレーダーから消えたというテロップが流れたが、飛馬も忠士も父も、とくに注意を払わなかった。

「そういやぁ、あのグリコ事件の犯人たちの会話を、無線やっとる人が偶然聞いたって話があったなぁ。これは未来からやってきた未来さんなんてデマやなくて、本当の話だけん」と忠士がおもしろそうに話す。「おまえたちみたいにたまたま交信を受信しとって、犯人とおぼしき男たちの会話が聞こえてきたって話。その会話も公開されとったのは知らんだかぁ? 結局つかまってないけどな」

「でも、偶然聞いとっても、それが何かの犯人の会話だと気づかんかったら、ただのだらずだ」飛馬は言った。

「だな」

忠士が笑い、飛馬はようやく無精髭の男が遠い親戚ではなく忠士だと実感する。

またテレビに速報が流れるが、やはりだれも気にとめず、父は「ビールは腹が膨れるばっかりだけぇ」と、日本酒とコップを持ってきて、忠士は空になった鮨桶を片づける。

「大学はどうするだぁ」酒を飲みはじめた忠士にふたたび訊かれ、

「勉強しとるけど、国立は無理かもしれんわ。今もクラスで下のほうだけぇ」飛馬は答えた。高校に入ってから、遊んでもいないし予習復習に時間をかけているのに、成績はずっと中の下である。とくべつな塾にでもいけば伸びるのかもしれないが、同級生たちはそうしたところに通っているふうでもない。すさまじく勉強のできる人間というのが、ごくふつうにいる、というのが、飛馬が高校に上がっていちばん痛感していることだった。

「学費はなんとかするけん、私立でもいったほうがええ。なあ?」とだれにともなく賛同を求めてから、「いや、ひとさまの役に立つような立派な男になるんなら、大学なんかいかんでもええけん」と父はひとりうなずいている。


父方の祖父母と母の墓がある寺で、母の七回忌法要を行った。ふつうの服でいいと父が言うので、忠士も飛馬も半袖シャツにチノパンとジーンズで出かけた。蟬の声にかき消されそうな読経ののち、墓の掃除をし、三人で順番に手を合わせる。鹿野の祖父母はきておらず、飛馬は今では彼らの顔もはっきりとは思い出せない。墓地には何組かの家族がそれぞれ墓参りをしている。あちこちで線香の細い煙がたなびいていた。

一昨日の夜には気にも留めなかったテレビのテロップは、飛行機の事故を知らせるものだった。一夜明けると、新聞もテレビも、その事故ばかりを報じている。テレビでは特集番組が流れ、火事のように燃える木々、なぎ倒された急斜面の木々、ヘルメットをかぶった機動隊、記者たち、ばらばらに散乱する機体らしきもの、そして救出される生存者、救助隊員に抱きかかえられてヘリへと運ばれる少女などの映像が、幾度も幾度も流れていて、昨日は父も忠士も飛馬も、信じられない映像を呆けたように見続けていた。

墓参りを終えて、飛馬と忠士は父の車に乗りこむ。父はどこへ向かうつもりなのか、海のほうに向かって車を走らせる。やがて窓の外は、どこまでも続くらっきょう畑ばかりになる。トラクターがのろのろと動き、麦わら帽をかぶった人たちが畑にしゃがみこんで作業をしているが、強烈な日射しにさらされた土色の畑は時間が止まっているようだった。

「これがふつうと思ってたけど、なんか異様な光景だわ。これぜんぶらっきょうだでぇ」と忠士がだれにともなく言い、

「何、気取ったことを言うだぁ」と父が笑った。

父の運転する車は海沿いを走る。もう盆時期なのにまだ砂浜にはたくさんのパラソルが立ち、その合間に海水浴客たちが見え隠れする。父の車は国道を逸れて細い側道に入っていき、側道の先にあらわれたひなびた漁港の駐車場で停まった。海水浴場はすぐそばなのに、ここはまったく人がいない。海に面した斜面に、なつかしい風情の民家が建ち並んでいる。昼食でもとるのかと思ったが、「漁協　市場　直売所」と壁面に書かれた倉庫のような建物は無人で、食堂らしきものはない。父は駐車場の隅にある自動販売機で飲みものを買い、ぶらぶらとしばらく歩いて、影もない堤防に、足を海に向かって投げ出すかたちでどさりと座る。座れ、と手招きされて、飛馬と忠士は父を挟むように、少し距離を置いて座った。今買ったばかりの缶ジュースを父は手渡す。「もう六年だかぁ」という父のつぶやきが、やけにせりふじみて聞こえ、飛馬は身構える。しかしそのまま父は何も言わず、手にした缶ジュースをすすりあげるように飲む。日射しが脳天を焦がすように暑い。冷えていた缶は汗が噴き出るみたいに水滴を垂らし、乾いたコンクリートにしみを作る。

「いつか話さないけんと思っとったんだが」ずいぶん長く黙っていたあとで、父は絞り出すように言う。「かあさんはがんで死んだんじゃなぁて、自分で死んだんだ。病院の屋上から飛び降りて」と父は蚊の鳴くような声で言う。「どけぇしてなのか、六年ずっと考えとる。それでな、かあさんが死んだんはおれのせいなんじゃないかって思っとる。おれが……」父は言葉を切る。忠士は何も言わない。飛馬も何も言わず、横目で父と、その向こうに座る忠士を見る。動いていないのに視界が揺れて、自分だけ宙に浮かんでいるような気がしてくる。

「がんといっても余命いくばくもないだとかそういうんじゃなぁて、手術をして切ってしまえば、死ぬようなアレじゃなかったんだがぁ。本人にがんだとは言わんかったが、手術すればなおることは本人も知っとったけぇ。だからなんでなのか……」

ぼくのせいだと、飛馬は叫びそうになるのをこらえる。ぼくが泣いたから、きっとおかあさんはみんながなおると嘘をついていると思ったんだ、ぼくが泣いたから、なおらないと思いこんだんだ。母は容態が悪化して息を引き取ったのではないのではないかと、今までもうっすらと考えたことはあった。突然だったし、死に顔を見せてもらえなかった。鹿野の祖母の取り乱しかたも妙だった。しかしおそろしすぎて、うっすら考えてみる、にとどめていた。でも今、飛馬ははっきりと悟る。あのとき自分が泣かなければ母は死ななかった。そして今では顔も思い出せない初老の女たちの話し声がよみがえる。おなかを開けたはええだけど、もう、どがすることもできんだったって言うんだけぇ……おなか開けて、手遅れだけぇ閉じるなんて……。あいつらはいったいなんだったのだろう。だれかほかの人のことを話していた？　それとも、わざとぼくにまちがったことを聞かせようとしていた？　なんのために？

「おまえらはもう大きいけぇ話すけども、かあさんは胃潰瘍じゃなぁて子宮のがんだったんだがぁ。かあさんには子宮筋腫だと医者が話した。子宮筋腫というのはがんとは違う、言ってみりゃあ、おできみたいなもんだ。でもそれがあると貧血になったり腹痛がひどなったりする、だけぇ、子宮ごと筋腫をとるっていう説明だったんだがぁ」

父が黙ると蟬がいっせいに鳴き出すように聞こえる。飛馬はぬるくなった缶ジュースを飲む。

「かあさんが手術をこわがっとるけぇ、おれは、つい言ったんだ、もう子どもを作るような歳でもないけん、女じゃなくなってもかまわないだろうって、そげぇなことを言ったんだ。あげぇなことを言わんかったら、かあさんは死なんかったかもしれん」

父の言っていることは飛馬には今ひとつわからなかったが――子どもを作るような歳でもないと言われて絶望したということか？　女じゃなくなるという言葉に傷ついたとか？――父が、自分の言ったことをこの六年、考えに考え続けて後悔しているのはわかった。でもそうではない、たぶん母が死んだのは、ぼくが泣いたからだ。それで自分は死ぬと思いこんだんだ――。今それを言うべきだろうか。父は怒るだろうか、それとも、後悔が少しは軽くなるだろうか。

「だけぇ鹿野のおばあちゃんは怒っとったんか」忠士がつぶやいた。

「こげぇな話はしていないが、向こうのばあさんにしてみたら、なおると言われとる娘が自分で死んだんだけぇ、おれに怒ったってしかたがないのはわかっとるだらぁが、怒らなきゃやってられんだろうけん」

そう言って、父は言葉を切り、背を丸めて座り、手のひらで缶を転がしている。

「飛行場にいったな」と、唐突に忠士が言う。「昔、飛行場にいって、飛行機に乗らんで帰ってきた」

「なんだ急に」父が問う。

「いや、墜落事故のニュースばかりだから、なんか思い出して。あんときは飛行機に乗りたくて、乗らずに帰るのが嫌だったけど、ニュース見てたらこわくなってくるな、飛行機に乗るの」

「乗る予定でもあるのか」

「いや、卒業旅行で北海道にいくかって、友だちと話してただけで、予定はないけど」

遠くにいけと言う母の声を、聞いたわけでもないのに飛馬は思い出す。遠くにいくといいけぇ。飛ばない飛行機を母と並んで見ていたことも、文通相手の手紙を見せてとせがんだことも思い出し、胸が締めつけられるような気持ちになる。母が、母の言う遠くとはどこだったのだろう。あのとき飛行機に乗っていれば母は死ななかったんじゃないか。そんな根拠のない考えまでが浮かぶ。

「暑いな」今さら気づいたように言って父が立ち上がる。忠士も立ち上がり、停めてある車に向かって歩いていくので、飛馬ものろのろと立ち上がろうとする。盛大なめまいに見舞われて、その場に両手をつく。車のドアを開ける音と、暑い、蒸し風呂だと言い合う父と忠士の声が聞こえてくる。

六年前、本当のことを教えてと母に言われたことを、飛馬は忠士にもだれにも言えなかった。そしてこの先もだれにも言えないだろうと、ふらふらと立ち上がりながら思う。うっすらと吐き気がするが、それが暑さのせいなのか、それとも自分のせいで母が死んだとはっきり知ったせいなのか、飛馬には判断ができない。

「だいじょうぶだかぁ、日射病になっとらんだか」父が呼びかける声が聞こえる。

「おじいさんの、碑を見ていこうでぇ」飛馬は車に近づきながら言った。あのとき母が、父の話す祖父の伝説は嘘だと言ったことも、たぶんこの先だれにも話さないだろう。ならば見ておきたかった。「このあたりにあったよね、おじいさんをたたえる石碑」

「おまえ、顔が赤いけぇ。とりあえず車に乗れ。冷房の効いたところにいこうで」父が手招きをし、

「いや、腹に何か入れたほうがええなぁ。昼もかなり過ぎとるし」後部座席に乗りこみながら忠士が言う。

車の窓を全開にして、エアコンの風を強くして、父はアクセルを踏む。目を閉じると、今まで向き合っていたにせものかと思うほど真っ青な海がまぶたの裏に広がり、ぐるぐるとまわる。どこに食べにいくか、父と忠士が低く会話しているのを飛馬は目を閉じたまま聞く。未来さんという人が未来のことを教えてくれるなら、過去のことを教えてくれるだれかもいないだろうか。ふいに、その人と交信できたりしないだろうか。そんなことを考える。

望月不三子　1976

児童館のことを教えてくれたのは、図書館の児童書のコーナーで会った子連れの女性だった。アパートから五分もかからないところにあるその児童館は、二階建てのコンクリート建築で、入り口わきには子どもたちが作ったのか、素朴なタイルのモザイク画がある。入り口で名前を書いてなかに入ると、すでに何組かの親子連れがいる。母子だけで本を読んでいたり、何人かで遊ぶ子どもたちを少し離れて見守る母親たちもいる。庭があり、遊具で遊んでいる子どもたちもいる。こんな場所があったのかと、不三子は湖都を抱いたまま室内や庭を見渡す。

「おはようございます、こちらはじめてですか?」エプロン掛けの女性に声を掛けられ、

「はい、あの、望月と申します」あわてて頭を下げる。

「あなたは何ちゃん?　コトちゃんね、コトちゃんおはようさんね。何か月くらい?　あそこのグループの子たちが比較的近いかもしれない。真田さーん」

おもちゃのおさまった収納棚近辺で輪になって座っているグループに、彼女は不三子を連れていく。

「望月さんとコトちゃん。よろしくね」その場にいる母親たちに言い、彼女は「あらー、まーくんおはようー」と陽気な声を上げてほかの親子のところにいく。

「今日はじめてきたんです、よろしくお願いします」不三子が頭を下げると、

「そんなかたくるしい挨拶なしでもいいのよ、好きに遊んでいけばいいの」

「コトちゃんってすてきなお名前。うちのは香るに苗で香苗。来週でちょうど七か月」

「病院どこ?　どこで産んだの?」

輪になっていた母親たちは位置をずらして不三子の座る場所を空ける。彼女たちの子どもたちは湖都よりは大きく、母親に抱きついている子もいるが、積み木や車のおもちゃで遊んでいる。彼女たちは子どもの様子を見守りながら、この児童館で絵本を読み聞かせる会や育児の相談会があること、小学校の終わる時間は大きな子どもたちで混み合うことなんかを口々に教えてくれる。

彼女たちはみな徒歩圏内に住んでいて、不三子が見るかぎり同世代で、同じ病院に入院していたという母親たちもいたけれど、それ以外はみな違う病院、違う時期に出産していることなんかが、話しているうちに理解できた。同世代で年齢の近い子どものいる母親と話す機会のなかった不三子は安堵と興奮の入り交じった気持ちで周囲を見まわす。

自分の子どもが泣けば彼女たちは輪を離れて赤ん坊をあやしたり、隅で授乳をしたりおしめを替えたり、子どもがぐずればやはりその場から出てべつの遊びに誘導し、あらたに「おはようございます」と言いながら子どもとともにあらわれる人もいて、親しいグループというよりは、たまたま居合わせた母子たちという雰囲気だった。

「香苗ちゃんって七か月でしたっけ、ワクチンって受けました？」

彼女たちの話が途切れたときに、不三子はたまたま隣に座っている母親に訊いてみた。

「うん、受けた。とくに問題なかったよ」

「うちも受けたよ、受けた日はここにはこなかったけどね」べつの母親が言う。「どうして？」

「受けたほうがいいのか、迷っていて」不三子は言う。一か月健診のあと、図書館にワクチンに関する本を借りにいって読んでみたのだが、たまたまそういう本を選んだのか、それとも世間一般の考えなのか、ともかく借りた二冊は程度の差こそあれワクチン接種を否定していた。

「え、でもお知らせきたよね？　お知らせきてるなら打ったほうがいいんじゃない、ただし」

「あれのことよね？　去年のあれでしょ？　一時中止になった……」真田さんと呼ばれていた女性が、泣き出した子を抱き上げてあやしながら言う。え、なあにそれ、と何人かが見上げて訊く。

「ほら、去年、ワクチンのひとつが中止になって、何か月か後に再開したけど接種年齢を引き上げたでしょ？　望月さんが言ってるのはそれよね？　だから迷うってことでしょ」

「あ、いえ」もごもごと不三子は言う。真田さんが言っていることがわからない。

「ほら、だから」と子どもをあやしながら真田さんが手短にした説明によると、三種混合のうちの一種類のワクチンが原因で接種後の死亡事故が相次ぎ、昨年二月、そのワクチンが含まれる予防接種が中止となった。その後ほどなくして再開したが、接種年齢は二歳以上に引き上げられた、ということらしい。「うちはほら上の子が……」と庭に目をやり、「あそこにいるのが上なんだけど、ちょうど受けようかってときに中止になったのね、そのころはけっこうここでも話題になってたし、ワクチンこわいからぜんぶやめるって人もけっこういたよ。あーっ、ちょっとナオ、あんたそれだめ！」真田さんは子どもを抱いたまま庭に向かって走っていく。

「え、何それ私知らなかった」

「ぜんぶやめるって、じゃあ破傷風とかも打たないってこと？」

「でもそのワクチンだけ接種年齢が上がったのなら、今はだいじょうぶなんじゃないの？」

その場に残った母親たちは口々に言い合ったが、しかしそれはほんの数秒のことで、すぐに話題はほかのことに移り、市販の離乳食のどれがお勧めだとか、モハメド・アリと猪木とはどちらが勝つと思うかとかいった話をはじめる。不三子もワクチン事故の話は初耳だったのだが、しかしなぜほかの母親がこわがることもなく、また興味を持つこともなく、市販の離乳食だのプロレスだかボクシングだかの話をしているのか、信じられない思いである。

去年、この児童館ではどんなふうに話題になったのか、もっとくわしく真田さんに聞きたいと思って不三子は庭を見やる。あいかわらずの曇り空の下、カラフルな色の服を着た子どもたちがタイヤ跳びやブランコ遊びに興じて、はじけるような声を上げている。子どもを抱いてブランコのわきに立つ真田さんを見つけ、不三子が立ち上がりかけると、おとなしくしていた湖都がむずかりながら泣き出す。

「あらあらコトちゃんどうちまちたか、おせんべ食べる？」ノリコちゃんの母親がわきに置いたバッグから赤ちゃんせんべいの箱を取り出す。不三子はあわてて湖都を抱いたまま立ち上がり、「ありがとう、でもごめんなさい、うちの子まだ一か月ちょっとなんで」と言いながらその場を離れる。

「えー、くだいてあげたらだいじょうぶじゃない？　カルシウム入ってるから安心よ」

声が追いかけてくるが不三子は聞こえないふりをして庭に向かう。さっき感じたばかりの安堵と興奮が、ゆっくりと失望に変わっていくが、そんなことはどうでもよかった。何が起きてワクチン接種が中止にまでなったのか、いったいどんな事故だったのか、知らないままではいられないし、「ただ」だから受けておくなんてとても考えられない。話の通じる母親をさがさなくてはならない。不三子の焦りを吸いこむかのように、湖都が全身の力を振り絞るいきおいで泣き続ける。


勝沼沙苗の料理教室に、出産後の不三子がはじめていったのは、一か月健診の二週間後で、湖都を連れていってもだいじょうぶだとそのときわかってからは、開催されるたびに湖都といっしょに参加した。

湖都を連れての二度目の参加時、不三子は帰り支度をする勝沼沙苗に「教えていただきたいことがあります」と思い切って声を掛けた。

児童館訪問後、不三子は公園や図書館に出向き、幼い子を連れた同世代の女性を見ると積極的に声を掛けてまわった。そうして幾人か顔見知りができると、母親にはグループがあると不三子は学んだ。そのグループはじつにさまざまであるが、大雑把に分けると二つで、無頓着なグループと神経質なグループである。無頓着な母親たちは、食べものでもおもちゃでも子どもがほしがるものを、経済面以外はとくに何も考えず与える人たちで、神経質な母親たちは、添加物や保存料、おもちゃや衣類による子どもの事故、大気汚染、テレビの見過ぎ、子どもにかんすることはなんでもかんでも気にしすぎなくらい気にする人たちだ。後者の人たちはほとんど全員、ワクチンを疑問視し、子には打たせないと言う。三種混合のなかの、百日咳のワクチンで乳幼児の死亡事故が起き、これを受けて昨年、約三か月そのワクチンの接種が中止され、対象年齢を引き上げて再開されることになったという詳しい経緯も、神経質な母親たちから不三子は聞いたのだった。副反応事故の集団訴訟は各地で起きているのに、まるで報道されない。病院も製薬会社もワクチン接種をこぞって勧めるのは、裏に利権の問題があるから。不三子も、「ただだから」ワクチンを受けようなんてとても思えないが、しかし、彼女たちの否定的な話ばかり聞いていると、この世のなかは、子どもの死より利権が優先されるような、そんなおそろしい場所なのかと、焦りに似た不安がどんどん募る。だから母親たちの話ばかりでなく、勝沼沙苗がワクチンについてどう思っているのか、すがるような思いで訊いてみたのである。

沙苗は帰り支度をする手を止めることなく、

「あのね、ワクチンっていうのはね、病気にならないように病気のもとを体に入れるってことなのはわかるよね？　そこはいいね？」と、まるで訊かれることを予期していたかのようによどみなく話す。「ちょっとおかしなたとえだけど、あえてわかりやすいように話すよ、交番に指名手配犯の写真があるね、それをよーく見ておくとしようか。奥さんがひとりでおうちにいるときにトントントンって玄関を叩く人がいる、あなたのおうちのドアに、のぞき穴ついてる？　あ、ついてない、そしたらドアを細く開けます、そこに立ってるのが写真で見た人だったらアッと思うよね、アッと思ってぱっとドアを閉める。そこでこんなふうに足の先を入れられたらたまんないけど、それだってあなた、おうちに赤ちゃんがいると思えば母は強しだ、その足の先を蹴って踏んで死にもの狂いで追い出すだろう。でも、指名手配犯の写真を一度も見たことがなかったら？

ハーアなんのご用ですか、なーんてドアを開けちゃう。悪いやつの思うつぼだ」

話す途中で、長机に広げていたものをみな風呂敷に包み終えた勝沼沙苗は、机に両手をついてまっすぐ不三子を見て続ける。

「体に病気のもとを入れて病気を防ぐってのはね、本質的には違うけど、ま、そういうこと。指名手配犯の写真をよーく覚えて、そいつを近づかせないようなこと。だから悪いことじゃないんです。ただね、おかあさんがたが考えなきゃいけないのはね、交番に貼ってある写真はあたらしいのかどうかってことなの。警察官は忙しい、手がまわらない、色あせた写真をずーっとそのままにしておくこともある。もうつかまった犯人を、いつまでもびくびくとこわがる必要はない。あなたね、ジフテリアに感染する子はまだいますよ、いるけどね、身近に聞いたことある？　ポリオだっていませんよ。いないはずなのに生きたワクチン打ってわざわざポリオになっちゃうというのは本末転倒でしょうが。自分では抗体が作れない破傷風はワクチンの効果も高い、高いけどさ、錆びた釘を踏む前にそんなところを歩かせなきゃいいわけでしょう、傷があるのにぬかるんだ土のなかで転げまわらせなきゃいいわけでしょう、ちゃんとした母親ならそのくらい注意してますよ。ＢＣＧはあなたも受けたね、腕にしっかり残ってるね、ひとさまの体にこんなスティグマを残すにしては、今までどんな負の遺産があるかはだれも教わらない。そうして結核は今や死病じゃないよね。指名手配犯の写真を見るだけならばさ、体にはなんにも入りませんよ。こんな悪い人がいるんだねえ、こんな悪いことをするんだねえと思うだけ、でもワクチンはその悪いものが体に入りますからね実際に」

いつのまにか不三子のまわりには数人が集まって、テンポのいい沙苗の話を聞いている。

「とはいえね、なぜワクチンができたのか考えてみて。人類を滅亡させるためのはずがない、文字どおり毒をもって毒を制す、それが目的ですよ。人を生かすため、病気にかからせず存続させるためでしょう。だから悪いもののはずはないの。ただね、世界や国が見ているのはあくまでも全体、人類全体、大多数ってわけよ。あなたのお子さんがどうなっても、ほかのお子さんが五万人十万人生きればいいってわけなのね。ワクチンによる後遺症のための救済制度はようやくできたけど、さあそれがはたして本当に救済してくれるのか。重大な後遺症があったとしても、それがあきらかにワクチンのせいですよって国が認めるかなんて、まだわからない。訴訟をしたって国が負けるだろうか？　集団訴訟なんつったって十万人、百万人の訴訟じゃないよ、五十人百人じゃ国は動くはずがない。

だからね、あなたのお子さんを守るのはあなただけなんですよ。指名手配犯の写真をいくら覚えたって犯罪はなくなるか。ポスターは古くなる、指名手配犯が整形しているかもしれない、あたらしい犯罪はどんどん生まれてる。そのぜんぶから守るなんて魔法はね、人間が使えるはずがないんです。だから私たちは私たちにできることを精一杯やるしかないと言うんです。母親に、女たちにできることを、人まかせにせずにね、母親だから、女だからやるんです。ワクチン打つなら打つでいい、それにはきちんと勉強しなきゃ。どんな事故があってどんな副反応があったのかどんな訴訟があるのか勉強しようよ。国がいいって言ってるぅ、みんなやるって言ってるぅ、こういうのがいちばんだめ。女は賢くあらねばならぬ！」

不三子の腕のなかで湖都がちいさく泣き出し、周囲にいた女性たちがそれをきっかけにするかのようにいっせいにため息をつく。だれかが控えめに手を叩くと、その場にいたみんなが拍手をする。

「ちょっと、時間を過ぎちゃったじゃないの、私は忙しいんだ、帰りますよ、また次のときにね」

　まるで拍手に照れたように顔を赤らめると、勝沼沙苗はそそくさとその場をあとにした。

「さすが、先生のお話はわかりやすいわ」

「免疫は何より食べものでつけなくちゃね、ねえ湖都ちゃん」

　教室に参加していた、今では顔見知りになった女性たちは言い合いながら、それぞれに部屋を出ていく。

　まるでみずから発火しているかのように熱い湖都の尻をやわらかく叩き、その場でゆるくステップを踏むように右に左にと体重を傾けながら、不三子は教室の壁や沙苗が手をついていた長机をぼうっと眺めまわした。沙苗の言っていることは、今まで言葉を交わしてきた母親たちのだれよりも、不三子にはよくわかった。しかしそんなことよりも、沙苗の言葉は何か、子を持つことや母になることの、本質であるように不三子には思えた。どの部分がどういった具合に本質なのか、そこまではわからないながら、本質とはつまり不三子にとって嘘やまやかしではないと信じられるものだった。湖都がこの世に出てきて、湖都という名前を受け取るより先に、完璧な存在に見えたことを不三子は思い出す。あの感覚はただしかったのだと、泣き止まない湖都をあやしながら不三子は思う。完璧できよらかなものに、病気のもとなんて悪い毒素を入れる必要がどこにある。

　この人が母であればどんなによかったろうと、不三子は小学生のようなことを思う。この人がそばにいて、献立の相談にのってくれたり、湖都のめんどうをいっしょに見てくれたりしたら、どんなに安心だろう。ワクチンの死亡事故のことを知っていたのに、自分で調べろとしか言わなかった母。相談にものらず、自分で考えろとしか言わなかった母。もしワクチンで湖都がいのちを落としたら、自分で考えて決めた結果だろうと突き放すのだろう。あの人はいったいなぜそもそも母になろうと思ったのか、母になれると思ったのか——だれもいなくなった区民センターの部屋で、不三子は湖都が泣き止むのを待つ。

十月の半ば過ぎに真之輔の母が上京してきた。電話をもらっていたので不三子は高円寺の駅まで迎えにいったが、平日に、なんの用があるのかは聞いていない。

平日の昼間でも人で混み合う駅の改札から、両手に紙袋を提げた義母が不安そうな顔であらわれて、不三子を見つけてほっとした顔をする。

「ひさしぶりですねえ、湖都ちゃん、大きくなりまちたねえ」と、不三子のおぶう湖都に話しかけている。湖都はだあだあと言いながら手足を大きく動かしている。

真之輔が夏休みを早めにとり、お宮参りと百日祝いをまとめることにして、七月の終わりごろに不三子たちは下田にいった。そのときまで不三子は百日祝いというものを知らなかった。まわりの母親たちが話しているのを耳にしたことはあったけれど、気にもとめずに聞き流していた。望月家は旧家というわけでもなく、駅から車で十五分ほど走ったところにある家は、そう大きな家でもなかったが、不三子にすればそうした伝統行事をたいせつにする、きちんとした「文化とゆとりのある」家だった。繊維メーカーに勤めている真之輔の兄は、家族で広島に住んでいて、結婚式以来会ってはいないが、義父母に出産祝いを預けてくれていた。

お宮参りには義父は結婚式のようなタキシードを、義母は着物を着、湖都のためにお祝い着を用意してくれていて、赤くかわいらしいその着物は七五三にも利用できるという。百日祝いは、なじみの鮨屋から尾頭付きの鯛と鮨を出前してもらい、義母が炊いた赤飯や煮物が客間の座卓に並んだ。歯固めの石なんて不三子は聞いたこともなかったが、何もかも義母が滞りなく進めてくれた。だから不三子は実の母より義母を尊敬していたし、もっともっとしたしくなりたいと思っている。ただひとつのことをのぞけば、義母は不三子にとって理想の母なのだ。

高円寺のアパートに義母がくるのははじめてだ。外観にも外階段にも、通された部屋にも「まあ、まあ」となんの意味かはわからない声をあげている。

「今お茶入れますから、ゆっくりしてください」不三子はおぶっていた湖都をおろし、ベビーラックに座らせて流し台で手を洗う。ベビーラックも義父母が買ってくれたものだ。

お茶の支度をしながら、流し台のすぐうしろにあるテーブルを振り向くと、義母は紙袋の中身を次々と取りだしている。赤や黄色のタッパーウェア、ビスケットやチョコレート菓子、乾物類といった食品、それから衣類、少し前にはやっていた猿のぬいぐるみ、テレビ番組で人気の人形と、湖都のための品物が、続々と出てくる。

「まあそんなに。重かったでしょう」暗い気持ちになりながら不三子は笑顔で言う。

「列車のなかじゃずっと座れたから、重いも何もないよ。それにしてもちんまりしたお台所。おままごとみたいだねえ。あ、最中を買ってきたから、食べましょうよ不三子さん」とほがらかに義母は言う。

ただひとつのことというのは、義母の、人のいい無頓着さだった。同じ年代の母親だったら、まさに異なるグループに属する女性だったに違いなく、「やあね、そんなこと気にしすぎよう」「母親がそんなに心配してたら子どもまでカリカリした性格になっちゃうよ」と、彼女が笑い飛ばしてその場を凍りつかせる光景が、不三子には見たかのように思い浮かべることができる。

テーブルにようやく座り、お茶を飲みながら最中を食べはじめた義母は、ベビーラックで喃語

を発している湖都に気づくと、

「私たちだけ、なんだかずるっこいねえ、湖都ちゃんだってお仲間に入りたいよねえ」と立ち上がり、口のなかから出した最中を指先でつまんで湖都の口に入れようとするので、

「おかあさん！　この子にまだ最中は早いですから！」不三子は席から立ち上がって湖都の前に立ち塞がる。

「でもほら、私がちゃんと嚙み砕いたから」と咀嚼した最中を平気で見せながら、「和男のところのてっちゃんなんか、赤ん坊のころからなんだって食べたわよ」と、義兄の子のことを持ち出す。

「ううん、あの、あんこはとくに消化不良を起こしてよくないんです、食べていいのはもっと大きくなってからじゃないと」不三子は義母の肩を押すようにして椅子に座らせ、

「あらそうお、じゃごめんね湖都ちゃん、私たちだけ」と、指先の最中をもう一度口に戻しているので、気味悪く思いながらもほっとする。

不三子が夕食の支度をしているあいだ、義母が湖都をあやしてくれていた。テレビの子ども番組をいっしょに見ては話しかけ、湖都が飽きると絵本を読んで聞かせ、湖都がぐずると不三子より小柄なのに湖都を抱いて揺らしている。人形やおもちゃは大目に見るとして、せめてお菓子や咀嚼物を与えないでくれれば、ずっとアパートに逗留してほしいくらいだと、図々しいのを承知で思いながら不三子は野菜を刻む。

いつもより少しばかり豪華な食事――大根と里芋の煮付け、ほうれん草のごま和え、野菜を詰めたイカ蒸し、具だくさんの味噌汁、ごま入り玄米ごはんに漬物を並べ、「お先に召し上がってください」と断って、不三子は湖都に離乳食を食べさせる。

湖都の食べるすりつぶした南瓜と、目の前の食卓をちらちらと見ながら、義母は「それじゃ、いただきます」とちいさく言って食事をはじめている。食べ終えた湖都の口のまわりを拭いてやり、ベビーラックに座らせる。つけっぱなしのテレビに気がついて電源を切り、席についていただきますと不三子も手を合わせる。これはなあに？　へええ、イカ焼きかと思ったらなかにお野菜が……、お出汁がいいお味ね……、とほがらかにしゃべりながら食事をしていた義母が、ふと口を閉ざす。ばうばうと、それにとってかわったように湖都が何かしゃべっている。

「真之輔たちが生まれたのは終戦まもなくでしょう、まだまだ貧しくてね」と、義母は箸の先を見つめて突然しんみりと話し出す。「野菜屑や干した芋みたいなものしかないでしょう、野草だって摘んでたしね、砂糖なんてないものだから、トウモロコシの芯を煮たりね。ごはんが手に入ったって麦ごはん。私たちはしかたがないにしても、真之輔たちがおなかをすかせているのがかわいそうで……。弁当ったってろくなものを持たせてやれないし。戦争は終わったのに、なんでこんなにひもじいんだって泣けてきてね」

野菜屑も干し芋も麦ごはんも体にいいのだと、不三子は思ったが黙っていた。義母が話すのはそういうことではないと理解していた。

「それでね、私たちはね、もし日本がもう少しゆたかになったら、この子たちにはおなかいっぱい白いごはんを食べさせよう、甘いあんこを食べさせよう、そう思ってどんな苦労だって耐えたんだ。だけどなかなかそうもいかなくて、育ち盛りの真之輔たちには本当につらい思いをさせたと思ってる」

義母が黙ると、隣の部屋からテレビの音声だろうか、にぎやかな笑い声が聞こえ、少しばかり開けた窓から、電車の音が遠く聞こえる。

「和男は勤めて最初の連休に私たちをあっちに呼んでくれてね、お好み焼きだとかあなご飯だとか、おいしいものをたくさん食べさせてくれて。真之輔もそうだったね、あの子は中華をごちそうしてくれたっけね。やっぱりね、食べることで苦労してるから、自分でお金を稼いだらおいしいもの食べよう、食べてもらおう、ってまず思うんだよね、恥ずかしいことに」

「恥ずかしいことなんてないです」私は親に食事をごちそうしようなんて思いませんでした、とそれは心のなかだけで言う。ごちそうも何も、生活費を入れるのが先決だった。

「それであの……言いにくいんだけれど、そんなわけだから、あの子には白いごはんを食べさせてあげてもらえないかしらね」

上目遣いで不三子を見ながら、義母は角を立てないように、けれどもこれを言いにきたのだと理解できるような、見たことのないぎらついた顔で言う。

義母の言うことは、不三子にはよくわかった。不三子の家だって貧しかった。中学までは給食だったが、高校時代の弁当は人前で蓋を開けることができないくらい貧相だった。給料をもらうようになって、同僚と有楽町や新宿で食事ができるようになったときは、自分がものすごいお金持ちになったかのように錯覚した。ひとりだけおいしいものを食べているのが妹たちに申し訳なくて、人形焼きやシュークリームを買って帰った。この先も自分ひとりで生きていくのだったら、あんな暮らしでもよかったのだ。

「白いごはんがおいしいのはわかるんですけど……、でもあの……、精米って、お米の栄養がいちばん詰まったところをそぎ落としてるんですよね。私はあの……、真之輔さんに健康で長生きしてほしくて……」逆らっていると思われないように、慎重に言葉を選んで不三子は説明する。

望月真之輔という人の幸福を願っているのは、母のあなたも妻の私も同じなのだとわかってもらうために。

不三子の話の合間に、うん、うん、うん、と大げさに相づちを打ち、「そうね、そうだよね不三子さん。ありがたいよ、あなたがあの子を思う気持ちはありがたい。でもね、でもやっぱりね、一日くたくたになるまで働いて、疲れて帰ってきて、子どものころ食べさせられたみたいな貧しいごはんが並んでいたら、そりゃあなたがっかりするよ、それはわかるよね、働いてるのはあの子なんだから」言いながら、驚いたことに義母は泣き出した。ひとしきり泣いて洟をかみ、「どうかよろしくお願いしますよ」と不三子に向かって手を合わせる。

真之輔が帰ってくるまで、義母と不三子はテレビを見て待っていたが、湖都がぐずりだし、「寝かしつけてあげて、そのまま寝ちゃっていいから」と義母に言われて、不三子は寝室にいった。寝かしつけたら起きるつもりで、洋服のまま湖都に添い寝して、背中をやさしく叩いてやる。むかしむかしあるところに、とてもけちな男が住んでおりました。男はいつもこう言っておりました。ああ、よく働くのに、ごはんを食べないよめさんがほしいなあ。寝かしつけるとき、不三子はこうして覚えている昔話を湖都に聞かせている。小声で昔話をささやいているうち、湖都の寝息が大きくなり、その寝息に包まれるように不三子も眠りに落ちていく。

笑い声で目を覚まし、服も着替えず、顔も洗わず眠ってしまったことに不三子は気づく。隣で湖都はぐっすりと眠っている。閉めた襖の向こうから笑い声がしている。テレビの音もしている。真之輔が帰ってきているのだとすぐにわかるが、不三子は起き上がらず、暗い部屋で目を開けている。くぐもった話し声が続き、「いやだってそれは」と真之輔が少しばかり声の調子を上げると、「しーっ」と義母が制し、おさえた笑い声が聞こえてくる。何を話しているのか興味を持って、不三子は集中して耳をすます。会話の内容までは聞こえないが、何かすすっているらしい音が聞こえる。真之輔は今日も夕食は外ですませたのだろうから、たくさん作った味噌汁を義母があたためなおしてくれたのだろう。

　起きて襖を開けて、お帰りなさいと真之輔に言い、寝かしつけていたら寝ちゃったわと言い、お味噌汁、ありがとうございますと義母に言い、熱いほうじ茶でも入れて、義母に風呂を勧めなければ、と頭で考えながら、不三子は起き上がることができない。ガラス戸から漏れる街灯の明かりに、ぼんやり浮かび上がる天井に目をこらし続ける。

　いやだあ、あはははは、と義母が若やいだ声で笑い、今度は真之輔が「しーっ」と言ってまた笑っている。不三子はがばりと上半身を起こし、そのまま這うようにして襖に近づく。ほんの少しだけ襖をずらして片目を押し当てて覗いてみると、義母とワイシャツ姿の真之輔が食卓で向き合って笑っている。テーブルにはビール瓶とせんべいの袋がのっていて、二人がすすっているのは味噌汁ではなくてラーメンだった。たしかに、脂とバターのまじったようなにおいが漂っていることに今さらながら不三子は気づく。

　二人で隠れて何を食べてるんですか、と笑いながら出ていけばいいのに、それができない。ラーメンなんて、おかあさんが買ってきてくれたんですか？　それともあなたが買ってきたの？　とほがらかに訊けばいいのに。それができない。私はどうしてこんなふうに暗い部屋で、小指の先ほど開けた襖から、息をひそめて、自分の夫と義理の母を覗き見しているんだろう。なぜこんなふうにしていなきゃならないんだろう。私が悪いことでもしているみたいに。

　起きる気配がまったくなかったのに、突然、湖都がギャアッと泣き声をあげ、不三子は飛び上がって驚く。はじかれたようにその場を離れ、寝ている湖都を抱き上げて立ち、暗い部屋であやす。ああよちよち、こわい夢を見ましたね、だいじょうぶ、だいじょうぶ。

「湖都ちゃん起きちゃったみたい」

「ああ、すぐ泣き止むからだいじょうぶ」

漏れ聞こえる声を聞き流しながら不三子は体を揺らして湖都をあやす。腕のなかで、顔を真っ赤にして泣いているのは湖都ではなく、自分自身のような気がした。泣きわめいている自分自身を必死にあやしている気がした。だいじょうぶ、だいじょうぶと。

食事について義母に泣かれた話を不三子がすると、勝沼沙苗の料理教室で会う女性たちはひとしきり盛り上がった。男性はとにかく玄米菜食を好まないと全員が口を揃える。

「子どものころにひもじい思いをしたから早食いの癖がついてて、ゆっくり嚙むということができないの。でもそれはたんなる慣れだから、食べ続けてもらうしかないわよ」「うちなんかね、おれは早死にでいいから好きなものを食わせろ！　と、こうだもの。だったらもういいじゃない。本人がそう言うんだから」「だけど早死にされたら困るのはこっちよ。勝沼先生だって、時間をかけてわかってもらうしかないとおっしゃっていたし」と、それぞれに意見はあるようだった。

夫婦と子どもたちだけの家庭ならまだましで、夫の両親と同居となると、親世代と夫がいっしょになって玄米生活に反対しているため、二食作っているという女性もいて、そんな話を聞いていると、不三子はようやく、義母と夫がふたりで声をひそめて即席ラーメンを食べていたあの夜の、みじめさといたたまれなさと、なぜか感じる猛烈な恥ずかしさから、逃れることができた。

あれ以来、湖都の離乳食と自分の食事は時間をかけた玄米菜食で用意し、真之輔には、朝食も弁当も夕食も、主食は白米、おかずには肉を焼いたりコロッケを揚げたりしている。朝食も食べるようになり、夜も帰宅してから好きなものだけつまんでいる様子を見ると、やはり玄米や薄味の料理がいやだったらしいと、不三子も気づかざるを得なかった。考えたくもないことだが、今まで持ち帰ってきた空の弁当箱の中身は、どこかに捨てていたに違いない。真之輔はカップラーメンやスナック菓子を買ってきては、夕食後に酒を飲みながら食べるようになったが、不三子はもう何も言わない。

ちょうどそのころ、勝沼沙苗の教えに基づく本を作ろうという話が持ち上がり、不三子もその手伝いに誘われた。沙苗自身はあまり乗り気ではなく、「私は話すことしかできないんだし、料理教室で都内をまわるので手いっぱい、無理無理」と言うが、料理教室の参加歴の長い生徒たちが「私たちがまとめるから先生は話すだけでいい」となんとか説得したらしい。

料理教室のない日にも区民センターの部屋を借りて、有志の生徒たちが集まり、本の構成について話し合い、原稿をまとめていくことになった。子連れの参加でもかまわないと言われて、不三子も湖都を連れて参加した。湖都はひとりでよちよち歩きができるようになり、喃語以外の言葉もいくつか話せるようになっていて、電車のなかでも、こうした集まりのさなかでも、以前のように声を張りあげて泣くようなことはだいぶ減った。

勝沼沙苗が提唱する献立やおやつに加え、離乳食や病人食の調理法も載せたらどうかと提案したのは、不三子自身がそれを知りたかったからである。ただ談話的に沙苗の話をまとめていくのではなくて、Q&A形式にして、私たちが質問を考えて答えてもらえば、興味のあるところから読みはじめられるし、沙苗も楽なのではないかということも、不三子が発言して採用された。

第一章は季節ごとの素材を生かす調理法、第二章はさまざまな症状とそれに応じた食事法、第三章は妊婦の食事と離乳食、第四章がQ&Aと、構成がどんどん決まっていき、自分の言ったことが実際にかたちになっていくことも、参加者たちの話に耳を傾けることも、不三子には新鮮で刺激的だった。湖都はおおむねおとなしく、泣いても、ずっと泣き止まないということもなく、ぐずっても不三子か参加者のだれかがあやせばすぐに機嫌をなおす。肉食や多食は男っぽい荒々しい性格になるというのが勝沼沙苗の説だから、湖都がおだやかで聞き分けがいいのは食生活がいいからだとその場で褒められるのも、不三子にはなんともいえずうれしいことだった。

勝沼沙苗の提唱する自然療法や食事法は、マクロビオティックという食養論を元にしてはいるものの、そこから独自に解釈、発展させたもので、厳密にはマクロビオティックとは異なるのだと、不三子はこの集まりで教わった。マクロビオティックの考えかたでは、この世のすべては陰陽の性質を持っており、その調和を図ることを重要視しているが、沙苗は調理法に陰陽を用いないし、むずかしい計算もない。そういえば、湖都を出産したとき、お見舞いにきた年上の生徒たちがくれたマクロビオティックの本には陰陽表と、穀物の割合で決める食事法などが書かれたページがあった。宇宙の法則に則っているというその教えが、じつのところ不三子にはよくわからず、もっぱら調理法だけ参考にして使っている。

「食養論を煎じ詰めていくと、かなり厳しいものになるのよ。沙苗先生はそれをもう少しかんたんにわかりやすくしているわけね。先生の言う、男性と女性の役割を混同してはならないっていうのも、男性が陽で女性が陰だからという説明より、明快でわかりやすいじゃない」

「だからきっと本が出たら売れると思う。これはこう作りなさい、これは食べてはだめとはっきりしているし」

区民センターの一室で、だれかの作ってきたそば粉のクッキーやかぼちゃのパイを食べながら、編集会議に疲れるとそんなおしゃべりをする。湖都は大人たちのおしゃべりにまじっているつもりなのか、長机につかまり立ちして「まんま！　にゃんにゃん！」と声を張りあげてはみんなの笑いを誘っている。

「にゃんにゃんなんていないのに」

「あっ、もしかしてこれ？　このにゃんにゃん見つけたの？」

ひとりの女性がパイプ椅子にのせた鞄を手に取る。布製鞄にちいさく猫のアップリケがついている。にゃんにゃん！　と湖都がうれしそうに手を叩く。

「子どもってすごいねえ、こんなにちいさいのによく見つけたねえ」

大人たちが口々にすごいすごいと言い、湖都は手を叩きながら満面の笑みで足踏みをくり返す。

この集まりのおかげで、不三子は、真之輔への失望を、明確に意識することなく過ごすことができた。このごろの真之輔は以前よりは帰りが早い。晩酌をしながら、べつに用意された脂の多い食事をし、野菜は残し、自分で買ってきた塩辛い漬物で白米を食べ、食事が終わっても酒を飲みながら菓子や漬物をつまんでテレビを見ている。機嫌良く湖都に話しかけ、風呂に入れようかと提案する。もっと家族の時間をたいせつにしてくれないかと思っていた不三子だが、しかしいざそうなってみると、ちっともうれしくないばかりか、忌々しく感じてしまう。アパートの階段を上がる靴音が聞こえるとがっかりくるくらいだ。二食作るのはさほどの手間ではないが、身近で酒を飲まれ、煙草を吸われ、漬物だのカップ麵だのを台所に持ちこまれるのはおもしろくない。何より、私の考える食のたいせつさを、この人がわかることはぜったいにないのだろうと思うと、心が脱力するような空虚を感じる。

週に一回でも、この場へきて、本作りの中身について話し合い、勝沼沙苗の話を書き起こしていれば、その空虚と向き合わずにすんだ。幸福のおおもとには食がある、ということを、夫が一生理解してくれないにしても、本を出せば、大勢がそのことをわかってくれるはずだし、大勢が救われるはずだ。そう思えば、真之輔が何を食べようと何を飲もうと、どうでもよく思えてくる。どうでもよくなると、階段の靴音にも気づかなくなる。前はむっつりと黙って、別献立を食べる真之輔を横目で見ていたが、このごろは話題を見つけては自分から話しかける。妻が本作りを手伝っていることも知らず、勝沼沙苗のことも知らない真之輔は、ただ、最近妻の機嫌がいいようだとしか思っていないだろうと不三子は想像する。

「今日児童館で会った女の子がね、女の子なのによ？　だめだこりゃ、だめだこりゃってそればっかり言うの。まだ二歳にもならない子なのに、テレビを見て覚えちゃったのね」と、家族の夕食時にテレビはつけたくないということを、とおまわしに言えるようにもなった。

「あはは、かわいいじゃないか」ビールを飲みながら、不三子の用意した生姜焼きをつまみ、テレビを横目で見ながら真之輔は言う。

「今ならまだかわいいですむけど、小学生になって乱暴な言葉遣いしかできなくなったら大問題よ」

「大問題って、そんな大げさな。それに二十歳になってもだめだこりゃなんて言ってるわけがないんだから」

「いいえ、子どものころに覚えたものはずっと覚えてますよ。オオカミに育てられた女の子たちの話を知らないの？」

オオカミに育てられた二人の少女の話をしていたのは勝沼沙苗だ。幼いその姉妹は人間に引き取られて教育を受けたが、四足歩行しかできず、食事は手を使わずに床に置いた皿からじかに食べるという。今はまだ赤ちゃんだからと好き放題にさせておくのはよくない、成長してから食生活の重要性を説いても、礼儀正しさを説いても、急に聞き分けられるはずがない、その証拠がオオカミに育てられた少女たちだと言うのだった。数か月前に起きた毒入りコーラやチョコレートの事件も例に挙げ、未開封であってても置いてあるものは口にしてはいけないと、子どもがちいさなうちから母親が徹底して教育するべきだと沙苗は力説していた。

真之輔が生姜焼きは食べても添えてある生野菜は残し、野菜の煮物に箸をつけないのも、子どものころに満足に食べさせられなかったと嘆く義母が、その罪悪感から好き放題にさせたせいだと、生野菜だけ残った皿を見て不三子は思うが、それは口には出さない。

「オオカミは論外だけど、湖都が葉っぱ敷いて寝ているときは河童の子かと思ったよ！」突然思いついたように真之輔は大きな声で言い、笑い出す。「オオカミならぬ、河童に育てられた少女」とくり返しては、ほんのりと赤らんだ顔で笑っている。

「湖都が起きちゃうからしずかに」不三子は真之輔をにらみ、席を立って寝室にいく。

ベビーベッドで湖都はおとなしく眠っている。ようやく湖都は朝までぐっすり眠るようになった。「何が河童の子よ」口のなかでつぶやいて不三子は湖都がはいだタオルケットをかけなおす。どうでもいいと思いながらも、やはりときどき真之輔の無理解にいらだってしまう。

乳幼児が発熱した際、そんなに高熱でなければ小松菜やキャベツの葉を枕にしてやると、ゆるやかに熱が下がるというのは、料理教室の友人から勧められた本で知ったことだった。西洋医学に頼らない昔ながらの自然療法で、たとえば乗りもの酔いの防止には梅干しを食べさせるとか、あせもは桃の葉を煎じて風呂に入れるとか、そういうことの一環に青菜の枕があると知り、湖都が微熱を出したときに活用したのだ。帰宅してそれを見た真之輔は大笑いし、不三子が本を見せて説明しても、「葉っぱで風邪がなおるなら病院はいらないな」とからかうように言った。真剣に学んで実践していることを、何も知ろうとせずにそんなふうに馬鹿にされると、やっぱり腹立たしい。しかもオオカミに育てられた子といっしょにして、河童の子とはなんたること。眠る湖都を見て不三子は深呼吸し、腹立ちをなんとかおさえこむ。わからないならわからないでいい、でも馬鹿にしたり、口出ししたりしないでほしい。

気持ちを落ち着けて寝室を出て、不三子はテレビの音量をちいさくして食卓に戻る。二本目のビールを開栓している真之輔はそれについては文句を言わず、手酌でコップにビールを注ぐ。

「そのうち引っ越しも考えないとなあ」と、テレビに目を向けたまま真之輔はぼんやりと言う。

「引っ越しって？　転勤か何か？」

「いや、いつまでもアパートというわけにはいかないだろうと思って」

「えっ」不三子は何を思っていいのかわからず、そのまま黙る。マンションや一戸建ての購入を考えているらしいと不三子は理解し、一瞬目の前がぱっと明るくなったような気持ちになるが、どんな住まいでどんなふうに暮らしたいのか、まったく思い描けないことに気づく。

「引っ越すとしても、ここからあまり遠くないところがいいな」

勝沼沙苗の教室にも編集会議にも通えないほど遠くだったら、どうしていいのかわからない。それに、児童館で親しくなった、自分と考えかたの似た母親たちの輪を離れるのも不安である。けれど住まいについて自分が何か選べるような立場でもない。

「まあ、先立つものがなくちゃはじまらないけどな」

真之輔は手酌でビールをコップについで一息に飲み、煙草に火をつけ、目を細めて煙を吐き出す。早く帰ってくるようになったのは、白米と肉料理を出すようになったからではなくて、もしかして節約のために外食費を切り詰めているのかもしれないと不三子は思いつくが、そのことで感謝したいような気持ちになるわけでもない。

「湖都に妹か、うーん、できれば弟もいたほうがいいだろうし。そういうことをきちんと考えていかないとな」と言う真之輔に、

「そうですね」と不三子はほほえんでうなずいてみせる。

席を立ち、風呂場にいって湯をためる。浴槽にたまっていく湯を見下ろして、今後について不三子は考えてみる。散歩の途中で見かける一軒家や、芝生敷きの庭や、初夏にみごとな花のつく薔薇のアーチを思い描き、そこではしゃぐ湖都と、真之輔と、赤ん坊を抱く自分自身。湖都にピアノを習わせるのもいいかもしれない。バレエでもいいかもしれない。

その家でも私は二つの異なる献立を作り続けるのだろうかと、湯気に包まれて不三子はぼんやり考えている。体に悪いとはっきり知っているものを、夫に作り続けるのだろうか。いや、もしかして編集を手伝っている本が出版されたら、真之輔も少しは考えを改めるかもしれない。自然療法の本はろくに見もしなかったけれど、妻が編集にかかわっている本ならば、少しは感心して読んでみるのではないか。

まあたらしくて広い庭付きの家に住むことに、人並みの憧れを持っているはずなのに、浮き立つ気持ちにならないのは、「先立つもの」がいつできるのかはっきりわからないからだろうか。これからの家族、これからの家よりも、今みんなで作っている本の完成のほうが、自分にとって幸福という言葉により近いことに不三子は気づき、たじろいで、二人目の子どもも住まいも先過ぎて何も見えないせいだと言い訳のように胸の内でくりかえす。

真之輔の言う「先立つもの」が用意でき、高円寺のアパートから望月家が引っ越すことになったのは、湖都が幼稚園に入園する直前だった。あまり遠くにいきたくない、できれば同じ区内に

住みたいという不三子の希望はかなわず、新居は隣の区の、私鉄駅から十五分ほど歩く住宅街に建つ一軒家だった。狭いが庭のある建売住宅で、一階には台所と風呂場と洗面所と和室、二階には絨毯敷きの洋室が二部屋と、窓はあるが隣の家と近すぎて日射しの入らない暗く狭い部屋があった。

住み慣れた町から引っ越すことも、料理教室の開かれている区民センターから遠ざかることも、児童館で仲よくなった「神経質」な母親たちと離れることも、不三子は残念でならなかったのだが、しかしどこもかしこもまあたらしい家に入居するのはわくわくした。真之輔は引っ越しにあたって古い電化製品は処分し、冷蔵庫も洗濯機も炊飯器もテレビも、社員割引で買いそろえた。

新居の購入契約をしたのは前年の十月で、そのときはまだ家は完成していなかった。不三子は契約が終わった直後からこの町に何度も足を運び、近隣の幼稚園を見学し、一か月後には希望を決めて願書を提出した。園庭が広く、自然と触れあう機会が多く、情操教育に力を入れていて、給食なし、という点を重視して選んだ園は、新居から徒歩三十分ほどのところにあった。かたちだけの面接を経て幼稚園が決まり、年が明けてからは、引っ越しの準備よりも入園の準備で不三子はあわただしく過ごした。

三月の終わりに正式に引っ越したのだが、幼稚園関連のことでしょっちゅうこの町を訪れていた不三子は、真之輔よりよほど周辺に詳しくなっていた。

まだ家のなかに未開梱の段ボール箱が残る四月のはじめ、湖都の入園式が行われた。平日だったので真之輔は不参加だが、早朝、会社にいく前に、まあたらしいスモックを湖都にわざわざ着せて、真之輔と湖都、湖都と不三子、と組み合わせを変えて、新居の前で写真を撮った。

「園長先生のご挨拶のときは、湖都は泣きそうな顔で何度もこっちを見るから心配していたんだけれど、年長組の子どもたちが歌ったり踊ったりするときは、うれしそうにいっしょに踊ってたの。写真をいっぱい撮ったからたのしみにしててね。湖都はもも組になって、もうお友だちができて、今度いっしょに遊ぶ約束もしたの。駅の近くのマンションに住んでいるらしくって」と、その日の湖都の様子を、食事をする真之輔に向かって、不三子は夢中で話す。

真之輔の夕食は、野菜の千切りを豚肉で巻いて甘辛く炒めたものに、海藻サラダ、ふきの煮物、ウドの白和え、春野菜の味噌汁で、ビールを飲みながら真之輔は食べたいものだけに箸をつけている。

「へえ、すごいな、やっぱり前から児童館で遊んだりしているからもの怖じしないのかな」と感想を言いながら話を聞いてくれる真之輔が、つけっ放しのテレビにときどき気をとられても、ウドにもサラダにも箸をつけなくても、不三子はもう落胆しない。そろそろごはんをもらおうかなと言われれば、炊飯器で炊いた白米と漬物を用意して、熱いお茶をいれる。

この四年間、不三子は幾度か気を持ちなおして、真之輔の食事改善を試みた。玄米がだめならば麦飯や雑穀米はどうだろう、五分づき、いや七分づき米ならどうだろうと、気長に試してみた。真之輔は出されたものには文句は言わない。まずいとも言わないかわりに、おいしいとも言わず、これは食べたくないというようなことも言わない。ただ食べたくないものには手をつけない。

湖都が一歳になった年、不三子が編集を手伝った勝沼沙苗の著作も出版された。不三子の名前は表記されなかったが、そんなことよりも、一生懸命ノートを取っていた沙苗の話が活字として読めること、料理法が多く紹介されていること、何より沙苗の「食事がすべての幸福を作る」という信条がすみずみにいきわたっていることが不三子にはありがたく、かつ重要なことだった。

もちろん不三子は誇らしげな気持ちでその本を真之輔に渡したのだが、「これ、どこの出版社？

宗教関係じゃないよね？」と開口一番に言われたのが心外だった。ともかく読んでみて、まじめな本だからと不三子は説得したが、はたして真之輔が読んだかどうかはわからない。暮れの帰省時に義母にも渡したが、「まあ、ご本なんてすごいわね」と言ってくれはしたものの、開くこともせず、食器棚の、雑誌や電話帳がごたごたとのった場所に置き、不三子たちが帰るまでそのままだった。

それでも不三子はその本を何冊か購入し、母にも妹にも渡し、児童館の親しい母親友だちにも配った。「これって正統的なマクロビオティックとはいえないわね」と母親のひとりに言われてかちんときたが、「多くの人に手にとってもらえるように、わかりやすくしてあるの」と笑顔で言い返すこともできた。

出版されはしたものの、新聞に取り上げられるとか、取材が殺到するといったこともなく、ベストセラーになるとは思っていなかったけれど、世間から注目されるはずだと思っていた不三子は、肩透かしを食ったような気分だった。

本が出たことで、勝沼沙苗には遠方からも講演の依頼などがくるようになったらしいけれど、料理教室のほうは以前とかわらないペースで、以前と同じ区民センターで行われている。

ともあれ本を渡しても真之輔や義母が変わることはなかった。彼らの考えや嗜好を変えるより、不三子が二種類の食事を用意することに慣れるほうが早かった。

湖都が三歳になった夏に、『母原病《ぼげんびょう》』という題名の本が発売され、不三子の周囲ではけっこうな話題になった。問題のある母親が増えたせいで文明病にかかる子どもが多くなったと指摘する本で、母乳育児を勧め、ゼロ歳児から三歳児まではとくに母親が愛情を注いで育てるべきで、三歳を過ぎたら子離れの練習をはじめるべきだと謳っている。原因不明の子どもの病は母親の過保護や溺愛、あるいは無責任や厳格さのせいだと指摘し、心身を病んだ子どもの具体的な症例と、そのように追いこんだ母親の例が書かれている。

書かれていることの軸をなすのは勝沼沙苗の理論と同じようなものなのだが、著者が医師であり、実際の診察に基づいているぶん信憑性があり、うっすらとした、しかし確たる恐怖心を不三子に植えつけた。不三子自身は母乳育児をしてきたし、放任でも過保護でもない子育てをしている自負があるが、巻末のチェック事項を見てみると、家庭内で育児にたいする対立があるかないかと言われれば、夫とは食事についての齟齬があり、父親が育児に無関心であるかと問われれば、どちらかというとイエスだとチェックを入れたくなる。

いやそれよりも何よりも、この本を読んだ不三子がおそろしいと思ったのは、自分自身が母原病なのではないかということだった。成長過程において問題を起こしたわけではないが、あの母親を思い浮かべてみれば、チェック項目すべてに印を入れられそうな母だった。だからもしかしたら、母となった自分自身にこれから何かしらの問題が起きてくるのではないか、潜在的な母原病が、湖都にまで及ぶのではないかと不安になる。それとも時代が違うから、昔の母はみんなあんなふうだったのか。この本の著者が問題視するのはあくまで文明化が進みGNPが伸びた現在の母親たちで、ひと昔前の母親たちのことはほとんど触れていない。しかしなんにせよ、この本の内容がむやみに不三子の不安を煽るのはたしかだ。

パパ、と言う声に驚いて振り返ると、和室で寝かしつけた湖都が食堂兼居間のドアを数センチ開けてのぞいている。

「おお湖都、起きたのか、入園式、がんばったんだってな」

真之輔が手招きをするので、寝ぼけたような顔つきで湖都は食堂に入ってきて、真之輔の膝によじのぼろうとし、真之輔が抱きあげて座らせている。不三子は立ち上がって恋愛ドラマを流しているテレビを消し、湖都に漬物を食べさせようとしている真之輔に、

「もう歯磨きをしちゃったから、あげないで」と言うが、

「また磨けばいいでちゅよねえ」真之輔はほろ酔いの上機嫌で湖都に笑いかけ、父親に会えてうれしい湖都も「ねええ」と調子を合わせて、漬物を与えられるまま食べている。

「あのねパパ、今日幼稚園いったの、お写真撮ったの」寝ぼけた顔のまま、湖都は夢中で話しはじめる。

「そうか、えらかったなあ、写真ができあがるのがたのしみだ」

「それで明日はももちゃんと遊ぶの」

「ももちゃんじゃなくてゆりちゃんでしょう。もも組って言いたいのよね?」不三子はつい笑ってしまう。

「ももちゃんだよ!」意固地になって湖都は言う。

「ももちゃんもゆりちゃんもお友だちだよなあ」真之輔が湖都をのぞきこんで言うと、湖都はすっかり目覚めた顔つきで、キャッキャッと声を上げて笑う。

「明日から幼稚園なんだから、早く寝ましょう。一日目から遅刻なんかしたら恥ずかしいぞ」とうながしても、真之輔と湖都はふざけあって笑っている。


妊娠がわかったのは新居に引っ越してはじめて迎える夏のことだった。

湖都が幼稚園に通うようになって、あらたに親しくなった母親たちもいて、彼女たちから児童館や小児科の情報も聞き、足を運んでいたが、不三子は湖都を出産したのと同じ病院で産みたい

と思った。引っ越してからも、病院付近で催されている料理教室には通っているから、自宅から電車を三回乗り換えて四十分ほどかかるにしても、不三子にとって前の病院で産みたいと思うのは自然なことだった。

七月の半ば過ぎに幼稚園は夏休みになり、病院の予約のある日は、不三子は湖都を連れていった。引っ越してからも幾度か料理教室に連れていかれた湖都は、電車の移動には慣れていておとなしくしている。

何も予定がない日は、昼ごはんを食べてから、玄米スープや梅シロップで作ったジュースを水筒に詰めて、不三子は湖都の手を引いて川沿いを散歩した。湖都は幼稚園で習った不三子の知らない歌をうたって歩く。うたっているうちに興が乗って、つないでいる手を放し、湖都は両手をひらひらと泳がせるように踊って歩く。その姿が夏の日射しに包まれているのではなくて、ちいさな湖都が周囲に光を振りまいているように不三子には見える。

帰ってからは湖都といっしょにおやつを作る。南瓜と完全粉をまぜてクッキーを焼き、寒天に黒砂糖と卵白を混ぜて羊羹もどきを冷やす。湖都は大人のようにエプロンを掛けて椅子に膝をつき、器用に粉をこねたり卵を割ったりする。湖都が昼寝をすれば不三子はミシンを出して湖都の夏服を縫い、幼稚園で使うバッグを縫った。

湖都を妊娠したときは、出産まであと二か月というところまで、無頓着な食生活を送っていたことを不三子は未だに悔いている。それでもたった二か月食生活を変えただけで、お産も楽だったし、乳の出もよかったのだから、完全な玄米食に変え、出産に備えて小松菜や海藻を多くとる食事にしている不三子は、来年、冬の終わりの出産がたのしみだった。つわりも、もしかしてただの暑気あたりだったのではないかと思うくらいあっけなく終わった。

夏休み前には、不三子の作る、色鮮やかとはいえないが品数の多い弁当を残さず食べ、夏休みのおやつ作りをたのしんで、できあがった素朴な味のおやつをおいしいおいしいと笑顔で完食する湖都が、その日になぜ、ファストフード店の前で立ち止まり、ポテトが食べたいと言って泣き出したのか、だから不三子にはまったく理解ができなかった。

病院にいった帰り、人のいきかう駅前のファストフード店前で、湖都はとつぜん不三子の腕を引っ張って、そう言い出したのである。ポテトなんて食べたことないじゃない、さあ、帰って夕ごはんを作りましょ、お手伝いしてね、と言い聞かせても、湖都は顔をゆがませて「ポテトが食べたい！」と大声を出し、そのうち泣き出し、不三子が手を引っ張っても足を踏ん張って動かず、あげく道ばたに寝転がって、ポテトポテトポテトポテト！　と絶叫しはじめた。そんな湖都をほほえましげに見ていく人もいれば、顔をしかめて通り過ぎる人もいて、「買ってあげたら」と呆れたように不三子に言っていく老齢の人もいた。恥ずかしさより何より、何が起きたのかまったく意味がわからず、まだ陽の高い夕暮れ前、乾いたアスファルトに寝転がって泣きわめく子どもを不三子は困惑して見下ろすことしかできない。

二月の終わりに不三子は出産をした。笑ってしまうほどの安産だった。出産前に参加した勝沼沙苗の料理教室で、「今度はマアなんときれいな男の子。一姫二太郎だね」と沙苗に言われていたが、まさしく生まれてきた子は男の子で、亮《りょう》、と真之輔が名づけた。男の子であることがよほどうれしかったのか、出産した日の夜、病院にきた真之輔は涙ぐんで「でかした」と不三子に言い、入院しているあいだに義父母も日帰りで下田からやってきて、面会時間めいっぱい、ガラス越しに亮を眺め、写真を撮り、新生児服とおもちゃ類でぱんぱんに膨らんだ紙袋を置いて帰った。

不三子は出産の入院中、久我山の母親に頼んで家に泊まってもらっていた。義母が、私が泊まりにいくと言ってくれたが、一週間前後、真之輔はともかく湖都に菓子やインスタント食品を好きなだけ与えるだろうと思うと、ぞっとした。その点、自分の母親ならば、これはやめてくれ、食べさせるなと遠慮なく言えるし、母は家事はほとんどしないが、冷凍庫に入れたおかずや小分けした玄米をあたためるくらいはしてくれるだろうと不三子は思ったのだった。

二回目だからか、亮と名づけられたばかりの子を抱いても、湖都をそうしたときのような、体の奥から突き上げてくるような感動はさほど感じなかった。けれどもやはりしわだらけのちいさな子は、内側から光を発しているかのように神々しく、きよらかに思えた。

退院する日は真之輔が迎えにきてくれて、タクシーで家まで帰った。一週間ほど留守にしていた家は、そこかしこが汚れていて、荒れたように不三子には感じられる。一階の和室に、湖都が使っていたベビーベッドを設置し、天井からは、義父母が出産前に送ってくれたディズニーのメリーが吊り下げてある。母も湖都もベビーベッドをのぞきこんで離れようとしない。「赤ちゃん、赤ちゃん、私の赤ちゃん」湖都は興奮して叫び、母はおそるおそる手をのばして亮の頬をつついたり、まるめた手のひらに自分の指を握らせたりしている。メリーのスイッチを入れると、亮は勢いよく泣き出した。

その日の夜のうちに母親は帰っていった。冷凍庫を確認すると、不三子が用意していった料理はほぼなくなっていたので安心した。自分が留守のあいだ、何を食べていたのかと真之輔に訊くと、「おかあさんは料理が苦手だっていうから、毎日外で食べてから帰ってきていた」と言う。「湖都ちゃんはばあばにわがまま言わなかった？　お菓子食べたいとか、ケーキ食べたいとかおねだりしなかった？」と、不三子の用意した夕食をおとなしく食べる湖都に訊くと、

「そんなの、湖都はしないよ、おねえさんだもの」と湖都はくちびるをとがらせている。

まだ亮がおなかにいたときに、突然湖都がファストフード店の前で寝転がって駄々をこねたあの衝撃を、不三子は未だに忘れられない。

道路に転がって泣きわめく湖都を抱き上げて家に帰り、もっとおいしいポテトを作ろうとなだめ、じゃがいもを短冊に切って揚げたものを夕食に出したのだが、湖都は少しばかり食べて、これじゃないと言って手をつけなかった。お店で売っているポテトは大人向けの食べもので、湖都の体にはよくないものが入っているのだと、あることないことまぜこぜに話して聞かせ、ようやく湖都が機嫌をなおしたときに、いったいなぜポテトが食べたいと思ったのかと不三子は聞き出した。

湖都の、要領を得ない説明をつなぎ合わせ、不明な点は不三子の想像でおぎなってみると、幼稚園で同じ組の子が、お弁当にハンバーガーとポテトをときどき持ってくることがあって、湖都はそれをもらって食べたことが幾度かあるらしい。その子の親は前日に店でハンバーガーとポテトを買い、それを弁当箱やタッパーウェアに詰めることなく、買ったときの袋の状態で持たせているらしく、湖都は、あのとき唐突に、袋のマークと駅前の店舗のマークが同じであると気づいたようだ。幾度かもらったことのあるポテトを、どうやら湖都は思う存分食べてみたいとずっと思っていたらしい。

結婚前に真之輔とともにそのハンバーガーを食べたことがあるが、こんなちいさな子どもが泣いてほしがるような、どんな魅力があるのかわからない。道ばたにひっくり返って泣く湖都の姿は異様だった。それまで、デパートでもスーパーマーケットでも、ほしいものがあるときに、湖都は、不三子が思わず笑ってしまうくらいとおまわしに、遠慮がちにねだっていた。のんちゃんがあの絵のハンカチを持っていてね、湖都とおそろいにしたいって言ってたの。そう言って漫画の絵のついたハンカチをじっと見つめていたり、フリルのついたワンピースの裾をつまんでいたり。イヤイヤ期のころも、幼稚園に入ってからも、泣き止まないときもあるし、わがままだって言うには言うが、不三子から見て「湖都らしい」主張のしかただった。歯がゆいくらい遠慮がちな子どもに、あんなだいたんな駄々のこねかたをさせるポテトとはいったいなんなのか。そう考えるとおそろしくなり、不三子は幼稚園に出向いて、園児による弁当の交換はやめてほしいと訴えた。園長先生はその訴えを聞いてくれたけれど、交換禁止が徹底されているかはわからない。とりあえずそれ以来、湖都があんなふうな駄々をこねることはなく、ポテトのことは忘れたらしいと不三子は一応は安心している。

湖都が最初の子どもだったので、ずいぶん手がかからないとは驚きつつも、そんなものだと不三子は考えていた。日がたつにつれて、そうではないと思い知らされる。するりと、なんの苦労もないかのようにこの世に出てきた亮は、首が据わってきても、寝返りが打てるようになっても、育児書に書かれているように睡眠が安定してきたり感情表現がゆたかになったりしているとは、不三子にはとうてい思えない。湖都とは比べものにならない大声で泣き、あまりに泣きすぎてけいれんを起こすのではないかと心配になるくらい泣き、いいかげん泣き疲れて眠るだろうと思っても泣き止まない。

一方で、外界に興味を持つようになったり、手先が器用になったりするという点では育児書のとおりで、視界に入ったものにはなんでも手をのばし、口に入れようとし、抱っこすれば不三子の髪を摑んでひっぱったり、顔を叩いたりする。その力が、赤ん坊に何か憑依しているのではないかと疑いたくなるほど強い。同じ月齢だったころを思い出すと、湖都はまるで天使だった。

生後一か月以降の健診があるたび、眠らない、ずっと泣いている、泣きかたが尋常ではない、おっぱいを飲まないと、不三子は医師に訴え続け、そのたびにだいじょうぶです問題ありませんと言われ続けているが、そのいき帰りも亮は泣きどおしだし、抱っこしてもおぶっても暴れ、電車やバスで乗り合わせた人にじろじろ見られ、うるさいと怒鳴られたこともある。今も続いている勝沼沙苗の料理教室に、とてもではないが亮は連れていけず、教室の仲間たちと不三子は電話で話すくらいだ。

彼女たちに相談したり、五年前に出版した沙苗の本のQ＆Aを参照したりすると、乳幼児が寝ない、泣き止まない場合、子どもにとくべつな問題がないならおかあさんの食事を見なおしましょうということになる。母乳をあげるおかあさんが食べ過ぎていませんか、甘いものや果物をとりすぎていませんか、おかあさんが神経質か過保護だったりしませんか。子どもに問題がないと医者に言われるのだから、たしかに問題は自分にあるのだろうと、隅々まで暗記するほど沙苗の本を読み、食べる量を減らし、動物性食品を減らし、亮に白湯を飲ませ、といろいろ試している。だから始終空腹で、慢性的な渇きを感じている。好きな惣菜を買ってきて晩酌しながら食べ、食後にカップラーメンを食べる真之輔を見て、どうしてぜんぶおかあさんのせいなんだろうと不三子は恨めしい気持ちで思うのだが、おっぱいをあげるのは母親なのだし子どもの食を管理するのも母親なのだからしかたがないと自分をなだめる。

助かるのは、手のかかる亮に不三子がつきっきりになっても、それで湖都が嫉妬して泣いたり騒いだりしないことだった。亮が泣き叫ぶと湖都もベビーベッドに駆け寄って、よちよちどうちまちたか、と母親のように話しかけている。

柳原飛馬　1986

東京というのはどこかべつの場所にあるのではないかと、東京の大学に通いはじめて四か月たっても飛馬は思っている。見たい映画やクラスコンパがあって渋谷や新宿にいったけれど、上京前に雑誌やテレビで見聞きした渋谷や新宿は、それとは違う町のようにも思えた。飛馬の訪れた渋谷も新宿も、ただ人の多いだけの、別段おもしろいことのない騒々しい町だった。東京はもっときらびやかでおしゃれで、何かおもしろいことやすてきなことが起きている場所のはずだ。あるいは、自分がそこに足を踏み入れるなり、東京は東京でなくなって、どこか垢抜けない地方都市になってしまうのではないかと、そんなことも飛馬は本気で考えた。

飛馬は志望していた国立大学に落ちた。私立大学には受かったが、希望していた学部には落ち、そこより少しばかり偏差値の低い文学部に合格した。入試のときに上京し、三月に父と暮らしていた団地を出て都内の県人寮に引っ越した。入試のときは飛行機ではなく特急と新幹線を乗り継いで東京を目指した。金額のこともあったが、昨年テレビで見た飛行機事故が忘れられなかったからだ。いよいよ引っ越すというときは飛行機に乗った。家族で見にいった飛行場から、ひとり旅立つのはなんとも妙な気分だった。

県人寮と大学は、国鉄と私鉄を乗り継いで四十分ほどかかり、しかもどちらも最寄り駅から徒歩十五分、二十分とかかるので、今まで徒歩か自転車通学だった飛馬には、果てしなく遠い距離に感じられたが、食事付きの県人寮はずば抜けて賃料が安く、そこに申しこむしかなかった。入学式がすんですぐに女性アイドルが飛び降り自殺をし、テレビは連日そのニュースを流し、ものすごい騒ぎだった。後追い自殺のニュースも流れた。三月末に上京し、何もかもがあたらしい環境になった飛馬は、入学式やサークル勧誘などのにぎやかな雰囲気のせいで、浮かれ気分でいたのだが、一週間後のこのニュースは否が応でも母親のことを思い出させ、一気に暗い気持ちになった。大学生になったら無線《ハム》なんてやめてオールラウンドサークルに入って、おしゃれもして、彼女も作って、いっしょに映画や野球の試合なんかも見にいって、ディスコにもいって、などと漠然とながらあれこれ夢想していた飛馬だが、そんなことは自分の人生には起きないと思えた。

しかしながらサークルよりおしゃれより、新生活に慣れるほうが重要課題だった。週に四回、一限の授業があるので八時前に寮を出るが、私鉄も国鉄も、人間圧縮機かと思うくらいの混みようである。授業も高校とはまったく異なり、講堂ほども大きな教室で受ける授業や、老教授がまったく聞こえないぼそぼそ声で教科書代わりの自著を読むだけの授業、教壇に座り前の座席に足をかけ、煙草を吸いながら授業をする教授がいる。第二外国語は、漢字ならまだわかるのではないかと中国語を選択したが、授業初日からまったくわからない。クラスコンパの案内が幾度かきたけれど、アルバイトさがしが急務で、会費を払って飲みにいく余裕が飛馬にはなかった。

寮には同県出身者ばかりがいて、厳しい決まりもなく、不要だと申告しないかぎりは朝と夜の食事が用意され、掃除は清掃会社の人がやってくれて楽だったが、休みの日も食堂や、シアタールームという名称のテレビ部屋に入り浸っていると、東京にきたという気がまったくしない。

四月の半ば過ぎには、大学近辺にある居酒屋で、午後六時から十時まで洗いもののアルバイトをはじめ、バイトが休みの日曜日や、急に空いた日には、学徒援護会の事務所にいけば、単発アルバイトの紹介があった。倉庫での衣類への値札つけやイベントのチケットもぎりなどだ。

そういう収入があってはじめて、飛馬は飲み会に参加したり、情報誌でチェックした映画を見にいったりできた。そのころにはサークル勧誘もなくなっていて、飛馬が入ろうと思っていたオールラウンドサークルはすでに新歓コンパや新歓合宿なども終わっているふうで、そこにひとりで入っていくのはためらわれた。語学によって分けられたクラスでは友人関係が希薄そうなので、やはりサークルに入るべきか迷い、公式の無線部の部室を見にいきはした。部室に並ぶ機材は、高校のそれよりは格段に立派で、部の説明に出てきた法学部三年だという男子学生はやけに高飛車に、自分たちのコンテスト実績などについて話した。お高くとまった感じも気に入らなかったし、格段に立派な機材のそろった部室はいかにも地味で、このサークルに入ったらますます東京にいると思えなくなるだろうと飛馬は感じて、結局入会はしなかった。

「あの、未来さんって知ってますか」と、部室を出るとき、飛馬は訊いてみた。

「あ、一時期はやったアレね」と、男子学生は鼻で笑い、「地方ではそんなのがまだ話題になってるの」と馬鹿にしたように言ったが、雑誌やトランシーバーや基板が乱雑にのったテーブルで漫画雑誌を開いていたべつの学生が、

「おれ、話したことあるよ、未来さんと。あと十五年たったら、ハムなんてやってるやつはいなくなるって言ってたよ。いや、いるけど、天然記念物並みになるって」と、これはしたしげに言い、おもしろそうに笑った。飛馬はこの学生ともっと話してみたいと思ったが、

「未来からくるはずがないじゃないか。青森のほうの個人局だろ」と法学部三年が吐き捨てるように言うので、どうも、と頭を下げてその場を引き揚げた。

　その年の夏休み、飛馬は帰省せず、アルバイトに明け暮れた。居酒屋の洗い場バイトにくわえ、引っ越し業者に登録して、週に三、四日はシフトを入れた。初日に、炎天下のなかエレベーターのない物件にあたり、飛馬は作業の途中で倒れ、先輩アルバイトにさんざんいやみを言われなが

らトラックの座席で休んだ。それ以降、倒れるまではいかないが、筋肉痛がひどく、短期アルバイトだからか、あるいはたまたまか、初日のようにエレベーターがないマンションの五、六階や、まったく荷造りの終わっていない部屋ばかりが割り当てられる。それでも日給一万円というのは魅力だった。

　同級生たちの多くは、合宿免許をとりにいったり、サークルの合宿に出かけたりしていて、何人かは夏のあいだ旅をすると言って大阪から船で上海を目指していた。飛馬は、自分以外のだれもが裕福で、おもしろおかしく夏を謳歌している気がした。

　バイト漬けの日々のなか、東京にきてから飛馬にとってもっとも衝撃的だったのは、居酒屋バイトの年長者に連れていかれたテレフォンクラブだった。新宿の、雑居ビルの地下にあるその店は個室がずらりと並び、客はそこに入って電話を待つ。二時間制で料金を取られたが、二時間も窓のないこの狭い部屋にいるのかと飛馬は驚いた。連れてきてくれた先輩バイトによると、女の子と話すうちに直接会おうということになったり、電話越しに性行為に及ぶこともあるという。だから個室にティッシュがあるのかと納得しながら飛馬は電話を待った。電話は、かかってきてもだれかに先にとられてしまい、なかなか話すことができない。薄い壁の向こうからはたのしげに話す声や、押し殺すような声が聞こえてきて、飛馬は焦るよりも混乱する。

　ようやく話せたのは個室に入ってから一時間も過ぎたころで、電話の相手は都内在住の短大生で、英語サークルに入っていて、次の春休みにはオーストラリアに短期留学すると話した。彼女の話の切れ目を待って、

「ぼくは都内に下宿している大学生で、サークルはなんとなく入りそびれたまま今に至るって感じで……。あ、出身は神戸です」と、ぜんぶ本当のことを言わなくていいのだろうと判断して嘘

を交ぜ、「はじめてなんで、ちょっと緊張してます、どうぞ」と飛馬は言い、「何それ、どうぞって」電話の向こうで笑われて、飛馬ははっとする。そうか、電話だから「どうぞ」はいらないのだ。「神戸っておしゃれな町だって聞いたことある。いったことないな、どんなところ？　どうぞ」女の子もまねをして言い、くすくす笑っている。

「中華街があって異人館街がある。おしゃれでもない、ふつうの町だよ。それより、英語サークルってまじめなやつ？　どんなことするの？　飲み会とかあったりするの？　あ、飲み会も英語で話さなきゃいけないとか……どうぞ」調子に乗って飛馬は続けた。

　実際に会おうという流れにもならず、電話越しの性行為に至る気配などまったくないまま、時間がきて通話は終わった。休みの日は何をしているとか、どこによく飲みにいくかとか、どんな音楽が好きかなどといった、あたりさわりのない会話に終始し、しかもそれが本当のことかどうかわかりようがないのだが、飛馬には妙にたのしい時間だった。それは色っぽい意味合いとは微妙に異なり、はじめて自分の局を持って、ハム通信で他人と話したときと似た興奮に近かった。たしかに、狭く区切られた殺風景な部屋は、ハム仲間が好んで作る無線室《シャック》にも似ていたし、運がよければだれかと通信できるのも無線と似ているが、会話する相手がかならず女の子であり、会話がだれにも聞かれないというのが大きな違いで、その大きな違いに高値がついているのだろうと飛馬は理解した。

「よう、どうだった、首尾よくいったか」店を出て、階段を上がったところで落ち合った先輩バイトはにやにやと訊いてきて、

「いや、なんつうか」と飛馬は言葉を濁して笑ってみせた。「おれ、高校時代にハムやってたんすけど、なんかそれと似てて」と言いかけると、彼は話を遮り、

「ハムやってたってなんだ、ハムは食うもんだろう、さてはおまえ、やったか、ビギナーズラックで一発目でできちゃったか」と、飛馬の背を思い切り叩いて笑った。飛馬は訂正せず、あはは、と合わせて笑った。

あんなふうにだれとわからない人と話していたら、もしかしてよく知っている人だったり、昔のびっくりするような知り合い——たとえばナワコとか——と、気づかずに話していることもあるんだろうか。このテレフォンクラブ界にも未来さんみたいな有名人がいて、ひそかに噂になっていたりするんだろうか。先輩とともに駅に向かって歩きながら、飛馬はめまぐるしく考えた。そういえばずいぶん前、電話の混線のなかで会話する生徒たちの話を聞いたことを思い出す。美保の学校で、そういう遊びがはやっていたという話だった。無線だったらつまらないと美保は言っていた。混線のなか、大声で知らない人に呼びかけるのも、お金を払って知らない人からの電話を待つのも、目には見えない電波に向けてＣＱＣＱと呼びかけるのも、すべて同じようなことに飛馬には思える。なんだって人は、便利なものから七面倒な方法まで編み出して、見知らぬ人とつながろうとするのだろう。そういえば美保は、今どこでどうしているのだろうと、久しぶりの名を思い出す。

夏休みが終わり、後期がはじまると、語学のクラスの人数が微妙に減っていた。半分とまではいかないが、三割がたいなくなっている。まだ帰省や合宿免許みたいなものから帰ってきていないのだろうと飛馬は気に留めなかったが、後期になってクラスコンパに参加して、そうではないらしいことがわかった。

「阿部は仮面浪人だっただろ、次の受験まで待てなくて結局予備校にいくことにしたらしい」と

か、

「相楽さんってわかる？　髪の長い、おとなしそうな子なのに、鑑真号で中国いって、そっから世界旅行にいったらしい」とか、

「三人でつるんでた人たち覚えてる？　同じ高校からきたとかいう男子三人組。ひとりが原理研に入って、残りの二人も勧誘して消えちゃった」とか、

「リュウちゃんは九月からアメリカ留学だよ、でも一年で帰ってくるって」とか、そういう理由らしかった。

　前期に、経済的理由から飲み会にほとんど参加しなかった飛馬は、話題にのぼる人たちの顔と名前が一致せず、大阪から出ている船が鑑真号という名だということも、原理研が何かもわからなかったのだが、ともかくたった半年足らずで大学をやめたり休んだりして、明確にほかの道を選ぶ学生がいるということに驚いた。

　飛馬の所属する文学部は、一年次の終わりに、進みたい学科を申請する仕組みになっている。学科の定員より希望者が多い場合は、成績の上位順に選ばれる。一年生は、だから学科に特化した専門授業ではなく、全員が一般教養のなかから選択した授業を受けている。希望した学科に進んでもいないのに大学に見切りをつける人がいることが、飛馬には不思議だった。

　いなくなった学生たちの噂がひととおり終わると、夏休みは何をしていたかという話で場は盛り上がった。

「そういえば柳原くんって飲み会くるのめずらしいよね。サークル何やってるの」と、短髪の女子学生に話しかけられ、

「いや、バイトばっかりで。余裕なくて」と、飛馬は愛想笑いをする。

「え、バイト何やってんの」「引っ越し？　それつらくない？　おれ一日でギブアップした」「一日って根性なさ過ぎ」と、クラスメイトたちは口々に言い、飛馬は、転校したのち、何かのきっかけでみんなが急にしたしげになったときの感覚を、ふいになつかしく思い出す。しかし彼らがどれだけ近しく話しかけてくれても、先輩に連れられてテレクラにいった、しかもそのあとひとりで三回いったとはとても告白できない。

「東京ってお金かかりすぎるよね。なんかお金でしか買えないものでできてる町って感じ」と短髪の女子は言い、

「だからバイトがいっぱいあるんだ。おれの田舎だったらこんなにバイトないもの」と、どこが故郷なのかわからないが、うっすらとなまりの残るイントネーションでその隣の男が言う。今ようやく言葉を交わしている同級生の彼ら彼女たちは、みんな地球が滅びると信じたことがあるのだろうかと、飛馬はふと思う。その年に自分は三十何歳になっていると、計算したことがあるのかと。

上京した同級生たちが催す同窓会は、それまでも幾度かあり、飛馬も声をかけられていた。高校の、とか、中学の、ではなく、地元出身の同級生の集まりであるらしい。参加しなかったのは、なんとなくダサいと思ったからだ。県人寮に住んでいると、東部西部の違いはあれど、みんななんとなく地元の言葉で会話してしまうし、故郷の話題もよく出る。二年に進級しても三年に進級しても、飛馬は東京に暮らしているという実感が持てず、それはたぶん県人寮にいるのが大きいように思っていた。そんな自分が同窓会に顔を出せば、東京はもっともっと遠くなっていくように思っていたのだった。遠くにいきたくて東京にきたのに、東京にいながら東京が遠ざかる。そ

れがダサいと飛馬は思うのだった。

その春、はじめて同窓会に参加する気になったのは、二か月前に昭和が終わって平成になったからだ。自分が生きているあいだに、年号が変わるなんて飛馬はそれまで想像すらしなかったから、びっくりしたし、興奮もしていた。その気分をだれかと分かち合いたかった。

同窓会は、春休み、新宿の居酒屋で行われた。個室の座敷席に集まったのは十五人ほどだ。国立大に通う政恒とは上京当時から連絡を取り合っていて、ときどき飲みにいっているが、その席には、県人寮でいっしょの学生もいれば、かろうじて名前の思い出せる中高の同級生や、同郷の同学年だがまったく初対面の人たちもいた。驚いたのは狩野美保がいたことだ。化粧をし、大人びていたが、どうせみんな死んじゃうんだけぇ、こわがることはないでね、と真顔で言っていた子どもの美保が、その大人びた顔の奥に見え隠れしている。

「美保、おまえ東京にきてたんだ、知らなかった」

「うん、私も知らなかったけど、柳原は上京したんだろうなって思ってたよ。いつか言ってたから。東京で進学するって」美保がなまりのない口調で言い、

「え、知り合い？　中学校？」政恒が訊く。政恒はこの同窓会で美保とは会ったことがあるようだった。美保は横浜にある女子大に通っていて、東横線沿線に下宿しているという。

中ジョッキのビールで乾杯したあとは、やはりみんな口々に年号の話で盛り上がる。天皇が崩御された日は新宿も渋谷も真っ暗ですごかった、親が記帳すると言って上京してきた、ほかの候補だった年号はなんだったか、本当は天皇は去年のうちに亡くなっていたという噂を知っているか等々、みな声高に話している。

「私たち、そのうち昭和生まれって言われるようになるんだよ」

「新人類なのにいきなり古くさい感じ」

「平成って名前のヤツいなかった？　林……いや早川平成っつったっけな」

「そのうちテレビに出るんじゃない」

「それより就職活動どうする、なんか送られてきただろう、会社案内みたいなの」

「まだ早いって。おれのゼミにはもう動いてるヤツいるけど、あれだよな、ＯＢ訪問で酒とか飯とか奢ってもらうのが目的」と、話題は就職活動へと移っていく。美保もみんなといっしょになって笑っている。美保と最後に会話したのは、高校の夏休み、図書館で会ったときだ。あのとき美保は、中学では遠巻きにされていて、それがいやで同級生のいない高校に進学したと話していた。飛馬のなかではその印象が強烈だったので、こんなふうに中学のもと同級生と談笑している姿は意外だった。しかしさすがに、もと同級生たちは、めまぐるしい毎日にコックリさんのことなど忘れているだろうし、覚えていても口にするような幼稚さはないだろう、とも思う。

　ビールジョッキはどんどん空になり、おかわりと料理がせわしなく運ばれ、数人ずつのグループになってそれぞれ話しはじめる。気づくと飛馬のまわりは女子ばかりで、飛馬には何かわからない話で盛り上がっている。

「私のサークルにもいるよ、一年とかで。金星の記憶がある人をさがしていますとかって投稿して、返事があったたって騒いでた」

「一年っていったらまだ十代だもんねえ」

「でももし私たちが高校生だったら、ぜったいはやってたでしょ」

「それで禁止されて」

「ぜったいそういうのいく末は禁止だよね」と言い合って笑っている。

「なんの話、ファミコン禁止？」話に加わろうと飛馬が口を出すと、

「知らないの、戦士仲間さがし」と、初対面の女子が言う。知らん、と飛馬が首を振ると、

「オカルト雑誌の文通コーナーがすごいことになってるんだよ。前世の記憶がある人とか、セイヤとかウィザードとかって名前に聞き覚えがある人は連絡ください、とか、過去にいっしょに闘った仲間をさがしていますとか、超能力を持ってる人、あるいは持っていた記憶がある人は集まりましょうとか。自殺騒ぎにまでなったんだから」と教えてくれるのは美保である。

「え、何それ、ぜんぜん知らんけど」説明を聞いてもわからない飛馬はただくり返す。

「はやってるのは中高生だし、漫画とかアニメの好きな子たちだろうから、知らんほうがふつうかもだけど」

「時代が変わっても、おかしな話ってぜったいにあたらしく出てくるんだな」と、つい飛馬は思ったことをそのまま言ってしまい、ごまかすようにビールを飲む。コックリさんの話が蒸し返されたらまずいと思ったのだが、

「今は不安な時代だから。年号も変わったし、バブルって言われてるけど、なんだかバブルって砂上の楼閣みたいじゃない？　張りぼてみたいなビルばっかり建ってて、実がともなってないというのか」と、向かいに座っていた女子が身を乗り出して話に加わる。さっき自己紹介したときに、同じ高校だったと判明したのだが、飛馬は名前を覚えていなかった。

「経済がよくなったって精神は満たされていない。だからそんな前世の仲間や超能力を信じたくなるんだし、いじめによる自殺だってものすごく増えてるでしょう。でもそういう時代はもうすぐ終わって、あたらしい時代がやってくる。その過渡期だから、不安なムードがますます蔓延するのよ」

ふざけていたムードから一転し、やけにまじめにひとくさりはじめた彼女を、みんなぽかんとして見ている。

「あたらしい時代って平成ってこと？」ひとりが訊くと、

「日本の話じゃなくて、もっと大きな話。今は物質に価値が置かれている時代だけど、もうじきそれは終わって、精神のゆたかさが重要視されるような時代がやってくる」と彼女はよどみなく言い、鞄から紙の束を出して配りはじめる。「心と体を整えるワークショップをやっているから、もし興味があったらきて」

飛馬のまわりの女子たちには配るのに、飛馬にはそれは手渡されない。片手をのばすと、

「女性限定なの、ごめんね。今度は男性可の集まりの案内を持ってくるね」と、彼女は笑顔を見せる。

「なんかメシモノ頼まん？　ホルそばとか」渡された紙切れを折りたたみながら、美保が空気を変えるように明るい声を出す。

「え、ホルそばあるの？」

「あるか、ここは東京だぞ」

「おれは素ラーメンで」

あっという間に飲み会の陽気なムードに戻り、飛馬は安堵して、いっしょになって笑い声を上げる。

店を出て、カラオケにいくとか、もう一軒いくという面々と別れ、飛馬は駅に向かう。帰るメンバーのなかに美保もいた。横浜方面に帰る美保とは途中まで同じ電車だったので、混んだ車内で必死に手をのばして吊革につかまり、

「あの人って知ってた？　砂上のナントカとか言ってた人」と飛馬は訊いた。

「知らない。高校の同級生じゃないの？」

「いや、覚えてなくて。へんな話してたな、物質がどうのワークショップがどうのとか」

「そう？　あの人の言ってたこと、私はなんとなくわかるけど。日本人の所得は世界で第二位って言われてるのに、前世の仲間さがしとかいじめが原因の自殺なんかが、どんどん増えてるのはなんか変じゃない。しあわせだったらそんなことしないでしょ」と、美保はどこにもつかまることができず、奇妙に上半身をくねらせたまま、まじめくさったことを言う。

「そういえば、さっきの話。あれって文通コーナーに投稿するわけ？」ふと思い出して飛馬は訊いた。

「そうだよ。でも漫画雑誌とかファッション誌じゃなくて、オカルト雑誌っていうの？　ＵＦＯとか特集してたりするやつ」

飛馬が降りる駅が近づいてきて、飛馬はあわてて美保の連絡先を訊いた。メモを取り出せるような状態でもなかったので、美保の言う十桁の番号を復唱し、覚え、連絡するわ、と言ったところでちょうど電車は停車した。

数人とともにホームに吐き出された飛馬は、ドアの閉まる車内に美保の姿をさがすが、人波に隠れて見えない。電車はそのまま走り出す。

駅を出て、まだ明るい駅前ロータリーを過ぎ、コンビニエンスストアで飲みものとカップラーメンを買い、寮を目指す。今日耳にした、就職活動や年号候補の話、バブルは砂上の楼閣だとか、前世の仲間さがしだとか、だれかの発した言葉が頭のなかでくり返される。

そういえば、文通コーナーって今もあるのか、と飛馬は不思議な感慨を覚える。小学生のとき、ただ知らない町の知らない人とやりとりしたくて手紙を書いていた、あのときの気分を飛馬は今も覚えている。今の子どもたちは、知らない時代の知ってるだれかとやりとりしたいのだろうか。だとすると、世のなかは、ずいぶんおかしなことになっているのかもしれないと、美保の言葉を思い出しながら飛馬は夜道を歩く。

飛馬の就職が決まったのは四年の秋だった。都の特別区職員採用試験に合格したのである。公務員になると決めていたわけではなかった。県人寮の共用スペースに放置されていたという理由だけで、公務員試験の過去問題集を解いてみたのが大学二年のときだった。文章理解の問題は難なくできるが、法律、経済系はからきしだめだった。それがなんだかくやしくて、その問題集を終えるとあたらしく自分で購入し、通学時やアルバイトの合間に勉強するようになった。

三年に上がるころには語学のクラスでも専攻のゼミでも就職の話が出はじめ、やけに浮かれた雰囲気になった。売り手市場という言葉が飛び交っていて、こちらから熱心にさがさなくても寮に大量の会社案内が届いたり、先輩をつうじて会社説明会の誘いがあったりした。それに出向くと、たいていの会社が交通費として何千円か支給してくれる。ＯＢ訪問、ＯＧ訪問も、クラスの友人や、ゼミの担当教授を通して声をかけられ、最初は緊張して出かけたが、なんだか飲み会みたいなノリの席が多く、飲食費は向こうが出してくれる。そういうことが目的で、会社説明会だＯＢ訪問だと毎日予定を入れている学生もいた。

飛馬にとっても、自分ではいけないようなレストランで食事ができることや、交通費をもらうことは魅力的ではあったのだが、その陽気とも軽薄ともいえるような浮かれ具合が苦手だった。その上、そういう服どこで売ってるの、とか、なんでそんなに声ちっちゃいの、とかＯＢやＯＧ

たちから言われるのが、質問されているのかからかわれているのかわからなくて、飛馬はともかくいやだった。そんな理由で、飛馬は三年の夏休みから、バイトを極力減らして公務員試験の勉強に本腰を入れはじめた。

四年に進級し、春休みが明けると、すでに内々定をもらった学生は何人かいた。話を聞いているといともたやすく内々定をもらえるらしく、「なんでまた公務員なんかなりたいの？」と真顔で訊く同級生もいた。たしかに、内々定の数を競う同級生たちを見ていると、必死に勉強し試験を受けている自分が馬鹿らしくなったが、合格が決まったとき、飛馬は今まで感じたことのない達成感を味わった。

一般企業の選考解禁日は十月一日で、内々定の決まった学生たちは、ほかの企業の試験を受けないように、ディズニーランドや遊園地にいかされたり、グアムや香港旅行をプレゼントされたりしていたが、公務員試験に合格した飛馬にとっては、同級生たちからそんな話を聞かされても遠い異世界のできごとのように思うだけだった。

卒業を間近に控えた二月の終わり、同窓会が催され、学生最後だからと思って飛馬は参加することにした。会場は、飛馬が参加した一年前と同じく新宿の居酒屋だったが、参加人数はだいぶ少なく、七人ほどだった。美保も、ワークショップのチラシを配っていた女子も見当たらない。

広告代理店、証券会社、出版社と、参加したみんなが申告する就職先は大手企業で、故郷に帰って中学校教師になるというもと同級生と、公務員になる飛馬に、彼らも口を揃えて「なんでこのご時世に」とからかうように言うのだった。

料理がひととおり揃い、ビールも二、三杯目になるころには、だれそれはプータローで芝居を続けるらしい、だれそれは大学院に残るって、だれそれは……と、不参加の同級生たちの噂がは

じまる。都市銀行に就職を決めたという政恒が、

「そういえば、選挙に出るっていうカルト宗教の信者たちが、駅で踊ってたりするだろ」と飛馬に話しかける。まわりの人たちも話をやめて政恒に注意を向ける。「なんかぬいぐるみかぶって、へんな歌うたって」

「あー、あれ、覚えちゃうよな」政恒の隣の男子がふざけて一節をうたう。

「あの一団に、狩野さんがまじってビラ配ってたんだ」政恒が言い、何人かが顔を見合わせ、

「狩野さん?」

「だれだっけ」と小声で言い合う。

「え、マジ? 象みたいなのかぶって?」飛馬は笑うが、政恒は笑わない。

「狩野さんだよねって声かけたら、ビラくれて。信者なのか訊いたら、出家はしてないけど手伝ってるって言ってた」

「嘘だろう」と飛馬が言うのと、

「ほら中学生のときコックリさんって呼ばれてた」と、離れた席の女子が説明する声がかぶさる。

「何それコックリさんって」

「ほら流行ってたじゃない。それで……」話しはじめる彼女たちを無視し、

「どこで? 手伝ってるって、なんで?」飛馬は政恒になおも訊く。

「中野駅。狩野さんってたしか横浜のほうだったから、違うかなとおれも思って、それで声かけたんだけど、本人だった。なんでっておれも思ったけど、訊くわけにいかないだろ。真剣に信じてるかもしれないし」

「おれの知り合いにもいるよ。サークルの先輩で、ヨガから入ったみたいだけど。でもおかしな

ことしてるけど、中味はきちんとしたチベット仏教なんだろ？」

「選挙に当選したら消費税も廃止するって言ってるしね」

　場の話題は宗教団体や選挙戦にずれていく。

「狩野は就職どうしたんだろう」飛馬は訊くが、

「さあ、就職の話はしなかった」と政恒は言い、その件についてもう話すことがなくなったのか、

「飲みものおかわりする人ー？」と声を張り上げている。

　飲み会が終わり、みな三々五々別れたが、飛馬は政恒に誘われて近くのバーに寄った。カウンター席に案内され、それぞれ水割りを注文する。歌舞伎町のほうに向かった二人の名をあげて、

「あいつら、できてるな」と政恒はたのしそうに言う。

「柳原って狩野さんとつきあってたりしたの？」とふいに訊かれ、

「なんでさ」飛馬は訊き返す。

「やけに気にしてたから」

「そもそも中学だって一年のときしかクラス同じじゃなかったし。小学生のときの記憶しかないくらいなんだけど、カルト宗教で選挙の応援してたって聞いたら、そりゃびっくりするよ」

　言いながら、たしかにびっくりしたが、そんなに驚くようなことでもない気もしてくる。兄の忠士や、この政恒が、象のぬいぐるみをかぶって踊っていたら、何がどうしたのかとうろたえるが、そもそも美保のことをよく知らない。知らないが、しかし一年前に会ったとき、日本の好景気と幸福度は相反している、というようなことを言っていた。あのときチラシを配っていた女子のワークショップにいって、感化されたなんてことも、充分にあり得るではないか。飛馬は手元もよく見えないくらい薄暗いカウンター席で、そんなことを考える。

「政恒はつきあってる人がいるの」飛馬は訊いた。上京してから何度か飲んでいるが、そういう話はしたことがない。あまり男女を意識することのない高校だったから、飛馬には気恥ずかしい話題である。

「いるけど、どうだろ。おれが就職したらだめになるかもな。そういう話、よく聞くだろ。どっちかが就職してどっちかが学生で、時間が合わなくてだめになるって。おれは転勤になるかもしれないし」

「転勤って、海外とか？」

訊きながら、隣に座る政恒が、この四年間で、自分よりずいぶん遠くへいってしまったように飛馬は感じる。幾度か女の子と交際したことはあるが、長くて半年、短くて一か月、車の免許も持っていない、気の利いた店も知らない、クリスマスにそれっぽいお店を予約することもないと、ほかの男子学生と比べられたあげくふられ続けている飛馬にしてみれば、恋人がいるのに、就職でだめになるかもしれないと平然と話す政恒は、東京でふつうに暮らしている大人に見えた。

「海外勤務かあ、希望すればいけるらしいけど、でも厳しいよなあ、語学留学とはわけが違うんだから」

「そういえば、ナワコっていただろう、あの子どうしてるの」と思いついて飛馬が訊いたのは、隣に座る政恒が、本当に小学校のときの同級生だったあの政恒かどうか、不安になったからだった。しかし政恒は眉間にしわを寄せて飛馬を見、

「は、だれそれ」と訊く。

「ひとつか二つ下に、ナワコって女の子がいただろうって。おれらのあとをついてきて、ほら一度、赤い川に落としたことがあって、たしかおまえが助けたんだ」

「赤い川って、それいつの話だよ。ああそっか、おまえ転校したんだもんな。あのほっそい川だろ？　赤かったのなんかものすごく昔で、今はふつうの川だよ」

「え、そうなの？　もう赤くないんだ……」川の話が通じたことには安堵しつつ、「ナワコって覚えてないか？　川に落としたことも？」飛馬は食い下がる。

「赤かったのはあれだ、銅山の汚水で赤かったんだ、それを何年かかけて水質を改善して、魚も棲めるようにして」政恒はそんな説明をとうとうとはじめる。

長屋に住んでいて、祖母が死んで、細い川があって、雑貨屋があって、ナワコを川に落として、父にそれがばれて夜に家から閉め出された、記憶の底を支えるように存在している、日々のいくつもの断面が揺らぐ。トイレにいこうとして立ち上がると、内側から揺さぶられているように足元がおぼつかない。おい、だいじょうぶかという声が、遠くから聞こえてくる。


卒業式を終えてから飛馬は、同じ区内の単身者向け職員寮に引っ越した。それまでも寮だったし、完全なひとり暮らしに憧れもあり、アパートを借りようと思っていたのだが、引っ越すにあたって出費が多すぎた。県人寮では朝夜と食事が出たし、洗濯機やテレビ、電話も共用だった。職員寮は、寮とはいえど食堂やテレビ部屋はなく、一般の賃貸マンションと変わらない。だから洗濯機や炊飯器やテレビといった家電製品を一から揃えなければならない。電話は、電話機を買うだけでなく、電話線を引く権利を買わねばならず、それが七万円もする。そんな出費に加え敷金や礼金を払うことはできないので、職員寮を選んだのだった。

単身寮は、私鉄駅から十二、三分歩いたところにある五階建ての古びたマンションで、飛馬の部屋は三階の角だった。電話を引いてすぐ、父親と、神戸で暮らす忠士、数少ない友人には連絡して住所と電話番号を伝えた。

二月の選挙に、宗教団体から立候補した人はだれも当選しなかった。彼らの珍妙な選挙活動と選挙の結果を、世間では、おふざけのようにとらえているふしがあって、落選したことでとりあえずそのおふざけは終了、と世間は了解した感じだった。飛馬もそう思いはするのだが、同時に、おふざけでは終わらないのではないかといううっすらとした恐怖も感じていて、正直なところ、あまりかかわりたくないのである。それで、引っ越しのことを美保には連絡しなかった。駅で選挙活動をしていたという美保が、今なお信者なのか、大学卒業後はどうしているのか、そもそも卒業したのかも、飛馬は知らないままだ。

入庁してすぐに研修があり、飛馬は区民生活課に配属され、窓口業務をまかされることになった。わからないことばかりなのに、いきなり現場に立たされ、先輩職員がついて指導してくれるのだが、一日に何度も自己内パニックを起こして思考停止状態になり、その都度ぐったりと疲れて落ちこむ。課での歓迎会も寮での歓迎会もあり、役所内サークルの勧誘もあり、あわただしく日々が過ぎていくなかで、美保のこともだんだん思い出さなくなっていく。

連休間近の平日の夜、ビールを飲みながらコンビニエンスストアで買った弁当を食べていた飛馬は、鳴り出した電話に手をのばしたが出るのをためらった。口いっぱいに頬張った唐揚げを咀嚼中だったからだ。呼び出し音が四回続いて留守番電話に切り替わり、ピーという発信音のあと、「こんばんは、狩野ですけど……」と声が聞こえてきて、飛馬は仰天して受話器に手をのばした。「ごめん今、食べてて」と口のなかのものをのみこみながらあわてて言う。「狩野って狩野美保？　元気か？　この番号……」

「ああ、県人寮の人に訊いた」

「連絡しようと思ってたんだけど、ばたばたしちゃって。そういや、就職どうなった?」

「就職はしてない」

「院に進むとか?」

「まあ、そうだね」

へえ、と言い、何を勉強しているのかとか、同じ大学の院なのかとか、いくつか質問が浮かぶが、まあそうだね、と言った美保の声が、なんとなくそれ以上の質問を拒絶しているようにも感じられて、飛馬は黙る。受話器の向こうはしんと静まりかえっている。新興宗教の信者になったのかと訊きたいが、もらった電話で突然そんなことを切り出せそうもない。

「電話、なんだった?」飛馬はそう言ってから、「いや、県人寮に訊いてまで連絡くれるって、なんかあった?」と訊き返す。

「連休って地元に帰る?」それには答えず、美保は訊く。

「いや、帰らん。飛行機も新幹線も混むだろうし、そんな金もないし」

「じゃ東京にいるんだね。あのね、水道の水を飲まないほうがいいよ。それを言おうと思って」

「え、なんで、何それ」

美保は黙る。美保がどこにいるのか、飛馬には見当もつかないが、なぜか、だだっ広くて暗い空き地の真ん中に、ひとり膝を立てて座る美保の姿が思い浮かぶ。

「どこのかはわからないの、教えてもらってないからわからないんだけど、連休のいつかに、東京のどこかの浄水場から毒を流す計画がある。だから飲まないで」

「えっ毒ってなんで? どういう意味?」

「なんでかを説明するのは私にはちょっとむずかしい」

「だれが？　美保が流すわけ、毒を？」

「私じゃないよ、私だったら場所を知っているはずでしょ」

美保ははぐらかすことなく質問に答えているが、嚙み合っていないちぐはぐさに飛馬はいらつく。

「それってもしかしてあれ？　政恒に会ったよな、選挙の応援してたって聞いたんだけど。あのカルト教団が毒を流すって話？　美保、マジで信者なの？」

「出家はしてないんだけど……」

「出家ってなんだよ、本当に信者なのか？」

「だから出家はしてないって」美保は笑いを含むような声でくり返し、「ただちょっと、今、信じていいのかどうかわからなくなってる。毒はさすがにやりすぎだと思う」

「だから毒ってなんなのさ、なんでそんなことをするの？」

「だからその説明は私には……」言いかけて、ため息をつき、「ともかく、連休中は水は飲まないで。料理にも使わないで。もしかしたらそんなことしないかもしれないけど、念のためね。じゃあね」

美保は言って電話を切った。不通音を聞いていると、いらだちと戸惑いが混ぜあわさって、今まで感じたことのない薄気味悪さになる。飛馬は受話器をもとに戻し、弁当の続きを食べはじめる。最後にと思ってとっておいた唐揚げは脂っぽいだけで味がしない。口のなかのものを飲みこむと、飛馬は受話器に手をのばした。呼び出し音が長く続き、留守かと思うころにようやくもしもしと声が聞こえ、

「柳原だけど。狩野美保から電話あった？」と飛馬は訊く。ない、と答える政恒に、「たった今

電話がきて、なんかへんなこと聞いたんだけど」と、飛馬は勢いこんで今聞いた話を手短に話した。

「気味の悪い話だな」

「だろ？　美保、だいじょうぶかな。出家はしていないとか言ってたけど」

「違うよ、その水の話。嘘くさいけど、狩野さんが信者なら本当だってこともあり得るよな」

「えっ」飛馬は言葉に詰まる。

「内部の人間しか知らないことを教えてくれたわけだろ。あの集団は弁護士の事件だって起こしてるし、何するかわかんないよ」

「いや、弁護士の事件はだれが犯人かまだわかっていないよ」

「それはともかく、浄水場に毒なんて狩野さんが思いつくはずがないし、やっぱり彼女は聞いたことを教えてくれたんじゃないか」

「で、それをわざわざ県人寮に電話して、おれにもかけてきたってこと？」

「狩野さんだけじゃなくて、ほかにもいるかもしれないぞ。その計画を聞いて、もう脱退しようと決めて、友だちや家族に連絡している人」

政恒がそんなふうに言うと、飛馬もだんだん、本当のことのように思えてきた。

「ともかくさ、嘘だったら嘘でいいんだから、とりあえず、こんなことを小耳に挟んだんだけどって、明日会社で話してみるよ。笑われるだけかもしれないけど。おまえも気になるならそうしろよ」と言って、政恒は電話を切った。

もう弁当を食べる気になれず、飛馬は残りを流しの三角コーナーに捨て、流しの蛇口を見る。ここから毒が流れるなんて、そんなことがこの現代にあるだろうか。馬鹿らしい。そう思いつつ、薄ら寒い気持ちになって飛馬は弁当箱をゴミ袋に突っこむ。美保の今の連絡先を訊きそびれたことに、今さらながら気づく。

翌日、昼食をいっしょにとった先輩職員に、「なんか、すごくへんな話を聞いたんですけど」と、冗談めかして話してみた。この先輩職員は飛馬よりひとまわりほど年上で、妻と、まだ一歳にもならない子どもがいる。飛馬がパニックで思考停止しても怒鳴ったり嫌みを言うことなく、ていねいに仕事の進めかたを教えてくれる面倒見のいい人で、ほかの先輩職員よりは飛馬にとって話しやすかった。

「あ、それ、じつはおれもなんとなくそんな話聞いた、奥さん経由で。ほら、うちの、保険屋だから、あちこちの人と話すからさ」と、彼が言うので飛馬は驚いた。

「えっ、じゃあ本当なんですかね。防災課とかに伝えたほうがいいですか?」思わず真顔になって訊くと、

「いやいや、それはないっしょ」と彼は笑っておかずをのせたごはんを口に運ぶ。「もし本当だったらこんなに漏れ出てるわけないよ。教団の反対派が彼らを陥れるために流した噂なんじゃないかとおれは思うけどね」と彼はおだやかに言う。

「じゃああの、ゴールデンウィーク中、ふつうに水飲んだり風呂入ったりするんですか」と訊くと、

「いやおれ、明日から里帰り。正月は奥さんの実家にいったから、連休は孫を連れてこいって親がうるさくて」と彼は笑う。

ともあれ先輩職員も「なんとなくそんな話聞いた」らしいことに飛馬は安堵していた。彼が言っていたような理由かはさだかではないが、たぶん似たような話は東京じゅうに広まっているは

ずで、それでも都や政府から注意喚起がなされているわけではないのだから、やはり噂にすぎないのだろうと思えたのだった。

望月不三子　1984

真之輔と湖都を送り出してから不三子は亮と朝食を食べ、後かたづけをし、洗濯機をまわして洗濯物を干し、かんたんな掃除をしてから昼ごはんの用意をする。昼ごはんを終え、亮を連れて家を出る。晴れていれば公園にいき、雨ならば児童館か図書館にいく。

児童館も図書館も、湖都を連れていっていたときとはだいぶ変わっていて、児童館の施設数も多いし、専門の職員が複数いて、月に一度は参加型の催しがある。図書館では紙芝居や読み聞かせの会がある。ほんの数年でこうも変わるものかと不三子は驚いている。

乳児のころよりだいぶ落ち着いたが、それでもやはり亮は湖都にくらべると手がかかる。すぐに泣くし気に入らないことがあるとかんしゃくを起こす。

どこでもたいてい、したしくなった母親とその子どもがいて、催しのないときは、子ども同士を遊ばせながらおしゃべりをする。催しのさなかでも友だちと遊んでいるときでも、亮がぐずり出すと不三子はすばやく亮を抱いてその場を離れる。ほかの子どもを突き飛ばしたり嚙んだりするかもしれないからだ。みんなから離れた場所で、落ち着くまでずっと抱きしめてあやす。

したしい母子はそう多くはない。「無頓着」な母親のほうが圧倒的に多いし、「神経質」な母親にも種類があると不三子は学んだ。種類の違う「神経質」な母親は、「無頓着」な母親より、ときにたちが悪い。食事や衣類や教育に気を遣っているのは信じている宗教に従っているから、という場合もあるし、不三子にはまるで理解できない思想を持った人たちもいる。

亮のかんしゃくで困っていたときに、母親仲間から紹介された育児相談に出向いたことが一度ある。ふつうの民家の一室で向き合った女性は、四十歳を過ぎているだろうにヒッピーのような格好をしていて、ここでも泣く亮をじっと見据え、「母と子は前世からの縁があるが、この子は前世であんたにいびられた記憶がまだ残っている」と言うので不三子は仰天した。カルマを断ち切るお茶だとか、悪い念を浄化する食品だとかを勧められ、這々《ほうほう》の体《てい》で帰ってきた。

そんな目に遭うと、勝沼沙苗の教室に参加できたことが不三子には奇跡のように思える。亮が二歳になる少し前から、不三子は月に一度、また料理教室に通いはじめた。

公園や図書館からの帰り道、遠まわりして、幼い亮と手をつないで川べりを歩く時間が不三子は好きだ。晴れた日には広い川は陽を受けて銀色に輝き、川べりの草が風にそよぐ。機嫌のいいときの亮は、不三子が童謡を歌えば声を合わせてうたい、散歩中の犬や道を横切る猫に手をふって笑っている。

川沿いを、ランドセルを背負った子どもたちが歩いてくる。ひとかたまりになって熱心に話しながら歩く女の子たち、何ごとか叫びながら走る男の子たち、リコーダーを吹く男の子、ときどき本を読みながら歩いている子もいる。

「あっ湖都ちゃん!」と、ふりかえった亮が言い、不三子もふりかえる。道のずっと向こうに、たしかに湖都の姿がある。生真面目な顔をしてひとりで歩いている。

「すごいね、よく見えたね、亮は目がいいんだね」不三子は足を止め、湖都が近づくのをその場で待つ。湖都ちゃーん、と亮が声をはりあげると、湖都はぱっと笑顔になって駆けてくる。

「湖都ちゃんお帰り、たのしかった？」

追いついた湖都は荒い息をしながら、こくりとうなずく。

「お弁当食べた？　おいしかった？」

それにもうなずく湖都の手をとって歩き出す。

湖都は学区の公立小学校に去年入学した。玄米食を続けたかった不三子は、沙苗の教室に集う母親たちに電話をかけて相談してみた。中学生の子を持つ母親が、学校に弁当持参のお願いにいったと聞いて、不三子も湖都の入学前に小学校に話をしにいった。嘘も方便だと教わったので、湖都にはアレルギーがあるので弁当にしたいと伝え、食べなくても給食費をおさめるという条件で許可された。校長の話では、近年アレルギー持ちの児童が増えて、弁当持参の申し出はたまにあるということだった。それで一年生のときから、湖都は弁当を持って学校にいっている。校長先生の話から、クラスに何人か弁当の子はいるんだろうと不三子は想像していたが、湖都の話によれば湖都ひとりだけだそうだ。それでからかわれたり、意地悪をされたりしないだろうかと不三子は心配していたが、湖都の話を聞くかぎり、そんなこともないようだ。二年生に上がってからは、お友だちの家に遊びにいくことも増えた。遊びにいくにはかならず不三子の許可が必要だと言い含めてあり、湖都はきちんとその約束を守って、いったん帰って不三子の意向を訊くのだが、遊びにいくいかないより、友だちがいる、と知ることのほうが不三子には重要だった。

今の子どもたちは、自分が子どもだったころにくらべたらずっとゆたかで、両親からたっぷりと愛情をもらって育てられている。だからきっと、ひとりだけみんなと違う子がいても、意地悪なんか思いつきもしないのだろうと不三子は思った。

家に帰って、不三子は湖都と亮に手伝わせておやつを作る。ちいさなうちから手伝いをしていた湖都は、子ども用包丁を器用に使う。おやつのあとに亮は昼寝をし、湖都は宿題をし、宿題がなければ、一年生のときから習いはじめたピアノの練習をし、それがすんだら夕食までテレビを見ていいことになっている。

真之輔はあいかわらず異なる食事を食べ、それとはべつに自分で買ってきたものを好きに飲み食いしているが、自分と子どもたちにかぎっては、理想的な食生活をしていると不三子はずっと思っていた。

だから九月の参観日のとき、ある母親から妙な提言を受けたとき、不三子は何を言われているのかまったくわからなかった。

授業参観が終わり、保護者たちが帰る際に不三子はある母親から呼び止められた。自分よりいくらか年長に見えるその母親は、遊びにくるときはおやつを持ち寄るようにしたいと言い、「湖都ちゃんがうちにあるおやつをぜんぶ食べてしまうから」と、困ったように言うのである。

「あの……」と不三子が口ごもると、

「後藤はるかの母です」とその母親は名乗る。今日ははるちゃんのおうちにいくね、という湖都の声を思い出す。「湖都ちゃんはアレルギーがあるとかでお弁当なんですよね？　本人はだいじょうぶだって言ってお菓子を食べてるんですけど、それも心配だし」と、その母親は言いにくそうにちらちらと不三子を見、「ほかのお子さんは持ってきてくれてるから、湖都ちゃんにも持ってきてもらったほうが平等かなって思って」と言う。不三子はその母親の顔をまじまじと見つめ返したが、はたと気づいて、

「いつも遊びにいかせてもらってありがとうございます」と頭を下げる。「お菓子のこと、気づかずにすみませんでした。今後は持っていかせます」

「ふつうの、スーパーにあるようなものでかまわないから、ひとりひとつ持ってくるとか、そういうふうにしましょうね。ほかのお子さんにも伝えますから。それじゃ」とその場を去ろうとした母親に、

「ふつうのお菓子って、どんなものでしょう」不三子は訊いた。てっきり、はるちゃんの家でも何か手作りしているのかと思ったのである。

「だからほら、ポテトチップスとか板チョコとか、そういうのでいいってこと」

「えっ、あの、湖都がそちらでいただいてるのはそういうお菓子なんですか」

「そういうって？」母親は意味がわからないという顔つきで不三子を見る。

「いえあの、うちでそういうお菓子を食べたことがないので……」やはり人ちがいをしているのではないかと思いながら不三子は答えるが、母親はそれを聞くと合点がいったように深くうなずき、

「ああ、だからかあ！」といきなりくだけた口調で言う。「おうちで食べられないから、あんなにがっついて食べてるのか。おやつの戸棚も覚えちゃって、勝手に開けちゃうから、もう何度かおやつ置き場をかえてるの。ゲームも順番を守ってくれないとかいろいろあるけど、それは子どもにまかせられても、食べものは、ねえ」と言って彼女は笑い、「それじゃあ今度からよろしくお願いしますね」と念押しして、背を向けて小走りでほかの母親のもとに向かう。不三子はその場に突っ立って、遠ざかる母親の背中を見つめる。チャイムが鳴り、子どもたちが教室から走り出てくるのが聞こえる。ゆっくりと顔が赤くなっていくのを不三子は感じる。

いつも教室を終えるとせわしなく帰っていく勝沼沙苗が、「じゃちょっと、下でお話ししまし

ょうか」と、区民センターの出入り口に配置されているソファで向かい合ってくれたのは、自分がよほど切羽詰まった顔つきでいるからだろうと不三子は思った。以前からずっと教室でいっしょの女性が、「亮くん、見てましょうか」と言ってくれ、少し離れたところで亮と遊んでくれている。

「お時間とらせてしまってごめんなさい、子どものことなんです、二年生の上の子なんですけど」不三子が言うと、

「あら、あのときのお子さんがもうそんなおねえさんになるの、時間がたつのははやいねえ、私たちが年をとるわけよねえ」と、沙苗はけらけら笑う。間近で見る沙苗は、はじめて教室に足を踏み入れたときとまったくかわらず、頭髪は白いが、透き通るような肌にはしみもない。

同級生の母親からおやつのことを指摘されて以来、友だちの家に遊びにいっていいかと湖都が訊くときは、二回に一度はだめだと言い、いくときは手作りのおやつを多めに持たせている。湖都自身にも、友だちの家で出されるおやつは食べてはだめだと話し、他人の家の棚を開けるなんてもってのほかだと何度も厳しく話した。湖都はときに泣き、ときに神妙な顔で聞き、その都度わかりましたと言ったが、不三子は信じ切ることができない。できることなら友だちの家に遊びにいくのを禁止したいが、それではあまりにも湖都が不憫だ。ならば湖都についていって、その家で過ごしている様子をこの目で見たいが、それだって異常な行動だろうとわかってもいる。

時間をとらせてはいけないと、不三子は勢いこんで一気に話し、「せっかくここまで、先生の教えに従って食生活を整えてきたのに、ぴったりはりついて監視することはできないし、もうどうしたらいいのかわからないんです」と訴えた。うなずきながら話を聞いていた沙苗は、「まあまあ焦りなさんなおっかさん」と節をつけて言い、さもおもしろいことを言ったかのよう

に笑う。「子どもをコントロールできるのは幼稚園にいくまでだとあきらめたほうがいいね、しかもあなた学校に談判してお弁当にしたって、さらっと言うけどすごいことだわよ、よくやってる。しかもお嬢ちゃんはそれ持ってって食べてるんでしょ、えらいえらい。そうしたくてもできない事情のご家庭もあるしね。添加物や着色料やお砂糖や過度の味つけはね、食べ慣れないとコロリとやられちゃうの、それはだれしもそうなのね、麻薬みたいなもんなのよ。お嬢ちゃんがお友だちの家でがっつくのも、まあむべなるかなよ。うちの教室でも、きびしいおかあさんになると、相手のおうちのおかあさんにね、言いにいく人いますよ。うちはこれこれしか食べさせないので、おやつは持たせませすから、与えないでくださいって。あとはお子さんとの徹底的な話し合いね。それで乗り越えた人もいるけれども、まあ難しいわねえ。それに脅すわけじゃないけど、この先どんどんおっかさんの目も手も届かなくなる。中学生高校生になれば、お小遣いでハンバーガー屋にもいくようになる、なんていうの、二十四時間開いてるなんでも屋も増えたでしょう。いくなって言えば言うほどいきたくなる」

沙苗がまっすぐこちらを見て目をそらさないので、不三子もじっとその目を見て話を聞き、話が途切れたところで、

「習いごとを増やすとか、塾に通わせたらいいのかなと考えたんです。ともかく学校の帰りに友だちと集まらないようにすれば……」と切り出してみる。

「そんな、本末転倒じゃないの。それに塾や習いごと先で、お友だちにお菓子やなんかをもらったらどうするの。帰り道にみんなで買い食いするようになったらどうするの」

「だからそれは、私がいきも帰りもついていくようにして……」

「今はそれでもいいかもしれないね、だけどさあなた、それを中学生、高校生になっても続ける

の？　二十歳になった娘さんにもついてまわって歩くつもり？」

沙苗は笑い、不三子は黙る。沙苗は大きくひとつ息を吐き、うつむいた不三子をのぞきこむようにして続ける。

「でもねだいじょうぶ、安心しなさい。焦ることない。ああいう食物のおばけはね、実がないの。実がないのをごまかして味やにおいや色を濃くしてるだけだからね、飽きるのも早いの。とくにね、望月さん、あなた本当に熱心にこちらに通ってお勉強して実践して、お嬢ちゃんにもずっとほんものを食べさせてきたでしょう。三歳までは母親がじっくりいっしょにいるべきだと言うでしょう、そうすると情緒が安定するって。食べものもね、ちいさいころにしっかりほんものを食べて育つと、そこに戻るようになってるんです。ま、しばらくはお菓子だケーキだと目移りするでしょうけど、だいじょうぶ、基本のしっかりしている子はきちんと帰ってきますよ」

沙苗は身を乗り出して不三子の肩をやさしく叩く。不三子はくすぐったくて頬に手をあて、自分が泣いていることに気づく。あわてて鞄からハンカチを取り出して涙を拭く。泣くなんて馬鹿みたいだと思ういっぽうで、あなたは熱心に通って学んで実践してきた、すごいことだ、よくやってると言う沙苗の言葉を反芻するのをやめられない。

「あはは、泣くほどのことじゃないって。しっかりしなさいな。ほら、坊ちゃんがどっかで泣いてるよ。坊ちゃんはあれだね、食べる量が多すぎるかもしれないね、だから気が立つのね。海藻を多めで全体量は少なくね」

そう言われて、亮の泣きわめく甲高い声に不三子は気づく。立ち上がる沙苗に何度も礼を言い、不三子は泣き声をたどるように廊下を走る。階段の踊り場で亮がひっくり返って泣いていて、女性がわきにしゃがみこんで何か話しかけている。

「ごめんなさい、困らせちゃったわね、ほら亮、立ちなさい、しっかり立って」

彼女に謝りながら不三子は亮を抱き上げる。だいじょうぶ、安心しなさい。よくやってる。焦ることない。きちんと帰ってきますよ。耳に残る沙苗の言葉が、渇いた喉に流しこむ水のように体のすみずみまでいきわたるのを、不三子は感じる。彼女に礼を言って、いっしょに区民センターの外に出ると、必死でここにやってきたさっきより、おもてはずいぶん明るく見えた。木々や建物や空に突き出た看板が、日射しを浴びて光っているみたいに見えた。


コーフーはグルテン粉と地粉と塩に水を加えながら混ぜ、蒸しあげる。このごろでは、デパートの地下食料品売り場でも袋入りのコーフーや瓶入りのセイタンを売っているが、作ることに慣れてしまえばそう面倒な作業ではない。蒸したものを冷蔵保存しておくこともできる。魚より野菜より肉を好む真之輔だが、このコーフーを丸めて揚げて、酢豚ふうにすると、肉だと思ってよく食べるし、カツふうに揚げると、さすがに肉とは思わないようだが、それでも食べる。真之輔だけ家族と異なる献立なのは相変わらずだが、そんなふうに、少しばかり不三子も工夫するようになった。真之輔も四十歳を過ぎて、社内の健康診断で尿酸値と中性脂肪の高さを指摘され、本人は問題ないと言い張るが、何かあってからでは家族が困るのだ。

コーフーを蒸しているあいだ、豆腐とヨーグルトと豆乳でチーズケーキを作る。甘みは蜂蜜でつけ、白味噌をほんの少し入れる。マクロビオティックを取り入れている不三子の母親仲間は、蜂蜜は体によくないから使わないほうがいいと言うが、勝沼沙苗は蜂蜜を悪いものとは考えていない。同じような玄米菜食主義の人でも、それぞれに信じていることが違うと不三子はとうに思い知っている。だから他人の言うことは否定せずに聞き、他人に自分のやりかたを押しつけることはしない。ケーキは、亮がピアノ教室から帰ってくるころには冷えているだろう。

コーフーの蒸し器ごと調理台に置き、あら熱がとれるのを待つ。不三子はコップに麦茶を注ぎ、居間のソファに腰掛けてテレビをつける。お盆の前に報じられて以後、昼にテレビをつけるとかならず連続幼女誘拐殺人事件のことを取り上げている。見ていると、深い穴の淵に立っているような恐怖を感じるが、不三子はテレビを消すことができなくなる。犯人とされる男が逮捕されたときの様子と、ビデオテープがぎっちり詰まった犯人の部屋は毎日毎日放送され続けている。

日本は今、おどろくほどにゆたかで好景気なのだという。たしかに真之輔の給料は上がったし、「先立つものがなくちゃはじまらない」と言っていたのはついこのあいだのような気がするのに、家を買ったときのローンもだいぶ繰り上げ返済できた。真之輔の帰りは遅くなり、タクシーで帰ってくることが増えた。休日はほとんどゴルフか、ヨットを買ったという友人とクルーズだか釣りだかにいっている。湖都が私立の中学に上がっても困ることはないし、ピアノを習いたい、水泳を習いたいと子どもたちが言えば、いい習い先をさがして通わせるほどの余裕はある。今年の夏も、お盆は真之輔の実家の下田に帰省したが、その前に真之輔は北海道に家族旅行に連れていってくれた。

けれどもこのニュースを見ていると、いや、もっと前、女子高生を監禁し死に至らしめた少年たちの事件があったころから、何か時代が大きく変わっているように不三子には思えるのだった。うまく言葉にできないから、真之輔にもだれにも話したことはないが、みんなが好景気だと浮かれ騒いでいるうちに、時代ごと、真っ暗な穴に落下しているような、うっすらとした恐怖を感じるのである。あるいはその恐怖は、時代なんて大げさなものにたいしてではなくて、湖都に向けた気持ちなのかもしれないとテレビ画面を見つめて不三子は考える。

年号が平成に変わったこの春、湖都は中高一貫の女子校に入学し、最寄り駅から三駅先にある学校に通っている。小学生のときに習っていたピアノは六年に上がるときに、受験勉強をしたいからとやめてしまった。

小学校の六年間、湖都は不三子の作った弁当を持参し続けた。実際に食べていたのか、捨てたりしていたのかは知りようがない。友だちの家でスナック菓子やチョコレートを「がっついて」食べることをやめるように話をし、手作りのおやつを持たせていたが、四年生の二学期あたりだったか、湖都が友だちの家に遊びにいくことがぴたりとなくなった。そのころから、中学は私立にいきたいと湖都から言うようになり、学習塾に通いはじめた。それからだんだん湖都は太りはじめて、にきびもできはじめたので、学習塾の帰りに、お小遣いで買い食いしているかもしれないと思った不三子は、スナック菓子やハンバーガーは成長期の体によくないと話して聞かせたが、これにも湖都は「わかってる」と言うのみで、実際はどうなのか、やはり不三子には知る手立てがない。

友だちの家にいかなくなったのは、呼んでもらえなくなったからだと不三子が知ったのは、湖都の卒業も間近のころだ。不三子の妹、仁美が湖都から聞いたそうだ。その理由について、湖都の持っていく不三子の手作りおやつが不評で、違うものを持ってきてほしいと言われたが、買えないからいくのをやめたと、湖都は仁美に話したそうである。「でもみんな子どもっぽい遊びしかしないから、私もつまらないと思ってたんだよね。あんな幼稚な子たちと同じ中学にいきたくないから、受験することにしたの」とつけ加えていたそうだ。

食事やおやつに気を遣うのもわかるけど、子どもには子どものつきあいがあるから、そんなに厳しくしないほうがいいわよ、と不三子は仁美に言われ、私は湖都のためを思っているのだと言い返したが、結局、そのことについて湖都自身とは話していない。

湖都の部屋で奇妙な雑誌を見つけたのは、中学に入学して一か月ほどがたったころだ。湖都が五年生になったときから、二階の二部屋を湖都と亮、それぞれの部屋に分けている。いつものように掃除に入ったときに、ベッドわきのナイトテーブルに乱雑に積まれた雑誌のなかに、その雑誌を不三子は見つけた。学年誌やタレントが表紙の雑誌と異なり、表紙はどこかおどろおどろしい絵で、「特集　これが恐怖の心霊写真だ」だの「自分の守護霊を知る方法」だの「あなたにもできるスプーン曲げ」だのという文字が印刷されている。湖都は、夏にテレビでよく放送されているこわい番組を見るのが好きなので、その延長だろうかと雑誌をめくり、あるページに葉書が挟まっているのを見つけた。

お手紙ありがとう。ルナという名前に聞き覚えがあるとのこと。もしかしたら私たちは戦士仲間だったのかもしれません。くわしい話ができたらうれしいので、手紙か（返信用切手も入れてください）、電話でもこちらはだいじょうぶです。

という子どもじみた筆跡と、少女漫画のようなイラスト、電話番号と滋賀県の住所が書かれている。意味のわからない不三子は、葉書が挟まれていたページを読んだ。最初は尋ね人のコーナーかと思った。奇妙な外国名が並び、この名前に感じるものがある人は連絡くださいと書かれていたり、アトランティスの戦士だったかた、戦士だった記憶をお持ちのかた、お手紙ください、などという文字がずらずらと並んでいる。だれがだれをさがしているのかまったくわからないながら、薄気味悪いものを感じ取って不三子は眉をひそめる。

その日、帰ってきて食卓で宿題をしている湖都に、戦士ってなあにと不三子は訊いた。「なんでもない、アニメの話」と湖都は答え、「それよりお夕飯のお手伝いしようか？」と話題を変えた。それ以後、湖都の部屋から学年誌以外の雑誌は見当たらなくなった。隠す理由があるのだろうと、不三子は湖都の部屋の箪笥も学習机も調べたが、あの奇妙な雑誌は消え、学習机の引き出しには鍵がかかっていて、その鍵は見つけられなかった。

それで何か問題が起きたわけではない。湖都はきちんと学校に通っている。不三子としては、バレーボール部だとかコーラス部に入ってほしかったのだが、湖都が選んだのは漫画研究部だ。高校生と合同の活動で、イラストを描いたり、何人かでストーリー漫画を描いたりするらしい。漫画研究部に入ることにしたと聞いたときは、絵なんて描けるの？　と冗談交じりに言っただけだったが、あの変な雑誌とページに挟まった葉書のイラストを見てからは、何かあやしい印象が芽生えた。しかも、この連日の殺人犯のニュースを見ていると、アニメ番組や漫画を見たり読んだりするのがいけないことのように思えてくる。

自分が中学生だったときとくらべたら、湖都は格段に恵まれていると不三子は思う。もし自分の組に湖都みたいな少女がいたら、どこの貴族かと思っただろう。髪をきれいに編みこみ、家族旅行は北海道、今はやめてしまったけれどピアノでもバレエでも習いたいと思えば習え、本だって漫画だってほしいだけ手に入り、お小遣いももらっている。けれどもそんなゆたかな中学生が、やはり何か暗い穴に向かって進んでいるように、不三子には感じられるのである。雑誌のせいばかりではなく、感覚的なものだった。

あるいはこの漠然とした不安は、勝沼沙苗の料理教室が終わってしまったせいかもしれない。去年、沙苗は高齢を理由に、区民センターでの料理教室をやめたのだ。本を一冊出版してから、原稿依頼がぽつぽつあるので、今後は在宅でできることを中心にやっていくのだと言う。不三子をはじめ、長年通った生徒たちは、なんとか続けていけないかと画策し、生徒たち同士で集まろうということになりはしたが、結局、それも次第に間遠になっている。勝沼沙苗と会えず、励ましの言葉を聞けず、あたらしい料理も教われない、ただそれだけの理由で、不安になっているだけなのかもしれない。いや、そうだと不三子はむしろ思いたかった。

今日、湖都は仁美と出かけている。原宿で買いものをしてくるらしい。昼は家ですませてから出かけさせ、麦茶を入れた水筒も持たせて、買い食いをしないように仁美に頼んである。

あの雑誌のことがやけに気になるから、湖都を連れ出して話を聞いてくれるように不三子から頼んだのだ。小学生のときと同様に、湖都は不三子に言わないことも仁美には話す。

仁美は未だに独身で、母親と二人で暮らしている。年老いていく母親といっしょに暮らしているのは不三子にとって安心ではあるが、もう三十も過ぎてこの先どうしていくのかとうっすら不安でもある。年齢ばかり重ねても、まだ娘気分が抜けないから、きっと湖都も話しやすいのだろう。

四時前に亮が汗だくで帰ってくる。手を洗ってね、と不三子が言うと、はーいと威勢よく返事をして洗面所に飛びこむ。今日はね、先生にね、よく練習してきましたって褒められたんだ、それでね、次の発表会なんだけど……、と洗面所から話し続けている。よく冷えたチーズケーキとほうじ茶を食卓に用意すると、

「ショパンとドビュッシーとどっちがいいかって訊かれて、先生が弾いてみてくれたんだけどもう無理無理無理無理って感じなんだよ、だけど先生は、あっ、これおいしいね、すごくおいしい」話しながらケーキを食べて、途中で気がついたように亮は目をまるくする。その様子があまりにも愛らしくて、不三子はつい噴き出してしまう。

乳幼児のころはあれほど手を焼かせ、この先どうなってしまうのかと不安だった子どもは、幼

稚園に入るころには、憑きものが落ちたように扱いやすくなった。ときどきかんしゃくを起こすことはあるが、いつまでも泣き叫ぶわけではないし、これはしてはだめだと言われたことはしない。澄んだ声でその日にあったことをなんでも不三子に話して聞かせる。小学校に、湖都と同じように弁当持参で通っているが文句を言ったこともなく、ポテトが食べたいと道ばたで寝転がって叫ぶこともない。そして何より、亮にかんしては湖都に感じるような、淡い恐怖を覚えない。この子は暗い場所などに目を向けることなく、あかるいほうへすこやかに向かっている、そう思える安心感がある。

湖都と仁美が帰ってきたのは夕ごはん前だった。カボチャとコーンのかき揚げ、コーフーと夏野菜の煮込み、キュウリの松前漬けと味噌汁という夕食を、子どもたちといっしょに食べながら、「ねえさん知ってた？　ホコ天って今はバンドばっかりなの。ついこのあいだまで竹の子族だったじゃない。なのに湖都ったら知らないんだって。でもクレープは変わらずに今も行列」と仁美は話す。

「クレープを食べたの？」不三子が訊くと、

「食べるわけない」湖都が即座に口を挟む。「成長期の体に悪いし私ダイエットしてるから」

「何を買ったの」

「え、服とか。あと本とか」

「ぼくのは？　ぼくのは何かある？」

「仁美おばちゃんにおねだりなんてしなかった？」

「湖都はおねだりなんかしないわよ。私が似合うなと思ったブラウスを買ってあげたの。亮にもあるよ、ポロシャツ買ってきたの。今は渋カジよ」

「渋カジ、なんだそりゃ」亮が笑う。

「さすがにデパート勤めは洋服にくわしいわね、でもまだ小学生じゃない」

「小学生だっておしゃれする時代だもの。湖都に聞いたら今の子たちは制服のスカートを長くするんじゃなくて短くするんだってね。そういや、町で見ないわよねスケバンスタイル」

「引きずるくらい長いスカートはいてたって言うんだよ、男の子は時代劇のお侍さんみたいなズボンをはいてたって」湖都が声を上げて笑う。湖都がそんなふうにして笑うのをひさしぶりに見たと、不三子はその声で気づく。

仁美がいることがうれしくて食卓から離れない子どもたちをせかして風呂に入らせ、自分の部屋に引き上げさせて、不三子はようやく仁美と向き合う。酒が飲みたいと言うので、真之輔のウイスキーで薄い水割りを作り、自分にはお茶をいれる。

「何か言ってた？　あのへんな雑誌や文通のこと」食卓についてさっそく不三子は訊いてみる。

「ああ、たいしたことじゃない……というか、何を心配してるの？　今の子たちは、ほら、アニメなんかでやってるから、じつは超能力を持ってるとかさ、愛のために宇宙と闘うとかさ、そういうのが好きなのよ。湖都も漫画が好きだからそういうのへのあこがれがあるんじゃない？」と、水割りを飲みながら仁美は話す。

「そういうのって？」

「だから超能力で仲間といっしょに闘うとか。そういうのが好きな子たちと文通するんでしょ。どの漫画のだれが好きとかって話をするんじゃないの？　健全じゃない、むしろ」

不三子は黙る。仁美にそんなふうに言われると、自分は大げさ過ぎたかもしれないとも思う。戦士だった記憶を持つ人、というのは、彼ら独特の言いまわしで、戦士漫画が好きな人を募るというだけのことなのか。

「だけどアニメとか漫画もよくないんじゃないの、ほらこのあいだの殺人犯の部屋は漫画だらけだったんでしょう」

仁美は目をまるくして不三子を見、ぷっと噴き出し、口元を拭いながら笑う。

「やめてよ、ぜんぜん違うじゃないの、犯人といっしょにしたら湖都がかわいそう。湖都、言ってたよ、おかあさんが勝手に部屋に入っていろいろ調べたり見たりしてて、いやだって。プライバシーがないから、部屋に鍵をつけたいって。あの子だってもう中学生なんだから、そんなことしないで、ねえさんが勉強したらどうなの。子どもたちに今何が人気なのかとか、そういうことを」

酔いがまわってきたのかだんだん仁美は饒舌になり、不三子はおもしろくない気分になる。

「子どものいないあなたにはどうせわからないでしょうけど」不三子が言うと、

「そんなことを言うのなら、もう私に湖都にあれこれ聞き出せなんて言わないで。こっちだって貴重なお休みなんだから」ぴしゃりと言い返されて不三子はうつむく。さすがに言い過ぎたと思ったのか、「十一時過ぎたのにおにいさん、帰ってこないのね。残業？」と話題を変える。

「飲んでいるんでしょう。このところずっとそう。タクシーで午前さまなんてしょっちゅう」

「私もそろそろ帰らなきゃ」仁美は立ち上がり、空になったコップを台所の流しまで持っていく。玄関まで送りに出ると、サンダルに足を通しながら、そういえば、と仁美が言う。

「かあさん、なんかテレビに出るみたいよ」

「えっ、かあさんってうちの？　テレビって何」あまりに驚いて不三子の声は裏返る。

「なんのテレビかはわからないんだけど、あれじゃないかな、ほら、昭和が平成になったから、三つの時代を生きた人とかそういうのじゃない？」

「そんなのめずらしくないでしょう。なんでかあさんが。いつやるの、そのテレビ？」

「それも教えてくれないから、わかったら連絡するね。着物着て出かけるっていうから、どこいくのって訊いたら、テレビ局にいくって言うの。何しにいくのって訊いたら、何か話を聞きたいそうだよ、昔のこととか、って、それだけ」帰ろうとしていたことを忘れたように仁美は話す。

「だけどいったいなんだって……」

そのとき玄関の戸が開いて、「びっくりした」と赤い顔の真之輔が大げさに言う。「仁美ちゃんか」

「あらおにいさん、お帰りなさい。私今帰るところなの。また今度ゆっくりお邪魔しますね」

「なら、今降りたタクシーがまだいるかもしれない。待ってて、見てくるから」と真之輔は走り出ていき、「だめだった、いっちゃってたよ。これタクシー券、使って」ポケットから紙切れを出して渡している。

「電車で帰りますよ。じゃあねえさん、おにいさん、またね、お休みなさい」頭を下げて仁美は戸の向こうに消える。

「水をもらえますかね、奥さん」真之輔におどけて言われ、不三子は台所に向かう。母の話は、あまりにも理解不能なので、仁美の勘違いだろうと思うことにした。あの母がテレビなんかに出るはずがない。


中学三年の夏休み、湖都はシンガポールに旅だった。学校主催のサマースクールという催しで、毎年、中学三年生の志望者を募って十日間、現地に滞在させて、語学や文化を学ぶのである。二年生のときから湖都は参加したいとずっと言っていて、真之輔も賛成していた。不三子にしたら、まだ中学生なのに、パスポートを取得し、飛行機に乗って海外にいくなんて信じられず、滞在中に危険なことに巻きこまれるのではないかと不安だが、しかしいったいどんな危険があるのか、国外に出たことのない不三子には具体的に想像することができない。反対する明確な理由もなく、「ぼくたちが子どものころとはわけが違うんだ、これから若い人たちはどんどん海外に出ていって活躍する時代なんだ」と真之輔に言われれば、そうですねとうなずかざるを得ない。

ひとりでいくと湖都は言ったが、不三子は亮といっしょに成田空港まで見送りにいった。湖都と同じ制服姿の女の子たちが、みな似たようなスーツケースを持って、出発ロビーに集まっている。不三子のように見送りにきている親も何人かいる。彼女たちを見つけると湖都は駆け寄っていって輪に入る。女の子たちの群れは、不三子の目にははなやかできらきらしく見えた。周囲に集まっている親たちに挨拶し、

「だいじょうぶなんでしょうかねえ」とついこぼすと、

「シンガポールはダントツに治安がいいからだいじょうぶですよ」

「私たちも昨年家族でいきましたけど、アジアですから食べものも日本と似ていて、物価は安いし、よかったですよ」

「うちも上の子が中学のとき参加しましたけど、それがきっかけで留学を決めたんです」

と、みな口々に言い、この人たちにとっては海外旅行は日常なんだと不三子は内心で驚いた。高い天井、いき先の都市名がめまぐるしく変わる掲示板、フロアをいき交う各国の旅行者たち、目に入るものすべてが非日常に感じられる自分を隠すように、不三子は彼女たちの話に「そうなんですね」と笑顔でうなずく。

全員のチェックインが終わり、荷物を預け終えると、再度集合し、引率する教師たちが集まっている保護者たちに挨拶をする。それから生徒たちの先頭に立って歩き出す。ほかの生徒は振り向いて自分の親に手を振ったりしているのに、湖都は一度も振り返らずに進む。

「湖都、いってらっしゃーい！　おみやげ忘れないでね！」と亮が叫んだときだけ、ちらりと振り返って親指を突き立てて見せた。

彼女たちの列が保安検査場内に消えると、その場で解散となり、不三子もほかの親に挨拶をしてリムジンバス乗り場へと向かう。

湖都の部屋で不三子が見つけた奇妙な雑誌は、一部の若者たちのあいだではやっていて、彼らの大半は生まれ変わりを信じ、前世での仲間たちを文通によってさがしていたのだと、雑誌を見つけて少しあとに不三子は知った。それを知ったきっかけは、中学生の自殺騒動を記した新聞記事だった。中学生と小学生が、解熱剤を飲んで「自殺ごっこ」をしたという新聞記事で、それが気になった不三子はその件について書かれた週刊誌も買って読んだのだった。週刊誌の取材では、彼女たちは漫画の影響で前世を信じており、前世を見るために自殺を図ったが、死んでもこの世に戻ることができると考え、前世を見て帰ってくるつもりだったということだった。漫画の影響で、前世を信じる子どもたちが増えているとその週刊誌には書かれていた。

その記事を読んで、不三子のなかで疑問として浮かんでいた点と点が結び合わさり、事態を理解したのだった。湖都はどこかで生まれ変わりの話を聞いて、前世の仲間をさがそうと思っていたに違いないのだ。湖都の話を聞いてくれた仁美は、たいしたことじゃないと言っていたが、その記事の女子中学生が湖都であり得たとも考えるとぞっとした。

ブーム自体が下火になったらしく、中学三年に上がるころには湖都も前世だの来世だのに興味を持たなくなったように不三子には感じられる。もっとも、今も湖都の部屋の、鍵のかかった机の引き出しはそのままなので、すべてを調べ尽くすことはできないのだが。

ともあれ、このサマースクールを機に、湖都の興味が語学や異文化といった健全なものに向いてくれるはずだと不三子は信じている。保安検査場から向こうは、文字どおり不三子の知らない世界で、振り向かずにそちらに向かった湖都を思い返すと不安がせり上がってくるが、けれども同時に、これでもうだいじょうぶだという解放感にも似た安堵もあった。

十日間の滞在を終えて帰国した湖都が、その夜から発熱したときも不三子はあまりおおごとにとらえなかった。旅の疲れが出たのだろうと、つぶした梅干しとしょうゆと番茶をまぜたものを飲ませ休ませた。その夜帰ってきた真之輔もさほど心配せず、「みやげ話は熱が下がってからだな」と言って、湖都の寝顔を見るにとどめて起こさなかった。翌日、湖都の熱は三十八度を超え、疲れではなく夏風邪かもしれないと、不三子は青菜ではなく豆腐パスターを作って解熱を待った。

その日の夜に帰宅した真之輔は、まだ熱が下がらないと不三子から聞いて湖都の部屋に様子を見にいき、発疹が出ていると騒ぎ出した。熱を再度はかると三十九度である。湖都の額の、ガーゼで包んだ豆腐パスターをはがして床に投げ捨て、

「こんなことをしている場合じゃないだろう」とあわてふためいて言う。「ただの風邪のはずがない、病院にいこう」

しかし夜も十時を過ぎている。救急車を呼ぶのはさすがにどうかと不三子が躊躇していると、救急外来に連れていくと言い出して、真之輔はタクシーを呼んだ。亮をひとり置いていくわけにもいかず、起こして着替えさせ、家族四人でタクシーに乗りこむ。ぐったりとした湖都を抱えるようにして真之輔が後部座席に乗り、寝ぼけている亮を助手席に、湖都を挟むようにして不三子

も後部座席に座った。まだ盆を過ぎたばかりなのに秋の虫が鳴いていると、走り出すタクシーのなかで不三子はなぜかそんなことを思っていた。

そこから起きた一連のできごとは、不三子にとって悪夢のようだった。覚えているところと、すとんと明かりが消えるように記憶にないことがないまぜになっている。

湖都は風邪ではなく麻しんという診断だった。即座に感染症対策の整った病院に移されて入院となり、空港や学校へも連絡がいき、空港からの帰宅経路と行動履歴をことこまかく聞き取りされた。亮もワクチン未接種だったことで、翌日から自宅を出ないように言われ、十日ほど経過を見ることになった。

はしかという名称でより知られる麻しんは、感染力が強く、最悪の場合いのちを落とすこともあり、神経系への深刻な後遺症が残る可能性もある。合併症を引き起こす場合もあり、五年から十年の潜伏後に脳炎を発症することもある。治療法は今現在のところないといってよい。回復しても半年ほどは免疫力が落ちてしまうので、湖都のようにすべてのワクチン未接種の場合、その間、さまざまな感染症に気をつけねばならない。

そういう説明を受けて、たいへんなことになったと不三子は頭のなかが真っ白になったが、麻しんの感染力の強さがわかってくるにつれて、「たいへんなことになった」ではすまないことが次第に理解できた。

麻しんは接触や飛沫でも感染するばかりでなく、空気感染をする。感染者と同じ空間にいたというだけでうつってしまうのだ。湖都を最初に連れていった病院は、夜間診療だったからさいわいほかの患者がいなかったが、もしあれが昼間だったら、外来受付とフロアは即閉鎖され、その場にいた人全員に通達がなされるはずだったと、医師から聞かされた。なので当然、シンガポールでの団体行動、帰国途中と帰国後の経路で接触した人たちにも感染の危険がおよび、そのなかに抗体を持っていない人がいれば、最悪その人も死や合併症の危険にさらされることになる。

個室に隔離入院させられた湖都へは面会制限がなされ、抗体のある不三子と真之輔も、手指の消毒とマスクをした上で病室に入ることを許された。目や鼻がうずもれるくらい顔が腫れ、首にも手足にも赤い点々があり、高熱で、どの程度意識があるのかわからないのに咳きこんでいる湖都の姿に、不三子は胸が掻きむしられる思いだった。もし亮に感染していないことが判明したら、すぐさまワクチン接種をしたほうがいいと医師に何度も言われた。

湖都が死ぬかもしれないということがまずおそろしく、亮もこのような姿になって死ぬかもしれないということもおそろしく、それから、ほかのだれかにうつしていて、そのだれかが死ぬかもしれないということもおそろしく、あまりにおそろしいために不三子は何も考えることができず、呼吸するのも苦しく、医師の説明を受けながら立ち上がれなくなり、看護婦に紙袋を渡されて背中をさすられることもあった。真之輔とともに湖都の様子を見に病室を訪れて、やはりそうして倒れ、看護婦に介抱されているときに、

「倒れている場合か！　おまえはいったい何をやっているんだよ」と真之輔はいきなり怒鳴った。真之輔がそんなふうに声を荒らげるのははじめてのことだった。「ワクチンも打たせないで、そのまま外国にいかせて、いったい何を考えているんだよ、そんなこともわからないのか」と、つばを飛ばして怒鳴る。

「あの……」見かねたのか、不三子の背中をさすりながら、看護婦は遠慮がちに言う。「年代によってはワクチンを受けていない子が多い場合もあるんですよ。事故が重なった時期があって

……」

「受けていない子が多いって、それならほかの生徒が感染して亡くなったりしたら、おまえはいったいどうやって責任を取るつもりなんだ！」看護婦の言葉に真之輔はさらに激高する。

泣きたくないのに、涙が出てくる。いったいこの人は何を言っているんだろうと、真之輔を見上げて思う。ワクチンのことを勉強し、事故について調べ、子どものいる母親たちの話を聞き、考えに考えて必要ないと決断する、そのあいだ、あなたは何をしていたの。湖都が、まだ言葉もしゃべれないくらい幼いときに、熱を出し、下痢をし、吐き戻し、その都度看病し、手当てをし、食事に気をつけてきた、そのときにあなたは何をしていたの。弁当持参でいいかと学校に掛け合ったとき、友だちの家に持っていくお菓子を作っていたとき、あなたは何をしていたの。ゼロ歳のとき、一歳のとき、もし何も考えず「ただだから」などと安易な考えでワクチンを打たせて、もし後遺症が残ったり、最悪死亡してしまったら、この人はきっと同じように私に向かって怒鳴りつけたに違いない、おまえは何をやっているんだと、自分は何もせず何も考えなかったことを棚に上げて私のせいにするに違いない。なぜ悪いことはぜんぶ母親のせいで、よいことは母親の手柄にならないの。母原病なんて言葉があるのに父原病とだれも言い出さないのはなぜなの。

湧き上がる言葉を不三子はすべてのみこみ、看護婦の誘導どおりに深呼吸をし、立ち上がる。なぜあやまるのかと自分で自分を責めながら、すみませんでしたと頭を下げる。

料理屋にしよう、料理屋に声かけておくから、と父親は言うのだが、それは割烹料理屋などではなくて居酒屋のことだろうと飛馬は思い、とりあえず宿泊するホテル内の中華料理店を予約しておいた。

「居酒屋でもよかったのに。っていうか居酒屋のほうが名物料理が食べられてよかったのに」と、飛行機のなかで野口佐紀は言い、

「いや居酒屋って、しゃれた店じゃなくてただの居酒屋だから。そんなところで挨拶っていうのもアレだろう。イカとか食べたいなら明日の昼に市場にいけばいいよ」と飛馬は言う。

飛馬より二歳年下の佐紀は、他区の職員で、司書として図書館勤めをしている。野球部に所属する同期職員に誘われて参加したバーベキュー大会で知り合ったのが四年ほど前だ。その年のはじめに関西で大規模な地震があり、翌々月にはカルト宗教団体による無差別殺人事件があった。テレビの情報番組では連日、関西地方の倒壊した町を映し、カルト宗教の入信者たちの弁明を映し、宗教施設の様子を映していた。現実と虚構が入り交じっていくような混乱と不安を感じながら、飛馬は五年前に受けた美保からの電話を幾度も思い出していた。

あのあと美保から連絡はなく、彼女がどうしているのか飛馬は知らない。信じていいのかどうかわからなくなっているとあのとき言っていたから、脱会している可能性のほうが高い。もし今も信者なら、あのときのように、地下鉄事件の前に、こんな計画があるのだと連絡してきてくれたはずだと飛馬は思うのである。

佐紀と会ったバーベキュー大会はその年のゴールデンウィークに行われた。野球の試合のあとに、部員以外も参加し、川沿いにテントとバーベキューセットを設置した大がかりな会だった。騒ぎすぎないように注意しながら、ただ肉や野菜を焼いて食べて酒を飲んで、きちんとあとか

たづけをして別れ、二次会にいく人は誘い合ってカラオケや居酒屋に流れた。飛馬と佐紀は居酒屋組だった。そこで席が隣同士になって、自己紹介をしあった。

バーベキューの場でも二次会でも、だれもが震災とカルト宗教団体の話をしていた。飛馬の勤める役所は、管内にカルト教団支部があるために、一年ほど前から不安を覚える住民の問い合わせがあったのだが、事件を受けて急増した。すでに公安調査庁と協力体制にあり、今後そのための対策チームができるはずだ。災害にしても、おそらく全国ほとんどすべての役所が災害対策の見なおしをはじめるだろう。そういう意味で、どちらのできごとも自分たちの仕事とは切り離せないのだが、仕事関係の話になるのをなんとか食い止めるように、友だちが朝の丸ノ内線に乗っていた、自分はその日どこそこの駅を通りかかって騒動を見た、というような話をはじめる人たちもいた。どちらにしても、だれもが多少なりとも自分と似たような混乱と不安を感じていて、酔ったりこうして集まったりすると、それが興奮となって噴出するらしいと、飛馬はそのとき思った。

「水道水の毒って覚えていない？」ふと思い出して飛馬は隣の佐紀に訊いたが、

「え、なんですかそれ」と佐紀は首をかしげた。

あのとき飛馬は、中学時代の同級生だった美保から、ゴールデンウィークのあいだに、カルト教団が都内の浄水場から毒を流すから水道水を飲むなと言われ、そんなことが起きるはずがないと思っていたものの、世のなかが連休に突入するや突如不安に襲われて、でたらめだったらでたらめで終わればいいと思い、ひと月前まで住んでいた県人寮にまず知らせ、かつてのバイト先や大学でしたしくしていた人たちにも電話をして水道水を飲むなと言った。その噂を聞いたことがあるという人もいたが、驚く人のほうが多く、そうやって驚かれると不安はいっそうつのり、その不安には使命感に似た感情も含まれていて、もっと大勢に――たとえば無線を使うとかして、不特定多数に知らせたほうがいいのではないかと思えた。そうしなかったのは、そんなことが起きるはずはないという気持ちが多少なりとも残っていたのと、使える無線が手近になく、ハンディ機を買いにいくほどでもないと判断したからだった。しかしながら、連休中、飛馬ははじめてペットボトルの水を買い、飲むばかりでなく料理にもそれを使った。シャワーはできるだけ時間を短くして浴びた。

何も起きなかった。連休が終わっても、水道水を飲んだだれかが倒れた、病院に搬送された、いのちを落としたという報道はひとつもなかった。飛馬は肩透かしを食らったような気分になり、深刻そうにあちこちに連絡したことを恥じた。美保が自分を担いだのかもしれないと考えたが、そんなことをする理由がわからないので、美保の思い過ごしだったのだろうと思うことにした。どちらにしても腹立たしかった。

しかしこのあいだ地下鉄に毒薬がまかれたとき、真っ先に思ったのは、美保の話は本当だったはずだ、ということだった。実際に毒は混入されなかった、でも、その計画はあったに違いない。美保はただの親切心で連絡をくれたのだ。

佐紀にはそんな経緯について話さず、「いや、ただの噂」と飛馬は言葉を濁した。

そのバーベキューから十日ほどのちにカルト教団の創始者が逮捕された。その後、飛馬と佐紀は、似たような会合で幾度か顔を合わせ、それから二人で食事にいくようになった。学生のときから恋愛には不慣れな飛馬だが、合コンもデートもしたことはある。それでもやっぱり、一年もせずに音信不通になったりふられたりするので、佐紀ともきっと長続きしないのだろうと思いながら飛馬はつきあっていた。

このころには、飛馬が大学生だったころと世のなかはだいぶさまがわりしていて、クリスマスにホテルのスイートルームを予約しなくても、デートで高級レストランに連れていかなくても、いや、車の免許を持ってすらいなくても、恋人として不合格な男とさげすまれることはなくなっていた。気がつけば高級レストランより、安価なもつ鍋店や焼き肉店がはやっていて、体の線をあらわにした服を女性たちは身につけなくなっていて、ぜったいに潰れるはずがないと信じられていた大手企業や銀行が経営破綻していた。幼なじみの政恒は、そんな時代の到来を見越していたのか、数年前に銀行を辞職して大学院に入学し、今は私立大学で講師として働いている。

そして今年の夏、世界は滅びなかった。恐怖の大王は降りてこず、第三次世界大戦も起きず、九月に飛馬は三十二歳になった。一九九九年の七月が何も起きずに終わったとき、飛馬は美保と会いたいとはじめて思った。成長するにつれて、そんな予言は信じなくなっていたが、しかし子どものころにみんなで額を寄せて計算して引き出した、三十二歳という数字は頭にも心にも深く刻まれている。世界は終わらなかったなと、飛馬は美保と笑いたかった。

今、話題になっているのは二〇〇〇年問題である。二〇〇〇年に変わる瞬間、コンピュータシステムが対応できず、ライフラインも含めすべてがストップする、とまことしやかに言われている。コンピュータや携帯電話など、それまでにはなかった通信機器が、ごくふつうに生活に入りこんでいて、飛馬も役所でコンピュータ講座を受けたし、佐紀との連絡は固定電話ではなくPHSで取り合っている。

自分が佐紀にふられないまま交際が続き、結婚まで話が進んだのは、不景気になったのも関係しているのかもしれないと飛馬は思うのだが、それより何より、このPHSという、ポータブル無線機とも呼べる機器の存在が大きかったんじゃないかとも思っている。約束に遅れそうなときは直前でも知らせることができるし、字数は限られているが文章も送ることができる。急な仕事で相手を待たせることも、すれ違うことも減り、短い文面でなら、飛馬は愛を伝えることも、あやまることもすんなりできた。

空港からバスで市の中心部に向かい、待ち合わせまで間があったので、ホテルに荷物を置いて、飛馬は佐紀と町を散策する。この町にくるのは三年ぶりだった。飛馬が大学進学とともに上京してから、忠士も飛馬も数えるほどしか実家に帰っていない。というのも、飛馬が家を出て以後、父には交際している女性がいるらしく、ともに住んではいないようだが、電話をすると背後で人の気配がすることがよくある。だから盆暮れに帰るときは、飛馬は忠士と申し合わせて同じ日に帰り、あまり長居をせずに東京に戻っている。そのあいだ、その女性は自分の住まいに戻っているのか、そもそも交際相手はずっと同じ人なのかはわからないが、訊いても父ははぐらかして答えず、その様子からすると再婚したり息子たちに紹介したりする気はなさそうだった。

駅からずっと続く商店街は、以前よりだいぶ閑散としているが、それでも最近できたらしいフランチャイズの居酒屋やコンビニエンスストアがあり、飛馬が子どもだったころのままの文房具店やレストランや書店も何軒か残っている。いつもは帰省しても散歩などしないので、町の光景は新鮮に見えた。

「なんかうちのほうと似てるよね、半端なゴースト具合が」と歩きながら佐紀が笑う。千葉の外房にある佐紀の実家を訪ねたのは夏の終わりだった。たしかに商店街は閑散としていたが、海水浴シーズンのにぎわいがうっすらと残っていて、飛馬にはさびれたふうには見えなかった。

学校帰りに買い食いをしたたい焼きの店を思い出し、飛馬はなつかしくなって商店街の角を曲がる。ガラス戸の向こうでたい焼きを焼くさまを、子どものころの飛馬はよく眺めていた。そのころとまるでかわりないように見える暖簾が見え、

「ここのたい焼き、よく食べたんだ」と佐紀に言うでもなくつぶやいて、飛馬は小走りに店に向かい、暖簾をくぐってたい焼きを二つ買う。

「これからごはんなのにたい焼きなんて」と言う佐紀に、

「いや、これ、だいぶ小ぶりだからだいじょうぶ」とひとつを渡す。

店先に立ったまま、東京で食べるものよりちいさめのたい焼きにかぶりつく。香ばしい皮のにおいと甘いあんのにおいが口いっぱいに広がり、うまいと思うと同時に涙があふれ、あわてて飛馬は佐紀に背を向け、何かに気を取られているふりをする。母の病院に見舞いにいくと、「たい焼き買って食べたら」とよく百円玉をくれたことを思い出したのである。本当に小ぶりだね、と言うのんきな佐紀の声に、だろ、と背中を向けたまま応える。

長袖シャツに黒いズボン姿でレストランにあらわれた父は、「どうも。飛馬が世話になっとりまして」と佐紀に挨拶して席に着くや、店員を呼んでビールを注文する。飛馬と佐紀もあわててビールを頼んだが、運ばれてきた瓶ビールを父は自分のグラスだけについで、乾杯をすることもなく飲み干す。三年前も思ったが、やけにじいさんじみてしまったように飛馬には見える。

「はじめまして、野口佐紀です」と佐紀がグラスを持ち上げて乾杯をうながしても、ひょいと首を下げるのみだった。

食事のあいだも父は口数少なく、運ばれてくるコース料理を黙々と食べ続けてはビールを飲んだ。結婚しようと思うんだ、と飛馬が言っても「おお、そげぇか」、うちの両親は式は挙げろと言うんですけど私たちはしなくてもいいかと思っていて、と佐紀が言っても「ほう、そげえです

か」、とうなずくばかりだ。もともと無口な人だし、きっと若い女性に照れているのだろうと飛馬は思ったが、佐紀は機嫌が悪いとでも思ったのか、商店街が自分の実家近くと似ているとか、明日は市場にいくつもりだとか、砂丘にもいってみたいとか、このフカヒレスープはすごくおいしいとか、いつもより饒舌だった。そのすべてに、無言でうなずくか「ほう」などと相づちを入れるくらいだった父は、飛馬さんは家事もできるし料理なんかは私より手際がいいと言ったときだけ、

「うち家《げ》は母親がはように亡くなったもんで」とぼそりと言った。佐紀ははっとしたようにうつむいて、

「ご病気だったんですよね」とちいさく言う。父も飛馬もそれには何も言わなかった。

佐紀がトイレに立ったときに、本当のことは言わないだろうと思いながらも、

「とうさんは再婚したりしないの」と飛馬は訊いた。

「そんなん、たいぎいがな」と父は、片手を顔の前でくねくね振って笑う。

歩いて帰ると言う父を、ホテルの玄関まで送っていって別れ、飛馬たちは部屋に戻った。コンビニエンスストアで買った缶チューハイを飲み、そうするつもりはなかったのに飛馬は母親のことについて佐紀に話した。子どもだった自分がたまたま聞いてしまった助からない患者の話を、母のことだと勘違いして、母の前で泣いたこと、おそらくそれで母は自分は死ぬのだと思いこんだこと、口にするのはまったくのはじめてなのに、まるで練習した台詞みたいにすらすらと口をついて出る。

「母親は病死じゃなくて自殺したんだけど、だからそれは、おれのせいなんだよ」と言葉を押し出すと、それも芝居じみて自分の耳に届く。芝居じみないと言えない重苦しい告白だったが、い

ざ言ってみると軽いことのように思えた。いや、口に出したから軽くなったのかもしれない、とも思った。鼻の奥が痛み、隠す間もなく涙が流れて、飛馬は子どものようにそれをシャツの袖口で拭う。「こんなこと話されたって困るよな」佐紀が何も言わないので飛馬は弁解するように言う。

「そんなの、だれのせいでもないと思うよ」と佐紀は困ったような声で言い、「つらかったね」とつけ加えた。

翌日、飛馬は佐紀とともにタクシーで母親の墓がある寺にいった。買ってきた花を佐紀がそなえ、線香に火をつけて二人で手を合わせる。そのまま市場の食堂にいくつもりだったので、寺の前でタクシーに待ってもらった。短い墓参りをすませてタクシーに乗りこみ、ふと思いついて、

「このあたりに碑があると思うんですけど」と飛馬はタクシーの運転手に言った。

「ひ？」タクシーの運転手と隣の佐紀が声を揃える。

「昔、この近くは鉱山の町ですごいにぎわいだったたって聞いたことがあるんですけど。戦時中に大地震があって、大勢亡くなったときに……」

「ああ慰霊碑」飛馬の父と同世代に見えるタクシーの運転手はエンジンを掛けながらうなずく。

「お客さん、よう知っとんなるなあ。慰霊碑なんて地元《じげ》のもんだって知らんけぇなあ。そこいくの？」

慰霊碑とは違うと飛馬は思ったが、いやもしかしたら慰霊碑と祖父をたたえる記念碑はいっしょにたっているのかもしれないと思いなおし、お願いしますと言う。

「昔このあたりに住んでたんだ、小学校四年くらいまで。でもぜんぜん覚えてないな」飛馬は佐紀に言う。佐紀は窓の外を眺めている。「細い川があって、川の水が赤くて、大人たちがぜった

いに入っちゃいけないって言ってて」

「赤い水が流れてる川ってこと？　ホラー？」

「あれどこだったんだろう、思い出せないけど」

窓の外に民家はほぼなく、右手には田畑が広がり、左手は緑の木々が生い茂った山の斜面になっている。以前に住んでいた長屋のような家や井田雑貨店、川縁の道や学校は、みなばらばらの点でしか思い出せず、位置関係がよくわからない。ただ、このあたりは昔、鉱山で働く人たちとその家族が大勢住んでいて、映画館や露天風呂もあったと祖母から聞かされたときに、木の生い茂る山に、都会みたいににぎやかな場所をだぶらせるように想像したことがあって、その想像の町だけは今もまだ思い浮かべることができた。やがてタクシーは山の斜面をあがるくねくねとした道を走り、そこだけぽっかりと開けた場所に停まった。

「あれだけぇ、あそこにあるがぁ」運転手が前屈みになって指をさす。飛馬はタクシーを下りて、運転手の指し示すほうに向けて歩いた。父親に連れられてきたのはたしかにここであるような気がする。開けた場所の奥に石段が続いていて、その先に供養塔と書かれた大きな岩がある。供養塔の下には香炉がある。父が子どもたちに見せた碑は、圧倒されるほど大きかったと記憶しているが、たしかに子どもが見ればそれほど巨大に見えたかもしれない。ではやはり、これは祖父の功績をたたえ供養するためにたてられた碑なのか。その近くに石板があり、金属製のプレートがはめこまれている。供養塔の沿革と書かれたちいさな文字を追う。どうやらこれは個人的な供養塔などではなく、地震で亡くなったすべての犠牲者を供養するものだと、三回くり返し読んで理解する。さらに、この塔はもともとべつの場所にあり、地盤が弱くて傾いたために一九八八年にこの場所に移転建立されたと書かれている。ということは、父に連れてこられたのはここではなかった。飛馬は軽く混乱する。祖父の碑はべつの場所にあるのか、それとも、子どものころに見たのはたしかにこの供養塔で、それを父が祖父をたたえる石碑だと言ったのか。混乱しながらも、しかし答えをもうすでに知っている気が飛馬はする。母の言ったとおり、嘘だったのだ。

「ご親族が亡くなったの？」佐紀の訊く声が遠くから聞こえる。飛馬は答えず、小走りにタクシーに向かい、

「細い川流れてますよね、この近所なんですけど。井田雑貨店という店があって」と運転手に言う。「昔は赤い水が流れてて」言いながらタクシーに乗りこむ。佐紀も戻ってくる。

「昔ってそれいつの話ですかいな」運転手は笑いながらエンジンを掛ける。「鉱害防止の工事がはじまったんはもう何十年も前だけぇ、今はきれいになっとりますけぇ」

タクシーが走り出してしばらくすると、田畑のなかを流れる川が見えてくる。川沿いをタクシーは走る。窓を開けて飛馬はその細い、澄んだ水の流れる川を見る。子どものころに歩いた道なのか、ナワコを落とした川なのか、目にしている光景と記憶を合致させられず、気が遠くなるような混乱を飛馬は覚える。

「だいじょうぶ？」と佐紀に訊かれ、

「なんだか他人の記憶を移植されたみたいな気がする」と飛馬は冗談めかして言ってみるが、ちっともおもしろくないばかりか、本当にそんな気がして鳥肌が立つ。この夏、世界は滅びなかったが、自分が信じていた世界が跡形もなく消滅した、そんな気になる。

勝沼沙苗が逝去したことを不三子が知ったのは、九月のなかばだった。湖都の麻しん感染と、それに付随した騒動について、不三子はだれよりも沙苗と話したかったし、今後のことについても相談したくて、料理教室でしたしくしていた女性に連絡を取り、それで知ったのだった。沙苗は二か月前の七月、心疾患で亡くなったと彼女から教わった。八十五歳だったそうだ。

入院してから一週間後、湖都の熱は下がり、十日目には発疹もほとんど消えて、むくみもとれた。退院したのは二学期がはじまる直前だった。さいわい亮には感染していなかったようで、なんの症状も出ないままだった。

夏休みのさなかに学校に呼び出され、校長と教頭、学年主任とクラス担任教師に囲まれるようにして不三子はひとり、彼らの話を聞いた。サマースクールに参加した生徒で麻しんの症状が出たものは今のところおらず、海外渡航にあたってワクチン接種の確認等をきちんとしなかったのはこちらの責任でもあると、おもに学年主任が話した。交換留学などの場合は接種歴の確認と追加接種の推奨などをしているが、行動範囲の決まっている短期のサマースクールではそれを徹底していなかった、今後改善していくという。

責められたわけではなく、また感染者がいないという報告に、力が抜けてしゃがみこみそうになるほど不三子は安堵したのだが、一方で、今後のことが懸念された。

湖都の退院時に、今後、最低限のワクチンを受けることを勧められていた。真之輔も受けさせるべきだと言っている。しかし真之輔はそう言うだけで、自分が子どもたちを病院に連れていって接種させることはないだろうから、受けさせないままでいることはできる。

問題は、高等部の修学旅行だ。高等部の修学旅行のいき先は、湖都が中等部に入った年からオーストラリアになっている。今後、サマースクールも修学旅行も、接種歴の確認を徹底すると学校側は言っていた。だからある程度ワクチンを受けさせなければ湖都は参加できないことになる。おとなしい湖都のことだから、修学旅行への参加を見送らないかと話してみたら、案外いかないと言うかもしれない。本人も今回のことで海外にいくのをためらうかもしれない。でもそれではたしていいのだろうか。また前世だのなんだのに興味を持つようにならないだろうか。

そんなことを、不三子は沙苗に話してみたかったのだ。

沙苗が亡くなっていた、というのはしかし、もう話せないということをはるかに超えて、不三子にとっては衝撃だった。沙苗の逝去を教えてくれた女性に翌日また電話をかけて、お線香をあげにいくことはできないかと訊いてみた。不三子は沙苗の住まいの場所も知らないのだ。

「それがね、ご家族がいやがっているようなのよ」と電話の向こうで彼女は言った。

「ご家族ってどなた？」不三子が訊くと、娘さんが二人いらっしゃるみたい、と彼女は言って続ける。

「もともと先生の活動には賛成していなかったらしいの。だからお亡くなりになったことも、私たちのだれも教えてもらえなかったのね。萩原さんが連絡をとろうとして、ようやく知ってね、やっぱりお線香をあげたいと言ったら、葬儀は家族ですませた、こられても迷惑ですとはっきり言われたって言うの。お亡くなりになった原因だって本当は何かわからないのよ、だってあんなに健康に気をつかわれていた先生が心疾患って、おかしいじゃない？」

萩原さんというのはやはり料理教室の、ずっと前からいる生徒で、沙苗の著書も彼女が中心になってまとめていた。

「じゃあ、お墓がどこかってことなんかも、教えてもらえないの？」不三子が訊くと、

「そうみたい。けんもほろろの対応らしいわよ。だからね、料理教室の名前を出さずに、昔の知り合いですとか言って、なんとか手を合わせにいけないかって今みんなで話しているの。何か決まったら望月さんにも連絡する」と、彼女は言い、電話を切った。

受話器をもとに戻したまま、不三子はその場に突っ立っていた。勝沼沙苗はもうおらず、しかも彼女の娘たちは料理教室の生徒たちを迷惑がっている。そのことについてどう思っていいのかわからなかった。夏休み、呼ばれて出向いただだっ広い無人の学校がなぜか思い浮かんだ。校門から校舎の入り口までがやけに遠く、その左手に広がっている校庭も広かった。クラブ活動はないのか、人の気配もまるでしない。突然鳴り出したチャイムに驚いて不三子はちいさく飛び上がった。

食べものもね、ちいさいころにしっかりほんものを食べて育つと、そこに戻るようになってるんです。だいじょうぶ、基本のしっかりしている子はきちんと帰ってきますよ。

沙苗の言葉はまるで昨日聞いたみたいに耳に残っているのに、もう二度と聞くことはない。もう二度と安堵させてもらうことはない。かなしいというよりも空疎な気持ちに不三子は支配される。

関西の大きな地震ではじまった一九九五年は、不三子にとって大きなできごとばかりの一年になった。三月には、滑り止めではあったがともあれ湖都の大学が決まり、ほっとしたのもつかのま、地下鉄に毒物がまかれるという事件が起きた。真之輔が通勤に使っている地下鉄も標的となったが、ふだん真之輔の乗っている電車より三十分ほど早い時間だった。乗換駅に着いたときには地下鉄は止まっていて、何がなんだかわからないまま真之輔はタクシーで会社に向かい、何が起きたのかを社内で知ったらしい。テレビをつけなかった不三子はいつもより早く帰宅した真之輔から事態を聞かされて恐怖に襲われた。その翌日から、真之輔を送り出すと不三子はテレビにかじりついて情報番組を見続けた。とんでもないことが起きているというのに、湖都も亮もさほど気にとめていない様子で、友だちと会うだの新生活の準備だのと言っては出かけていく。出かけるなと言ったところでもう言うことを聞くような年齢ではない。

四月には湖都の入学式があった。不三子は出席するつもりだったが、湖都は強く拒み、不三子が用意したスーツも着ず、まだ高校生気分が抜けないような珍妙な格好で出かけていった。

そしてその年の夏には、久我山の母が亡くなった。肺炎で入院し、容態が急激に悪化したために不三子も、神奈川に住む弟一家も臨終には間に合わなかった。妹の仁美がひとりで母を看取った。

葬儀は区のセレモニーホールで執り行うことになった。不三子も弟もあまり実家に寄りつかなかったので、それぞれに家を出てからはほとんど交流もなく、弟とその妻と、高校生二人の子どもたちと顔を合わせるのは、五年ぶりか六年ぶりか、不三子自身はっきり思い出せないくらい久しぶりで、子どもたち同士も打ち解けて話すことはない。近所の知り合いと、母のかつての仕事仲間が数人、顔を出してくれたくらいのちいさな葬式だった。

仁美は泣いていたが不三子はまったくかなしくなかった。通夜のあと、きょうだい三人で久しぶりに顔を合わせて、母が残したものをどうするか話し合ったが、何ひとつほしいものはなかった。自分と同様、疎遠にしていた弟が、まるで見知らぬ中年男の顔つきで、家と土地代は平等に分けるべきではないかなどと言い出すので、

「ずっといっしょに暮らして面倒を見ていた仁美がすべてもらうのが当然でしょう、あなたお金

に困っているの」と不三子は思わずとがった声で言ってしまった。

勝沼沙苗が亡くなったと知ったときのほうがよほど衝撃で、よほど大きな喪失感に襲われ、しばらく立ちなおれなかったことを思い出し、母親よりも沙苗に信頼を置いていたことを不三子は認めざるを得なかった。

通夜でも告別式でも湖都が泣いているのが不三子には不思議だった。いったい何がどうしたのかと思うくらい、湖都は激しく泣きじゃくっていた。不三子の知るかぎり、母と湖都に交流はない。あるいは、仁美としたしい湖都のことだから、自分には言わず久我山を頻繁に訪ねていたのかもしれない、と不三子は思う。

不三子は湖都のことをとうにあきらめていた。自身の内でも、はっきりとそう意識していた。私はこの子をもうあきらめた。あきらめた、というのはつまり、よく言えば、本人の意思を尊重するということで、悪く言えば、どうとでもなれと思うことだった。夫である真之輔にたいしてずっとそう思ってきたのと同じように。

四年前、麻しんを患った湖都は、その後、後遺症も合併症もなく日常生活を再開した。半年間はほかの感染症に気をつけるようにと言われたので、不三子は湖都の食生活にも行動にも最大限に気を遣って過ごした。半年が何ごともなく過ぎれば、あらためて湖都と亮にワクチンの話をして、本人の希望をとりあえず聞こうと不三子は考えていた。ところが真之輔が不三子にはなんのことわりもなく、保健所に相談にいき、そこで接種スケジュールを作成してもらい、湖都と亮を近所の病院に連れていってまず最初のワクチンを接種させていたのである。連れていったのは初回だけで、十月になって真之輔はそのスケジュール表を不三子に渡し、残りは不三子が責任を持って受けさせるようにと言い渡した。

「最低限受けたほうがいいものをリストにしてもらった。もしかかったら治療法がなく、他人にうつしたらおおごとになる病気を防ぐ、最低限のものだ」と言い、「それでもまだおまえがこれを無視するのなら、子どもの健康管理を放棄したということになるんだぞ、虐待と言われてもしかたがないんだぞ」と脅しつけた。このときの不三子は、事態の大きさにおそれおののいていて、反論どころか何も考えられず、わかりましたと答え、その後、渡されたスケジュール表に忠実に子どもたちを病院に連れていった。接種後、不三子がずっとおそれていたような副反応の後遺症はなかった。しかしながら日がたつにつれて、脅しつけられて無理矢理子どもたちによからぬものを受けさせるよう強いられたという印象ばかりが残った。

高校に上がってからの湖都は不三子が戸惑うくらい反抗的になった。スカートを短くし、だるだるしたソックスをはき、不三子の料理を「くそまずいし、見た目が汚い」と言って食べず、夜遅くに帰るようになった。話をしようとすると、無視して自室にいくか、テーブルについてもウォークマンとつないだイヤホンを耳に突っこんで、それでも周囲に音がもれるほどの大音量で何かを聴き続けるかで、まともな話し合いにはまずならない。もしかしてこれは、ワクチンのおかしな後遺症ではないのかと不三子は真剣に疑った。しかし同じワクチンを打った亮は、幼いころとまるでかわらず天真爛漫なままなので、もしかしたら麻しんの「神経系への深刻な後遺症」なのではないかとも思った。真之輔と湖都はふつうに話しているようで、湖都の反抗的な態度について訴えても、「おまえが過干渉なのがよくない」と言われるだけだ。

湖都が高校二年に上がるころには、不三子はもうあきらめることにした。湖都が持ち歩いているウォークマンも、友だちと連絡を取り合うらしいポケットベルという機器も、湖都は不三子ではなく真之輔にねだって買ってもらっている。玄米もコーフーも、不三子が用意したものはいっさい食べない。小遣いを禁止にしても真之輔からもらってしまう。湖都の肌はくすみ、にきびや吹き出ものがしょっちゅうできていて、ダイエットをしているらしく不健康に痩せ、髪はぱさついている。ときどき夜更けに起きて、真之輔が買いだめしているカップラーメンやスナック菓子を食べているようだ。好きにすればいいと思うしかない。今は昔と違って、至るところにコンビニエンスストアがあり、安価なファストフード店やフランチャイズ店がある。買い食いや外食をしないように監視するわけにはいかない。真之輔や仁美とは屈託なく話しているらしいのは、自分への当てつけだろうと不三子は思うようになった。もう、あきらめるしかないと不三子は自分に言い聞かせるように思った。湖都のことをあきらめる、と思うと、かならず罪悪感が湧き上がってきて、それを自覚するたび、あきらめるということはもう愛せないということなのだと気づかされ、重苦しい気持ちになる。

どこで間違えたのかわからない。安全で自然なものだけ食べさせて、衣類でも雑貨でも体によくないものは遠ざけて、母原病にならないように、だいじにだいじに育ててきた。生まれたときのあの神々しさが消えないように気をつけてきた。でももうどうすることもできないのだから、あきらめるしかない。

亮がいればそれでいい。不三子は重苦しい気持ちから逃れるようにそう思う。湖都みたいに私立の中高にいきたいと言うかと思ったが、亮は地元の中学に進んだ。バドミントン部に入り、不三子の作る弁当を嫌がらずに持っていき、部活から帰ってくると不三子の作ったおやつを残さず食べる。朝は友だちが迎えにきて、いってきまーすと高らかに言って出かけていく。声変わりをしても、身長が不三子を追い抜いても、反抗期の気配もない。来年は自由な校風で有名な都立高校を第一志望にして受験すると言っている。

骨上げのとき、湖都はその場にくずおれるようにして泣きじゃくった。仁美が隣にしゃがみこんで立たせてやっている。湖都と亮は係の人から箸を渡され、骨を拾い上げている。湖都はしゃくり上げているが、亮は不思議そうな顔で、言われるままにぎこちなく手を動かしている。そういえば、四月には母親からお祝いをもらったと不三子は思い出す。湖都の入学祝いとして一万円が包まれたご祝儀袋を仁美が届けてくれた。内祝いをしていなかったと、今さらそんなことを考える。

ミレニアムという聞き慣れない言葉が飛び交う一九九九年の秋、久我山の家を取り壊すことになった。母の死後、ひとりで住んでいた仁美が、区内のマンションに引っ越すことになったのだ。片づけを手伝ってほしいと言われ、夏のあいだ、不三子は久我山に通い詰めた。仁美の休みの日にはいっしょに片づけ、そうでないときはひとりでいって、あちこち掃除をしたり不要物をまとめたりした。けっして大きな家ではないが、四十数年ぶんの暮らしの断片がぎっちりと詰まっていて、仁美の言うとおり「ぜんぶ見ずに捨ててしまうのがいちばん早い」とは思うのだが、箱や袋の中身はつい確認してしまうし、雑誌一冊にしても、何か意味のある記事があるのではないかとページをめくってしまう。

ともあれ時間はいくらでもあるのだから、夏のあいだは毎日、早朝から夕方まで久我山に通い詰めたってなんの支障もないのだと、開きなおるような気持ちで、弁当持参で不三子は片づけに通っている。

三月に大学を卒業した湖都は、就職せず、家を出ていった。亮は第一志望の都立高に通っている。進学塾主催の十日間の夏期合宿に参加していて、来週まで長野にいる。

ひとけのない茶の間のちゃぶ台をふき、不三子は持参した弁当を広げる。ガラス戸を開け放つと、庭と呼ぶのをためらってしまうような狭い庭があり、黒ずんだブロック塀の向こうには数年前に建て替えた隣家がある。冷房の騒々しい音と蟬の鳴き声が入り交じって部屋を満たす。

湖都がどこにいるのか不三子は知らない。就職はどうするのかと、三年次の終わりから不三子も真之輔も湖都に訊いていたが、留学したいとか、大学院に進みたいとか、その都度答えは変わり、就職活動をしている様子はまったくなかった。

卒業式のために不三子は袴をレンタルし、義母があつらえてくれた成人式の着物にそれを合わせるつもりだったのだが、湖都は卒業式の二日ほど前に何も言わずに家を出て、おそらく式も欠席している。家を出る少し前、不三子がテレビの前で洗濯物を畳んでいると、めずらしく家にいた湖都がやってきて、ソファに座り、「ねえおかあさん」と話しかけてきた。袴のレンタルや写真館の予約を勝手にしたことについて、最初はおだやかに、おだやかすぎて本気の抗議だと不三子が気づかないように話し出した湖都が、その後延々、不三子がしたこと、しなかったことについて話しはじめた。たとえば――フリルやキャラクターのついた服を買ってくれなかった。おもちゃや人形を買ってくれなかった。お菓子どころか、肉や魚すら満足に食べさせてもらえなかった。給食も食べさせてもらえなかった。茶色くてまずい弁当を毎日持たされた。猫を飼いたいと言っても無視された。熱が出ても病院に連れていってもらえなかった。予防注射も打たせてもらえなかった。まずい手作りのおやつを友だちの家に持っていかせられた。テストでいい点をとっても褒めなかったし、何かというと部屋を勝手にさがしまわられた。大学に入学したときもおめでとうの一言もなかった。クラスメイトの男子から電話があったことも教えてくれなかったし、取り次いでくれないこともあった。

大根役者が台詞を棒読みするように湖都は言い続け、それはなかなか終わらなかった。けっして怒っているふうでも責めているふうでもなかったので、てっきり、不三子は、湖都は和解しようとしているのだと思った。今までの反抗的な態度を反省しているのだと思った。

それは申し訳なかったと思う、と、だから不三子は湖都の話が途切れたときに言った。正直、覚えていないことや、湖都の思い違いだと思うことも多かったのだが、それを言えば関係はさらに悪化してしまうと不三子にも理解できた。

私も一生懸命すぎて、あなたのことを考えたつもりが、からまわりしたこともあったかもしれない。袴も写真も、きっと何年か先にはやってよかったと思うと思って……。不三子が言うと、湖都はちいさく笑い、

「前世はもっとしあわせだったし来世ももっとしあわせなはず。今だけが苦しい」と笑顔のまま言い、ソファから立ち上がって部屋を出ていった。不三子に反論しなかったし、ドアを乱暴に閉めるわけでもなかった。和解成立だと不三子はほっとした。

ほっとした自分が、何度も何度も悪夢のようによみがえる。その数日後、湖都はごくふつうに家を出て、それきり帰らず、半年近くたつ今も帰ってきていない。部屋のなかは不三子の見るかぎりそのままで、衣類も本も残っている。かつて鍵のかかっていた机の引き出しを触ってみると、あっけなく開いた。引き出しに入っていたのは、「あと四か月で世界が終わるとしたら、この家で終末を迎えたくありません。落ち着いたら連絡するのでさがさないでネ」と書かれた、ノートから引きちぎられた紙切れだけだった。

不三子は真之輔と話し合って捜索願を出したが、湖都が成人であること、湖都の残したメモは失踪宣言書と見なされることから、捜索の対象とはならず一般家出人扱いになるという説明を受

けただけだった。

持参した「茶色くてまずい弁当」を半分ほど食べて、不三子は手を止めてまじまじと見入る。玄米に梅干しにあずき南瓜、ほうれん草とトウモロコシの炒めたものに蓮根と椎茸の含め煮。まずいことはないが、たしかに茶色い。湖都は茶色い弁当をからかわれたのだろうか。隠して食べていたのだろうか。そう思うと幼い湖都が痛ましく思えるけれど、着色料や添加物まみれの色鮮やかな弁当よりいいではないか、とどうしても思ってしまう自分に気づき、不三子はため息をつく。

弁当を食べ終えて片づけを再開し、自身が子どもの時分からある茶簞笥の中身を整理していた不三子は、ガラス張りの棚の下の引き出しから、ビデオテープを見つけた。未使用の切手や葉書、古びた年金手帳、使用済みの通帳とともに入っていたテープの背に、戦後四十五年スペシャルと印字されたシールが貼ってあり、その文字を消すようにマジックペンで線が引いてある。

そのときふいに、不三子は思い出した。いつだったのかもう思い出せないくらい前のことだ、仁美が、母がテレビ局にいくと言っていたと話したことがあった。何かわかったら連絡すると言っていた仁美から、その件についての話はなく、日々の忙しさにのみこまれてすっかり忘れていた。母の葬儀でもそんな話にならなかったが、もしかしてこれは、あのときの話と関係があるのではないか。

不三子はビデオデッキにテープをすべりこませ、テレビをつけてビデオの再生ボタンを押した。しばらく砂の嵐が画面に流れ、虹のような色合いの画面になり、数字と文字の書かれたメモのようなものが一瞬映り、しずかな音楽とともに「戦後四十五年スペシャル　第四回　彼女たちもまた戦った」と手書きのテロップが入る。

テロップが消えると音楽が途切れ、ひとりの老婦人が画面に映る。ショートカットの髪を茶色に染めた女性で、自宅の居間とおぼしき部屋にいる。背後には雪をかぶった山の絵が飾られ、日本人形やトロフィーののった飾り棚がある。野崎浜子さんと名前のテロップが入る。「私はそのとき十五歳でした」と彼女は話し出す。

「愛国婦人会からの呼びかけで勤労奉仕を勧められましてね、私よりも若い子からおばさんまで、勤労報国隊を結成したんです。私がいかされたのは陸軍被服本廠《ほんしょう》といってね、兵隊さんの軍服を作る工場です」彼女の話は続くが、画面は当時のモノクロ写真になる。鉢巻きをしたもんぺ姿の若い女性たちが、敬礼しながら行進している写真や、割烹着を着てマスクをした女性たちがずらりと並び、砲弾らしきものを作っている写真。

「呼びかたは地域によっていろいろでしょうね、挺身隊に報国隊、愛国婦人会に国防婦人会。くわしいことは私わかりませんけど、どんな名前だとしてもおんなじ、要は戦争動員ですよ」

なぜそのビデオテープが茶簞笥に入っていたのか考えるより先に、不三子は画面に吸い寄せられて、見知らぬ女性の語りと戦時中の女性たちの写真に引きこまれる。

彼女の語りが終わると、またべつの女性が画面に映し出されるが、この人は座ったうしろ姿で、テロップも「田口美津子さん（仮名）」となっている。

「男の人が兵隊に取られていなくなったでしょう、ですからね、中学校や高等女学校に勤労奉仕の要請がくるわけね。それで百人、百五十人と集められて、講習を受けて、何人かで班を組んで村々にいくんです。いやだなんて思いませんよ、自分から進んでいきましたよ」

あの日々はやっぱり私の青春だったと彼女は締めくくり、三人目の女性が登場する。着物姿の女性で、顔は映さず、画面には襟元から下だけが映り、不三子はアッと声を出した。それは母だった。声も加工してあり、テロップも「小野たつ江さん（仮名）」となっているけれど、灰色がかった紫の着物は間違いなく母の持ちものだし、佇まいや首筋の感じで、母だと不三子は直感的に思った。背後の壁は白く無機質で、会議室のようなところにいる。

「私は教師だったんです、小学校で教員をしていました」しかしその女性は、加工された甲高い声でそう語り、いややはり、母ではないのかと不三子は前のめりになって画面を見つめる。

「私たちは幼いときから軍事教育を受けていますし、高等小学校に進むころには、平時も非常時も、年齢も職業も問わずすべての女性が活躍すべしというふうにね、教わってたんですね。活躍といったって、あれですよ、社会進出という意味ではない、戦争に参加する、それが活躍という言葉の意味です。ですからね、教師になったときも使命感に燃えていましたよ、この国を守るのだ、この子たちを守るのだって。私のところは二千人ほどの集落で、だからでしょうね、隣組なんてできる以前から、村全体を挙げての戦争動員の気運が高かった。愛国婦人会に村の婦人会があって、くわえて国防婦人会ができて、近隣の村といっしょに全体の総会なんかやってましたけど、そんな名称よりもやっぱりね、村の女性たちが一致団結して方針を決めていくわけですよ。私はほら、若かったのと、いちおう教師ですから、どうしても先頭に立ってやらざるを得ないことも多いわけです」

そこで女性は沈黙し、「いえ」と吐息のように言い、「やらざるを得ないんではなく、率先して、そうしたくて、自分の気持ちで、先頭に立ったんです」と言いなおした。

画面は女性の姿から、白黒映像に移る。どこかに集合し出征していく兵士たちの姿、列車のホームで彼らを見送る女性たちの姿。

「やることはとにかくたくさんありましたよ。軍人さんの送迎慰問や、亡くなった軍人さんのお墓の掃除もしたしご遺族の慰問にもまわりました、慰問袋を作って慰問品を集めてまわって。会員も増やさなきゃならないし、すべての家庭に募金も強制しましたし報国債券も買うように言ってまわりました。節米運動の一環として調理講習会を開いたりね」

ぜいたくは敵だ、何のこれしき戦地を思え、などというスローガンを映す画面に声があわさる。

「鍋や釜だけじゃない、村じゅうの馬だって犬だって連れていかれて、でも私はそれが当然だと思ってました。女の子たちを説得してまわったんです、挺身隊に入るように。役場から言われるわけですよ、何人ほしいと。自分の生徒たちにもいくように勧めましたし、村の女性たちにもけしかけました。私たちの家族も海の向こうで戦っているんだ、国を愛する女性たちが今立ち上がらなければ、大和撫子の名を後世に恥じることになると、吹き込まれた言葉を何も疑わずそのまま大声で叫んでいたんです。親御さんの多くは挺身隊になんかいかせたくなかったでしょうし、いかないように説いてまわる教師もいたというのに」

画面はふたたび切り替わり、膝の上で組んだ女性の手を映す。しわとしみのある白く細い手。

「戦争が終わって、世のなかががらりとかわって、そうしてね、だんだんいろんなことがわかってくるでしょう。すぐにはわからないですよ、そこまで頭がついていかない。でもだんだんわかってくる。私は何をしていたんだろうと思ってくる。終戦前に爆撃された豊川の工場、あそこにも私は生徒たちを送りこんだんです。私がけしかけなければ死なないいのちだってあったでしょう。自分のあたまで考えたことでもないのに、それがただしいと信じて、ひと筋だって疑わずに。戦後に、戦争をはじめた人も進めた人も、悪いことをしたことになって牢屋にいったでしょう。だとしたら私だって牢屋いきでしょう。私は何を」

そこで女性は黙る。また画面は彼女の手を映す。骨張った肉の薄い手のひらを不三子は見る。

震えてもいないし、そこに涙が落ちることもない。手はしずかに組まれたまま、動かない。「私は何をあんなに信じていたんだろう。あの子たちが帰ってこないのに、なぜ私はこうして生きているのか。今もそう思っています」

またべつの女性が登場する。顔を出している彼女は、白髪まじりだが母よりはいくぶん若く見える。彼女は室内ではなく、どこかの砂浜を歩いている。海は青空を映し、おだやかに凪いでいる。

「赤紙はみなさん聞いたことあるでしょうけど、白紙《しらがみ》はないでしょうね。私は十六歳で、志願して、おんなじ村から二十何人かで平塚にある海軍工廠《こうしょう》にいきました。寮暮らしで、食事はまずいし少ないし、いつもおなかが減っていて。仕事？ イペリットって、毒ガスを作るんですけど、秘密兵器と言われてましたから、毒ガスなんてわからないで勤めている子もいました。私たちは毒ガスではなくてそれを詰める缶や防毒衣の検査をしたりするんですけどね。私が勤めていたのとはべつの工場、そこは火薬を扱うところなんだけれど爆発事故があって、それは大きな火災になってしまって、工員だけじゃなく挺身隊の女性たちも犠牲になりました」

画面はふたたび白黒の、当時のものらしい集合写真や、建物の写真が映る。それからみなそろってほおかむりをしたもんぺ姿の若い女性たち、校庭のような場所で訓練をする男の子たち、地べたに土下座するようにうずくまる人々。

「戦争に負けたと聞いたときは泣きました、もっと戦争を続けてほしいと心から思いました。だって負けるなんて思いもしませんでしたから」女性の声が言う。

番組が終わり、ビデオテープが自動で巻き戻されて、ただの灰色がテレビ画面に映っていたが、不三子はそこから動くことができずに画面を凝視し続けた。体の奥から何かが次から次へとせり上がってきて、けれどそれらに不三子は言葉を与えることができず、だから何を思っていいのかわからない。

三番目に登場した元教師の女性が母だとは、というより、彼女が語った過去が、やはり不三子には信じることができそうもない。不三子たちは母から戦争の話を聞いたことがなく、ものごころついたときから母は家事をほとんどしない無口な母で、仕事といえば病院の清掃をしていたことしか知らない。もしこの話が真実だとするならば、なぜ七十歳を過ぎて、テレビなんかで過去を語る決意をしたのか、そもそもなぜ、あるいはどうやってテレビ局が母を見つけたのかがわからない。

しかもあの母が教師だったとはにわかには信じがたい。女の子たちをけしかけて挺身隊にした？　その子たちが爆撃で死んだ？　ならば彼女が言うように、教師が生徒を戦場に送りこんだようなものじゃないか。母にそんなことができるとは思えないし、声が加工されているから正確な口調まではわからないが、こんなに饒舌な母を見たことがない。

もしかして母は役を割り振られたのではないか。ひらめくように不三子は思う。そうだ、テレビの人が何かの本をもとに台本を書いて、年齢が合っていそうな女性にせりふを覚えさせて、スタジオの一室で演じさせた、それが母だった。そう思ったほうがよほど納得がいくが、なぜ母がそんな役者まがいのことをさせられたのか、とあらたな疑問が浮かぶ。

たとえばほら……道で声を掛けられて……スカウトと言ったっけ……テレビに出てくれませんかと誘われて……。疑問に対する自分の答えにあまりにも信憑性がなくて笑いそうになる。そう信じたいだけなのだ。母にそんな過去があるはずがないと。

はっと我に返ると、部屋のなかはだいだい色に染まり、テレビは灰色のままだった。畳に手をついてビデオデッキからテープを取りだし、タイトルが中途半端に消されているそのテープを、古新聞で何重にも包んでゴミ袋に入れた。

今日の夜、仁美が帰るころに電話をして訊いてみればいい。母がテレビ局にいったと言っていた仁美なのだから、何か知っているだろう。もしかして番組を母と一緒に見たかもしれないし、母から何か経緯を聞いているかもしれない。ゴミ袋を玄関先にまとめ、ガスの元栓や窓の鍵を確認して不三子は玄関を出る。

湖都は家を出たままだし、亮は来週まで合宿で不在、一時期よりは会食の機会も残業も減った真之輔が帰るのは九時前くらいだから、夕方六時を過ぎても急ぐ必要はないのに、身についた習慣で、つい気持ちが焦ってしまう。電車を下りて大勢とともに競うように改札を抜け、デパートの前で、何を焦っているのかとようやく気づいて不三子は息を吐く。デパートの食料品売り場に寄って、真之輔の夕食にする惣菜を選ぶ。真之輔だけの夕食ならば、不三子は今や躊躇なくできあいの惣菜を買う。

デパートの紙袋を提げて、不三子は川沿いの道を歩く。七時になろうというのにまだ空はほんのりとあかるい。犬の散歩をする老若男女とすれ違う。

湖都と手をつなぎ、亮をおぶって、あるいは、右手を湖都と、左手を亮とつないで歩いていたときの光景がよみがえる。湖都はよく歌をうたっていた。亮はよく笑っていた。犬を飼いたいと言ったのは湖都だったか亮だったか。猫がどうのと湖都は家出前に言っていたが、そんなことがあっただろうか。前世だとか来世だとか、二十歳を過ぎたというのに、あいかわらずそんなものが好きだったなんて。

吹き込まれた言葉を何も疑わず——ただしいと信じて——私は何を——。考えようとしなくても、加工された声が入りこんでくる。もしあれが母の真実だとしたら。私の知らない、母の過去だとしたら。ずっと自分をいらだたせてきた母のあの無気力、投げやりな態度は、かつての正義と使命の裏返しだとしたら。母がだれにも言わずに抱えこんでいた、けっして消えない後悔だとしたら。

川縁を歩く幼い湖都と亮、まだ若い自分の光景に、さっき見た、多くのスローガン、もんぺ姿の女性たち、出征する兵士たちが入り交じる。そして加工された声が、こわれたレコードのように不三子の頭のなかでくり返す。私は何を——私は何を——。

実家と同じ私鉄沿線の、駅からほど近い新築マンションが仁美の引っ越し先である。年の瀬も近くなってから、引っ越し祝いに花を買い、手打ちのそばを包んで不三子は仁美の住まいを訪れた。年末まで休みがないかわりに、早番遅番とシフトを選べるらしく、その日仁美は夕方五時には帰ってきていた。

仁美の部屋は三階の角で、台所と食堂と居間がひと続きになった部屋に、六畳の和室と四畳半ほどの洋室といった間取りで、こぢんまりとはしているが、ベランダは広々として、台所には備えつけのオーブンもあり、トイレは洗浄機能付きで、案内してもらいながらいちいち不三子はちいさく歓声を上げた。

「すごいわねえ、最新式で。なんだか近未来みたい」

「大げさねえ。今日はおにいさんはいいの？　忘年会？」

「そう、今日が仕事納めだからね」

二人がけのテーブルについて、仁美のいれたお茶を飲む。食堂に面した窓の外はすっかり暗いが、「晴れの日には富士山が見えるのよ」と仁美は自慢げに言う。

久我山の土地を売った代金は、話し合いの結果、葬儀にかかったお金や諸経費を差し引いた額の半分を仁美が受け取り、残り半分を不三子と弟で分けることにした。相続税がかかるほどの多額でもなかった。

「お正月に集まることももうないのねえ。あっ、お茶菓子あるけど食べる？　お茶菓子もだめなんだっけ」と仁美は台所に向かいながら言い、

「だめってことはないけど、もう五時過ぎだし、やめておく」不三子は言う。「お正月に集まったのなんて数えるほどしかないじゃない」

「そうだけど。でもほら、家がないっていうのは、なんていうか、心許ない感じするよね」仁美は戻ってきて、皿に載せたモンブランのような和菓子をフォークで削るようにして食べる。

実家で見つけた母のビデオを仁美も知っていた。一九九〇年の年明けすぐ、テレビ局にいくと母が言っていたことなどすっかり忘れたころに、局から送られてきたのだという。何かわからないまま再生してみて自分も驚き、母に本当のことかと問いただしたのだと、あの日不三子がかけた電話で仁美は話した。本当だと言う母に、どうしてテレビに出ることになったのか、どうして子どもたちには何も言わなかったのか、なのにどうしてテレビなんかで話す気になったのかと、仁美も驚きのあまり質問ぜめにしたらしい。テレビ局が証言者募集をしているのをたまたま見つけて、黙ったまま死ぬわけにはいかないと思い、応募したのだと母は答え、「何も言わないままいるのがいちばんいいと思ったけど」とつけ加えたそうだ。たぶん、ビデオが送られてくるとは思ってなかったのだろうし、私たちや知り合いがあの番組を見なければ気づかれないし、見ても気づかれないんじゃないかと無邪気に思ったんじゃないのかな。だから私はなんとなくねえさん

にも話せずにいたんだけど、本人はもしかして黙っているのも苦しかったのかもしれないねと、どこかのんきそうに続けた。

「湖都はあいかわらず連絡なし？　今年は親子三人の年越し？」

「受験も近いから、のんびりテレビ見たり初詣にみんなで出かけたりはできないでしょうけどね」

「今日ごはんはどうするの、なんか食べにいく？　お鮨でもとる？　お鮨なら食べられるんでしょ、ねえさんも」

「お鮨ね……」不三子は立ち上がり、ベランダの前に立って町を見下ろす。駅と、駅から続く商店街には明かりがともり、歩く人々の姿も見える。お鮨も食べさせてもらえなかったと、そんなことは言っていないのに湖都の声が耳元でささやく。湖都があんなふうにして出ていって、そのまま連絡を寄越さなくても、不三子には自分が間違っていたとはどうしても思えない。そのことに自分でもびっくりしてしまうが、でも、よかれと思ってやってきた、そのことに一点の嘘も疑いもなく、後悔のしようもないのだ。だからきちんと帰ってくると言った勝沼沙苗の言葉を今もすがるように信じている。湖都のことはあきらめてずいぶんたつけれど、でもいつか、おかあさん私が間違っていたと言う日がくる気がしている。

私は何を――。母の加工された声が、また不三子の耳の奥で響く。

第二部

2016　柳原飛馬

六十代の主婦です。

四十年以上、家族の健康に気を配り、家族が心地よく暮らし、快適に休めるようにと、そればかりを一番に考えて過ごしてきました。家族が心安らかにいられることが私の幸福でした。子どもたちは独立し、それぞれ無事に暮らしていて、夫は三年前に病で亡くなりました。看取ることができましたし、私もある意味では役目を終えたのだと思います。これからは家族ではなく自分のことを考えてみようと思うものの、生きる気力がわきません。死にたいとまでは思いませんが、生きていたいとも思えないのです。何もまちがえていないはずなのに、何かを大きくまちがえた気がしてしかたがありません。どうかこんな私に生きていくための活を入れてくれませんでしょうか。（Y子65歳）

世のなかで話題になるのはやれ史上初だ何連覇だ、最年少だ最年長だと、大きくてわかりやすい記録ばかりですが、あなたのように、無私の精神で家族を送り出すことも、私はたいへんな偉業だと思います。そう言ってみてもあなたのような人はきっと謙虚でしょうから、そんなことは多くの母親がやっているじゃないかと言うかもしれません。でもどれほど大勢がやっていようが、その偉業が減るわけはありません。みなそれぞれにひとしく偉業なのです。

六十代というとひと昔前は引退組隠居組でしたが、今はまだまだ若い。あなたも力が有り余っているはずです。力の持っていきどころがなくて途方に暮れているだけだと思いますよ。シルバー人材センターに入会して得意なことをお仕事にするのも一案ですし、自治会に加入して身近な活動に取り組んでもいいかと思います。人手の足りないボランティアもたくさんあります。くわしくお知りになりたいときは、遠慮なくこちらまでお問い合わせください。


「こんな感じでどうでしょうね」

飛馬は文字を打ちこんだパソコン画面を矢田紀之《やたのりゆき》に見せる。

「うん、いい、すごくいいと思う」さっと目を走らせて矢田紀之は言い、「じゃあ次のいこうか、えーと、浮気をする夫に疲れて離婚を考えてますかあ。離婚ねえ、離婚ならきみのほうが詳しいんじゃないの」と自分のパソコンに顔を近づけながらつぶやく。

「やめてくださいよ、しゃれにならないです」飛馬が笑うと、

「いやでも、ほら、冗談とかじゃなくて、経験者しかわからないことってあるからねえ。あ、でもこれは浮気か。我慢しなさいと親に言われている。金銭的にもひとりでやっていく自信がない。よくあるけどね。まずはさ、あなたにとってだいじなものはなんですか、それを一番に考えなさいよ」

矢田紀之は画面をにらんだまま切れ目なく相談にたいする感想を言いはじめ、飛馬は隣でそれを自分のノートパソコンに打ちこんでいく。

「矢田紀之のあなたの人生の味方です」は、区の広報誌に掲載される人生相談である。矢田紀之

の本業は作家だが、動物愛護のボランティアやフードロス削減のプロジェクトなど、とにかくなんにでも首を突っこみ、口上手なのでそれらの活動のおもてに立つことが多く、最近ではテレビの情報番組にもコメンテイターとして出ているから、何かよくわからないが著名な人という印象を持っている区民がほとんどだろう。

区の広報誌は二〇一〇年に大々的にリニューアルされ、構成は職員が行っているが制作は編集プロダクションに委託している。それまでは健康相談や支援関係の情報、催しの案内などが主だったが、カラーの冊子になり、さまざまな方面で活躍している区民のインタビューや、大会で好成績を収めた中学高校の部員紹介など、盛りだくさんの内容になった。この広報誌に相談コーナーを作ったらどうかというのは、今から三年前に広報課に異動した飛馬のアイディアで、専門家の意見も交えつつ、だれか著名な人を立てたらどうだろうと提案し、採用された。

飛馬が矢田紀之と知り合ったのはもう十年近く前、文化交流課に在籍した飛馬が、文教施設での講演を彼に依頼したのがきっかけだった。当時の紀之はまだ多方面には手を出しておらず、でも名の売れた作家で、講演後、紀之に誘われて数人で飲みにいった。何を気に入られたのか、その後も飛馬は誘われ、一年に一、二度はともに酒を飲むようになった。

区在住の著名人といって飛馬がすぐに思い浮かんだのが紀之だ。ここ数年、紀之は小説を書いていないが、その他の活動でかえって顔が売れるようになったし、世話好きで人脈もあり、何より人柄に華がある。

部内での話し合いの結果、矢田紀之の名を冠したコーナーとなり、ここだけはプロダクションの編集者でなく飛馬が担当している。月に一度、寄せられた相談を紀之の事務所に持っていき、紀之が二、三件選んで回答するのを飛馬が書き留める。最初は乗り気で、規定文字数にとうてい収まりきらない回答をとうとうと語っていた紀之だが、三年目の今は「やっぱりさあ、専門機関におたずねくださいしかないんじゃないの」「きみだったらどう答えるわけ」とすぐにまとめようとしたり、「きみのほうが詳しいんじゃないの」「きみだったらどう答えるわけ」と、飛馬に回答をまかせようとする。それをなんとかやりすごして、矢田紀之らしい文言を引っ張り出すことに飛馬は苦心している。

とりあえず三人ぶんの回答をまとめ終え、事務所を出ようとすると紀之もついてくる。午後六時近いことを確認して、

「あ、メシいきますか」飛馬が訊くと、

「悪い、おれこのあと取材受けなきゃいけないんだわ。つきあってあげたいのはやまやまなんだけど」と、紀之は鍵を閉めながら言う。

「いやべつに、つきあってもらおうなんて思っちゃいませんよ」飛馬は笑い、ともにエレベーターに乗りこむ。

「夕方なのにまだ暑いね、タクシーでいくか。このまま歩いてたら不審者ぐらい汗かくわ」と言う紀之と大通りで別れ、飛馬は汗を拭いながら駅を目指す。

地下鉄に毒薬がまかれる事件が起きてから二十年以上がたつ。世界は滅びなかったし、まことしやかに噂されていたように、二〇〇〇年を迎えても、大規模な通信事故が相次ぎ、都市機能が全面的にストップすることもなかった。

二十一年前を思い出させる大地震が、東北地方で起きたのは五年前で、かつて願ったように飛馬がそれを予知することなんてまったくなかった。

当時は飛馬の勤める役所も寝る間もないくらいの忙しさだった。宮城県の某市と災害時応援協定を結んでいるため、防災課だけでなくほかの課もこぞって震災後の問題対応にあたった。その

とき飛馬は子ども家庭課に所属していたが、避難してくる被災者を交流自治体の宿泊施設に割り当てる役目を振られ、山梨の区民向け保養所に三週間ほど泊まりこんだ。家を失い避難してくる人たちと過ごすうちに、いてもたってもいられなくなり、自宅に戻っても、休日は何かしらボランティアにかかわろうとした。休日返上で支援物資集めを手伝い、山梨の保養所で御用聞きをした。崩壊家屋の片づけを手伝うつもりで被災地にいき、ひょんなことから対策本部の無線局の開設にかかわり、そこから非常通信チームに加わることができたのは飛馬には予想外のできごとだった。対策本部の無線局をベース局として、近隣のアマチュア局と連携し、情報交換や状況把握を行い、不足物資や復旧状況を伝達する。無線からは二十年以上離れていて、非常通信について も何も知らなかったので、リーダー的人物の指示に従って動くしかなかったが、寄付された中古ハンディ機を延々と点検し続けるだけでも、ささやかながら役立っていることが実感できた。高校に上がったとき、社会の役に立つという言葉を聞いて無線部の部室に足を運んだことを思い出した。そうか自分はずっとこういうことをしたかったんだと、大発見でもしたかのように思った。

佐紀から離婚を切り出されたのはその年の秋だった。原因は地震だった。震災後の多くのことにたいする気持ちの持ちかたが違いすぎた。地震がなければ、表面にあらわれることなく、たがいに不満を持ちながらもなんとなく睦まじく暮らしていたかもしれないと、今になって飛馬は思うことがある。

二〇一一年の震災以後は、言い合いと、ぎすぎすした沈黙の思い出しか飛馬にはない。

ボランティアに明け暮れる飛馬に、佐紀はたえがたいほどの嫌悪感を抱いたらしい。休日も山梨や被災地にいく飛馬に「なんだかすごくたのしそう」と佐紀は言った。たのしいはずがなかったが、気力がみなぎっているのはたしかだった。あまりの惨状を目の前にして何かせずにはいられなかったし、疲れを感じるのすら悪いことに思えた。それまではなんの役にも立たなかった無線部での経験が活用できたことも、何かをしてお礼を言われることも、自分でも驚くくらいのよろこびだった。その気力やよろこびこそが「不謹慎」だと佐紀は言うのだった。

「あなたをよろこばせるために災害が起きたわけじゃないよ」と佐紀が言ったときは、驚きのあまり反論の言葉が出なかった。そんな嫌みを言える人間だとは思わなかったのだ。腹がたち、呆れ、手近にあったビールグラスを床にたたきつけたい衝動を飛馬はこらえなければならなかった。

一方飛馬は飛馬で、震災の直後に、佐紀がトイレットペーパーやミネラルウォーターを大量に買いこんだり、ツイッターでまわってきたという嘘か本当かわからない情報を鵜呑みにすることがたえがたかった。雨に放射能が混じっていると言い出したり、政府の人たちは西に逃げたって本当かなと言ったり、あげく、被災地にいくという飛馬に、外国人が暴徒化してるらしいから気をつけてと真顔で言い、飛馬はぞっとした。子どもができないまま四十代になって、二人ともなんとなくその話題は避けていて、そのことについてちゃんと話し合うべきではないかと飛馬はずっと考えていたのだが、子どもがいなくてよかったとそのときは心底思った。佐紀は子どもを連れて本当に引っ越していただろうから。

八月にはほとんど口もきかなくなった。九月以降は、休みの日に家にいたくないからという理由で、飛馬は被災地に向かった。必要な会話はショートメールを送り合った。離婚しようということも佐紀はショートメールで送ってきた。手続きのことや引っ越しのことなどもショートメールでやりとりした。「母親を早くに失っているから、あなたは女性との関係を作るのが下手なのだと思う」という、佐紀の捨て台詞のような言葉にさほど傷つかなかったのは、ショートメールだったからだろう。

ＰＨＳがなければ結婚できなかったかもしれないとかつて思ったが、似たような通信機器で別れようとしているのが皮肉に思えた。そして飛馬は、そんな場合ではないと思いながらも、未来さんのことを思い出していた。

二〇〇〇年からきた未来さんの文言を正確には覚えていないが、携帯電話やショートメールのことを言い当てていたように記憶している。こんなふうに、人生における重要事項を、トランシーバーよりちいさな機器で、しかも声でも手書きでもない一律フォントの文字でやりとりできてしまう、そんな未来に自分がいることが不思議に思えた。二〇〇〇年からきた未来さんにとってもさらに未来となった今を、未来さんはどう見ているのだろうかとも思うのだった。

それからもう五年になる。山梨の保養所に避難していた人たちはみな故郷に戻るか、ほかの地に引っ越している。離婚後も続けた被災地での非常通信チームは、約一年後に非常通信体制を解除し、無線局を撤収した。避難所生活を続けている人たちは今もいるが、飛馬はもうそこへは通っていない。

最寄り駅で電車を下り、駅前にあるフランチャイズの焼き鳥店に入る。カウンター席に案内された飛馬はビールと串を数本と漬物を頼み、スマートフォンを二台出す。まずは仕事用、それから個人のスマートフォンでメールをチェックし、ツイッターを流し読む。

入庁から何年か住んでいた単身者用の寮に空きが出て、二年前から飛馬はそこに住んでいる。中古マンションでも買おうと思いながら、とくに不便を感じず、部屋に遊びにくるような関係の女性もいないので、なかなか行動に移せない。

ビールと突き出しの枝豆が運ばれてくる。それを飲みながら、スマートフォンでニュースをチェックする。カウンターにいるひとり客の全員がそうしてスマートフォンを見ながら飲み、食べている。店内には八〇年代にはやった歌謡曲が流れている。

佐紀とはあれから会っていない。役所関係のバーベキューや懇親会には——つまり顔を合わせそうな場には参加しない、と、今思えば馬鹿みたいな取り決めを、離婚時に大まじめに交わした。佐紀が今も当時と同じ図書館に勤めているのか、あるいは仕事自体やめて関西方面に引っ越したのか、飛馬は知らない。子どもがいなくてよかったとあのときは思ったが、もしいれば、離婚しなかったのではないかとこのごろ思うようになった。それが未練なのか、つねにまとわりつくいくつもの「もし」のひとつでしかないのか、飛馬にはわからない。

ただひとつだけ、わかることがあって、佐紀の言葉で暴力的なほどの怒りを覚えたのは、図星だったからだ、ということだ。あのとき自分は高揚していた。だれかの、何かの役に立てている実感をはじめて味わい、そのことに浮かれていた。今までだれも助けることができなかった、川に流される子どもはいなかったし、母を死に追いこんだし、美保がいじめられていることを知らなかったし、水道水に毒は入れられなかったし、関西地方の地震も地下鉄テロも予知できなかったし、地球は滅亡しなかった。祖父が地震を予知して大勢を助けたという話の真偽はわからないが、それでも祖父のようであれという教えは強迫観念のように自身の内にある。なのに毎回それができず、できないばかりか人を暗闇に突き落とすような結果ばかり招いてきた気がする。だから、寄付されたハンディ機が使えるかどうかチェックしているだけで、うれしくてたまらなかったのだ。災害が、大惨事が、大勢の困っている人たちの存在が、つまりはうれしかったということになる。佐紀はただしかった。

焼き鳥が運ばれてきて、飛馬はスマートフォンを見ながらそれを食べる。飛馬が勤めはじめたころは、男も女も、結婚するのかしないのかと訊かれ、結婚したら子どもはいつできるんだ、ひとり生まれたらふたりめはいつかと、職場でも、ちょっとした集まりでも、ごくふつうに訊かれた。今はそれらがハラスメントになると多くの人が知っているし、ひとり身でも白眼視されることはない。若い世代はスマートフォンのアプリでお見合いをするらしいが、飛馬はもちろんそんなことはする気になれない。それに離婚後、交際する女性がいなくても奇異の目で見られず、だれか紹介してやるとお節介をやかれることもない。飛馬にとってそれはじつに気楽なことで、いっそもうこのままでもいいような気がしている。女性は飛馬にとって得体の知れないこわい存在になりつつある。

ビールを二杯、焼酎のロックを二杯飲んで、会計は三六〇〇円ほどだった。ごちそうさま、まいど、というやりとりを交わして店を出て、短い商店街を歩き、住まいまでの道のりでいちばん最後のコンビニエンスストアに寄る。缶チューハイと柿の種を買い、会計を済ます。商店街が途切れると、街灯も住宅街の明かりも灯っているが、すとんと暗くなるように感じる。そして職員寮に向かう道を歩いているといつも、今がいつなのか、自分は何歳なのか飛馬はわからなくなる。結婚していない自分が、地震の起きていない世界を歩いているような錯覚を抱いてしまう。

2016　望月不三子

九州中部で大規模な地震が起きたとテレビの情報番組で知った不三子は、頭のなかが真っ白になり、数年前から持つようになった携帯電話で湖都から教わった番号に電話をし続けたがずっと不通で、五年前の東日本大震災のときには携帯電話からの電話は通じないという話だったのを思い出し、固定電話からかけてもみたが、やはりだれも出ず、いやな予感が悪寒のようにわきあがり、毎朝目覚めてはテレビをつけ、何を見ようとしているのかわからなくなるまで画面を凝視し続けた。

不三子が湖都に最後に会ったのは二〇一三年、真之輔の葬儀のときだ。通夜と告別式に出て、セレモニーホールの仮眠室に泊まって実家には寄らず、告別式のあと、湖都は今住んでいる九州に戻っていった。少しだけでもうちに寄りなさいよ、と不三子は何度も誘ったのだが、「することないし」「向こうでやることあるから」と湖都は譲らなかった。もっとも、高校生のときのような反抗的な態度はとらず、始終おだやかでにこやかで、何をしてくれなかった、何をしたと不三子を非難したことなど、すっかり忘れているようですらあった。

とはいえ、自分と湖都の関係をどうとらえていいのか、不三子はわかりかねている。

大学の卒業式直前に姿を消してから、じつに十二年、湖都は音信不通だったのである。不三子は湖都が高校生のときから、もう湖都のことはあきらめると自身に言い聞かせていたが、どこで何をしているのかまるでわからないというのは気味が悪く、おそろしいことでもあった。憎しみの対象は自分だけなのだろうから、真之輔や、湖都にとってはおばの仁美、弟の亮には連絡があるのではないか、それをみんな自分には黙っているのではないかと疑っていたが、彼らが嘘をついているのでなければ、湖都はだれにも連絡していない。新聞の三面記事や死亡欄などを、今まで以上に熱心に見るようになったが、それも五年、七年、十年と時間がたつにつれ、しなくなった。不三子のなかで、あきらめるという言葉の意味が、存在そのものをあきらめることに変わりつつあった。湖都という子はいなかったのだ。神々しいほどうつくしく生まれた子なんて、最初から存在しなかった。そう思うしかなかった。

その湖都から連絡がきたのは、二〇一一年、東日本大震災のあとだった。三月の半ば過ぎである。めずらしく固定電話が鳴り、出てみると、

「地震、だいじょうぶだった？　避難してないの？」と息せき切って訊く声が湖都だとは、最初不三子はわからなかった。「雨に有害物質や放射能が混じってるって知ってるの？　政府の人とかセレブはみんな避難してるよ。もしこっちにくるつもりがあるならなんとかするけど」

つきあいといえば、昔からの近所づきあいしかしていない不三子は、湖都が何を言っているのか理解できなかった。水や食料品の買いだめみたいなことはするなと真之輔に言われているだけだった。そんなことよりあなた、どこで何をしているの、今までどうしていたの、と動揺しながら不三子が訊くと、今まで何をしていたかは答えず、今は九州にいて、仲間たちと事業をやっているると言い、「狭いから私のところに泊めることはできないけど、宿泊施設ならたくさんあるから、おとうさんと二人できたら」と、十二年の空白などなかったかのように誘った。不三子に避難するつもりがないとわかると湖都は電話を切ろうとするので、連絡先を訊いた。湖都が教えてくれたのは携帯電話ではなく、固定電話の番号だった。

真之輔と話し合った結果、連休を使って二人で湖都に会いにいくことにした。そうしてようやく不三子はもうすぐ三十五歳を迎える湖都と会ったのだった。

湖都は最寄り駅から車で一時間近くの山深い村に住んでいた。空港から列車で最寄り駅までいった真之輔と不三子を、湖都は軽バンで迎えにきた。化粧っ気のまるでない、上下ジャージ姿の湖都は、不三子が最後に見たときより若く見えた。

その村での暮らしを、不三子はなんと形容していいのかいまだにわかっていない。廃校のグラウンドにプレハブやテント——湖都はゲルだと幾度も言いなおしていた——やキャンピングカー

などを建てたり停めたりし、三十人ほどが自給自足をしながら暮らしているという説明を受けた。地元の農業を手伝ったり、自分たちの畑を耕したりするほかに、高原近くにカフェと食堂を経営していて、全員がすべての仕事を持ちまわりでこなし、収益を平等に分けるという。「社会主義とか私有財産の否定とか、そういうのじゃないんです。自分たちの理想の実現を模索しているだけで」と、畑や共同の炊事場を案内してくれた男性は、真之輔と不三子に説明した。ニュージーランドにそのような団体がいて、その活動に倣ったのだと彼は言う。

廃校のなかにはトイレもシャワー室もあり、宿泊できる部屋もある。何かの作業室も映像を映せるような教室もあった。建物内の壁も天井も床も、外壁も、色とりどりの絵が描かれていて、不潔ではまったくないのだが、ホテルを予約してきてよかったと、案内されながら不三子はそればかり考えていた。

その日の夜は、みんなで経営しているという食堂に湖都が連れていってくれて、そこで食べた。不三子が驚いたのはそこが完全菜食の食堂で、地元の減農薬か無農薬の食材しか使っていないということだった。湖都は、連絡しなかった十数年のことについて真之輔に訊かれ、「バイトでお金を貯めて海外を旅してるときに今の仲間に出会って、帰ってきて、理想の地をさがして国内を転々としてた」と一言でまとめた。さらに「ほら私、体にいいものだけ食べるように育ててもらったから、こういう食事のたいせつさを身にしみてわかってるんだよ」と湖都は言って不三子を驚かせた。それはまさに勝沼沙苗の「きちんと帰ってくる」という言葉どおりで、この日をずっと待っていたはずだったが、どういうわけか不三子はまったくうれしくなかった。食堂で出された玄米は、充分にといで傷をつけていないせいだろう、箸ですくうのに難儀するくらいぼそぼそしていたし、煮物はただ鍋に材料を入れて煮ただけ、漬物はただ塩をふって絞っただけの味で、生きているものをまるごといただく、よろこびもすこやかさも感じられない調理だった。勝沼沙苗なら「決まりにとらわれた窮屈な食事」とでも表現するのではないかと、出された料理を食べながら不三子は思った。もちろんそんなことは口には出さない。これ以上湖都と揉めるのはこりごりだった。調理者がまだ若く、コツがつかめていないだけなのだ。それこそ湖都が調理する側にまわれば、もっといい料理を出すはずだと、不三子は自分に言い聞かせた。

ホテルに着いてから真之輔は無言でビールを飲み、不三子も何か話したいのだが何を言っていいかわからず、重苦しい沈黙が部屋に流れた。「これからはああいう時代になっていくのかもしれないな。少子化も高齢化も進んで、共有財産を持つような」と、自身を納得させるように真之輔はつぶやいたが、不三子にはその村の暮らしが未来のそれには思えなかった。

ともあれ、不三子が断絶と思っていた関係は修復したはずだった。湖都は携帯電話を持っていないので、連絡するには代表電話かカフェか食堂に電話しなければならなかったが、所在はわかっている。

だからその二年後、仕事帰りに立ち寄った飲み屋で真之輔が倒れ、病院に運ばれたものの意識が戻らないまま亡くなったときも、不三子は湖都に連絡でき、湖都は葬儀に参列できたのである。

地震のあと、四月の終わりになって、ようやくカフェの電話がつながった。湖都と話したいと不三子が訴えると、

「みんなで被災した場所に手伝いにいってるんです」と、だれかわからない若い女性が言う。

「カフェも食堂も休んで、炊き出ししたり、泥の掻き出しをしたり」

「湖都は無事なんですね、湖都もそういうのにかり出されているんですね。連絡がついたら母親に電話をするように伝えてください」と不三子はくり返した。

五月の連休が終わってから湖都が電話をかけてきた。無事なのか訊く不三子に、被害がどんな状況か、自分たちが何をしているか、役所の対応への不満、車中泊している人の多さ、ライオンが逃げたというデマのことなどを、不三子の言葉を遮って一方的に話し続け、「とうぶんボランティアを続けるから、連絡できないけど、心配しないで」と電話を切った。電話を切られてから、お誕生日おめでとうと言えなかったことに不三子は気づいた。あのちいさかった湖都が、数日前に四十歳になったのだ。今ならまだ電話のそばにいるだろうから、かけなおそうかと思ったけれど、こんなたいへんなときに何を言っているのかと怒られる気がして、やめた。

洗濯物を取りこんで、浸水させておいた玄米を炊き、味噌汁を作り、あとは冷蔵庫に入っている豆と切り昆布の煮物、なすの揚げ浸しで夕食にする。夕食を終えて洗いものをすませ、不三子は時間を確認する。八時前だからそろそろいいだろう、と携帯電話を手にソファに座る。

「ごはんはもう終えた？　今日ね、湖都とようやく電話がつながったんだけれど、湖都たち、ボランティアしてるんですって。それでとうぶんそれを続けるから電話をするなって言われちゃってね。あの子のお誕生日だったのに、私すっかり忘れてて、おめでとうを言い損ねたの。やっぱり言えばよかったかなあって考えちゃって」

「ごめん」電話の向こうで亮は言う。「今、会社の先輩と食事していて」

「あら、ごめんなさい」不三子はあわてて言う。たしかに声の向こうは騒々しい。「食事って居酒屋とかじゃないわよね？　ちゃんとしたお料理の出てくるところよね。先輩に言われて断れなくて飲みすぎるとか、そういうの気をつけなさいね、今はそういうのもよくないって言うじゃないの」

「ごめん、だからちょっと今あれなんで、またかけます」

電話は一方的に切られる。不三子は唇をとがらせて携帯電話を見、テーブルに置く。家のなかはしんと静まりかえる。その静けさに抵抗するように不三子はリモコンでテレビをつけるが、つけるなり響く大勢の笑い声にうんざりして、すぐに消してしまう。

大学進学とともに家を出た亮は、卒業後、コンピュータ関係の会社に入社した。顧客の依頼を受けてコンピュータシステムの開発や運用をするところだと亮は説明したが、具体的に何をやっているのか不三子には想像できず、訊いてもわからないだろうと思い、「すごいわねえ」と言うにとどめた。勤務先は恵比寿にあって、亮は目黒に引っ越し、今もそこでひとり暮らしをしている。大学生のときも就職してからも、子どものときとかわらず亮はすこやかで快活で、年末には毎年帰ってきて正月は実家で過ごす。電話はめったにかけてこないが、不三子がかければかならず出るし、出られなかったときはかけなおしてくる。

五年前も、真之輔と九州に湖都に会いにいったことを話し、湖都の送る共同生活が自分にはあやしげなものに見えたと真之輔には言えなかったことを不三子は亮に話した。

「ぜんぜん問題ないと思うよ。むしろ進んでるんじゃないかなあ。みんなで働いて稼いだぶんは全員で平等に分けて集団生活してる人たち、ヨーロッパにけっこういるよ」と亮は言い、「湖都ってやっぱりぶっ飛んでるよな」と笑った。真之輔が「これからはああいう時代になる」と言っても信じられなかったが、亮がそう言うと不三子はすんなりと納得できた。

真之輔が亡くなったあとも、亮は不三子を心配し、ひと月ほどこの家で過ごした。あまりにも急に亡くなってしまったので、全身から力が抜けたような不三子は、それでずいぶん助けられた。

「働くのは無理かもしれないけど、趣味のサークルに入ったりしたらいいよ。コーラスとかは？

ボケ防止に麻雀覚えるとか」と亮に何度も言われ、近所づきあいのある同世代の人たちからは、高齢者クラブへの参加を勧められもし、不三子も新聞とともに配布される広報誌を調べてみたりしたが、いざ知らない集団に入っていくとなると億劫さが先に立って、結局何もはじめていない。

今も亮とは週に二、三度はこうして電話で話している。家事のほかには買いもの、散歩、ときどき病院にいくほかは用事のない不三子にとって、亮との会話はいちばんのたのしみなのだが、あまり頻繁にかけても迷惑だろうからと自制している。仁美はマンションを購入後しばらくしてから結婚し、休暇には夫としょっちゅう旅行にいくような悠々自適の暮らしぶりで、月に幾度かは連絡をしあっているけれど、なんだか生存確認をされているようで不三子はあまりおもしろくはない。

電話をかけなおすと亮は言っていたのだからと、不三子はソファに座ったまま読みさしの本を開いてみたが、十二時近くになっても携帯電話は鳴らなかった。

2017　柳原飛馬

飛馬の父親は医師の診断どおり、二〇一七年の秋に息を引き取った。

意識のしっかりした父と、飛馬が最後に会ったのは、亡くなる三か月ほど前だった。父は、かつて母が入院していた病院の四人部屋にいた。病院はあたらしく建て替えられ、外来受付もレストランもさまがわりしていた。談話室も病室もまあたらしく、かつて通った病院のおもかげはすっかりなくなっている。窓から見える景色もだいぶ変わってしまった。

「今は昔と違って、なんでも患者に教えるけぇなあ」と、談話室のテーブルで向かい合った父は、飛馬を見ずに言った。

身近に大病を患った人がいない飛馬でも、今は、医師ががん患者にはがんだとはっきり説明するということは知っている。ただ、どこまで明言するのかまではよくわかっていなかった。

「知りたくないと言うことだってできるんだろ？」と飛馬はつぶやいたが、答えが知りたいのではなく、ただ間が持たなくてつぶやいただけだった。

「ひとりも気楽でええが、こげぇなったときはおまえ、ひとりだとたいぎぃぞ」

それには答えず話題を変える父も、そう伝えたくて言っているというよりは、時間をやり過ごすためだけのような口調で言う。自分だって再婚はしなかったくせに、と言い返そうかと思うが、飛馬は黙ってうなずくにとどめる。

入院した父の、こまごました雑務は父の交際相手がやってくれている。したしい女性がいるのは、忠士も飛馬もずっと前からわかっていたが、父が入院するまで、会ったことも鉢合わせしたこともなかった。入院に付き添った忠士から、「田村さんって女性が手続きとかを手伝ってくれて」と、飛馬は聞き、お見舞いにきたときにはじめて顔を合わせた。銀髪のおかっぱ頭の、印象の薄い人で、父がお世話になっております、ありがとうございますと言っても、いろいろめんどうかけて申し訳ありませんと言っても、いえいえ、いえいえ、と困ったように返すだけで、父の息子とコミュニケーションをとることを拒んでいるふうでもあり、飛馬もあれこれと突っこんで話さないようにした。

腰が痛いと前の年から父は言っていたが、忠士や飛馬が病院にいくことを勧めても受け流してばかりだった。がんだったと父親から電話をもらったのは今年の三月末だ。「余命が半年って言われたけぇ」と父は言い、電話口からかすれた笑い声が聞こえた。次の週末そっちにいくと、驚いた飛馬が言うと、「きてもすることはないがなぁ」と父は言う。「半年と言われても、だまされとるのかと思うくらい、ぴんぴんしとるけん」と。

それでも心配なので、今は兵庫の日本海側の町に住んでいる忠士と連絡を取り合って、週末にいっしょに実家に帰り、診断をした医師から説明を受けた。その後、県内のがんセンターでセカンドオピニオンをもらおうとか、東京の病院でもみてもらおうとか、提案してみた。けれども父は、

「がんで死ぬより先に老衰で死んだっておかしくない歳だけぇ、騒ぎ立てることはないでぇ」と、やけに落ち着いて言い、セカンドオピニオンにいくつもりもなく、医師の勧めた服薬治療もするつもりはないと言う。肺がんによく効くという比較的新しいその薬は、喫煙していた人には重篤な副作用が出る場合があるらしく、死亡事故も起きている。この診断を受けてようやく煙草をやめた父親は、説明を聞いて服薬を拒んだのだろうと飛馬は想像した。

そのとき会った父は、痩せてよぼよぼしてはいたが、少し前からだいぶじいさんじみてきたと飛馬は思っていたので、それが病気によるものだと断言もできなかった。帰ってきてから、空いた時間にインターネットで調べてみると、余命半年と言われたが三年生きた、五年生きた、なかには十年たつがまだ生きていると書いている人がいたり、医師の余命宣告はでたらめだと書いてある記事もあった。数日ごとに電話を掛けるが、父の様子に変わりはないし、背後に人の気配がすることもあるので、だんだん飛馬も、余命なんて当たらないのではないかと思えてきた。しぜんと母のことが思い出され、飛馬は重苦しい気持ちになった。医師でさえ当たらないことのある余命宣告を、幼い自分が母に向かって下したような気にさせられるのだ。

しかし梅雨時期になって、父から入院するという連絡があった。忠士が入院に付き添ってくれたので、飛馬は七月に入ってから一度病院にいき、田村さんとそこではじめて会った。それから幾度か、週末に見舞いにいったが、いくたびに病は進行しているように見受けられた。点滴が打たれ、移動の際は車いすを使用するようになり、足や腕がむくむようになった。

飛馬が訪れた夏の日は、談話室にいこうと父から言い出したので、車いすに移動するのを飛馬が手伝った。

「昔は余命どころか、病名も本人に伏せとったになあ」と、父はまたさっききと似たようなことを言い、

「余命は当たらないことが多いから本気にしないほうがいいらしい」と飛馬は言った。

それにたいして父は何も言わなかったが、その沈黙のあいだ、飛馬は自分たちが同じことを考えているとはっきりわかった。昔というのは母のことだ。あのころは、手術すればなおる程度のがんでも、まず家族に伝え、本人に伝えるかどうかは家族にまかせた。多くの場合、胃潰瘍だとか良性のできものだとか、嘘を伝えることを家族は選んだのだろうと、飛馬はなんとなく知った。

「あのさ」ずっと訊きたかったことを、この日、飛馬は思いきって切り出した。「子どものころ、おじいさんをたたえる碑を見に連れていってもらったろ？　地震を予知して大勢を救った功績をたたえる石碑。あれって慰霊碑とはべつだったたっけ？」

父は膜がはったように濁る目を窓の外に向けたまま、何も言わない。

「それともあの話って、おれの記憶違いかな。碑の説明もまちがって覚えていたのかな」

「デマだと言われたがぁ」父が低い声でつぶやいた。「おれはまんだ小学校にも通っていない子どもだったけども、それはよぉ覚えとる。おやじは近所に地震が起きると言ってまわったんだが

ぁ。なのにだれも信じんかっただけぇ。ホラだ、デマだと笑われたけん」

告げ口をする子どものような口調で父はぼそぼそ言う。

「なんで急に予知できたんだろう」

「それはわからん。急に言い出したんだが、みんな信じんかったわ」

「信じた人はだれもいなかったの」

「おふくろだけは信じて、着の身着のままおれを引っ張って逃げた。人をこわがらせておもしろがるような、そういう男ではなかったけぇ」

ずっと思い出さずにいた祖母が思い浮かんだが、その顔立ちを飛馬ははっきりとは思い出せなかった。

「あの碑は、場所は移されたが、おやじの碑だ。おれにはそうだけん」

父は言って窓の外をずっと凝視している。飛馬もつられて窓の外に目をやる。昔はもっと空が広く、見下ろしても空き地が多かった気がしているが、今は民家や商業施設が建ち並んでいる。昔よりは狭まったが、それでも自分の部屋から見るよりずっと広い空を、線を引くようにして飛行機が飛んでいった。


あのとき、祖父のことについて訊いておいてよかったと、病院から父の危篤の知らせを受けた飛馬は思った。連絡をもらったのは金曜日の午前中だったので、上司に事情を話し、その日の午後には飛行機に乗った。病院に到着したとき、しかしすでに父は息を引き取っていた。看護師に案内されて飛馬は地下にある霊安室に向かう。建て替えられた病院は四十年近く前とはまったく異なっているはずなのに、かつての記憶が既視感のようによみがえり、目の前の光景に重なる。

案内された十畳ほどの部屋には、中央に遺体を安置したベッドがあり、わきのベンチに忠士と妻の規子《のりこ》、少し離れて田村さんが座っている。看護師に促されて、飛馬はベッドの脇に立つ。看護師が顔にかぶせられた白い布をそっとめくると、目を閉じ、鼻に綿を詰められた父の顔がある。どうしていいかわからないまま、飛馬はぎこちなく両手を合わせて拝む。

「たった今、葬儀社の人と打ち合わせが終わって」と忠士が隣に立って言った。田村さんは深くうつむいているが泣いてはいない。

「お昼過ぎだったかしら、すーっとしずかに息を吐いて、それで」と、規子が言い、

「おれたちが着いたときも意識はなかったんだ」と忠士が言う。

看護師が白い布をもとに戻す。奥の壁には祭壇があり、ろうそくが揺れて壁に模様を描いている。飛馬は思い出したようにそちらに向かい、線香に火をつけて香炉に立てる。

葬儀は、葬儀社の仕切りで、セレモニーホールで執り行うことになった。喪主の忠士が、親族席に座ってくださいと田村さんに頼んだが、田村さんはあいかわらず、「いえいえ、私はそんな、いえいえ」とくり返すばかりで、弔問客の席に座ると言って譲らない。親族席には忠士と規子と、飛馬の三人が座った。子どものころ、おかずを持ってきてくれた同じ団地や近所の人が数人と、あとは飛馬の知らない顔ぶれが弔問席に座った。田村さんは通夜振る舞いにも参加しなかった。

通夜振る舞いには、近所の人たちが立ち寄って、「男手ひとつであんたたちを育てておとうさんはえらかったなぁ」「おかあさんが亡くなったあと、あんたたちをよろしくって挨拶にまわりんさって」「おにいちゃんが国立に受かったって大喜びしたんだけぇ」「あんたが市役所に入ったんだって、うれしくてみんなに言ってまわったんだがぁ」などと口々に言いながら、鮨を食べビールを飲んだ。市役所ではなく区役所だと訂正はせず、飛馬はあいまいに笑みを浮かべてそれら

の話を聞いた。

飛馬が驚いたことに、彼らから田村さんは通いの家政婦さんと思われていた。「しっかりした家政婦さんが見つかって、柳原さんもずいぶん助かったと思うで」「無口な家政婦さんだけど、入院中もめんどうをみとりんさったらしいねえ」「遠慮深い人だけぇ、さっきもおったけど、すぐ帰んなったね」などと彼らは話していた。

飛馬と忠士と規子はセレモニーホールに宿泊した。八畳ほどの和室に、借りた布団を三組敷いたが、規子だけで寝て、飛馬と忠士は夜更けまで棺のそばで夜とぎのつもりで起きていた。

忠士は飛馬が結婚した二年後に、規子と結婚した。大学卒業後、神戸にあるハウスメーカーに就職した忠士は、阪神・淡路大震災が起きたとき、自身も、住んでいた地域も大きな被害を受けずにすんだ。東日本大震災ののちの飛馬と同じく、このときの忠士も土日を使ってボランティアに奔走していたらしく、千葉からボランティアにきていた規子と知り合ったらしい。その後遠距離恋愛をし、どのような話し合いがあったのか飛馬は知らないが、二〇〇一年に忠士が日本海側の町に転勤になったのを機に、規子は千葉から引っ越してきて結婚することになったようだ。そのほうが友人を多く呼べるという理由で、六月に神戸で式を挙げた。父は、規子の家族とともに食事をしていたが、飛馬は結婚式に参列しただけだ。その後顔を合わせたのは数えるほどで、同い年の規子に、飛馬はいまだに敬語で話しかけてしまう。忠士夫婦に子どもはおらず、引っ越したのちに規子は鞄づくりのスクールに通い、今は鞄メーカーに勤めているという。

父の棺の前で、忠士と飛馬は家具類の処分や団地の解約、こまごまとした手続きについて、話し合いながら作業を分担し、それから父の残したほんの少しの預金と死亡保険金について話した。保険金については、手続きを忠士が行い、受け取った金額から葬儀にかかった費用を差し引き、残りは田村さんに渡そうということで話はまとまった。忠士によると、余命宣告を受けてから父は部屋のなかをずいぶん整理していたらしく、片づけはすぐにすむはずだということだった。

　事務的な話がすむと、忠士はのびをして、

「眠かったら寝てもいいぞ」と飛馬に言い、部屋を出ていく。寝にいったのかと思ったが、通夜振る舞いで残った酒とコップ二つを手にして戻ってきて、ひとつを飛馬に渡し、それぞれに酒をつぐ。棺の近くの火は、ろうそくのかたちをしているが、本物ではなく電灯である。

「おじいさんの伝説、覚えてる?」コップのなかの透明の酒を見ながら飛馬は忠士に訊いた。

「伝説ってあれか、地震を予知して大勢を救ったって」

「あれは本当だったのか、訊いたんだ、おやじに。夏に会いにきたときに。そしたら予知したのは本当だけど、デマだって笑われたんだって。だから、大勢を救ったというのは嘘らしい」

　両腿に肘をついて前屈みに座っていた忠士は、自分のあたまを抱えこむようにして笑い、

「おまえ、五十にもなって、そんなこと信じていたのか。……っていうか、嘘だって知ってショック受けたのか」と、ちらりと飛馬を見上げる。

「いやショックなんか受けないけど」少しばかりむっとして飛馬は言い返す。「そうじゃなくて、なんでそんな嘘をついたのかと思ったんだ。叱られるとき、かならず引き合いに出されただろう、おじいさんにあやまれとかこの家の恥だとか」

「そりゃあ……」忠士はそう言ってから、しかししばらく考えて、「なんにもなかったからだろう、そんなふうに、見習えと言えるようなことが。……それに加えて、もしそのデマだと笑われたってのが本当の話だとするなら、そうとう悔しかったんじゃないか、子ども心に」と言う。

　たしかに、父の嘘に解釈を試みるなら、そう推測するしかないけれど、何か釈然としないと思

いながら飛馬はコップの酒を一口飲む。

「でも、本当はどう考えていたのかなんて、親子でもわかんないもんだよな。結局、おれはいまだに、母親がなんで自殺したのかわからんよ」忠士は前屈みの姿勢のままぽつりと言う。

それはおれが……と喉元まで出てきた言葉を飛馬はのみこむ。保身のためではなく、本当にそのとおりだと、そのときはじめて思ったからだ。父親は、もう子どもが産めないとおれが言ったせいで……というような意味のことを言っていた。そんなことで死ぬはずがないと、それを聞いたとき飛馬は思った。そうしてあのときの母親より年長になった今、はたして息子が泣いたことで、死が近いと思い詰めて死ぬだろうかとも思うのだ。自分の病が治療不可能なのかどうなのか、たしかめることもなく死を選ぶだろうか。小学生と中学生の子どもを置いていくことに、何も感じないなんてことがあるのだろうか。母を知っている時間より、知らない時間のほうが長くなるにつれ、母という人がまったく知らないだれかに思えてくる。

「そういえば香典返しを配ってたな」と飛馬は話題を変えた。

「ああ、当日返しのプランにしたからな。プランというのもどうかと思うが、ぜんぶプランだ。Aプランはこういう内容、Bプランは……って値段ごとに違う。今日の通夜振る舞いの料理も香典返しも、葬儀社と提携しているところに頼めば割引がきく。打ち合わせでは、プランだとか割引だとか、お得とまでは言わないけどな、ツアー旅行でも計画してるみたいな、妙な気分になった」と忠士は言ってちいさく笑う。飛馬も合わせるように笑って、コップの中身を飲み干す。

ふと、父の背後に見えた空が思い浮かぶ。窓の外に広がる空を、白い線を描いて飛行機が飛んでいた。それを見ていたのは五十歳になろうかという自分だったのに、なぜか、窓のこちら側で飛行機を見ているのは、小学校に上がっていない自分に思えた。父と母と忠士と、テーブル席で、飛んでいく飛行機を見ているさまが浮かんだ。あのとき飛行機に乗らなかった家族は、どこへもいけないいまばらばらになっていく、そんな考えが浮かぶ。

「うちはなんていうか……、へんな家だよな。家族らしくないのに……」つい、口をついて出るが、ないのになんなのか、が出てこない。

「むさい男所帯だったしな」忠士が言い、いやそういうことじゃないんだと、飛馬は胸の内でだけつぶやいて、空だとわかっているコップに口をつける。

2016　望月不三子

紹介したい人がいると亮が連絡をくれたのは夏の終わりだった。男友だちが家に遊びにきたことはあったが、そんなふうにあらたまって言われるのははじめてで、交際している女性だろうとすぐに思ったのだが、どこまでのあいだがらなのか不三子にはわかりかねた。まさかいきなり結婚話でもないだろうと思い、「おうちに連れていらっしゃいよ」と不三子は言ったのだが、渋谷のレストランを予約したと亮は言う。

「ふつうのレストランなんだけど、ヴィーガンメニュウもあるから安心してよ」と亮は言っていた。

九月の二週目の土曜日、不三子はツーピースを着て出かけた。店を見つけられるか不安だったので、ハチ公の前で亮と待ち合わせをしてもらった。久しぶりの渋谷は驚くほど大勢の外国人がいて、多くの人たちがハチ公前の交差点の写真や動画を撮っている。若者にまじって立っていると、かあさんと呼ぶ声がする。

亮はスーツを着ていて、隣に立つ女性はワンピースを着ている。あかるい茶色い髪は肩より少し長い。背は亮より少し低いくらいだから、女性にしては高いほうだろうと彼女を見上げて不三子は思う。

「はじめまして、市川初音《はつね》です」と彼女は頭を下げる。

ビルの最上階にあるレストランでは、亮と初音が並んで座り、向かいに不三子が座った。窓から渋谷の町が見下ろせる。亮と初音は洋食のランチセットを頼み、「ワインも飲もうか」「じゃあ一杯だけ……」と小声で話し合って、グラスワインを頼んでいる。不三子に渡されたのはヴィーガンメニュウというもので、肉や魚の含まれないランチセットと一品料理が載っている。

ちょっと、五千円もするけど、どうなのかしら。ヴィーガンなんて言葉は聞き慣れないけど、最近こういうお店は増えたわよね、湖都のところだってそう謳っていたし。今じゃ玄米もそば粉もスーパーでふつうに買えるものね、便利になったものよね。それにしても五千円っていうのはどうなのかしら……、と、自然と言葉があふれてくるが、初対面の女性の手前、不三子はぐっとこらえて、

「この有機玄米のパスタにします」と言う。

「ぼくらはセットだから、かあさんもセットにしたら？　ワインかビールはいる？」と亮に言われ、不三子はランチセットを注文した。

「食にこだわりのあるおかあさまだって亮さんから伺いました」

注文を聞いたスタッフが去ると、初音はまっすぐに不三子を見て言う。目が子どものように澄んでいる。

「こだわりというか」

「ルーを使わずにカレーって作れるんだってはじめて知って、びっくりしちゃって」と初音は不三子と亮を交互に見ながら言う。「うちはカレーもシチュウもルーだし、お味噌汁だって出汁の素を使うようながさつな親だったんで」と言って笑っている。ああ、無頓着タイプの母親だったのね、と不三子はこれも心のなかでつぶやく。

二人のワインと料理が運ばれてくる。不三子の皿はレンズ豆とアスパラガスのサラダだ。旬じゃない野菜を使っているのに菜食を謳うなんてねえ。ちらりと亮たちの皿を見ると、蒸した温野菜のようだ。

「小学校も弁当を持たされてたからな。人気の給食ってあったろ、あんかけ焼きそばとかカレーとか。ああいうの、一度でいいから食べてみたかったなあ」

「え、本当に食べなかったの？　友だちに一口もらうとか」

「おれ、昔からだめって言われたことは守る人なの。約束破ったことないだろ」

「ぼく」と「おれ」を使い分けていることに気づいて、亮の幼いころを不三子は思い出す。お、にアクセントを置いた奇妙な発音で「おれ」と言い出したのは幼稚園に通い出してからだ。中学生のころ、遊びにきた友だちの前で「ママ」と呼び、あわてて「おふくろ」と言いなおす、赤い顔の亮も思い浮かぶ。

サラダの次はスープだ。不三子にはカボチャのスープ、二人にはミネストローネの皿が置かれる。

「お仕事は何をなさっているの」と、不三子は目の前の女性を姓で呼ぶべきか名前で呼ぶべきか迷い、主語を省いて訊く。

「教材会社で事務をやってます」と初音は答えてワインを飲む。

何歳なの。どうやって亮と知り合ったの。ご出身はどちらなの。ご両親は何をなさっているの。訊きたいことはたくさんあるが、がつがつ訊くのも失礼だろうと思いながら不三子はスープを飲む。窓の外に目をやると、走り去る車の背は日射しを浴びて白く光り、歩道をいきかう大勢の人たちは何かの決まりに沿って動いているみたいに見え、現実味がない。

スープのあと、不三子にはパスタが、二人には白身魚のグリルが運ばれてくる。

「すみません、ワインおかわりください」とちいさく初音が言い、

「おれも」と亮が続け、スタッフが去ると「結婚しようと思うんだ」と、姿勢を正しながら亮が言った。

「はあ」そうするつもりはなかったのに、へんな声が出る。

「よろしくお願いします」と初音が頭を下げる。

「年内に籍を入れたいんだ。これから二人で式場をさがすから、空きがあればいいんだけど」

「私は式はどうでもいいと思ってるんですけど、うちの親が、そんな、犬や猫じゃないんだからとかって言って。頭の堅い、古い親なんです」

「長野なんだけど、夏休みにそちらには挨拶にいったんだ」

向かいに座った二人は、芝居をしているように交互に話す。不三子はあっけにとられて口を開くほうにいちいち向きなおる。

「いたらないところばかりですが、どうぞよろしくお願いします。おかあさまの料理がすごいとうかがって、私はもうぜんぜん自信がないんですけど、がんばります」

「いやべつに、そんなにがんばらなくてもいいからって言ってるんだ。それにおれも料理は好き

なほうだし」

「それより、お料理、いただきましょうよ、冷めちゃうから」

「そうだな、かあさんも食べてよ」

二人はタイミングを合わせるようにナイフとフォークを手に取り、料理を食べはじめる。ワインが運ばれてくると、二人で乾杯し、「ああ緊張した」「これおいしい」「意外にいけるな」とまたひそひそと話している。

パスタを食べながら不三子は今聞いた話を反芻する。年内に結婚する。長野の親には挨拶にいった。犬や猫じゃないから式を挙げろと親に言われた。このお嬢さんは料理が苦手。だから料理は亮がする。

「もしかして、おめでたですか」不三子は初音に訊いた。

「えっ、あっ、違います」初音がぱっと顔を赤らめて首を振る。

「なんだよ、かあさんそれ、失礼だよ」やはり顔を赤くした亮がかぶせるように言う。

「え、失礼？　あ、ごめんなさい。なんだか急いでいるみたいだったから……」

「急いでないよ。これから式場をさがすって言っただろ」

亮が不機嫌な声を出したので、不三子は黙る。あやまったものの、何が失礼なのかわかっておらず、なぜ亮の機嫌が悪くなるのかもわからない。

「だって何もかももう決まっているんじゃないの。向こうの親に挨拶にいったって、私より先にそちらにいったってことでしょう、私に何も知らせずに？　ふつうは男性を立てて、男性側の親に先に顔を見せるんじゃないかしら。それにどうして亮が料理をするわけよ？　それより何より、やっぱりあのお嬢さん妊娠しているんじゃないかしら、だっておかしくない？　あんなにあわてて否定して。二人して赤い顔して。べつにいいんですよ、順番が逆だって。今はできちゃった婚とは言わないんでしょう、それくらい私だって知っています。どうせ嘘をついていたってばれるのに……あ、でもがぶがぶとワインを飲んでいたからやっぱり妊娠はしていなかったのかしら」

「ちょっと、すねないすねない」

携帯電話から呆れたような声がして、ようやく不三子は黙る。庭に続くガラス戸の向こうはすっかり暗く、隣家の窓がだいだい色に光っている。笑い声が響いてくる。ガラス戸には自分の姿が映っている。

「勝手に話を進められておもしろくないんでしょうけど、ねえさん、亮だってもう三十過ぎた大人だよ？　それに言っちゃなんだけど、ねえさんがそうやってガーガー言うから事後報告になるんでしょうよ。今はね、男の子だって家事をするし育児もするの。しない男は嫌われるの。あんまり口を出すと、亮も湖都みたいになるよ」

反論したい言葉を不三子はぐっとのみこむ。自分でもわかっている。自分がうるさい母親で、過干渉で、子どもたちはもう中年域にさしかかろうとする大人だということはわかっている。だから言いたいことがあっても、湖都にも亮にも言わないでいる。

「あなたに愚痴るぐらい、いいじゃないの」と言う情けない声が自分の耳に届く。

「いいよ、愚痴ぐらい。でも亮と、とくにお嫁さんにはなんにも言わないほうがいい。最悪、縁を切られちゃうからね。それよりさ、何かはじめたらいいと思うよ。いきなり働くのは無理にしても、俳句とか裁縫とか、近所で何かあるでしょう、年寄りサークル」

またこれだ。みんながみんな、何かをやれと言う。

「集団で何かやるのがいやだったら、庭いじりをしてみるとか、断捨離するとかさ。何か集中できることをさがしなさいよ。旅行だってね、私たちバスツアーなんかにいくと、ひとりで参加してる人、多いよ。ひとりの人同士で仲よくなってるから、さみしくなさそうだし。それとも今度いっしょにいく？」

「そうね、それもいいわね」仁美たちと三人でバスツアーに参加する気などまったくないが、不三子は調子を合わせる。

電話を切り、窓の外の闇を隠すように不三子はカーテンを閉める。夕食を終えて片づけをすませてしまうとすることがない。

家計簿を手にしてテーブルに着く。財布からレシートを取り出し、家計簿のページを開こうとして、表紙の裏に挟んでいる切り抜きに目がとまる。

区の広報誌に載っていた人生相談だ。不三子の住む区の広報誌は、区民から相談ごとを募り、月に一度、二、三人の相談とそれにたいする回答を載せている。

つい先月見かけた相談のひとつが、まるで自分が投稿したのかと思うような内容だった。相談の主は六十代の専業主婦で、三年前に夫が亡くなり、子どもたちは独立、生きる気力がわかないと書いていた。それにたいして回答者は、不三子のまわりのだれもが言うように、シルバー人材センターだ、自治会だ、ボランティアだと勧めていた。不三子がそれを切り抜いたのは、それらの活動の問い合わせ先が記されていたからではない。「無私の精神で家族を送り出すことも、たいへんな偉業だ」と書いてあったからだ。妻ならば、母親ならばだれもがやっていることだと思うだろうが、大勢がやっているからといって偉業なんかではない、ということにはならない、と書いてあったからだ。その部分を不三子はくり返し読み、読んでいたら右目から涙が落ちたので驚いた。誌面に落ちた水滴を慌てて拭いて、切り取ったのだった。

ここに引っ越してきた四十年近く前、子どもが同い年くらいだったので言葉を交わすようになった母親たちが何人かいる。不三子のような専業主婦もいたし、働いている母親もいた。

彼女たちも不三子と同様に加齢し、子どもたちも大きくなった。子どもが結婚し、二世帯住宅を建てた家もあれば、やはり結婚した子どもが近所に住んでいる場合もある。子ども夫婦と孫、三世代で出かけるのもよく目にする。「この歳になって赤ん坊のめんどうを見させられるなんて」と自慢げに嘆く人もいる。わきまえのある人が多いので、おたくは結婚はまだか、孫はまだかと失礼なことを訊いてこないのが不三子にはありがたい。

そんな知り合いのうちの、ある奥さんの孫が幼稚園に入るというので、不三子はオーガニックコットンで通園バッグを作り、アップリケを縫いつけ、それを渡したら意外なくらいよろこばれた。うれしくなった不三子は、靴を入れるようなバッグや弁当袋を作ったり、べつの家庭の子どもにもバッグを作ったりしたのだが、その都度、お返しにと菓子の詰め合わせや果物を渡されるようになり、どう考えても材料費より高価なものをもらったのをきっかけに、そういうこともやめてしまった。

生地を選び、ミシンを踏んでバッグや袋を縫っていたとき、不三子はひさしぶりの充実を感じていたが、けれどいつも、なぜなんだろうと不思議だった。二世帯住宅の長谷川さんも、娘夫婦がしょっちゅう訪ねてきている久賀《くが》さんも、自分と同じように夫に先立たれたのをきっかけに息子夫婦が同居をはじめた浅川さんも、なぜみんな、子どもたちとうまくやっているのだろう。ものすごくしたしくしていたわけではないから、それぞれの子育ても家の事情も知らないが、でも自分の知るかぎり、どこの家も特別なことはしていない。好きな習いごとをさせ、スポーツチームに入れ、送り迎えをし、発表会や試合は見にいって、中学や高校を受験させ、夏には家族旅行に出かけ、大晦日には両親それぞれの実家に帰ったり、夜更けに家族総出で初詣りに出かけたりし、大半の子どもたちが大学に進学し、何人かは家を出ていった。

バブルがはじけて不景気になり、真之輔の勤めていた会社もほかの電機メーカーに統合されたように、どの家庭も、先ゆきが不安だった時期も経済的に苦しい時期もあっただろうけれど、不三子が子どもだったころのように貧しい家庭は見あたらない。湖都のようにスカートを短くしている子もいたし、髪を金色に染めている子もいたのに、彼らはきちんと大人になって、親と同居し、近所に住んで、友だちみたいに親と仲よくしている。

それがなぜなのか、自分と彼らの違いはなんなのか、単純に不三子は不思議だった。その不思議さが自分をひどく落ちこませた。私はああできなかったという思いがつねにまとわりつき、でもなぜできなかったのか、なぜ彼女たちにはできたのかがわからない。それについて話をしたいのに、真之輔はもういない。

そんな気持ちがつねにあったから、この回答者の「みんなひとしく偉業」という言葉に救われた思いがしたのだった。

家計簿に挟んだその切り抜きを読み返していた不三子は、ふと、これからなんじゃないかと思う。私にはできなかったのではなくて、これからできるようになるのではないか。

長谷川さんも久賀さんも浅川さんも、子どもたちはみんな家庭を持ち子を産んで、戻ってきた。子どもを持つことで、はじめて親の気持ちがわかるようになるのではないか。だったら亮も、あのお嬢さんと結婚して子どもができれば、同居というのはないかもしれないが、二世帯住宅の提案もあるかもしれない。お嬢さんの実家は長野だというし、真之輔が亡くなったあとはひと月も家にいてくれたやさしい子なのだもの。自分でもわかっているとおり、仁美に釘を刺されたとおり、よけいなことはいっさい言わず、気に食わないこともぐっとのみこんで、黙って祝福すればいい。いつでも帰ってきていいのだと伝えてあげればいい。バスツアーや年寄りサークルなんてやっている場合じゃない、でも断捨離くらいはしたほうがいいのかもしれない。切り抜きを見下ろして不三子はそう思いつき、鬱々としていた気持ちがようやく晴れる。

2018　柳原飛馬

ゴールデンウィークは旅行にいって不在の家庭も多いだろうから、その前後の土曜日にしようという意見が出て、翌週の十二日がちょうど大安だったので、ならば縁起を担いでその日をオープニング日にしようと話は決まった。

会場となる教会は、飛馬の住む職員寮からは電車でひと駅、バスでもいけるが、天気もよかったので飛馬は九時過ぎに家を出て、歩いて向かった。三十分ほどで到着すると、もうすでに何人かが立ち働いている。代表者の山本大樹《だいき》が飛馬に気がつき、

「朝早くからきてもらってすみません、お休みなのに」とほがらかな笑みを浮かべて近づいてくる。

「いやいや、ようやくオープンにこぎ着けて、おめでとうございます……あっ、手ぶらできちゃったけど」

「何気をつかってるんですか。今日だけ参加の人もいるので紹介しますよ。みなさーん、こちら

役所の柳原さん。困ったことがあればこの人になんでも言ってください」と、大樹は出入り口周辺で立ち働いている人々に向かって言う。全員が手を止めて飛馬を見、

「おはようございます」と声を揃える。

「今日は終了まで手伝いますんで、足手まといにならないように気をつけます。よろしくお願いします」飛馬が頭を下げると、よろしくお願いしますと返ってくる。

「今日はＳＮＳを見て連絡をくれた大学生や社会人のかたも参加してくれてます。お料理班はこれからですけど、今は食堂の設営がはじまってますね」

彼らにも紹介するつもりらしく、大樹は飛馬を先導するように教会の別棟に向かう。

礼拝堂と、勉強会や活動のための部屋がある本棟に隣接して、キッチンや集会室、プレイルームをそなえた別棟がある。このキッチンと集会室を利用して、区では第一号の子ども食堂を開設することになったのだった。全国的に子ども食堂をはじめ支援活動を行っている民間団体から、区への協力要請は以前からあり、すでに動きはじめてはいた。昨年の人事で、地域支援課に異動になった飛馬が、前任者から引き継ぐかたちで、彼らとともに準備を続けていた。民間団体からこの地域を任されている山本大樹と、他区ですでにはじまっている子ども食堂を見学にいき、研修を受け、提供してもらえる場所をさがし、ボランティアメンバーを募り、彼らを連れてまたほかの食堂を見学にいき、研修を受け、経済的な問題について話し合い、メニュウを考え……と、この一年ほど、飛馬はこの件に深くかかわってきたから、今日という日は感慨深かった。

オープン日の今日から、第二土曜と第四土曜の月に二回、この教会別棟を借りて「ンマンマ食堂」は開催されることになった。リーダーの大樹のほか、メインスタッフは、ボランティアを申し出た区民の五人で、全員が女性である。教会の牧師夫妻も、場所提供以外にも、荷物の受け取

りや告知関係で手伝ってくれる。その他、ＳＮＳで随時ボランティアを募集している。

子どものころは高度成長期で、社会人になるころにはバブル経済だった飛馬にしてみれば、子ども食堂やフードバンクが存在しなければならない今が、いまだに信じられないような気持ちなのだが、そんな感想を言うと年下の職員たちから「これだからバブル世代は……」と、言われはせずとも、そういう目で見られそうなので、安易な感想は意識して控えている。ただ、子ども食堂でごはんを食べるということが、その子どもにとって心理的負担にならないのかと単純に疑問に思い、大樹に訊いたことがある。つまり、子ども食堂は、ごはんを食べることができないほどの貧困というイメージに直結しないか。子ども食堂にいくことを、友だちに知られたくないという事態にならないか。

「子ども食堂と貧困というイメージが結びつかないようにしてるんですよ」というのが大樹の返答だった。問題は貧困だけではなくて、孤食《こしょく》もある。また食事だけでなく、ここにくることで仲間がいると思える場合もある。親にとっても情報交換の場になる。悩みを共有したり分かち合える場になるかもしれない。「ひとりで食べるよりみんなで食べたほうがおいしいし、あそこにいけばなんかたのしい。そういう居場所を作ることがいちばんの目的なんで、できるだけ貧困という単色のイメージはつかないように、注意して告知してるんですよね」と言うのだった。

昼近くなると、メインスタッフたちが続々とあらわれ、飛馬に挨拶してキッチンでミーティングをはじめる。差し入れの野菜や乾物が商店街の人たちから届き、飛馬はボランティアの人たちとそれをキッチンに運び、それから集会室のデコレーションを手伝う。端午の節句はとうに過ぎたが、折り紙で作った鯉のぼりや輪飾り、ウェルカムバルーンを壁に貼り、長テーブルと椅子を並べる。順番に休憩を取り、それぞれ昼食をすませて、また作業を再開する。

近所でかんたんな昼食をすませて戻ってくると、教会の入り口はハートのバルーンが飾られ、動物のイラストと今日のメニュウが描かれた看板が立っている。気軽に立ち寄ってね、ゲームもあるよ、とうさぎの吹き出しに手書きで書いてある。

「文化祭みたいだなあ」飛馬がだれにともなく言うと、

「オープニングですから、派手にしないと」と、まだ高校生くらいに見える女の子が作業しながら応える。

食堂のオープンは午後四時からで、五十食用意してある。そのほか、寄付されたレトルト食材や菓子をランダムに詰めたフードバッグを希望者に渡す。午前中から飾り付けやゲームの用意をしていたスタッフは、二時過ぎにはやることがなくなってしまったが、キッチンは大忙しで、忙しすぎてテンションが上がっているのか、指示する声の合間にときどきはじけるような笑い声が聞こえてくる。

食堂への来場は、事前予約も受けつけているが、予約なしでも可能で、その場合は先着順で、ということにしてある。その日の予約状況は三件だけだった。

四時になってもだれもやってこず、門の前で飛馬はスタッフたちと手持ち無沙汰に突っ立って来客を待つ。

最初にやってきたのは、子どもではなく、老婦人の二人連れだった。

「ここでごはん食べさせてくれるの？」

「私たちでもいいの？」

と白髪の二人は小学生のように腕を組んで、スタッフを見上げて訊く。

「おとなのかたは三百円かかってしまうんですが、それでもよろしければ……」とボランティアの男子が困ったように大樹を見ながら言う。

「どうぞどうぞ、お入りください、こちらです」と、大樹は二人を案内し、集会室へ向かう。

「おばあさんでもいいんですか」と、高校生みたいに見える子が飛馬に訊く。

「だれでもいいんだ、子ども連れじゃない人でもいいし。子ども食堂という名称だけど、子どもしかだめというんじゃなくて、要は地域の寄合所みたいなのが理想だから」と、他区の子ども食堂を見学してまわっている際に大樹に言われたことを飛馬はくり返す。「そうすることで近所に昔みたいなつながりができるだろ。ここが交流拠点になるというのが理想なんだよ……っていっても、きみの世代で昔っていっても、このあいだだよな」


母親が亡くなったとき、近所の人たちがおかずを持ってきてくれたことを飛馬はなつかしく思い出す。あのころはそれがふつうのことだと思っていたが、東京暮らしが長くなると、あんなことはまずなくて、どちらかというと特殊な県民性ともいえるらしいと学んだ。異動してから子ども食堂についてレクチャーを受けたり見学にまわったりしながら、目指すのはああいうことなのだろうと飛馬は理解したのだった。


七時には終了し、後かたづけののち、メインのメンバーと大樹、飛馬は残り、集会室で今日の反省と次回の課題について話し合う。食事がかなり余ってしまったので、みんなでそれを夕食がわりに食べながらの会議になった。

「やっぱりまだ知られていないことが大きいから、地道にアピールしていくしかないですね」

「ゲーム係は暇だったなあ」

「でも遊んでってくれた子もいたじゃないですか」

「アレルギーについて、子どもだけできてくれた場合はどうすればいいでしょうか」

初日の緊張がとけたのか、みんないっせいに話し出す。結局、五十食用意した食事は半分ほどしか提供できなかった。予約していた母子と親子三人、中学生と小学生のきょうだい以外、告知を見聞きしたり、通りかかって看板を見たりして訪れた人たちの三分の二は高齢者だった。もともとの知り合いなのか、それともこの場で顔を合わせただけなのか、高齢者たちは長テーブルをひとつ占領してみんなで盛り上がって会話をし、途中、ひとりがコンビニエンスストアでビールを買ってきたのであわててスタッフが制止する一幕もあった。

お祭りか何かと勘違いして、「ゲームしてもいいですか」と訊いてきた小学生たちもいた。二階でボランティアの大学生たちとボウリングゲームや輪投げで小一時間遊んで帰ろうとするので、ごはんも食べていかないかとスタッフが声をかけたのだが、「親に訊かないとわからない」と言って帰っていってしまった。

用意していたフードバッグをもらっていったのも高齢者たちで、

「あの人たち、困っているわけじゃなさそうなのにな」と、若いスタッフが不満そうにつぶやき、

「どこも最初はこんな感じです。あそこでこういうのを配ってるらしいよ、だれでももらえるらしいよって今日の人たちが話してくれれば、それだけ広まるわけだから、ま、地道に地道に」となだめるように大樹が言い、

「地道地道って、そればっかりね。ンマンマ食堂じゃなくて地道食堂って名前にしたほうがよかったんじゃない」とメインスタッフの小川さんが言うとみんなが笑った。

全員で食べても残ってしまった食事は各自で小分けして持ち帰り、余ったフードバッグの、保存の利く食材は教会の物置に保管してもらい、ごみひとつ残さない状態にして解散したのは夜の九時過ぎだった。本来ならば休みのまる一日、立ち働いたことになるが、そのことに不満がない

どころか飛馬は満ち足りた気分だった。

「軌道に乗るまでまだまだかかりそうですけど、なんかたのしかったですね」と、駅までいっしょに歩きながら、メインスタッフの野上さんが言う。

「課題はまだたくさんあるけどね」と少し前を歩く小川さんが振り返って言い、

「地道に、地道に」飛馬が言うとみんながまた笑う。

小川さんは、近所の老舗食堂のおかみさんで、数年前に長男夫婦が厨房に立つようになったので、時間ができて、ボランティア活動をはじめたのだという。この小川さんの口利きで、八百屋さんからけっこうな量の野菜を差し入れてもらった。今後も八百屋さんの協力は続くらしい。そのほか、子どもが高校生になって手が空いたから活動に加わったという人もいれば、教会に通っていて牧師夫妻から話を聞いたという人もいる。いちばん若い石田さんは大学生だ。

駅にたどり着くまでにみんなそれぞれの方向に去っていき、飛馬はひとりホームに向かう。困っている子どもを具体的に助けたわけでもないのに、この満ち足りた気分はいったいなんなんだろうといぶかりながら、ホームで上り電車を待つ。


オープニングからそう時間はたっていないが、学校が夏休みに入ったことと関係があるのか、七月の下旬から子ども食堂に立ち寄る子どもが増えた。何人かで誘い合ってくる子たちもいれば、親が連れてくる子たちもいる。七月の第四土曜日は、夏祭りと称して、教会の敷地内でスーパーボールすくいや綿菓子作りなんかもやったので、通りがかりの子どもたちも気軽に寄ってきた。それが好評だったので、八月も引き続きイベントっぽい内容にしようと決まった。オープニングからかかさず手伝いにきている飛馬も、その日はスーパーボールすくいの係として、だれもいなければ門の前に立って呼びこみをしたり、遊びたいという子どもたちにポイを渡したりしていた。

　Tシャツに半ズボン、ビーチサンダルをはいた長い髪の女の子が、ちらちらと門の内側をうかがいながら、前の通りをいききしているのに、少し前から飛馬は気づいていた。何度目かのとき、目が合ったので手招きすると、おずおずと近づいてきて飛馬を見上げ、

「だれでもいいの？」と訊く。

「だれでもいいよ。ゲームもあるし、綿菓子もある。この建物の二階でも射的とか輪投げのゲームができるし。あとね、ごはんもあるよ。今日は焼きそばとトウモロコシと、アメリカンドッグもある」

「ごはん食べる場合は、おかあさんかおとうさんに連絡してもいい？　ほら、食べちゃいけないものとか、あるかもしれないから」と、飛馬の隣に立つボランティアの女子学生が訊く。

「おかあさんに？」と彼女は不安げな顔をする。

　アレルギーの心配があるので、子どもだけできた場合は親に確認すると、初回後のミーティングで決めた。けれども親に連絡すると、アレルギーの有無ではなく、よそでごはんを食べるなんてだめだとあたまごなしに言われることもある。それはそれでしかたのないことでもある。

「ごはんを食べないで、ゲームだけやっていってもいいんだよ、何度だってできる」と言う飛馬に、

「ただ？」と訊く。

「もちろんただだよ！」と飛馬がおどけて見せると、女の子はボランティアの学生に近づき、その手を握ってぴたりとくっついた。あまりにも突然の密着に、

「え」と学生は声を漏らしたが、すぐに笑顔になって、「じゃあおねえさんといっしょにゲーム

しようか、ボールすくいする？　二階にいって輪投げする？」と、腰をかがめ女の子に目線を合わせる。輪投げ、と女の子が言い、学生は飛馬に目で合図をして、女の子と手をつないだままその場を離れる。

　その後も、ゲームしていいかと訊いてくる子どもたちは多く、散歩途中に立ち寄る家族連れもいて、子ども食堂というよりは、商店街の夏祭りのようなにぎわいだった。五時半を過ぎると、室内で食事の手伝いをしていた野上さんと、今日が初参加のボランティアが出てきて、

「交代しましょう、ずっと外だとさすがに暑いですから」と、飛馬たちに声をかける。彼女たちと交代でなかに入ると、食堂になっている集会室も、子どもたちや家族連れ、すっかり常連になっている高齢者のグループも含めて大盛況だ。

　噴き出る汗をタオルで拭きながら、手を洗いにキッチンにいくと、小川さんと大樹が隅で何か話しこんでいる。何やら深刻そうな気配なので、

「何かありました？　もしかして食事の数が足りなくなりそうとか？」と飛馬は声をかける。二人は飛馬に視線を移し、

「さっきひとりできた子がいるんだけど、親の携帯番号がわからないとかで、承諾を得ずにごはんを食べていて……」と小川さんが声を落として言う。

「でもおなか空いてたみたいだし、食べるなというのも酷なんで、ちょっと様子見ましょう。一応、ボランティアさんは、食べられないものがないかとか、何か食べて具合悪くなったりしたことないかとか、訊いてくれたんですよね。一、二年生かな？　そのくらいだと自分でちゃんとわかってる子が多いですから」と大樹が説明する。

「柳原さん、手を洗ったらあたらしい麦茶を出しておいてくれますか。冷蔵庫に入ってます」

　ガスコンロの前でアメリカンドッグを揚げているスタッフから声がかかり、飛馬はいったんその場を離れる。紙パック入りの麦茶を二つ手にして集会室にいき、ひとりで食べている子どもをさがす。ゲームはできるかと訊いた女の子が、さっきの学生に見守られるようにして焼きそばを食べている。ひとりで食べている子どもは彼女だけなので、話題に出たのがその子のことだとすぐにわかる。ゲームをしたあと、よほどおなかが空いたのか、皿に盛った焼きそばに顔を埋めるほど近づけて、ものすごいいきおいで食べている。飛馬は紙コップに麦茶を注ぎ、その子どものところに向かう。

「おいしい？　今度はおとうさんかおかあさんといっしょにおいでよ、ね」と麦茶を置くと、女の子は飛馬を見ることもなく麦茶を飲み、ゲフッと息を吐いてまた食べはじめる。夏休みのあいだボランティアを申し出ている学生は、ちらりと不安げな顔を飛馬に向け、

「あんまり急いで食べるとおなか痛くなっちゃうよ」と、女の子の肩に手を置いて言うが、女の子は一心不乱に食べ続けている。離れた席で、何かが破裂するような音がし、飛馬は驚いてそちらに目を向けるが、二組の家族がのけぞったり腹を抱えたりして笑っているだけだった。

2018　望月不三子

　何がいけなかったのか、不三子にはさっぱりわからない。

　近所づきあいのある人に聞いた「孫フィーバー」みたいなふるまいはしていないし、仁美が言うように首を突っこみすぎる真似もしていない。亮の子どもが生まれてまだ一年もたっていない

というのに、なぜか亮夫妻は自分を避けていると不三子は感じている。

「うさぎ跳び理論なんじゃないの」と、電話で湖都は言っていた。

「何よそのうさぎ跳びって」と不三子が訊くと、

「昭和のころは体育とかで生徒にうさぎ跳びさせてたでしょ、足腰を鍛えるのにいいからって。でもあれはケガの原因になるリスクが高いから禁止になったじゃん。昭和のときの子育ては、平成も終わろうっていう今じゃあ古いし、非合理的だから、あんまり頼りたくないってだけじゃないの？」と、とくとくと答える。そんなことは不三子も重々承知している。それこそ近所の奥さんが、初孫ができたときにそんなことを言っていた。

「それより亮に、家族連れて遊びにきてって伝えてよ。子どもができて、亮も大自然のなかに引っ越したくなるかもしれないし」と言って湖都は電話を切った。

初音は、少なくとも妊娠したばかりのころは、不三子が湖都と亮を産んだ病院での出産を真剣に考えていたはずだった。それまでと変わらず初音は月に一度は不三子を訪ね、離乳食を教わったり、ただお茶を飲んで話をしたりしていたので、てっきり不三子も、そうすると決めたのだと思っていた。出産が近づいたら亮のところに泊まりにいってもいいと思っていたし、出産後は通ってめんどうを見るつもりだった。出産や育児について、自分のときとは何がどう変わっているのか、本を買って勉強もしていたのだ。

しかし結局初音は、出産予定日のひと月前に実家に帰った。親がどうしてもと言うので、と、実家に帰ってから不三子に電話をかけてきた。本当は妊娠初期からそのつもりで、そう言えなかっただけなのか、実際親に説得されたのか、不三子にはわからない。十二月の二十五日、予定日を一日過ぎて、初音は女の子を産んだ。

名前は結愛に決まったと、二十三日から休暇をとって初音の実家にいっている亮がメールで知らせてきた。なんと読むのかと尋ねると、「ゆな」だというから不三子は仰天して電話をかけ、それは昔、銭湯で働いていた女性の名称だと教えたが、「昔っていつさ」と亮は平然と訊き、「江戸時代とかだけど」と不三子が答えると爆笑した。事態の深刻さがわかっていないらしいと思った不三子は、とおまわしの表現をやめて、

「昔だけど、でも今だってゆなという響きで湯女と連想する人もいるし、娼婦のことをそう呼んだ時代もあったのよ」と説明したが、

「そんな昔すぎること言ってたら全国のゆなちゃんに失礼だろ。ゆなって名前、人気なんだから。字が同じならまだしも」と亮はうんざりした声を出して、電話を切ってしまった。

　年末年始も亮は初音の実家で過ごした。ひとりきりの大晦日、おせちを作る気もせず、不三子は雑炊を作って見たくもないテレビを見続けた。娘夫婦と孫と、にぎやかに年越しをしている初音の親がうらやましかった。

　元日は、そんな姉を気遣ったのだろう、仁美が呼んでくれたので、仁美のマンションで出来合いのおせちを食べた。どれもみんな同じように甘くて、保存料のせいか着色料のせいか、舌がびりびりしたが不三子は何も言わずにひととおり箸をつけた。亮と初音がつけた名前のことを話すと、仁美は手早くスマートフォンで検索し、「たしかに人気だけど、ランキング上位だったのは少し前だね。でも何年か前には一位だったみたい」と言う。「私は響きよりも、読めないってことのほうが気になるけどね。でももちろん、そんなことを若い親には言わないよ」と笑っていた。

「私だって、やめなさいとは言わなかったけど」と言い訳するように不三子は言い、はっとした。無頓着な初音の両親は、ワクチンのことも何も考えず、お知らせがくれば「ただだから」受けた

ほうがいいなどと、きっと初音に言うだろう。受ける受けないは初音が決めればいいとして、受けないという選択もあるのだと伝えなければ。とっさにそう考えた不三子の心を読んだかのように、

「私も言い飽きたしねえさんも聞き飽きてると思うけど、よけいな口出しはやめなさいよ、うざがられるから」と釘を刺した。「うざい、なんて、仁美さんは若いよね」と仁美の夫は不三子に笑いかけた。

ワクチンのことは、口出しではなかった。打つも打たないも、考えて決めてほしかったのだ。自分が打たない決心をしたこと、その結果、湖都が中学生のときにたいへんな騒ぎになったこと、夫が勝手に打たせ、自分も動揺のあまり、医師に勧められるまま最低限のワクチンを受けさせたが、それがよかったのかどうか、じつは今もわかっていないと、自分の経験も踏まえて話してあげたかった。だから、そうした。本も購入して、宅配便で送った。送る前にぱらぱらと読んでみて、不三子は驚いた。接種を奨励されているワクチンが、ひと昔前よりだいぶ増えていたからだ。電話でうまく説明できる自信がなかったから、体験談は手紙にしたためて宅配便に同封した。

いろいろ教えてくださってありがとうございますと、初音からメールがあった。なんにも考えていなかったので、勉強になり、感謝しています。よく考え、また亮さんともよく話し合って、今後のことを決めていきたいと思います。

よく考えた結果、どうなったのか、幾度か不三子はメールで初音に尋ねたが、返信はなく、亮から頻繁な連絡は今はしないでほしいと電話がきた。頻繁にはしていないと不三子は言い張ったが、出産後のホルモンの関係で初音は精神的に不安定だから、何かの決定を迫るような連絡は控

えてほしいのだと亮は言うのだった。ワクチンはどうするの、と不三子は亮に訊いた。はぐらかすかと思ったが、亮は案外まじめに、父親に病院に連れられて、これからワクチンをいくつか接種していくと話されたことを覚えていると言った。湖都が入院してたいへんな騒ぎになったことも、うっすらと記憶にある。

「だから、旅行だけじゃなくて、将来の留学や進学のことも考えて、まったく受けないということは避けたいけど、あたらしく導入されたものには慎重になると思う。でもどちらにしても、ぼくと初音の考えを尊重してほしい」と、電話口で言っていた。

電話とメールでのやりとりばかりでもどかしく思っていた不三子が、ようやく結愛に会ったのは、二月の下旬だった。結愛を連れて、亮と初音が訪ねてきたのである。結愛を抱っこしたら、湖都が赤ん坊のときに一瞬で時間が戻ったかのような錯覚を抱いた。ふにゃふにゃとやわらかくて、にこにこ笑っている赤ん坊は神々しかった。そのご機嫌な感じも顔つきも、亮ではなく湖都に似ていると不三子は思った。

真之輔の両親がやってくれたお宮参りも、不三子は結愛のお祝い着を用意するか、初音の親がやるのならぜひとも参加したかったのだが、知らせもせずにとうにすませていて、スマートフォンの写真を見せてもらった。なんの連絡もよこさないのに、ちゃっかり亮がそこに写っているのも、不三子にはおもしろくなかった。「私にも声をかけてほしかったのに」とちらりと不満を口にすると、「これだけのために電車を乗り換えてきてもらうのも」「一月はまだ雪深かったから」と、初音と亮は口々に言う。

「ワクチンは……」と訊きかけると、遮るかのように亮が、

「最低限のものだけ打つことに決めた」と言い、何を打って何をやめるつもりなのかは言わない。

「育休を半年もらったので、今度、離乳食教わりにきていいですか」と思いついたように初音が言い、

「いいわよ、いいけど、半年って、半年だけなの？　みなさんもっとたくさんとるものなんじゃないの？」不三子は驚いて訊いた。

「いろいろです、半年の人も多いですよ」と初音はにこにこしている。

「結愛ちゃん、私、預かりましょうか。こちらにきてもらうのもたいへんだろうから、私があなたがたのところにいってめんどう見るわよ」

「うわあ、頼もしい」初音は言い、「結愛ちゃん、頼りになるばあばがいてよかったねえ」と抱っこした結愛をのぞきこんでいる。

　赤ん坊の性別がわからなかったので、男女どちらでも使えるような色合いの、おくるみや肌着、カバーオールやロンパースを不三子は作っていて、結愛と名前が決まってからはＹの字の刺繍をすべてに施していた。「ゆな」と刺繍するのはどうしても抵抗があったので、イニシャルにしたのだった。オーガニックコットンの天竺《てんじく》とフライス生地で作ったから肌にも安心だという不三子の説明も初音は熱心に聞き、「すごーい」を連発していた。念のために作ったおむつを渡すと、

「布おむつなんて使っている人いないよ」と亮は言ったが、

「今は逆よ、布おむつのほうがおむつ外れが早いって言われてるし、地球にもお肌にもやさしいから増えてるの。ね、そうですよね」と初音は不三子に笑いかけた。

　秋になっても、しかし亮からも初音からも連絡がない。初音に電話をしてみたが留守番電話になっていて、メールを送ると、「のちほどご連絡します」とだけ返ってきて、でもいくら待っても連絡はこず、その日の夜に亮から電話があり、結愛はもう保育園に通っているという。

「そんな、通ってるってへんな言いかたよ、連れていってるんでしょう」かわいそうにと言いかけた不三子を遮るように、

「かわいそうとか、ぜったいに初音の前で言わないで。初音のまわりの年配の人で、まだ平気で三歳児神話を持ち出す無神経な人も多くて、初音はちょっとまいってるんだ」と言う。

それから連絡がこない。離乳食を習いにもこないし、お盆も帰ってこなかった。あんなふうに亮に言われてしまったから、気軽に初音にメールや電話をするのもはばかられるし、亮はメールに返信もしない。電話は幾度か通じた。結愛の写真を送ってとその都度言っている。服を作りたいから、どのくらい大きくなったか知りたいの、とか、お顔を忘れそうだ、とか、理由をいろいろ並べた。亮はたったの二回、写真を添付して送ってくれた。

二月下旬の訪問以来、亮たち一家は顔を見せにきていない。さすがに避けられていると認めざるを得ない。不三子はほとんど一日、その原因を考えている。何を言ったか、何をしたか。だって、結愛という名前を考えなおしたほうがいいと言ったのは、初音にではなく亮にだし、ワクチンにしたって、しろともするなとも言っていない。三歳児神話がでたらめだと不三子は思ってはいないが、そんな話を持ち出してもいないし、電話でだってかわいそうとは言っていない、亮が牽制しただけだ。どう考えても、二人が気分を害することは言ってもしてもいないのである。むしろ、言いたいことはのみこんできたし、お宮参りのことでは気分を害したが黙っていた。

近所で久賀さんや長谷川さんに会うと、「息子夫婦に子どもができたのにぜんぜん訪ねてこない、赤ちゃんも一度しか見ていない」と、不三子はついこぼしてしまう。孫フィーバーという言葉を不三子は彼女たちに教わった。祖父母がはしゃいで勝手にあれこれやってしまう、家に押しかけてくる、預かって返さない、勝手にお菓子をあげる。勝手にお菓子をあげるのは、湖都の子

育てのときに経験があるから、いやな気持ちはわかる。久賀さんとそんな話をしているときに、「よかれと思って洋服やなんかを買ってあげたって迷惑がる人もいるっていうんだから」と言い出すので、驚いた。

「迷惑って、それ、迷惑ですって言ってくるわけ？」

「そんなこと言わないわよ。その場では、わあかわいーい、ありがとうございまーす、なんて言って、あとから息子が連絡してくるのよ、ああいうのやめてくれって」

「だってあなたのところは娘さんじゃない」と不三子が言うと、久賀さんは笑った。

「だからうちのがそうなのよ。旦那さんのおかあさん、漫画の絵の服ばっかり買うんですって。でもうちのはそういうのが好きじゃないから、その場ではうわー、うちの子これ好きなんですー、って笑ってお礼を言って、旦那さんにやめるよう伝えろって言うんですってよ。ま、たしかに服やなんかは好みがあるからねえ」

　不三子は笑う気にはなれず、ぞっとした。でも電話はかかってきていない、亮から、ああいうことはやめてくれとは言われていない、言われたのは三歳児神話のことだけだと、せわしなく考える。

「じゃあ、祖父母はなんにもできないってわけね」不三子が言うと、

「そうよ。人生百年時代とか言うじゃない。私たちだってまだまだ若いんだから、子どもや孫は勝手にやってもらって、こっちはこっちで人生を謳歌していたほうが、子どもも安心みたいよ」と久賀さんは不三子の肩を軽くたたいた。

「なんだか殺伐とした時代ねえ」

「あら、いつの時代だってそんなものよ。私だっていやだったもの、義母の干渉は。あのころに

は孫フィーバーなんて言葉がなかったってだけよ」

その久賀さんの言葉を不三子はその後も幾度か思い出す。いや、そんなことはない。スナック菓子を与えるのには困ったけれど、でも真之輔の両親は、お食い初めや七五三の席を設けてくれて、いつも気にかけてくれて、不三子は感謝していた。もうずいぶん前のことになるが、二人が亡くなったときはそれぞれにかなしかった。亮たちには勝手にやってもらって、自分の日々を暮らすなんて、できないことではないが、それだったらなんのために慈しんで子どもを育てたのだろう。食事に気を使って、自分はいつも腹を空かせて、夫には別献立を用意して、給食を断りに談判しにいって、なんのためにあんなたいへんなことをしてきたのだろう。

そんなことを考え続けているからか、だんだん体調まで悪くなったような感じがする。不三子は区内では比較的大きな総合病院で診てもらうことにした。もし何かの病気ならば、亮に連絡ができると、そんなことまで考えつく自分が情けなかった。

比較的体調がいい晴れた日に、不三子は二駅先にあるその病院に向かった。駅前ロータリーに植えられた銀杏《いちょう》は葉の先を黄色く染めはじめ、日射しにちかちかと光っている。活気のある商店街を抜け、住宅街にさしかかるととたんに静かになる。教会の前で黄色い着ぐるみを着た人がビラを配っている。教会を見ると不三子は今も湖都と亮を産んだ病院と、勝沼沙苗の教室を思い出す。バザーか何かが催されているらしい。通り過ぎるときちらりと門のなかをのぞきこむと、黄色い着ぐるみの男性が、

「よかったらどうぞ。子ども食堂なんですが子どもじゃなくても大歓迎です。今日はハロウィンのお祭りなんです。ハロウィンは来週ですけど」とチラシを渡す。

不三子はそれを受け取って目を落とし、「あら」とつぶやく。「今日って何曜日？」と心の内で

自分自身に訊いたつもりが声に出ていたらしい。

「土曜日です。第二、第四土曜日にいつもここでやってるんです。同年代のかたもたくさんいらっしゃいます。あ、大人だと三百円かかっちゃうんですけど」

曜日の感覚が抜けていた。土曜日の午後ならば病院の外来受付はもう閉まっている。よく知らない、しかも飲食店でもないところで食事するつもりはなかったが、不三子はちらりと門の奥に目をやる。仮装した子どもたちが建物の入り口で遊んでいるのが見える。児童館を思い出してなつかしい気持ちになる。

「どうぞどうぞ、ご案内しますよ」

不三子がずっと見ているから、興味を持ったと思ったらしく、着ぐるみの男性は不三子を招き入れる。不三子はつい彼についていく。

2018　柳原飛馬

ツイッター、インスタグラム、フェイスブックといったSNSについて、数年前から飛馬は知っているし、役所でもいくつかの課がアカウントを持って、それぞれの情報を発信している。その役割を担っているのは二、三十代の若手で、飛馬はノータッチである。

子ども食堂の山本大樹から、役所とは無関係のアカウントで、食堂についてアピールしてほしいと頼まれたときも、「無理無理、おれはアナログだから、昭和だから」と断ったのだが、月に二度、開催した日の写真やメニュウをアップするだけでいいと押し切られ、「マンマさん」というニックネームで、開催日の感想をツイートすることになった。大樹自身はオフィシャルなンマンマ食堂のアカウントで、ツイッター、フェイスブックで情報や参加申しこみの管理をしている。

八月十一日は祝日と重なったので、たくさんのお友だちが参加してくれました！この日も前回と同じく、お祭りデイです。野菜や保存食品のご寄付、ありがとうございます！たのしくて、おいしい一日でした〜‼

アップする前に大樹にチェックしてもらうと、「なんかおっさんぽいけど、まあ、それでいいです」と言われ、

「なんだよおっさんぽいって。おっさんなんだからおっさんぽくなるだろうよ」とぼやきながら、飛馬はそれをアップした。写真に写った来客の、顔の部分にスタンプを押して隠すことも覚えた。「いいね」がついたことを知らせるアラーム音が鳴ると、気恥ずかしさのまじったうれしさがこみあげる。

プライベートでも、飛馬はSNSの類いは使っていない。七年前の東日本大震災ののちに、ツイッターのダイレクトメッセージ以外、連絡のとりようがなかったと聞いたときは、アカウントを作ったが、何かをつぶやいたこともなく、ずっとただ見ているだけだった。

五年ほど前には、今も連絡を取り合っている政恒に勧められてフェイスブックにも登録した。同級生たちの近況がわかるし、連絡がとりやすいよと政恒は言い、彼をとおして高校の同級生に友だち申請をし、そのつながりで申請されたりもした。三十数人の友だちができたが、名前と顔が一致するのは数人で、だれだかもうよく思い出せない元同級生たちの、パリのエッフェル塔の前でポーズをとっている姿や、やけに豪華なアフタヌーンティーの料理や、四人家族でのキャンプの様子や、仮装をした子どもたちの集うホームパーティなどの写真を見ても鼻白むばかりであ

る。人生の充実しきったようなそんな写真群を見ていると、家族もおらず、海外も新婚旅行でいったことがあるだけの自分が、いったい何を投稿すればいいのかわからず、これもまた放置してある。

ただ、このフェイスブックの存在で、仏像好きだった佐久間さんが歴史専門の漫画家になっていることや、高校の無線部でいっしょだったやつが高校教師になって、しかも無線部の顧問になっているのを飛馬は知った。しかしながらいちばん知りたい情報を知る手立てはない。飛馬がずっと気に掛かっているのは狩野美保のその後だった。カルト宗教が浄水場に毒を入れるから水は飲むな、と教えてくれた電話が最後の会話で、その後、美保がどこで何をしているのかわからない。フェイスブックにもおらず、噂話に登場することもない。

前回、ひとりであらわれて、ものすごいいきおいで焼きそばやたこ焼きを食べていた女の子は、とつぜん電池が切れたように長テーブルに突っ伏して眠った。起こすのも気の毒だと話し合って、椅子をつなげて簡易ベッドにし、三十分ほど寝かせておいたが、六時過ぎには日も傾きはじめたのでボランティアの女子学生が起こし、近くまで送っていくことになった。帰ってきた学生に家はどこだったのかとみんなが訊くと、「商店街の途切れ目あたりで、ここからひとりで帰るって、走っていっちゃって、家まではわかりませんでした」と言う。

食物アレルギーがあったときのために、その日用意していた宣伝チラシに、大樹の属する団体の連絡先を書き加えたものを渡してあったのだが、とくに連絡がくることはなかったらしい。

それで飛馬も、その女の子のことを忘れていたのだが、二週間後の第四土曜日、またその子はあらわれた。食堂がオープンする四時より前に門の前にあらわれて、「だれでもいい?」と、前回と同じことを訊いているのを、たまたまその場に居合わせた飛馬は見かけた。

「あれ？　このあいだもきたよね？」

思わず話しかけると、女の子は照れたように首をかしげて、ふざけて体をぐらぐら揺らしている。Ｔシャツに半ズボン、ビーチサンダルをはいている。

「今日はボールすくいはないけど、二階にゲームがあるよ、いく？」

飛馬が訊くと、女の子は大きくうなずいて、飛馬ではなく、そばにいた女性ボランティアの手を、またしてもためらいなく握る。

「まだ時間早いですけど……」と彼女は飛馬に言い、

「だいじょうぶだと思うよ」と言う飛馬の返事を聞いて教会の別棟に向かう。

四時を過ぎると、いつもきている高齢者グループがやってきて、予約してある家族連れや中学生と小学生のきょうだいなどがぽつりぽつりと集まってくる。集会室の入り口で、予約者の名前をチェックしている大樹のもとにいき、

「このあいだの子、またひとりできたけど、だいじょうぶかな」と飛馬は声をかけた。

「ああ、さっき」二階にいったという意味だろう、大樹はちらりと天井を見上げ、「まあ、様子見で」とこともなげに言う。うなずいて飛馬はその場を離れる。

この三か月半、オープンしてからそのような事例はないが、ネグレクトや、ときに虐待が疑われる子どもがごはんを食べにくることがあるというのを、飛馬は研修でも、ほかの食堂の見学時にも聞かされていた。そういう子はかならずひとり、もしくはきょうだいなど、子どもだけでやってきて、連絡先を言わないことが多いという。ずっと同じ服を着ているとか、お風呂に入っていなそうだとかいった、わかりやすい徴候が見られる場合もあるらしい。

そういう場合は、子ども食堂内でどうにかするのではなくて、区の運営する子ども家庭支援センターにつないでいく、その方法も聞いていた。

前回はお祭りの日で、派手な呼びこみもしていたから、あの子はたまたま通りかかり、興味を持って入ってきたのだろうと思ったけれど、その後親から連絡もなく、今日は待ち構えたようにあらわれたのを見ると、何か訳ありではないかと飛馬は考えてしまうのだが、大樹の感じから、そう深刻なことでもないのかもしれないと思いなおす。このあいだも似たような服装だったが、同じかどうかは覚えていないし、汗染みているわけでもない。ぼさぼさだけれど髪も洗っていないわけではなさそうだった。

前回も、今回も、すぐ近くにいた自分のことは見ようとせずに、若い女性に声をかけたり手をのばしたりするところを見ると、あの女の子は男性がこわいのかもしれない。ここは自分の出る幕ではないのだろうと飛馬は思い、チラシを持って門の外に出、家族連れや高齢者の通行人にそれを手渡す。

晴れていて、四時を過ぎても日暮れにはほど遠いようにあかるく、いっこうに涼しくならない。土曜日の子ども食堂は業務ではなく、ほとんどボランティアに近いのだが、オープンからずっと、飛馬はすべての開催日に参加している。

民間の会社のことは飛馬にはわからないから比べようがないが、飛馬の勤める役所では、管理職になりたいと望む職員は多くはない。この十年ほどでますますその傾向は強まったようにも感じている。飛馬自身も、入庁してすぐは昇任試験を受けるつもりでいたが、離婚後はその気もなくなった。そもそも昇格してもボーナスがものすごく大きく増えるわけでもなく、立場が上になれば区議会議員とのやりとりが増え、責任は増すが、それでやりたいことがやれるという状況になるわけではない。だから離婚後、飛馬ははやばやと出世コースに背を向けているし、もしこの先定年延長になっても六十歳には退職しようと漠然と考えている。自分でも、やる気のない職員だということはわかっているのだが、こうした業務に含まれない活動はやっていてたのしいと感じるのだった。子ども食堂がオープンしてからは、退職後、個人的にこうした活動を続けていこうかと考えるようにもなった。

手持ちのチラシがなくなったので、飛馬は集会室にいき、配膳や洗いものの手伝いをする。まだ周知はされていない感が否めないが、オープンのときより子どもや子どもを連れた家族の出入りは多少とも増えた。ゲームを行っている二階からも、子どもたちのはしゃぐ声が聞こえてくる。

さっきの女の子は、またしてもスタッフに付き添われて、ものすごいいきおいで食事をしている。飛馬はＳＮＳ用に食事風景をスマートフォンの写真におさめる。がっついてごはんを食べている女の子を、自分でもなぜかわからないまま、写さないように注意してシャッターを押している。

「ちっちゃい妹さんがいて、入院してるらしいんですよ」と、女の子を商店街の近くまで送っていったボランティアスタッフの女性が、食堂の終了後、あとかたづけをしながらぽつりと言った。

「あ、このあいだもきたあの子？」

「園花《そのか》ちゃんっていうらしいです。幼稚園の園に花って字で、原園花ちゃん。ご両親がそれでつきっきりなんだとか」

「あらそうだったの、それなら今度はフードバッグも持って帰ってもらったらどうかしらね。お留守番のときもあるかもしれないし」

「そうですね。今回もまた、ご両親宛のお手紙を渡したので、もしかしてこちらか事務局に連絡がくるかもしれません」

スタッフとメンバーが話しているのを聞きながら飛馬は長テーブルを拭き、ひっくり返して脚を畳み、片づけていく。キッチンからときどき笑い声と意味不明の大声が響く。窓の外はもうすっかり暗い。


原園花という女の子は、ンマンマ食堂だけでなく、ほかで開催している子ども食堂にも顔を出していると、九月に入って、飛馬は大樹に聞いた。

区全体の子ども食堂の情報を掲載するホームページを作るために、複合施設の会議室に集まっているときに出た話だという。今、この近隣ではンマンマ食堂のほかに三箇所子ども食堂がはじまっており、レストランが日曜日に開催しているもの、公共施設で開催しているもの、個人塾で弁当の配布のみを実施しているところがある。公共施設で、老人クラブの活動の一環で行っている食堂と、弁当の配布に、原園花はよく顔を出すそうである。公共施設はンマンマ食堂の教会から一駅先、個人塾はべつの私鉄の沿線で、八キロほど離れた場所にある。

どちらも園花はひとりであらわれて、だれも親は見たことがない。老人クラブのほうは初回から参加していて、主催しているスタッフとしたしくなっているし、顔なじみになっていっしょに遊んでいる子どももいるので、とくに問題視していないようだと大樹は話した。

ただ、そこでは、父親は単身赴任で海外におり、母は仕事がとても忙しいと話していて、弁当配布の塾では、両親は夫婦で動物病院を営んでいて、家に帰るのが夜遅くだと話している。

「自分の親の仕事をよくわかっていない子どももいるし、言うことが違うから何か隠している、ってことではないと思うんだけど、何かの機会に親御さんに挨拶できたらいいなとは思ってるんですよね」と大樹は話し、「まあでも、両親が何してるにせよ、孤食は孤食だと思うんで、通える場があってよかったですよ」と締めくくる。

その日は教会の集会室で、今後の献立と催しについてのミーティングが行われていた。飛馬は仕事を終えてから参加したので、着いたときにはすでにはじまっていた。十月のハロウィン、十一月の留学生たちが作る各国料理、十二月のクリスマスと、年内の催しの概要が決まったところで休憩となり、そのとき飛馬は大樹から園花の話を聞いたのだった。

「でもその個人塾はけっこう遠いでしょ。どうやって通ってるのかな」

「自転車とか、あとは百円バスとかかなあ」

「通ってる学校に問い合わせてみるとか」

「いやいや、そこまでは。何か問題が起きたわけでもないですしね」

「地道に様子見って感じで?」

「ま、そうですね」と大樹は笑う。

九月の第二土曜日もやってきた原園花を、商店街の近くまで飛馬が送っていくことになった。帰ろうとする園花に気づき、

「フードバッグあるけど、持っていく?」と飛馬が声をかけた。「妹さんがいて、おかあさんたちもたいへんなんでしょ？　これね、レトルトのカレーと缶詰と、あと果物が入ってる。りんごとバナナと梨、選べるようになってるよ」

腰をかがめ、長テーブルに並べた袋の中身をちいさな園花に見せる。園花は飛馬を見ず、バナナの入った袋を指さす。

「じゃ、これ持って帰っておかあさんに渡してね」と差し出しながら、「今日はぼくが送ってい

こうか」と言ってみる。若い女性スタッフにするように、自分から手をつなぐことはしないが、ちいさくうなずいたので、

「じゃあいこっか」ほっとして飛馬は歩き出す。

出入り口近くで作業をしているスタッフに「そこまで送ってきます」と声をかけ、園花と並んで門を出る。前回より少しだけ日が短くなった気がするが、まだ夏のように暑い。園花は今日もTシャツと半ズボンとビーチサンダル姿だ。

「園花ちゃんのおうちってどのへん？　住所わかる？」歩きながら飛馬は訊いてみる。

「公園にね」園花がちいさい声で言う。

「えっ、公園のそば？　すべり台とかがある大きい公園？」

「公園に猫が住んでてね、家族でいたんだけど、猫を盗む人がいるの」

「えっ、猫？」二十年近く前、公園課に三年間在籍したことのある飛馬は、野良猫が問題になった公園があったか記憶をさぐるが思い出せない。もっとも、この十年ほどで地域猫活動が普及して、野良猫もずいぶん見かけなくなった。「どの公園のこと？」

「あちこちの公園。猫をさがしてるから。盗むためにと園花の返事は要領を得ない。

「じゃあいつか見かけるかな。そうしたら話を聞いてみるよ」と飛馬はてきとうなことを言い、「今日はおうちまで送るよ」とさりげなく言ってみる。

「ううん、いい。ここでいい。じゃあね」園花は商店街に向かってぱっと駆け出していく。

食堂に戻った飛馬は、あとかたづけを手伝いながら、

「あの園花ちゃんっていう子が、猫を盗む人がいるって言ってたんだけど」と、女性スタッフに言ってみる。前回かその前か、園花を送っていったことのあるボランティアの子だ。

「私には、お花を盗む人がいるって話してましたよ。なんか軒先に花壇のあるおうちから、お花を盗む人がいるって」

「花もアレだけど猫は物騒よね。三味線にするのかしらね」と、洗いものをしながら話を聞いていた小川さんが言い、

「なんですか三味線って」と女性スタッフが訊いている。

「やーだ、若い人は知らないのね、柳原さんはわかるでしょ？」

「そんなの今もあるんですか」と応えながら、何か引っかかるものを飛馬は感じるが、うまく言葉にできそうにないので、「あの子、町のパトロールが趣味なのかな」とつぶやいてみる。

2018　望月不三子

十月の土曜日、誘われるまま不三子は食堂を案内してもらった。子ども食堂という名称で、ひとりでごはんを食べる子どもをなくそうというのが、その食堂の趣旨らしい。子どもだけにかぎらず、ご近所の寄合所みたいな場を作るのが目的だと、案内してくれた人は話していた。たしかに子どももいるが、テーブルを囲んで談笑している高齢者のグループもいた。五月に開設したのだが、広く認知されていないので、来訪者はまだ少ない。ひとり親の子どもや、留学生なんかにも気軽に利用してもらえるようになりたいと、その男性は着ぐるみ姿で熱心に語った。

説明をうなずきながら聞いていたが、不三子は食事をしている子どもたちの姿に目を奪われた。中学生くらいの三人連れ、中学生と小学生くらいの子はきょうだいだろうか、まだ三歳くらいの

子どもを連れた若い母親もいる。子どもがごはんを食べるのを、ずいぶん久しぶりに見たことに不三子は気づく。

「お食事、されますか」男性に訊かれ、

「いえ私は」不三子はとっさに断ったが、

「いやいやどうぞご遠慮なく」と彼は厨房に向かって、「ひとりぶんお願いできますか」と声をかけている。

「私はあの、食に制限があるので本当にけっこうなんです」不三子はあわてて断る。

「あ、そうなんですか。じゃああの、せっかくですしお茶だけでも」と、彼は紙コップにペットボトルのお茶を入れて渡してくれる。

「料理を作っているのはどなたなんですか」勧められるままパイプ椅子に腰掛けて、不三子は訊いてみた。

「みなさんこの近所の、ボランティアのかたがたです。メインのスタッフを中心に、あとはSNSやブログで情報を見て、応募してくれるボランティアさんですね。大学生、高校生の子たちも参加してくれるんですよ」と彼が説明をするのを、不三子はもらったチラシを見つめて聞く。

今日のメニユウはカボチャコロッケ、メンチカツ、にんじんのサラダ、なすの揚げ浸し、トマトとベーコンのスープと書いてある。脂けの多い献立なのは子ども向けだからだろうか。それにしてもスープにまでベーコンを入れなくてもいいのに。

「ボランティアのかたも随時募集してますし、あとは食材ですね。お中元でもらったけど余ってたり、家庭菜園の野菜が思いのほかたくさんできちゃったり、なんてときはぜひ寄付してください。あ、持ってきてくださる前に一度連絡いただけるとありがたいです」

不三子はチラシから顔を上げてもう一度室内を見まわす。さっきは見かけなかったちいさな女の子が、お手伝いの女性に話しかけられながらごはんを食べている。家族連れが入ってきて席に着き、隣の家族連れとにこやかに話しはじめる。食事を終えた子ども同士、誘い合って部屋を出ていく。

六十代は昔は引退隠居組だったが、まだ若い。あなたも力が有り余っているはず。

無意識に言葉がよみがえる。区の広報誌の人生相談で見た、回答だ。主婦も母親も——とは書かれていなかったが、でも不三子はそう記憶した——ひとしく偉業だという回答者の言葉だ。

「お手伝いには、何歳まで参加できるんですか」不三子は訊いた。目の前の男性が、あの回答者であるかのような気がしていた。

「年齢制限はないですよ。メインのスタッフのいちばん年上は、六十代の……いや、年齢ってあんまり訊けないじゃないですか、レディに」と彼は言って笑っている。「もしかしてボランティアスタッフになってくれます？　ご近所ですか？　料理がお好きとか？」矢継ぎ早に訊かれ、不三子は言葉に詰まる。

「私働いたことがないんです」ようやく出てきた言葉がそれだった。「いえ、ありますけど、でもそれももう四十年以上も前の話。ずっとマクロビオティックの料理を習っていたんですけど、厳密なマクロビオティックというわけでもないんです。理念は同じだと思うんですけど、陰陽に分けたり段階をつけることもしていません」

男性はぽかんという顔をして不三子の言葉を聞いていたが、あ、とわかりやすく何か思いついた顔をして、ちょっと待っててくださいねと不三子に言い、

「小川さーん、ちょっと今いいですかー」と声を上げながら厨房に入っていく。

少し離れたテーブルで女の子がひとりで食事をしている。さっき向かいにいた手伝いの女性はいなくなっている。へんなお箸の持ちかたで、お茶碗に直接口をつけてごはんを掻きこんでいる。褒められた食べかたではないが、やはり不三子は見とれてしまう。視線に気づいたのか子どもは不三子をちらりと見、見られていることがわかると、口にものを入れたままにっと笑う。

「おいしい?」不三子は訊いた。

女の子はくねくねと体を揺らしてうなずき、ぷいとそっぽを向いて食事を続ける。それでも気になるのだろう、ちらちらと不三子を見ては、目が合うとぱっとそらすのをくり返す。

「どうも、小川といいます、お料理がお得意とか……」

男性に連れられて、白髪まじりの初老の女性があらわれる。見るからに人のよさそうな顔つきで割烹着を着た女性は、自分と同世代くらいかと不三子は目算する。

「いえあの、得意というわけではないんです、以前自然食を教わっていて……」

「だからほら、来月の、留学生に料理してもらう回があるじゃないですか、あれって外国のかたもきてほしいって話だったけど、もしかしてヴィーガンの人とか、ベジの人とか、あと宗教の関係で豚がだめとか牛がだめとか、あるかもしれないから、えっと」男性は不三子を見る。

「望月です」

「そう望月さんに入ってもらって、ベジとノンベジと二種類の献立を作ったらどうかと思って」

「なるほど、それはいいね、自然食ってどこまで食べていいの?」

「食べていいというか、食べてはいけないものはないんですけど、できるだけ避けたほうがいいのは白砂糖や化学調味料、乳製品とお肉で、白米よりは玄米をとったほうがいいんですけれど」

男性と小川さんの、会話のテンポの速さにたじろぎながら不三子は答える。

「ああ、ああ、玄米ね、ああ、そういうやつね」小川さんは大きくうなずく。「玄米は合わない人はおなかこわすけど、合う人はそのほうがいいからね。ごはんも選べるようにしてもいいかもね、白米と玄米とか。白米と雑穀米とかさ」

「あ、それはいいですね」

「じゃあ望月さん、来週の土曜日こられます？　午後だよね？　メニュウを決めたり手順を話し合ったりするんで、参加してもらえれば。そのときみなさんに紹介しますよ」

「え、あの」自分だけ座っていることに気がついて、不三子はあわてて席を立つ。「あの」

「え、だめ？　空いてない？　土曜日の午後、二時以降。夕方になってもいいけど」

「いえ、あの、空いてます」

「じゃあここにいらしてくださいな。ね、それでいいよね」

「本当にいいんですか、あの、ボランティアなので、報酬とかないんですけど」男性が言う。

「いえ、あの、報酬なんて……」

「じゃあ決まりだ。けっこう予算は限られているから、あんまり贅沢なものは作れないけど、なんとなく献立を考えてきてくれたら助かります。えーと、ベジタリアン用で、外国の人が好むような……なーんて言ってもわかんないよね、私だってわかんないもの。ま、そんなことは考えなくていいか。献立もなんとなくでいいんです。野菜はね、八百屋さんからもらえるんだけど、何がもらえるか直前までわからないから、きっちり決めちゃうと変更がむずかしいからね。それじゃ、私、あっちあるんで」

　小川さんは不三子に笑いかけて厨房に戻っていく。

「なんだかすみません、急な話で」着ぐるみの男性がお辞儀をするので、

「いえ、あの」不三子も頭を下げながら、言葉がすんなり出てこない自分にいらいらする。「何もわからないので、よろしくお願いいたします。来週ですね」

男性が携帯電話の番号が入った名刺をくれる。NPO団体の名称が書かれている。子ども食堂やフードバンクの活動をしている団体なのだと彼は短く説明をする。不三子も携帯電話の番号を彼に伝える。そうしているあいだにも、子どもたちが二階から下りてきたりあたらしく入ってきたりして、あちこちで笑い声が上がっている。高齢者たちはずっと同じ席でまだ話している。

男性に送られて、不三子は教会の門を出る。駅までの道のりを歩くが、やわらかい綿の上を歩いているような心地である。何があったんだろう。何を引き受けたんだろう。二人の会話を思い出す。テンポが速くて、そしてなんだかいいかげんだった。あんなふうにものごとを決めてしまっていいんだろうか。こちらの素性も知らないまま、来週きてくれとか、献立を考えろとか、あんなふうでいいんだろうか。だって私が悪い人だったらどうするんだろう。料理が口に合わなかったらどうするんだろう。いやでも、もしかして、世のなかってあんな感じなんだろうか。いいかげんで、てきとうにものごとが決まっていくような。次から次といろんな疑問が浮かび上がる。

駅にたどり着いたとき、不三子ははっとする。

厳密には、名刺の男性の団体が何をしているのか知らないし、子ども食堂が何かもわかっていない、小川さんが何ものなのかもわからないのだが、世間というものに、いや、社会というものに、ひさしぶりに触れた、と思った。できあいの惣菜とスナック菓子を食べる夫もいない、人間ドックの数値を心配してあげる夫もいない、反抗期の子どももいない、行方知れずになった子どももいない、孫に会わせない子どももいない、三歳児神話がどうとか言ってくる子どももいない、そんな場所に足を踏み入れたのは、いったいいつ以来だろうか。

あの教室だ、勝沼沙苗の料理教室。あれ以来だと不三子は気づく。

あのとき、自分の前で扉が開いた気がした。扉の向こうに、見たことのない景色が広がっている気がした。今もまた、そんな予感がする。扉はまだ開いていないけれど、自分があたらしい扉の前に立っていることが、不三子にはわかる。


きっちり決めると変更がむずかしいから、なんとなくの献立でいいと、小川さんという女性は言っていた。それでも、翌日から、不三子はそれについて考えずにはいられなかった。毎日、自分のための食事ではなくて、披露する献立の予行演習のような数々の料理を作った。

玄米はごまのおにぎりにする。かぼちゃの茶巾しぼりなんて、かたちも色もかわいらしくていいのではないか。それから豆乳で作るキノコのグラタン。ヒエ料理なんかも入れようか、ヒエのコロッケなら食べやすいだろう……いや、なんだかこのあいだの献立はずいぶん脂っぽかった。二種類の献立を作るなら、こちらは脂を極力控えたものにしたほうがいいかもしれない。

外国人留学生を呼ぶと話していた。外国人が自国の料理を作ると言っていたのだったか、よく覚えていないけれど、ともかく外国のかたが大勢くるのだろう。外国人がどんな料理を好むのか皆目わからないけれど、洋風の料理にするよりは、和食にしたほうがいいだろう。考えは止まらない。

十一月の最初の土曜日、玄米のおにぎり、玉ねぎと豆腐とにんじん、春雨とヒエを油揚げに詰めて煮た宝包み煮、かぼちゃの茶巾しぼりを弁当箱に詰めて持っていくことにした。勝沼沙苗のように弁が立てばどんなにいいだろうと思うが、できるはずがないのだから、実食してもらったほうがいいと思ったのだった。

教会の、このあいだの集会室にいくと、すでに四人ほどが集まっている。小川さんが不三子を見つけて「こっちこっち」と手招きしてくれるのでほっとする。

「今日からスタッフになってくれる、えーと」

「望月です、望月不三子です」不三子が挨拶すると、みな名乗る。小川さんが最年長らしく、ほかはみな若い女性たちだ。

「料理を試作してきたんですけれど」と不三子は持ってきた紙袋を持ち上げる。

「えっ、本当？　なんだか申し訳ないです。じゃあみなさんそろったら、いただきましょうか」

またばらばらと人がやってきて、最後に、このあいだ着ぐるみを着ていた男性が今日はジーンズにトレーナーという格好であらわれ、集会室の長テーブルに着く。

「みなさんに紹介しますね。これからスタッフになってくれる望月さん、それから、来週お料理を作ってくれるスアンさん、スアンさんは大学に通いながらベトナム料理のレストランでアルバイトしているの、そちらもよろしくね」小川さんが言い、不三子が立ち上がって礼をし、スアンさんという女性も照れくさそうに挨拶をする。学生だというが、いったい何歳なのか不三子にはわからない。

「これから献立を決めていくんだけど、その前に、望月さんはベジタリアンの料理が得意ということで、今日は見本を作ってきてくれたんです。手を洗って、いただきながら進めていきましょう」

小川さんが言うと歓声が上がる。みな厨房に手を洗いにいき、小川さんが手早く紙皿と割り箸を並べる。促されて、不三子は持ってきた料理を容器ごと長テーブルに並べていく。おにぎりは竹皮で包んである。茶色くてまずい弁当、という湖都の声がよみがえる。

「おお、うまそう！　いただきます」男性がまずおにぎりに手をのばし、厨房から戻ってきた女性たちがわいわいとにぎやかに料理に箸をつける。

「油揚げに何か入ってる、え、なんだろ、豆腐とにんじんと玉ねぎと春雨と、キヌア？」

「ヒエなんです、ミネラルが豊富で食物繊維も含まれていて……」

「ヒエってはじめて食べた、もっとぱさぱさしてるかと思った、これすごくおいしい」

「おにぎりおいしい！　なんでこんなもちもちしてるの。冷めてもおいしいってどういうこと」

「かぼちゃのかたちがかわいい」

「かぼちゃおいしい、これとくべつなかぼちゃですか？」

「玄米って自分で炊くとぼそぼそするかべっちゃりするかにならない？」

「なるなる、こんなふっくらもちもちしない。何かコツがあるんですか」

「コツはあの……」

「スアンさん、ヒエってわかります？　このぷちぷちしたの」

「ヒエはじめて聞きました、でもおいしい、たのしい感じ」

「そうだよね、食感がたのしい」

「スアンさんは何作る？」

「なんか料理対決みたい。私たちは作らないんですか？」

ものすごい騒々しさである。ころころと変わっていく話題に不三子はついていけず、輪から少し外れたところにぼんやり立っている。手が震えていることに気づき、祈るみたいに指を組む。鼻の奥がつんと痛み、視界がにじむ。

「どうしたの望月さん、具合悪いですか」

男性が気づいて叫ぶように言い、みんながいっせいに不三子を振り向く。不三子は慌てて彼女たちに背を向けて顔を覆う。みっともないと思うのに、あふれる涙を止めることができない。手料理を、子どもたち——しかも幼いときの子どもたち以外から、おいしいとはじめて言われたことに気づいたのだった。四十年以上、もっとも心を砕き、手抜きをせずに作り続けてきた料理を、おいしい、かわいい、コツは何かと、はじめて言われた。そのことがうれしいというよりも、不三子には衝撃だった。泣いているのはうれしいからではなくて、驚いているからだった。だれにも褒められなかったことを、なぜ四十年も続けられたのか、という純粋な驚きのせいだった。

2018　柳原飛馬

十一月の第二土曜日は国際色ゆたかな食堂となった。

留学生のベトナム人女性が生春巻きとバインセオ、商店街の韓国料理店の店主がチヂミとトッポギ、小川さんたちがきのこごはん、生姜焼きとキャベツの千切り、味噌汁、それからベジタリアン用の献立として、玄米のおむすび、かぼちゃの茶巾しぼり、ヒエを使った春巻きに、オートミールを使った肉団子。デザートとして、差し入れのあった柿とみかん。それぞれ調理用バットや大皿で出し、各自が好きなように盛り合わせるビュッフェスタイルになっている。

いつもの高齢者たち、幾度か見かけたことのある子どもたちのほかに、若い外国人の男女も五、六人いて、にぎやかに食事をしている。ベトナム人のスアンさんが大学の友人を、韓国料理店店主のカンさんが知り合いの家族に声をかけてくれたらしい。何人かが去ると何人かが入ってきて、集会室には子どもの笑い声と泣き声と、高齢者たちの笑い声のほかに、耳慣れない言葉と英語が飛び交っている。

ふだんは厨房でおしゃべりしたり、呼びこみをしたりしている飛馬も、この日は忙しく、お茶を出してください、食器を下げてほしい、洗いものをお願い、二階のゲームに人が足りませんと、声がかかるたびにあわただしく動きまわった。原園花がいつものように若い女性スタッフに話しかけながら食事をしているのも目に入っていたが、気がついたら園花は帰ったあとだった。

七時に食堂が終わると、残っていた外国人の若者と、期間限定で手伝いにきているボランティアスタッフたちは打ち上げにいくといってにぎやかに出ていく。いつものようにメインのスタッフだけが残り、片づけを終え、かんたんなミーティングを行う。

「集計結果ですけど、予約していた家族や子どもたちと、今日きてくれた人たちぜんぶ含めて、六十八人と、今まででいちばん多い来客数になりました！」

大樹が言うとみんな顔を見合わせて拍手をする。あたらしい女性がスタッフに加わっているのに飛馬は気づく。

「しかも今日は、スアンさんやカンさんが声をかけてくれたおかげで、留学生や家族連れがとても多かったですね。これはうれしい結果です。今後もこういうイベントを多くやっていけば、外国人のかたにも知ってもらえるんじゃないでしょうか」

「地道に続けよう」小川さんが呼びかける。

「そうです、地道にやっていきましょう。それで、今日はビュッフェ方式だったから正確な数はわかりませんが、だいたい七、八十名ぶんは料理を用意したはずですが、ぜんぶ売り切れです」

また拍手。

「そうだ、今日はじめて参加してくれた望月さん。献立決めのときから試作品を作ってきてくれて、本当にありがとうございました」

「立って立って」と小川さんに促されて、初参加の女性が立ち上がる。

「足手まといになっていないといいんですけれど」と、ちいさな声で言う。白髪の髪を短く切った女性で、白いエプロンをしている。

「ベジ料理も人気だったし、今日きてくれたかたのなかにも、ベジタリアンだという人がいたので、これからも二種類用意したらどうかと思います。とはいえ割合としてはノンベジのほうが多いから、七、三とかの割合かなあ」

「ベジじゃなくてもダイエットしたい子もいるかも」

「じゃあ六、四？」

「ごはんは二種類あったらいいと思う。望月さんの玄米、おいしいから」

「でも望月さんに負担じゃない？　今日のおにぎりって炊いたのはここだけど、望月さんちで浸水させてきてくれたんでしょ？　今後たくさん用意するようになると持ち運びもひと苦労よ」

「いえ、あの」座るタイミングを逸して立ったままの望月さんは、片手を顔の前で振っている。

「朝にきてここでもみ洗いして浸水させるのは？」

「十時からなら四時間くらいは水につけられるんじゃない」

「いえあの、だいじょうぶです、湿度とか季節とかによっても変わりますから、私やります」と望月さんは顔を赤くして少しばかり大きな声を出す。

「でもさ、ひとりに負担をかけるとよくないんですよ。続かないし、あとその人が体調を崩したりしたらできなくなっちゃうから。じゃあさ、今度望月さんに玄米講座やってもらいましょうよ。次の献立決めのとき」

あ、それいいね、そうだね、私も教わりたいとみんなが口々に言い、望月さんはさっとうつむき、ようやく席に座る。

「柳原さんも紹介します。この人は役所の人だけど、今はもうなんていうか、ボランティアのひとり。今日も人一倍働いてくれました」

大樹が言うと、みんなが拍手をする。飛馬は立ち上がり、

「はじめまして、柳原です」と望月さんに向かって言う。

「ふつう役所の人は立ち上げが終わったら事務局だけ管理してくれて、もうこなかったりするんですけど、柳原さんは毎回きてくれてるんですよね、手ぶらで」

「えっ、手ぶらだめ？　じゃ今度差し入れ持ってくるけど」わざと飛馬がそう続けると、

「お願いしまーす」大樹もふざけて頭を下げる。

ちらりと飛馬は望月さんを見ると、困ったような顔で飛馬と大樹を交互に見ている。外で働いたことがないのだろうなと、望月さんの様子を見ていて飛馬は思う。どういう経緯でボランティアスタッフの一員になったのかはわからないが、話の流れからすると、望月さんはベジタリアンで、その調理法にくわしいらしい。

集会室を片づけ、ミーティングに参加していた牧師夫人に礼を言い、みな教会を出る。それほど肌寒くはないが、空気に冬のにおいがまじっているようだと飛馬は思う。もうすっかり暗いなかを、三々五々帰っていく。若い野上さんは、近くの居酒屋で行われているらしい打ち上げに参加すると言って、携帯電話をいじりながら駆け出していった。

「そういえばあの園花ちゃんっていう子、またパトロール報告してました?」

ふと思いつき、駅の方向に一緒に歩いているスタッフに飛馬は訊いた。

「私の勘ですけど、あの子、嘘つきだと思う。嘘つきっていうか、そういう子っていますよね、悪気なく嘘ついちゃう子ども。テレビが五台あるとか」と歩きながら彼女は言う。

「幽霊が見えるとか」

「そうそう。そういう感じ。猫を盗む人が、猫にあげるために雀や鳩をつかまえてるとか、仲のいい子の両親が死んでしまってアメリカに引き取られていったとか、あとなんだっけ、忘れちゃったけどいろいろ言ってました」

「なんか、だいじょうぶかな」

「いや、あるあるっていうか、いるいるだから、だいじょうぶだと思いますよ。こっちが話半分に聞けばいいんで」

「ひとりできてる子もいるんですよ。両親が忙しいらしくて。はじめてきてからずっときてるかな? 慣れてきて、おかしなこと言うらしいです」飛馬は二歩ほどうしろを歩いている望月さんに言う。望月さんは飛馬を見上げ、

「はあ」と気の抜けた声を出す。

商店街にさしかかると、残っていた人たちもみなべつの方向に向かう。望月さんは駅に向かうようで、ちょっとした気まずさを感じながら飛馬も駅を目指す。人通りは少ないのだから歩道を並んで歩けばいいと思うのに、望月さんは二、三歩うしろにいて、ペースを合わせようとすると彼女もそれに合わせてもっと遅くし、二、三歩の間隔を詰めようとしない。黙っているのもへんなので飛馬は何か話しかけたいと思うが、ふりむいて話をするほどでもない。

「望月さんはベジタリアンなんですか」

ようやく駅のホームに着いてベンチに座り、飛馬は訊いてみる。

「そうと決めているわけではないんですけど、肉や甘いものは食べませんね」

「食べていいのは野菜と玄米と、あとなんですか」知りたいのではなく、会話を続けるために飛馬は訊く。

「食べていい、悪いというのはないんです。私が習ったのは勝沼沙苗さんというかたの料理法で、マクロビオティックが基本になってますけど、それをもっと独自に解釈されたものですね。これは食べていい、これはいけない、というのではなくて、逆なんです。食べものが体も性質も作っていきますから、いい悪いというより、体と心を作るために選ぶというか」

急に饒舌になった望月さんに内心びっくりしながら飛馬は相づちを打つ。興味もなく訊いてしまったのが申し訳なくなる。

「望月さん、健康そうですもんね。今日だってずっと立ちっぱなしだったけど、そんなに疲れているふうでもないし」それでそんなことを言ってみる。

「健康でいてもしかたないって、でもあの、思っていたんです」と、望月さんは隣に座る飛馬をちらりと見て、秘密を打ち明けるように言う。「ただ健康でいたって、生きがいがなければ意味がないなって思っていたんですよ。だからね、私は今日がはじめてでしたけど、よかったと思って。もしかしたらこれから、私の料理をよろこんでくれる人がいるかもしれないと、はじめて思っているところです」

ホームに人が増えてくる。まだ早い時間なのに酔っ払った集団もいる。まもなく二番線に下り電車が入りますとアナウンスが聞こえてくる。

「どうやってあそこを知ったんですか」

「たまたま通りかかったんです。あの先の病院にいこうとして。それで誘われて」望月さんは言い、膝に目を落とす。浸水させた玄米の空容器の入った大型の紙袋を膝に置き、それを見つめている。「区のお知らせに、人生相談があるんです」

うつむいてつぶやく望月さんの言葉に驚いて、飛馬は横から彼女を覗きこむ。

「広報誌のことですか」

「あの毎月無料で配布される冊子です。人生相談があって。ずいぶん前になくなってしまったんですけど」

それ、ぼく担当してました、というか記事も書いてましたと言いそうになるが、飛馬はそれをのみこみ、ただ相づちを打つ。たしかにあのコーナーは、飛馬の異動後三回ほど続いて、なくなった。新担当が、矢田紀之に回答を書かされることをいやがったのではないかと飛馬は想像している。

「私ではないんですけど、子どもたちも独立して、夫も亡くなって、生きる気力がないっていう相談があったんですよね。そのなかに」

電車がホームに入ってくる。同じ方向を向いて座っているから、てっきり同じ電車に乗るのかと思っていたが、望月さんは立ち上がる。

「今日はありがとうございました」と頭を下げて、ホームの反対側に向かう。

「え、それになんて回答があったんですか」思わずついていきながら、飛馬は訊いた。

「主婦でも母でも、みんな偉業だって。あなたは若い、若くてまだまだ力が有り余ってる。だから、人手が足りないボランティアもあるからおやりなさいって。それをずっと覚えていて」

ドアが開き、望月さんは乗りこんで、また頭を下げる。音楽が流れ、ドアが閉まり、もう一度頭を下げる望月さんを乗せて電車は走り出す。

ぽかんと口を開けたまま電車を見送り、飛馬はあわただしく記憶をさぐる。矢田紀之と仕事をしていたときのことを思い出す。生きる気力がない？　夫は亡くなり、子どもたちは独立……高齢女性からの相談だろうが、覚えていない。もしかして異動後の数回に掲載されたものか。

上り電車がやってきて、飛馬はぼうっとしたまま乗りこむ。車内で、携帯電話を取り出してSNSをチェックする。流れてくるツイートをひととおり読み、マンマさんとしてアップした自身のツイートをまとめて読んでみる。

何か書きたい気持ちがふつふつとわき上がってくる。

今日のンマンマ食堂はインターナショナルで、大盛況でした！生春巻きもチヂミもンマかった〜！ンマンマ食堂はベジ料理の用意もしていきますので、次回、ぜひいらしてください!!

語尾や表現を変えながら打ちこんでは消し、消しては打ちこみ、写真を選び、写りこんだ人の顔をスタンプで隠しているときに、降車駅だと気づいて電車を飛び降りる。

気分がやけに高揚していた。打ちこみ途中のツイートを保存し、飛馬は降車客とともに改札を出て、商店街を歩く。歩きながらも、マンマさんのツイートについて考えている。食堂の写真ではなくて、料理の写真にしようか。これからベジとノンベジ料理の二種類を提供していくことを、ちゃんと告知しようか。

住まいに着くころには、望月さんの話に興奮しているのだと飛馬は気づいた。矢田紀之の言葉をもとにしているにせよ、自分で書いた文章をだれかが読んで、励まされたり、行動を起こした……のかもしれないのだ。そんなことは、自分の人生に、今まで一度だってなかった。

祖父の立派な行動に恥じることのない男になれという、昔聞かされ続けた父の言葉を思い出す。卑怯もんと外に出されたこと、裸足で踏んだ土の冷たさ、ヒーちゃんを入れてごせいなと泣く忠士の声が一気によみがえり、複雑に絡まり合った感情がこみあげて、飛馬は玄関から洗面所に向かい、いきおいよく顔を洗う。立派というほどのことでもないし、人助けともいえない。そもそも望月さんが言っていたのが、自分の書いた回答なのかも判然としない。飛馬は自分を落ち着かせようとそんなふうに考えるが、ありがとうございましたという望月さんの言葉が、回答を書いていた自分に向けられたもののように胸のなかで響いている。

ツイッターに書きたいのはこの興奮だった。しかし何をどう書いていいのやらわからない。昔人生相談の回答をしていたことがあって……なんて書けるはずがないし、ことの詳細を書くのならば、そもそも一四〇字にはおさまらないだろう。はは、と短く笑って飛馬は冷蔵庫から缶ビールを出し、立ったまま、勢いよく飲む。

2019 望月不三子

子ども食堂の手伝いをはじめて三か月目に入ろうとするころには、不三子にも要領はわかってきた。

玄米は白米より人気はないが、家族連れの母親や、高齢の女性たちは玄米をかならず選ぶ。男性と子どもは白米を選ぶが、雑穀米や赤飯にすると、ときに白米よりも人気だ。留学生をたくさん招いた日以来、留学生や外国人の家族連れなどがきてくれることもあるが、まったくこない日もあり、その上、思ったよりベジタリアンの人は少ない。ヒエやきび、オートミールやおからは、まずいという先入観、あるいは体験による印象を、大人の大多数が持っている。それを払拭するためには、何かで包んだり、揚げたり、盛りつけもしゃれた感じにしないと手をつけてもらえない。都内の、若い人向けのオーガニックレストランをまわって勉強しようと小川さんが誘ってくれて、年明けに予定を合わせて出かけようという話になっている。

十二月の開催時には、小麦アレルギーのある子を持つおかあさんが、食についての相談を持ちかけてきた。相談を受けたスタッフが、そういうことなら望月さんだと、厨房の不三子を呼んだのだった。未就学児の母であるその女性は、米粉やオートミールなど代替食材の知識はあった。ただ漠然とした不安をつねに持っているようなので、かぼちゃフレークで作る蒸しパンや、ポレンタを使ったコーンブレッドなど、不三子はかんたんに説明しながら、

「代替食材なんて考えないほうがいいの。小麦粉より便利でおいしいものを、と思ってさがせばいいんですよ。私なんか若いころ、白はぜんぶだめと思いなさいなんて言われたんだから。お砂糖にお米、パンは白より黒、小麦も全粒粉かライ麦ね。それを使えないと考えると窮屈だけど、ほかにもおいしくて体にいいものがあると知ることがたいせつなんですよ」と話し出すと、ついつい止まらなくなってしまう。これではだめだ、よかれと思ってあれこれ言っても、亮や初音のように煙たがって相手の足が遠のいてしまう、と自分に言い聞かせて口を閉ざす。

「ありがとうございます」と、その若い女性は頭を下げて、「こんなふうに言ってくれる人いなかったから、なんかうれしいです。ネットで調べれば、パンやケーキの代用ってすぐ出てきますけど、ばあばたちから、あれもこれもだめなんてかわいそうとか言われるうちに、私もかわいそ

うって思って……」と言いながら涙ぐみ、「いやだ私、ごめんなさい。こんなふうに言われたこと、なかったから」と、彼女の脚を抱いてそのうしろに隠れている男の子を抱き上げて、「今日の、葛粉を使ったシチュウ、すごくおいしかったです。この子も食べられたし」と言う。三歳くらいだろうか、男の子は恥ずかしがって母親の首元に顔を埋める。

「またきてくださいね。今日みたいに、予約のときにアレルギーのことを伝えてくだされば、こちらも献立に反映しやすくて助かります」ほっとして不三子は言った。こちらを見ようとしない男の子の、その後頭部もたまらなくかわいらしい。

湖都や亮が子どもだったときより、多岐にわたったアレルギーを持つ子どもが増えていることも、手伝いをはじめてから不三子は知った。卵や小麦粉ばかりか、パイナップルや長いものアレルギーもあるという。はじめて訪れる子どもがいたら、親に連絡をとってアレルギーの有無を確認するという決まりがあることも教わった。また、アレルギーの原因の特定がむずかしい乳児には、牛乳や離乳食の提供はせず、食事提供は親やそのきょうだいのみとも決まっている。

子どもだけできたものの、親の連絡先がわからなかったり電話がつながらなかったりで、でも食事を断るのはしのびないので、ごはんを食べさせたことは幾度かあると小川さんから不三子は聞いたが、さいわい、体調を崩した子どもは出ていないらしい。

あっという間だった。いなくなった湖都のことで悩んだ十数年、連絡がついたものの、なんだかよくわからない暮らしをしている湖都について考えるこの数年間、亮と初音に避けられている理由をさぐる最近、結愛に会えないことをひそかに嘆く数か月、それらすべてが、いっさい消えたとは言えないまでも、あっという間に遠ざかった。頭の上に重たく垂れこめていた雲が、一気に晴れたかのようだった。

それが不三子には不思議だった。自分を取り巻く状況は何も変わっていないのだ。しかも心を砕いているのは名前すら知らない人たちの食事である。これはただ、じっと見つめていた手のひらから目を上げただけ、というようなことなのだろうか。目を上げたら、自分の手のひらよりずっとおもしろい光景が見えた、というだけのことなのだろうか。だとしたら、もっと早く何かやればよかったではないか、給食調理のパートでも学生寮のまかない係でも、いや、料理と関係のない、掃除だって帳簿つけだって、なんだってはじめてみれば、あんなにもくよくよと悩み、靄《もや》の晴れない気分でくすぶり続けることはなかったんじゃないか。

そしてふと、不三子は思うのである。製菓会社をなぜやめたのだっけ。もちろん答えはわかっている。結婚を機にやめたのだ。でもそれはただのきっかけであって、不三子の思う「なぜ」の答えではない。そうするのがふつうだったから。たいした仕事をしていなかったから。働いても先が見えなかったから。家事育児と両立できるはずがなかったから。いくらでも思いつくが、でもそれらもみな、答えではない。

和歌が書いてあるビスケットとか、めずらしい動物のかたちで、名前が書いてある一口サイズのチョコレートとか、たのしんであたらしいことが覚えられるお菓子があったらおもしろいと思う、と言っている谷部不三子が、テレビドラマの一場面のように浮かび上がる。向かいで食事をしていたあの男性、もう名前も顔も思い出せないあの人は、かぶせるように言ったのだ、添加物のことなんかは考えないのかと。

何かもっと重要なことを思い出しそうになって、不三子は目を閉じて記憶をたぐるが、平皿にこびりついた米粒とか、洋食屋なのに箸を下さいと言いかけて恥ずかしい思いをしたとか、ソースのたっぷり残った皿をなめたいと思ったことなど、どうでもいいことばかりが点滅するように浮かんでは消える。

一月のなかばすぎの日曜、子どもも食堂もミーティングもない日だったが、不三子は九時過ぎに教会にいくために家を出た。牧師夫妻の妻が、数年前から絵本の寄付をしていると聞いて、不三子は家にある絵本を持っていくことにしたのだった。どうせなら礼拝にも出てみようと、朝十時にはじまる礼拝にも参加することにした。

礼拝堂のいちばんうしろの席に座っていると、老若の人々が集まってきて席に着き、やがて牧師の妻がパイプオルガンを弾いて礼拝がはじまる。みんな立ち上がって讃美歌をうたい、うたい終わると着座して牧師の言葉どおりに聖書を開き、話を聞く。

そうしていると、湖都を身ごもっていたときのことを不三子はありありと思い出す。あのときも、讃美歌はわからず、説教もちんぷんかんぷんだった。それでも木の椅子に座っているとおだやかな気持ちになれた。教会にいったから、勝沼沙苗の教室にも参加することができたのだ。もし沙苗に会っていなかったら、もっと適当でずさんな子育てをしていただろうと不三子は思う。体にいいものだけを食べさせて、うつくしいものだけを見せようなどと、思わなかっただろう。

でもなぜ、子どもたちは、私の思うようなうつくしい大人ではないのだろうと、牧師の話を聞きながら不三子はぼんやり考える。それとも、ほかの人たちから見たら、共同生活をする湖都も、実母より義父母を優先する亮も、うつくしく成長したゆたかな人間なのだろうか。

礼拝が終わる。三十分後にはじめてきた人向けの勉強会があるという案内がされる。不三子は牧師夫人を呼び止め、

「こんな古いものでもかまわないかしら。色あせているものもあるんだけど」と、紙袋に入れて

きた絵本を出して椅子に並べる。

「あら、ぜんぜん色あせてなんかない、もの持ちがいいのねえ。助かります」夫人は言う。

「こんなのでよければ、また持ってきます。捨てるのはしのびなくて、家にまだまだあるんです。孫にあげたいけれど、最近の若い親はお古をもらうのをいやがるらしいから」

「ぜいたくよねえ。こういう定番の絵本は読み継いでいくのがいいのにね。あ、望月さん、勉強会に参加します？」

このあとの予定もなく、絵本をよろこばれたことがうれしくて、つい、はいと返事をしそうになるが、不三子はあいまいに笑い、「遠慮しておきます、むずかしい話は苦手で」と断った。

「むずかしくないわよ、いらっしゃいよ」と夫人は食い下がるが、

「このあといくところがあるから、また今度」と不三子は断り、教会を出る。

晴れているが空気が冷たい。立ち止まってショールを巻きつけていると、見覚えのある子がこちらを見ていることに不三子は気づく。不三子を、ではなく、教会のなかをのぞいている子は、毎回子ども食堂にやってくる女の子だ。ピンク色のジャンパーにズボン姿のその子に、

「食堂にきてくれたの？　食堂は今度の土曜日よ」不三子は話しかける。彼女ははっとしたように不三子を見上げ、にっと笑う。細くて量の多くない髪をうしろでひとつに結わえている。乾燥した頬を見て、この子はもしかして食事をもらえないおうちの子なのではないかと、ふと不三子は思う。

「ごはんの入ったバッグ、いつも配っているやつだけど、持っていく？」

そう訊くと、にっと笑ったままこくこくとうなずく。ちょっと待っていて、と言い残して、不三子は礼拝堂に戻る。さっき話していた牧師夫人の姿はない。もう勉強会がはじまったのかもし

れない。不三子は礼拝堂を出て、隣の別棟に向かう。ドアが開いていたので、「失礼します」と声をかけて部屋に入るが、人の気配がない。食堂の開催日、余ったフードバッグは保存の利くもののみ、厨房の隅の段ボール箱に入れてある。不三子は「失礼します」とくり返しながら厨房にいき、段ボール箱のなかからひとつを選び、急いで門へ向かう。

女の子はその場に突っ立っていて、戻ってきた不三子を見ると、にっと笑ってうつむき、くねくね体を動かしている。

「これね、缶詰とかカレー、あと袋麺も入ってる。カレーはからくないやつよ。あたためたりお湯を沸かしたりしなきゃならないけど、ママいる？　やってくれるかしら」

「ママはいないけど、できるからだいじょうぶ」女の子は不三子の手からバッグを受け取ってなかをのぞきこんでいる。

「できるの？　すごいわねえ」と言いながら、こんなにちいさな子がひとりで湯を沸かしたりカレーをあたためたりするのを想像すると、いたたまれない気分になる。「おうち、近所なの？」

「近所」と女の子はうなずき、じっと不三子を見上げる。おうちにいって何か作ってあげようかと一瞬思うが、きっとそんなことをしてはいけないという決まりがあるはずだと思いなおす。不三子はあわただしく駅までの道を思い描き、おにぎり屋があったことを思い出す。

「それならすぐそこのおにぎり屋さんにいこうか。おにぎりならすぐ食べられるから、持って帰ってお食べなさい」

女の子はうつむいてこくこくと首を振るので、不三子は歩き出す。なまあたたかいものが手に触れて、びっくりして見ると、女の子がちいさな手で自分の右手を握っている。マジックペンでぬったのか、爪と、爪からはみ出して指先も、ピンク色に染まっている。そのちいさなぬくもりから、たじろぐほど多くの思い出があふれる。まんまと笑った幼い湖都、おぶったときの重みと熱、お遊戯会でうたっていた湖都、地面に寝そべって泣いた亮、内緒話をするときの息づかい、川沿いを並んで歩いた湖都と亮、声を合わせてうたった歌。子どもたちの寝息、走る足音、笑い転げる澄んだ声。

「あのね猫ちゃんの家族がいてね、その子たちにもあげたいの」おにぎり屋に着くと、店に入る前に女の子が言う。

「え、猫はおにぎりなんて食べないんじゃない?」不三子はそう言うものの、猫が何を食べるかなんて知らない。「猫を飼ってるの?」

「違う、公園に住んでる猫ちゃんなの」

自動ドアが開き、女の子は店に入っていく。ショーケースにおにぎりが並び、具材が書かれている。たらこ、こんぶ、ツナマヨネーズ……とつぶやいているのは、食べたいものかと思ったが、どうやら読める文字を読んでいるらしい。

「鶏そぼろ、おみそのおにぎり、梅、筋子、ちりめん山椒、これはちょっとからいかな」背後から不三子は読み上げる。

女の子はちらりと不三子を見上げ、指をさしていく。その都度不三子は店員に具材を伝える。猫のぶんも含めてか、女の子は六つのおにぎりを選ぶ。ショーケースの上に、きんぴらや筑前煮や鶏の唐揚げのパックが置いてあるので、不三子はそれらもいっしょに注文し、レジ袋を二つに分けてもらった。

「ひとりじゃ重いから、おばちゃんがおうちまで半分持っていってあげるわよ」と、店を出て不三子は言うが、

「いいの、ありがとうございました」女の子はレジ袋とフードバッグを不三子から奪うように手に持ち、ぴょこりとお辞儀をして商店街とは反対側に駆け出していく。

不三子はその姿が見えなくなるまで見送って、駅に向かって歩き出す。両親が共働きで忙しいのだろうと想像する。でもいくら忙しいと言ったって、子どもに留守番をさせるのに、食事くらい置いていくだろう。あの子の様子からするとずいぶんおなかが減っているみたいだから、もしかして何も用意せずに出かけてしまうのだろうか。歩きながらあれこれ考える。

孤食をなくしていくこと、地域の寄合所を作ることが目的だと、山本大樹は言っていた。でも、ひとり親や、事情があって、満足に食べることのできない子どもがいるとも話していた。そんなはずはないだろうと、はっきり言葉にして思ったわけではないが、何か誇張して話しているのだろうと無意識にとらえていた。高度成長期もバブル期も、ずいぶん昔のことだと知っているが、この日本に、食事も満足にできない家庭があるなどと不三子にはどうしても思えないのだった。けれどももしかしたら、と不三子はふと思い、振り返る。女の子の姿はとうにない。もしかしたら、あの子こそ、満足に食べることのできない子どもなのかもしれない。今日は日曜日だと気づいてはっとする。日曜日は給食がないから、ああして教会にやってきたのではないか。もしあのとき自分が出ていかなかったら、あの子はどうしていたのだろう。

そうして電車に揺られながら不三子は夢想する。子どもたちが幼かったころによろこんで食べた玉ねぎとカリフラワーのピザを焼いたり、玄米のちらし寿司を作ったり、かぼちゃのケーキを作ったりして、好きなだけ食べてもらう。そんなのはもちろん無理だろう。でも、お弁当を作ってあの子のおうちに届けることくらいならだいじょうぶかもしれない。いや、わざわざ知らせなければいいのだ。だめだと言われたら、ごめんなさい知りませんでしたと言えばいい。お弁当は茶色ばかりにしないで、パプリカやかぼちゃやしそをうまく使って色鮮やかにしよう。

　不三子のなかで、名前も知らない女の子は、まずしくて、いつもおなかを空かせている子どもになっている。

2019　柳原飛馬

　子ども食堂として場所を借りている教会の近く、商店街の一角に、小川さんの食堂がある。だいぶあたたかくなった三月半ばの平日、飛馬は途中下車して食堂を目指した。日は長くなったとは言え、六時過ぎの空は次第に紺色に染まりつつある。

　つるかめ食堂という名前の、入り口にメニュウサンプルの入ったショーケースが置いてある古い店だが、白いのれんに印刷されたロゴマークがおしゃれで、ただの古びた店ではなくてそういうコンセプトなのだろうと思わせる。磨りガラスの引き戸を開けると、厨房を囲んでL字形のカウンター席があり、壁に沿ってテーブルが四組並んでいる。奥には畳の部屋があるようだ。土間コンクリートの床も漆喰の壁も、多少は手なおししたはずだが、先代からの内装を大きく変えずにうまく利用して、若者の入りやすそうな雰囲気になっている。

　いらっしゃいませと威勢のいい声をかけるのは、小川さんの息子さんだろう。席は半分ほど埋まっているが、奥の部屋から顔をのぞかせた小川さんが、「こっちこっち」と飛馬に向けて手招きをしている。声をかけた厨房の男性に会釈して、飛馬は奥の座敷席に向かう。

　八畳ほどの部屋にちゃぶ台が二卓置いてある。小川さんと野上さん、望月さんが囲むちゃぶ台に飛馬もつく。

「ごはんまだでしょ？　定食なんでも食べていってよ。あきちゃーん、メニュウある？」小川さんが呼びかけると、はーい、と女性の声が返ってきて、

「はいどうぞー」間口から冊子を差し出す。受け取る飛馬に、

「おヨメさんのあきちゃん」と紹介し、「この人は役所のえらい人」とあきちゃんに言っている。

「えらくないですよ、えーと、この、根菜とヤリイカの黒酢炒めの定食ください」

はーい、とあきちゃんが顔を引っこめてから、「みなさんはもう食べたんですか」飛馬は見まわして訊く。みんなの前には湯飲み茶碗だけがある。

「ええ、小川さんには申し訳ないんだけど、私たちはすませてからきたの」と望月さんが言い、

「申し訳ないことない、ない」小川さんが顔の前で手を振り、

「それで本題なんだけど」と野上さんが切り出す。

大樹と小川さんが、ずっとひとりで子ども食堂に通い続けている原園花の親に会った、と飛馬は大樹からメールで知らされていた。ネグレクトのようなことはなく、これからも開催日にはごはんを食べさせてやってほしいと、母親は言っていたという、簡素なメールだった。

「そのおかあさんっていうのはシングルマザーで、仕事を掛け持ちしていて忙しいし、金銭的余裕もないようなのよ。だからあの子は、子ども食堂に本来きてほしい、まさに対象のお子さんなの。それはいいとして」

矢継ぎ早に話しはじめる小川さんを遮り、

「なんで会えたんでしたっけ。向こうからきたんでしたっけ」飛馬は訊いた。

「やっぱりこちらとしても親を知っておく必要があるわけだから、何度も何度もあの子に手紙を

もたせて、それでようやく、今月に入ってからかな？　大樹さんに連絡がきて。私たちも会っておいたほうがいいし、おかあさんも場所を知っておいたほうがいいからって、相手さんの都合のいい日時に教会まできてもらったのよ」

「こちらに非があるわけじゃないのに、むっとしてるんですって」と野上さんが口を挟み、

「それは、やっぱりなんか申し訳ないというか、恥ずかしいという思いがあるんじゃないかしら」と望月さんが遠慮がちに言う。

「そのおかあさんが言うにはね」と小川さんが話し出したところで、トレイに載った定食が運ばれてくる。「どうぞ、食べながら聞いてくださいな」と小川さんに言われて、飛馬は箸を持ち、いただきますと軽く頭を下げて食べはじめる。

昼間はスーパーマーケット、夕方から九時ごろまで居酒屋で働いていて、休日は週に一日。夫と別居しているが離婚は成立しておらず、だから行政からの手当ももらえないし、養育費ももらっていないので生活は苦しい。学校と学童のない日は、毎回、お昼ごはんとおやつを用意して、それにくわえて何かあったときのためにお金も置いていっているが、用意したものが気に入らなければ園花は空腹でも食べないし、お金もたくさん置くとぜんぶお菓子や百均で売っているようなおもちゃを買ってしまうので、ぎりぎりしか置いていない。ここで開催されている食堂のことも、弁当をただで配っているらしいところのことも、園花が何も言わないので知らなかった。食事を与えていないわけではないが、気に入らなければ食べないのだからしかたがない、とその女性は話したそうである。

「若いっていったって三十は過ぎているだろうに、まるで先生に呼び出されたスケバンみたいな態度で」

「スケバンって今いるのかしら」

「え、いないの？　柳原さんわかるわよねスケバンって」

「あんまり見かけないじゃない、不良みたいな女の子も男の子も」

ずれていく会話に苦笑しながら飛馬は食事を続ける。ありがとうございましたといらっしゃいませという声が、幾度も響く。七時を過ぎるとずいぶん繁盛するらしい。

「それでとりあえず、おかあさんの携帯番号は教えてもらったし、子どもにアレルギーは何もない。何かあったら連絡をしあうということで話はまとまって、大樹さん的には、一件落着という感じなんだけどね」

「疑うわけじゃないんですけれど、じつはお昼ごはんが足りないとか、おかあさんが用意し忘れて出ちゃったとか、そういうこともあるんじゃないかしらって思って」

三人はふと黙り、ちらちらと顔を見合わせている。

「それで……」飛馬が先を促すと、

「あの、日曜日に教会の前で様子をうかがっているあの子を見かけたことがあるんです」望月さんが意を決したように言う。「一度だけじゃなくて、何回か。それであの、学校がないときにやっぱりおなか空かせていることがあるのかなって思って。ほら、もうすぐ春休みに入りますよね」

「子ども食堂のないときでも、教会の奥さんに言ってストックしてあるフードバッグをもらうとか？　ここに寄ってもらったっていいんだけどさ。そういうことはできないのかなって思って」小川さんが続け、

「大樹さんはできないって言うと思うのね。子ども食堂は子ども食堂で決まりがあるわけだし、

そのなかでやるんだから」

「だからまず柳原さんにご意見聞いてみようかって。柳原さんはお役人さんだけど、仕事というよりもっと個人として食堂にかかわってくれているから、個人としての意見を聞きたいわけ」

つまり、おなかを空かせている様子のその子を見かけたら、食事を与えてもかまわないか、ということらしい。

「それはむずかしいんじゃないですかね」と飛馬は思ったままを口にする。とりあえず茶碗に残ったごはんを口に入れ、お茶を飲み、ひと息ついて飛馬は口を開く。

「そうした個別対応をはじめたらキリがないし、おなか空いてないけど、おなか空いているふうをよそおえば、何か買ってもらえるって思っちゃうかもしれないし。自分たちでの問題解決を目指さないことって、何度もミーティングで確認し合ってますよね」

まあねえ、と口のなかでつぶやきながら彼女たちは目配せをしている。やっぱり役所の人は杓子定規だとか、例外を認めようとしないとか、今まで区民とのやりとりで幾度か投げつけられた言葉を、飛馬は被害妄想的に思い出す。もちろん彼女たちはそんなことを口にはしない。

「でも、本当なら、そういうのが理想なんでしょうね。うちは母親が早くに亡くなったもんで、食事とか、子どもだけで用意すると栄養が偏るからと心配した近所の人が、よくおかずを持ってきてくれたんですよ。当たり前すぎてことさら感謝もせず受け取ってたんですけどね。大樹くんがよく口にする寄合って、そういう感じでしょ。おなか空いてるなら、じゃあうちに寄ってなんか食べてきな、って言い合えるような町づくりっていうか」

三人の女性たちが、とくにいちばん年長の望月さんが、目を見開いて聞き入っているのに気づき、飛馬はふと照れくさくなり、

「矛盾するようですけど、そういうのがやりにくい時流でもあるじゃないですか」とちいさくつけ加える。「大樹くんとあちこちの子ども食堂を見学にいっていたとき、子どもがいなくなって警察沙汰になったトラブル事例を聞いたんです。食堂にいくと言って家を出たまま帰ってこない。何人かのスタッフはその子がきたのを見ているけれど、いつ出ていったか気づかなかった。結局、その子はスタッフのひとりと近所のコーヒーショップにいたんです。勉強をみてほしいと頼まれて、でもその食堂は閉店時の飲食店を借りてたんで、しずかに勉強できる場所がなかったってわけなんです。まあ、そのスタッフがほかのスタッフに一言断っていればよかったのにってぼくなんかは思うんですけど、問題となってたのはやっぱりそういうプライベートな向き合いかたなんですよね」

「ま、連れ去り事件とかもある時代だしねえ」と小川さんがため息をつき、

「時流と言われれば、そうですねとしか言えないけど」野上さんがうなずく。

これ以上話してもどうにもならないと思ったのか、園花の母親がどれほど感じが悪かったか、女性たちはふたたび話しはじめる。なんだか愚痴を聞かされるために呼ばれたみたいな気がするが、飛馬はそう悪い気もしない。実際、自分が区の職員でなければ、もっと彼女たちの心情に添った話もできるだろうにという思いもある。

「柳原さんはおかあさまを早くに亡くされたんですね」と、また帰り道がいっしょになった望月不三子が、駅までの道を歩きながら飛馬に言う。

「今の自分よりだいぶ年下の母親しか覚えてないって、不思議な感覚ですよ」

「おかあさまもさぞや心残りだったでしょうね」

望月さんがその話をやめそうにないので飛馬は少しばかりいらだたしい気持ちになる。心残り

も何も、子どもたちを置いていくことを母親が選んだのだと言ってみたくなる。そう言うかわりに、

「父親は一生懸命やってくれたし、近所の人たちも助けてくれましたけど、結局そのあとぼくらの家族はバラバラになって、そのまま空中分解したみたいな感じなんで、もし母が見てたら、草葉の陰で後悔してるかもしれませんね、もっと長生きすればよかったって」と、飛馬はつい言ってしまう。言ってから、母があんなふうに死ななければ、もしかして今も父は生きていて、自分は離婚もしていなくて、子どもなんかもいて、兄夫婦にも子どもがいて、盆と正月にはあの団地の部屋に大勢で集まっていたかもしれないと、無意識に考えていたことに気づく。そんなひとつひとつにまったく関係はないと頭ではわかっているのに。

　駅のホームに着き、ベンチの隣に座った望月さんは息を吐くように笑い、

「うちもバラバラですよ」とつぶやくように言う。「何をしても何をしなくても、バラバラになることはあるんでしょうね」

　飛馬は隣に座る望月さんの、膝に置いた手を見る。夫は亡くなったとたしか言っていた。子どもはいないのだろうか、それとも独立して、疎遠になっているのか。望月さんのプライベートなことを知りたいわけではないのに妙に気にかかる。下り電車がホームに入るとアナウンスが流れ、残念な気持ちとほっとする気持ちが入り交じる。

　このあいだと同じように、望月さんはドアが閉まるまで車内で頭を下げている。下り電車が発車し、あたりが静まりかえる。ホームからは商店街と民家の明かりが見下ろせる。視線をあげると、空の低い位置、それらの明かりからはぐれたように細い三日月が浮かんでいる。

子ども食堂のない休みの日、買いものに出た飛馬は、近所の公園で園花の姿を見つけた。その公園は入り口を入ってすぐの広場に噴水があり、地面から水が噴き出すようになっている。夏場は大勢の子どもたちが裸足で水を浴びているが、この季節はそんなに多くない。母親に抱っこされたちいさな子が、水が噴き出すたび声を上げて笑い、もう少し大きな子が、水から逃げて笑っている。その笑い声のほうに目をやった飛馬は、ビーチサンダルで噴水のまわりを走る園花を見つけたのだった。子ども食堂からはそんなに離れていないが、ひとりできたのか、それとも例の、態度の悪い親が一緒なのかと周囲を見まわした飛馬は、あっと声を出しそうになる。離れた場所から園花を笑顔で見ているのは、望月さんだった。ほかの親子連れに交じって、二人も、ごくふつうの祖母と孫に見えなくもないが、それでも双方を知っているからか、飛馬にはなんだかちょっと不自然な取り合わせに思える。

声をかけようかどうか一瞬迷い、かけないほうがいいと瞬時に判断し、その場を通り過ぎる。いや、べつに不自然でもなんでもないだろうと、話しかけなかった言い訳をするように考える。小川さんの食堂で話したとき、望月さんは園花のことをやけに気にしているようだったから、園花の母親と連絡を取り合うか何かして、したしくなったのだろう。母親に頼まれて園花の遊び相手をしているのかもしれない。そうだ、きっとそうだと、飛馬は公園に背を向けて突き進む。

不自然に思えたのは、望月さんとの取り合わせというよりも、園花自身に違和感を覚えたからだと、午後の町を歩きながら飛馬は気づく。

原園花は今では毎回子ども食堂にやってきて、その都度猫を盗る人がいる、公園の池の亀を持っていく人がいる、鳩をつかまえる人がいるといった話や、友だちの家族が事故に遭ったとか泥棒に入られたとかいった物騒な話をしていて、常連の高齢者や子どもたちから、嘘つきとまでは思われていないようだが、ある意味「話を盛る子」として名前を覚えられている。飛馬自身も、園花から何度か公園に猫がいるとか、ごはんをあげて慣れさせて連れていく人がいると聞かされている。だれに何を話したか本人も覚えていないのだろう、幾度かは同じ話を、はじめて打ち明けるように話していた。なかでも猫の話がいちばん多く、薄気味悪く感じた飛馬は、たまたま食堂で隣り合った生活衛生課に属する後輩に、「猫さらいなんて今どきいるのかね」と軽い気持ちで訊いてみた。すると、「保護猫活動の市民団体から、そういう連絡は定期的にあるんです」という答えが返ってきた。

作業着の人が地域猫を連れ去るのを見かけたけど、役所で何か駆除みたいなことをしたのかどうかという問い合わせらしい。作業着の人はスーツ姿のときもあれば、首からIDカードをぶら下げているときもある。今は野良猫の駆除は動物愛護法で禁止されているから、役所ではそのような事実はないと伝えるが、ではそれらの問い合わせがいたずらなのか、それともだれかがなんらかの目的で実際に猫を捕獲しているのかは、知らないと後輩は話していた。保護活動とはまったく関係のない、極端な餌やり派と餌やり反対派のバトルもあるし、彼らによるデマ情報もあるので判断が難しい、このあいだなんか……とぼやきはじめた後輩の話を聞いたあと、亀や鳩もそういう連絡があるのかと飛馬は訊いた。もしかしたら園花が言っているのはぜんぶ本当かもしれないと思ったのだ。「亀は聞いたことないですけど、鳩はふん害の苦情ならよくきますね」と答えたあとで、一般家庭の換気扇に鳩が巣を作った一大騒動について後輩はおもしろおかしく話しはじめた。

そんな話を聞いてから、大規模な公園のそばを通るときは、園内を突っ切ってみたり、植えこみに目をこらしたりして、野良猫がいるのかどうか注意するようになったが、居着いているらしき猫は見かけたことがない。だからといって園花の話がすべてでたらめだとは言えないが、「話を盛る子」ではあるのだろうと、飛馬も思ってはいる。話を大きくすることで大人の気を引く、内面にちょっとした問題のある子だという思いこみがかすかにあって、だから、望月さんに連れられて、無邪気に笑っている姿に違和感を覚えたのだった。

でも、まあ、よかったじゃないかと、公園をだいぶ離れてから飛馬は自分に言い聞かせるように思う。個別対応はするべきではないという意味合いのことを、小川さんの食堂ではっきり望月さんにも言ったのだから、園花の母と望月さんとで個人的なやりとりがあったのだろう。態度が悪かったらしい園花の母親も、望月さんみたいな人があああして相手をしてくれるのなら助かるだろうし、園花もだんだんおかしな話をしなくなるのではないか。うん、そうだ、よかったよ、と心の内で思いながら、しかし飛馬はどことなくいやな気持ちになる。何かしらの問題が起きたとしても自分は何も関係ないと、今からすでに予防線を張っていることに気づいたせいだった。

2019　望月不三子

子ども食堂を手伝いはじめて半年もすると、不三子も中心メンバーとして扱われ、二か月に一度の勉強会にも参加するようになった。通常の献立とべつに、玄米と野菜中心の献立も毎回不三子にまかされるようになった。玄米のとぎかたと炊きかたは、食堂のない日の厨房で、幾度かスタッフたちに不三子が実践して教えて、今では不三子が前日から仕込まなくてもよくなった。

食堂開催日にやってくる、不三子とほぼ同世代か、年長のグループとしたしく話すようになり、参加率の高い子どもたちとも言葉を交わすようになった。アレルギー持ちの子がいる母親は、情報を共有しているのか、不三子に代替食の相談にくることが少しずつ増えている。

食堂内で子どもたちの喧嘩がはじまったり、高齢者グループのひとりが入院してしまったり、中心メンバーのひとりが夫の転勤で引っ越したりと、ちいさな事件が起こりつつも、参加者は確実に増えている。

日曜日の礼拝のあとで、教会前で園花を見つけてからというもの、不三子は毎週礼拝に通うようになった。牧師の話が聞きたいからではなくて、園花がまただれかを待っているのではないかと心配でたまらないからだ。

おにぎりを買ってあげた翌週は姿が見えなかったが、翌々週には、園花は少し離れたところにいて、門を出る不三子を見つけると駆け寄ってきた。この日も不三子はおにぎり屋で園花に好きなものを選ばせ、惣菜もいっしょに買って渡した。どうもありがとう、と園花はていねいに頭を下げて、レジ袋をぶら下げて駆け去っていった。

三月に入ってからは、不三子は教会に弁当を持参するようになった。竹の皮で玄米のおにぎりを包み、使い捨ての容器にコロッケや春巻きや、緑黄色野菜を彩りよく煮たものを詰め、保温タンブラーにほうじ茶や玄米クリームを入れて持っていく。

第一週の日曜日には園花はおらず、持参した弁当はそのまま持ち帰って自分で食べた。翌週には園花が門の外で待っていて、不三子を見るとぱっと顔を輝かせて近づいてきた。

「お弁当あるの。持って帰る？　それとも、お天気もいいし、公園で食べる？」訊くと、園花は照れたときにいつもそうするように、くねくねと上半身を動かして上目遣いで不三子を見、「持って帰る」と言う。

「容れものは捨てていいからね」と紙袋ごと渡すと、それを受け取った園花は、まるでプレゼントの中身を確認するような顔つきで紙袋を覗きこみ、

「猫ちゃんのぶんもある？」と訊く。

「猫ちゃんのはないわ。今度は作ってくるね」また猫かと思いながら、不三子はてきとうに答える。

「どうもありがとう」園花はまた頭を下げて、ぱっと駆け出していく。

そのすぐあとの子ども食堂では、不三子は厨房で立ち働いていて、いつ園花がきたのか気づかなかったのだが、ふと視線を感じて振り返ると、出入り口に、体半分を隠すようにして園花が立っている。目が合うと、にっと笑って視線をそらす。和えものを作っていたボウルと菜箸を持ったまま、園花に近づき、「こんにちは」と声をかけると、またくねくねと体を動かし、こんにちは、と小声で言って、さっとその場を離れ、二階へと駆け上がっていく。自分の姿をさがしていたのかと思うと、体の芯があたたかくなるのを不三子は感じる。

三月末の日曜、いつものように礼拝を終えて外に出ると、外塀に寄りかかるようにして園花は待っていて、「持って帰る？　公園で食べる？」と不三子が訊くと、「公園」と答えた。

「そんならおばあちゃんといっしょに公園にいこうか。ここからいちばん近い公園？」

「あのね水の出る公園がいい」と、園花は開いている不三子の手のひらを躊躇なく握る。

水の出る公園がどこなのか不三子は知らなかったが、園花が迷いなく進んでいくので、手を引かれるようにして歩いた。歩きながら、「お名前は園花ちゃんよね？」「今春休み？」「今度何年生になるの？」「ママは今日もお仕事？」と、不三子は思いつくまま園花に訊いた。園花はまっすぐ前を向き、答えながら住宅街を歩いていく。今は春休みで、今度二年生に上がることは本当

だろうけれど、母親が仕事で北海道にいっていることや、母親にはモデルの妹がいて、その妹が母の留守中に園花のめんどうを見ているということは、たぶん嘘だろうと思いながら、不三子は園花の話を聞いた。

園花が不三子の手を引いていったのは、教会から十分ほど歩いたところにある大規模な公園で、子どもたちがちいさなころは不三子もよく連れてきていたところだった。入り口の広場に、たしかに噴水がある。時間を確認するとまだ十一時前だったが、

「ごはん食べる？　それとも遊ぶ？　奥に遊具があったわよね」不三子が訊くと、

「ごはん食べる」と園花は答え、「ゆーぐ？」と言って笑う。

「遊具って、ほら、ブランコとかジャングルジムのこと」と不三子は説明するが、園花は聞いておらず、ベンチを見つけて走り出す。

ベンチに並んで腰かけて、不三子は持ってきたおにぎりとおかずを二人の真ん中に置く。フリーザーバッグに入れてきたおしぼりを園花に渡して手を拭かせ、箸箱から箸を渡す。いただきますも言わずに園花は箸を持っていないほうの手でおにぎりをつかむ。それはね、大根の菜っ葉のおにぎりよ、どう、おいしい？　不三子は話しかけるが園花は食べるのに夢中で答えない。脚をぶらぶらさせ、何かリズムをとるように首を左右に大きく傾けながら、口を閉じずに咀嚼音を響かせて食べる姿に不三子は内心あきれるが、どこまで注意していいものかがわからない。

「お口は閉じて食べたほうがいいよ、お行儀が悪いからね」と、それだけ言うにとどめる。園花はにやりと笑い、口の中身を見せるようにわざと大きく開いて閉じる。「こら、だめでしょう。閉じて食べなさいね」と言いながらも不三子は笑ってしまう。

園花の咀嚼音を聞きながら不三子は周囲を見渡す。噴水は不定期に水を噴き上げ、その都度透

明のしぶきが光をまき散らしている。噴水で遊ぶ子どもはいないが、その近くにベビーカーをとめて、幼い子に噴水を見せている母親がいる。芝生にシートを広げて座る家族や、ベンチに座って同じように食事をしている家族もいる。父親も母親も、みんな湖都や亮より若く見える。ペダルのない自転車に乗った幼い子どもを、ずっと見守っている父親もいる。周囲を見ても母親はいない。亮も、あんなふうにひとりで結愛を公園で遊ばせているのだろうかと不三子は考える。

「これ苦い、おいしくない」

園花の声で我に返り、見ると、使い捨て容器に入れたほうれん草のごまよごしを箸で指している。

「苦いものは体にいいのよ、ちょっとでも食べてみたら?」

「いや、いらない」と言って園花はかぼちゃの茶巾しぼりに箸を突き刺す。箸の持ちかたもめちゃくちゃで、きっと園花の母親は、大雑把を通り越して、めちゃくちゃな人なのだろうと不三子は想像する。小川さんたちの話ではずいぶん態度の悪い、礼儀のなっていない人だということだった。きっと握り箸で犬食いをして、口を開けて咀嚼するのだろう。

「唐揚げ食べたい」と園花が言う。

「そっか、園花ちゃんは唐揚げが好きなのね。じゃあ今度は唐揚げ弁当にしようね」不三子は言う。来週は、コーフーの唐揚げを入れてあげよう。

「猫ちゃんのごはんも忘れないでね」

「猫ちゃん猫ちゃんってよく言ってるけど、猫ちゃん飼ってるの」

「飼ってない。飼っちゃいけないから。でもここと か、あと、すべり台のある公園とかに猫ちゃんたちが住んでいて、最初はね、パパとママだけだったんだけど、赤ちゃんが生まれて、でも赤ちゃんはぜんぶ盗まれちゃって、それでパパとママはかなしくって、また赤ちゃんをたくさん産んで」

いきなりはじまった猫の大家族の話に、不三子はてきとうに相づちを打つ。公園なんてずいぶんひさしぶりにきたが、家族連れがあちこちで遊んだり、弁当を食べたりしている光景は、父親の姿が当時よりは増えたくらいで、四十年前と変わらない。もし園花がいなかったら、いや、もし子ども食堂に参加していなかったら、この光景を見て自分はおかしなくらいふさぎこんだだろうと、相づちを打ちながら不三子は考える。世のなかから自分だけただひとり、はじき出されたように感じたはずだ。そう思うと、めちゃくちゃだろう園花の母親にも感謝したい気持ちになる。

「もうおなかいっぱい」園花が箸を返してくる。ほうれん草も、タラの芽も、タケノコのきんぴらも半分残している。自分の子どもだったら、残さず食べなさいと言うだろうけれど、不三子は黙って使い捨て容器に蓋をして紙袋に詰める。玄米のおにぎりはぜんぶ食べてくれた。

「どうもありがとう」と、園花はそれだけは礼儀正しく言い、ぴょんとベンチから飛び降りる。

「遊具で遊ぶ？　お散歩する？」不三子はわくわくと訊くが、

「帰る」と園花は言う。

「じゃあね、これ、にんじんのケーキを作ったから、おうちで食べて」不三子は持参した紙袋に、アルミホイルで包んだケーキを入れて渡す。

「ありがとう」園花は受け取り、噴水に向かって走る。そのまま出ていかず、飛び出る水と戯れるように跳んだり跳ねたり、逃げたりしている。四月も近いというのに、毛玉のついた厚手のセーターにズボン姿のちいさな園花に、ワンピースや丸襟のブラウスを縫うことを不三子は想像する。髪をとかして、リボンで結んで。どんなにかわいくなるだろうと、想像しただけでため息が出る。

その年の大晦日も不三子はひとりテレビを見ながら年越しそばを食べ、二〇二〇年の元日も、例年どおり仁美に呼ばれて彼女のマンションで過ごした。亮は前年と同様に結愛を連れて初音の実家で正月休みを過ごしている。

それでも正月最後の日曜日は、亮の一家と湖都がこの家に集うことになっている。それぞれが家を出ていってからはじめてのことで、不三子がずっと望んでいたことでもある。それなのに気持ちが浮かないのは、園花のことが心配だからだった。

この半年で、日曜日の礼拝のあとに不三子が弁当を園花に渡すのは、習慣のようになっている。園花がこないときも多いけれど、不三子はその理由を詮索せず、嘘だか本当だかわからない園花の話もうなずいて聞いている。前もって礼拝にいけないことがわかれば不三子は前の週、園花に伝えている。けれど一家が集うことは急に決まったので、年はじめの礼拝はいけないと、不三子は園花に伝えていない。もし寒空の下で園花が自分を待ち続けるのではないかと思うと胸が痛んだ。

子ども食堂を手伝いはじめて一年と少したち、あきらかに食事にこと欠いている子どもを見てきたし、たったひと組だが、ネグレクト疑いのある幼い姉弟もいた。気づいたのは小川さんで、ボランティアスタッフと大樹で話し合い、子ども家庭支援センターに結びつけたのだった。暮らし向きに不自由はなさそうだが、友だち関係に難がありそうな子もいるし、ヴィーガンに興味があると人なつこく不三子に話しかけてくる子もいる。みんなそれぞれ気にかかるが、不三子にとって園花はそのほかの子どもとまったく異なって、親戚の子のような身近な存在だった。話していることの大半は誇張かでたらめのようだし、ただなついているからというだけで、なぜこんなにも身近に感じるのか不三子にはよくわからない。

お昼前に玄関のチャイムが鳴り、出ると湖都が玄関前に立っている。

「うわあ、なつかしい、っていうよりぼろっちい！ こんなぼろ家だったっけ、それとも築年数の問題？」と言いながら、新年の挨拶もせず客用スリッパに足をとおす。遠慮なくあちこちのドアを開けては、「やだ、ここ知らないおうちみたい」「トイレは新しくしたの？ ウォシュレットなんてなかったよね」といちいち大声をあげる。

ひとしきり家のなかを点検している湖都をそのままに、不三子は台所に入って昼食の準備を続ける。黒豆、栗きんとん、裏ごししたかぼちゃで作った伊達巻き、紅白なますなどを、ひとりぶんずつ赤い漆の半月盆に並べていく。玄米のちらし寿司は扇の抜き型で、これもひとりぶんずつ盆に盛りつける。台所に入ってきた湖都は、わあ、と歓声を上げ、手も洗わずに「手伝おうか」と隣に立つ。

「手を洗って、テーブルを拭いて、お祝箸を用意したからそれぞれの席に置いてちょうだい」と盛りつけながら指示し、ごく自然に指示していることを我ながら不思議に思う。湖都のテーブルセッティングが終わると、ちょうどよく亮一家がやってくる。亮夫妻と湖都が会うのは結婚式以来で、しかも式のときはほとんど言葉も交わしていないが、「わあ、この子が結愛ちゃん、今何歳？」「ちょうど十日ほど前に二歳になったばかりです」「目の感じが初音さんに似てる、よかったね亮似じゃなくて」「なんだそれ、はじめて会って言うせりふがそれか」と、あっという間に打ち解け合う声が玄関先から聞こえてくる。

食事の時間はなごやかに過ぎた。湖都を相手に遊んでいた結愛が、急に渡されたおもちゃを投げ捨て、ものすごい勢いで泣き続ける、というようなひと幕もあったが、不三子の用意した料理をみな残さず食べ、デザートには初音の買ってきたケーキを出した。動物性の原料をいっさい使用していないというそのケーキを食べながら、湖都がいきなり、

「私も子どもがほしかったけど、産めない体質なんだよね」と話しはじめたので不三子はぎょっとした。一瞬にして変わった空気を気にとめることもなく、「うちは母が自然派にこだわって、市販薬なんか飲ませなかったし、お菓子もぜんぶ手作りだったでしょ。石けんを作るほどには徹底してなかったけどさ。子どものころはそれがいやでしょうがなかったけど、大人になって、あちこちを旅してみて思ったのは、自然のものがやっぱりいちばんいいということだよ」と、ひとり語りをはじめる。そして湖都は、中学のサマースクールで麻しんにかかった話をしはじめ、

「もし他人にうつして、その人が死んだり、重い後遺症が残ったりしたら、私のせいになるわけだから、父が真っ青になって今まで打たせなかったワクチンを急に受けさせたわけ。二年くらいかかったかな。私もいやだとは言えなくて、連れていかれるまま、何がなんの注射かもわからずに受けさせられたけど、今になって思うのは、そのなかのひとつ、たぶんポリオかなと思うんだけど、それで子どもも産めなくなったんじゃないかなって。ともかく、まったく何もよぶんなものを入れないまま成長して、いきなり病気のもとみたいなのをがんがん入れられて、体にいいはずがないよね」

「待って」不三子は思わず口を挟んだ。「そんなはずないじゃない。あなたちゃんと調べたの？　病院でそう言われたわけじゃないんでしょ？　あのときはきちんとお医者さんに相談して、体に負担がかからないようなスケジュールを組んでもらって、それに亮だって接種したけどなんともないわけでしょ」不三子は言いながら混乱する。自分だって受けさせたくはなかった。真之輔の

勢いに気圧されて、それから他人に感染させたらという恐怖がまさって、言うなりに動いただけなのだ。でも、それで不妊になるはずがない。

「そりゃ、お医者さんや政府が認めるはずがないじゃないの。でもアメリカでもヨーロッパでもそういう症例報告はあるからね。あ、だいじょうぶよ、おかあさんのせいだなんて言わないし、思ってもないから。それに、私が今暮らしているコミュニティでは、子どもはみんなでめんどうみるってことになってて、子どもがいなくてもさみしいとかはないの。だけど、やっぱり初の姪っ子ってのは感慨深いなあ。今度みんなで私の住むところに遊びにきてよ」

亮と初音は、突然の湖都の告白に戸惑いを隠せないながらも、

「遠いよな、どこだっけ、九州だよな？」

「でも一度いってみたいです。私、いったことないかも、九州」と、話を合わせている。

ケーキを食べ終えてしばらくすると、さっきかんしゃくを起こした結愛は寝てしまい、亮がそっとベビーカーに乗せて三人は帰っていった。一泊していくという湖都は、居間のソファでタブレットをいじっている。あとかたづけを終えた不三子は、買いものにいくと言って家を出た。

買いものなどなかった。ただ、湖都といっしょにいたら、なぜそうやって、なんでもかんでも気に入らないこと、うまくいかないことは、記憶をねじ曲げてまで他人のせいにするのかと、突っかかってしまいそうだった。不三子はいらいらを鎮めるように深く呼吸しながら電車に乗り、教会を目指す。レジ袋には使い捨て容器に入れたおせちが入っている。もう空も暗くなりはじめているこの時間、園花がいるはずがないのはわかっているが、でも、いないことを自分の目で確認したかった。あんな無力な女の子に、どういうわけだか、すがるような気持ちだった。

2020　柳原飛馬

例年と変わりない一年の終わりで、例年と変わりのない年明けだった。飛馬はひとり年越しそばを食べながら紅白歌合戦を見、翌朝、兵庫で妻と暮らす忠士と、メールで短いやりとりをし、近所の神社にお詣りにいく。六日が仕事はじめだった。その週末には子ども食堂でも新年会が催され、おせち風のメニュウに加えて雑煮が振る舞われた。

中国で原因不明の肺炎患者が増えていることを、飛馬は仕事はじめの日に、食堂で流れていたテレビのニュースで知ったが、とくに気にもとめなかった。一月も後半になってから、中国の武漢にいる日本人に帰国が呼びかけられ、彼らが経過観察のため千葉のホテルに収容されたというニュースも、中国への不要不急の渡航はやめるようにという政府からの呼びかけも、ぜんぶ見聞きしてはいたものの、やっぱり飛馬はおおごとにはとらえていなかった。なんとなく役所内が騒がしくなった印象はあるが、飛馬のいる地域支援課はとくに変わりなく、区民会館建て替えが昨年に引き続きもっとも大がかりな懸念事項だった。新型肺炎の検査を受けたい場合の窓口が保健所の保健予防課にできたが、区内で感染した事例はないようだとも聞いていた。先月、異動希望調査を受けた飛馬は、この四月にはきっと異動になるんだろう、そうしたら子ども食堂のことはどうしようかなどと、漠然と考えていた。

なんだか様子がおかしいと、飛馬もさすがに感じはじめたのは、二月に入ってから、感染者のいるクルーズ船が横浜港に入港し、そのまま停泊しているというニュースを見たときだ。しかしそれでも、十数年前に騒ぎになったＳＡＲＳみたいに、その実態を詳しく知らないうちに終息するのだろうと飛馬はどこかのんきにとらえていた。

　しかしながら二月の七日に、明日の子ども食堂は中止にすると大樹から連絡がきた。

「どうなるかわからないけれど、とりあえず明日は急遽休みに決定して、再来週はどうするか、スタッフのかたがたとこのあと夕方から話し合います」と言う。

　飛馬が夕方六時に教会の別棟にいくと、大樹とスタッフ数人がすでにきていて、ひとつだけ用意した長テーブルについている。

「柳原さん、薬局いった？」飛馬がパイプ椅子を用意して座ると、小川さんが訊く。

「え、いってませんけど」

「マスクがどこにいっても売り切れなのよ」と小川さんが言うと、その隣の望月さんが、

「これもしよければどうぞ。去年の年末にね、お掃除用に多めに買っておいたの」と、個別包装されたマスクをテーブルに置く。飛馬は面食らってあらためてスタッフたちを見るが、マスクをしている人はだれもいない。

「中国では死者も出てるし、日本でも感染者が何人か出ているでしょう、まだ何もわからないけれど、ここは慎重になったほうがいいと思うんですよね。だから再来週も、食堂の開催はいったん中止にしましょう。区内でも区外でも子ども食堂はそういう判断になってますから」と大樹が全員を見渡しながら言う。

「お弁当を配るとか、そういうこともなしですか」と望月さんが訊く。

「それもね、まだちょっとわからない部分がありすぎるから……」

「お知らせはインターネットでするんですか」べつのスタッフが訊き、

「予約者にはこちらから連絡して、あとはＳＮＳで中止を伝えます。それと貼り紙ですね」

「希望者にはフードバッグを渡せませんか」と望月さんは食い下がる。園花のことを心配しているのだろうと、二人でいっしょにいたいつかの光景を思い出して飛馬は思う。

「フードバッグは問題ないと思うんですけど、飲食物の受け渡しは、とりあえずやめましょう。様子をみましょう」と大樹はくり返し、

「地道にね」と、小川さんが茶化すように言うが、だれも笑わない。

三十分ほどで解散になった。「今日の子ども食堂は中止です。いらしてくださったかた、ごめんなさい!!」という、イラスト入りの貼り紙を大樹が教会の門に貼りつけるのを、みんなで見守る。何人かがため息をつき、白い息が広がって消える。

「柳原さん、マンマさんからもお知らせお願いします。とりあえず二月は中止ということだけでいいので」と、帰り際、飛馬は大樹に声をかけられた。

大樹は自転車に乗って去っていき、スタッフたちはなんとなく列を作って歩く。

「来月には元どおりだと思いますよ」と、飛馬はうしろを歩く望月さんに言う。

「子どもたちはがっかりね。今度はバレンタインの催しだったのに」

「寄付で集まったチョコレートだけでも渡せたらいいのに」

「でも駅員さんたちもマスクしてるし、思ったより深刻なのかも」

みな思い思いのことを言いながら歩き、ひとり、またひとりと手をふって別れていく。二人きりになると少しばかり饒舌になる望月さんは、黙ったまま飛馬に続いて自動改札を通り、ホームに向かう。

「検査してほしいって人は増えてるみたいですけど、区では感染した人は出てないんです」と、沈黙が気まずくて飛馬は口を開く。「このまま終わってくれればいいんですけどね」

「本当にね」と、望月さんは相づちを打ち、「またひまになってしまう」と笑う。

「ひまになってる場合じゃないですよ。三月のベジメニュウ、あたらしいのをたくさん考えておいてくださいよ」

上り電車がやってきて、飛馬はどこかほっとして望月さんに挨拶をし、電車に乗りこむ。

最寄り駅で降りて、飛馬は居酒屋に向かう。カウンター席についてビールを頼み、頭上で流れているテレビを見る。テレビでは、新型肺炎にかんしてまちがった情報が広がっていることに鑑みて、WHOが人々の疑問に答えるウェブサイトを立ち上げたとニュースキャスターが伝えている。WHOによると、この状況はパンデミックにはあたらないが、根拠のない情報とうわさが錯綜するインフォデミックといえる。そのサイトに掲載された質問と答えには、たとえば以下のようなものがある。中国からの郵便や小包は安全でしょうか。まったく問題ありません。

ビールが運ばれてきて、いったんテレビから目をそらし、お新香と焼き鳥を注文し、飛馬はまたテレビに目を戻す。カウンターに座るひとり客は全員そうしてテレビを見ている。

生理食塩水で鼻のなかを洗い流すことで新型コロナウイルスの感染を防ぐことはできますか。いいえ、そのような証拠はありません。にんにくを食べることで新型コロナウイルスの感染を予防できますか。にんにくは抗菌性のある食べものですが、感染予防になるという証拠はありません。

「にんにくって」ひと席空けた隣の席の男が笑う。飛馬もつられて笑う。

WHOが立ち上げたサイトの話が終わると、画面は横浜港に停泊中のクルーズ船の映像になる。自衛隊が派遣されたとニュースキャスターが伝えている。これはもう見飽きているのか、テレビを見ていた客たちはそろそろとテレビから目を離し、注文をしたり冷めた料理をつまんだりしはじめる。ひとりテレビを見ていた飛馬だが、料理が運ばれてきたのを機に鞄からスマートフォンを取り出して、SNSをチェックする。どのようにアルゴリズムが働いているのか飛馬はわからないが、ツイッターにはフォローしていない、見知らぬ人たちのつぶやきまでもが表示される。夕飯の写真やペットの動画など、どうでもいいつぶやきにまじって、マスクが高値で転売されているとかエタノールとメタノールをまちがえないでといったつぶやきもある。明日と二週間後の開催中止を告知するように言われていたことを思い出し、焼き鳥を食べていた飛馬はティッシュで指を拭く。

マンマです！みんなかぜなんかひいていないかな〜？残念なお知らせです😣 明日、それから二週間後のンマンマ食堂も、新型コロナウイルスの感染拡大を防ぐために中止になりました。次の開催日をお知らせするのを待っててね‼みんな、元気で会おう‼

そう打ちこんで、笑顔マークの絵文字を三つ入れる。ツイートのマークを押すと、タイムラインにさっそく表示される。すぐに「いいね」のハートマークがひとつつく。食堂の様子を伝えるために、マンマさんのツイートを続けているが、いまだに飛馬は不思議な気持ちになる。今自分が見ているのと同じような画面をだれかが見ていて、今表示された自分の文章を読み、読んだというしるしを送る、その即時性には慣れることができない。無線をつないで見知らぬだれかと会話をするよりもっと不思議な感じがする。

それから、にんにくでは新型コロナウイルスの感染は予防できないから、無理にいっぱい食べたりしないようにね！にんにくくさくなるだけだからね‼

たった今テレビで見たことを、冗談のつもりで飛馬は打ちこむ。あっという間にハートマークがいくつもつく。にんにくって。隣で笑った男の声が、スマートフォンの画面から聞こえてくるようだ。

無線より、テレフォンクラブより、この感じに似たものがあったよな、とにやついて画面を見ながら飛馬は考える。ふいに砂丘が思い浮かぶ。小学校の遠足でいった砂丘だ。海のほうまでいって、斜面から駆け上がったとき。そうだあのとき。近くにいる人の声は聞こえないのに、ものすごく離れたところにいる同級生たちの声は不思議とはっきり聞こえた。でも向こうでは、そんなふうに聞こえているなんて思っていない。その感じになんか似ていると、飛馬はものすごいことを思いついたような気持ちでビールを飲み干し、おかわりをする。スマートフォンの画面をタップしてふたたびツイッターを開くと、にんにくのつぶやきにハートが五十以上ついていて、さらに続々増え続けている。はは、ウケてる。

国内ではじめて、新型コロナ感染者の死者が出たのはそのちょうど翌週で、そのころには、役所は想像以上にあわただしい雰囲気になっていた。感染対策に特化した危機管理室が立ち上がり、公共の施設でのイベントや講座が続々と中止を決めた。職員はマスク必須となり、何人かは手作りマスクをするようになった。二月のなかば過ぎに区内でも感染者が出て、感染経路別の新規感染者の集計と公表がはじまった。政府から全国の小中高校に休校要請が出るらしいという話が広まり、ただの噂なのではないかという飛馬の予想はあたらず、三月のはじめ、全国の学校が休校になった。濃厚接触だのクラスターだのといった耳慣れない言葉も、気がつけばごくふつうに発するようになっている。役所のトイレのエアタオルやウォーターサーバーに使用中止の貼り紙が貼られ、飛馬も手が空くと作業机や椅子やボールペンの消毒をしてまわり、花見の中止が呼びかけられ、公園にはマスクをつけるように、人との間隔を空けるように、飲食の自粛という貼り紙や看板を設置した。役所では、会食が禁止となり、飲食店の利用もできるかぎり控えるように言われ、飛馬は仕事帰りにスーパーマーケットで買いものをし、自炊するようになった。

子ども食堂のスタッフたちは集まることなく、LINEグループでの話し合いになり、三月も中止とはやばやと決まった。野菜を配るのはどうか、弁当はどうかというスタッフの声もあったが、結局、食材の提供もなく、中止となった。

一か月もすれば落ち着くだろうと思っていた自分はなんて馬鹿だったのだろうと、ことあるごとに飛馬は思った。落ち着くどころか感染者は次第に増えていく。そのせいで残業が増え、食材を買って帰り、パスタやカレーなどかんたんな料理を作って、テレビと向き合ってビールを飲み、食事をする。

今までだって、ひとりで居酒屋で飲むか、弁当を買って自宅で食べるかしていたわけだから、飛馬を取り巻く状況はそんなに変わっていないのだが、何かが激変してしまった感覚がずっとある。食事を終えると、眠るまでが膨大な時間に感じられる。本を読んだり、DVDを借りてきて映画を見ようとしても、なぜかまったく集中できない。SNSを見ているときだけ集中できて、以前はそんなにチェックしなかったツイッターやフェイスブックを熱心に読むようになった。ツイッターでは見知らぬ人たちが新型コロナウイルスについて語り、感染した人が症状を語り、フェイスブックでは元同級生たちが旅行をとりやめたり、リモートワークをはじめたりしている。マスクはあいかわらず手に入らず、飛馬は職場の女性にもらった手作りマスクをつけている。

花崗岩がコロナウイルスの予防に効くというのをツイッターで見て、花崗岩をいったいどうするのか、部屋に置くのか、それともそれを浸けた水を飲んだりするのか、それより前に花崗岩はどこで手に入るのかと考えているうちに、花崗岩は予防に有効というのはでたらめだから信じないようにと専門家の意見が発表される。

コロナは熱に弱いので、二十六、七度のお湯を飲むと殺菌作用があって感染予防になるというのも飛馬はＳＮＳで見て、花崗岩に比べたらよほど信憑性があるように思え、朝起きて飲んでいた水を白湯に替え、タンブラーにお茶を入れて職場に持っていくようになった。そうしながらふとンマンマ食堂のことを思い出し、マンマさんのアカウントでお湯がコロナ予防に効くというそのツイートをリツイートした。ンマンマ食堂にきていたのは高齢者と子どもがおもで、どちらもはたしてＳＮＳなど見るか疑問だったが、なんとか知ってくれればいいと思った。

しかしそうして思い出してみると、厨房に何人も入って調理をし、集会室に集まってみんなで談笑しながらごはんを食べていたのが、はてしない昔のように感じられた。

寝るまでの時間、いつものようにテレビの前でＳＮＳをチェックしていた飛馬は、フェイスブックに狩野美保の名前を見つけた。今では大学で教職に就いている政恒の投稿――無人の大学構内の写真と短いコメント――にたいして、狩野美保の名前で「いいね！」がついていたのである。「えっ」飛馬は思わず声を出し、美保の名前をタップする。プロフィール写真はパフェだが、履歴の生年や出身地を見ると、たしかにあの狩野美保である。飛馬はさっそく友だち申請し、「ひさしぶり。元気？　今、どこに住んでんの？」と、ダイレクトメッセージを送ってみた。

しばらく画面を見ていたが、友だち申請は受理されず、メッセージの返信もないので、風呂に入った。風呂上がりにビールを飲みながらもう一度確認すると、申請は受理され、美保からの返信があった。

ほんと、ひさしぶり。私は東京です。なんか、すごい世のなかになっちゃったね。飛馬くんは元気？　区役所だっけ？　今も同じ？

狩野さんは今何やってんの？　政恒とは連絡取り合ってた？

フェイスブックで「いいね」したりコメント書くくらいかな。今度、会おうか。っていうか、飛馬くん、お役所なら、人と会ったり食事したりするの、禁止されているんじゃない？

チャットのようなスピードでやりとりし、結局、その週末、会うことになった。

友だちになったことで、フェイスブックにこれまでアップされた美保の投稿を、遡って見ることができる。飛馬はだらだらとビールを飲みながらチェックしてみた。二年ほど前に登録しているが投稿はさほど多くはなく、ほとんどが食べものと旅先の写真で、テキストも短い。ひとりなのか、友人たちとの食事や旅行なのかもわからない。しかしながらそれらを見るかぎり、美保はもうカルト宗教とは無関係のようだった。

ようやくスマートフォンを手放し、洗面所で歯を磨きながら、そりゃそうかと飛馬は思う。電話で会話してからもう三十年ほど経っている。地下鉄のテロ事件もあり、解散命令が出て、教団は名前を変え、教祖は死刑執行されている。今なお名称の変わった団体に美保が属しているはずがない。そう考えて、飛馬はいくらかほっとする。

その週末、飛馬は美保の指定した新宿のスペインバルに向かった。学校は一斉休校になっているし、大小のイベントも続々と中止か延期になっているが、町にはふつうに人出があり、新宿に出る私鉄電車も混んでいる。ショッピングビルの二階にある店に着いて店内を覗くと、奥の席で手を振る女性がいる。

「やーだー、飛馬くん、おっさんになったねえ。っていうか、私もおばさんなんだろうけど」

飛馬が向かいに座ると、美保はそう言って笑う。二十代のころと変わらないショートカットで、さほど老けたようには見えないが、さすがに年齢相応である。

注文を取りにきたスタッフにビールと何品かつまみを注文し、コロナなのにけっこう町が混んでいるとか、電車でマスクしていない人が注意されているのを見たとか、世間話的なことを言い合い、運ばれてきたビールジョッキを合わせて乾杯をする。

「狩野さんって今、何してんの」飛馬が訊くと、

「ヨガのインストラクターやってる。前は派遣で働いてたんだけど、やめて」と美保は笑う。

「え、ヨガの先生？」

「カルチャーセンターとかスポーツクラブを掛け持ちでやってる。飛馬くんは結婚してないの」

「バツイチ」

「えー、そうなんだ、政恒くんはお子さんもいるよね」

「狩野さんは？」

「私はバツもない。戸籍はきれいなまま」と、また美保は笑う。緊張を隠すような、どこか芝居じみた笑いである。

ビールを飲み干すとおかわりをし、運ばれてきたアヒージョや生ハムを食べ、自分たちの近況を言い合うと共通の知り合いの近況に移り、だんだんと話題がなくなってきたころ、

「狩野さんと最後に話したの、あれだよな、ほら、電話くれただろう。宗教団体が毒を流すから、水道水を飲むなって教えてくれて。たしか、ゴールデンウィークの前だったんじゃないかな。何年前だ？　あれ。結局なんにもなかったけど、ちょっと緊張したの覚えてる」思いきって飛馬はいちばん話したかったことを口にした。美保は一瞬真顔で飛馬を見たが、すぐに、

「やーだ、何それ、そんなこと覚えてるの？　人の黒歴史は忘れてよー」と笑う。ひとしきり笑ったあとで、「あれさ、でもさ、デマってわけでもなかったんだよ」と、何杯目かのビールのジ

ヨッキを指でなぞりながら美保はつぶやいた。

「え？」

「ボツリヌス菌を噴霧したり川に流したりしてたんだよ、本当に。ただ失敗したっていうか、被害があったのかどうか不明のままだったってだけ」

パエリアお待たせしました、とその話題にはそぐわないようなさわやかな声で、スタッフが料理をテーブルに置く。グラスワインください、と美保は注文し、ジョッキに残ったビールを飲み干してスタッフに渡す。

「その、狩野さんって信者だったの？　サティアンだっけ、そういうところで暮らしてるような？　今もヨガやってるって、それと関係ある？」

飛馬が言うと、美保はおかしい冗談を聞いたように背をのけぞらせて笑い、

「あったあった、サティアンとか、あったよね」と、人ごとのように言っている。グラスワインが運ばれてくると、美保はそれを一口飲んで、声を落として話しはじめる。

「ヨガはぜんぜん関係ないよ。社会人になってからはじめたの。それにあのころだって、信者というわけではなかったんだよ。高校出て東京にきて、人の数もテンポもぜんぜん違うし、とくにあのころはバブルだったでしょ。内定解禁日にグアムいかされたり高級ホテルでパーティしたりとか、なんか私の知ってる現実ではないような話がごろごろしてて、何か信じられるものはないかって、私はちょっと考えちゃったんだよね。そういうの、なかった？」

美保はパエリアを取り皿に分けながら飛馬に訊く。

「今思えばおかしな時代だったけど、おれは県人寮住まいで、バイトばっかりだったから、はなやかな世界は遠すぎて、そんなふうには思わなかったかな」

「そうだよね、あの時代に公務員試験受けたんだもんね」美保はおもしろそうに笑うが、すぐに笑いを引っこめて、「でもその、ボツリヌス菌のときに、これは違うよなと気づいて離れたの。だってさ、信じない人はみんな死んでよくて、信じている人だけ助けるっておかしくない？　自分たちは石垣島かどっかに逃げて。結局、失敗したわけだけどね。離れてよかったよ、なんか言ってることへんだなとは思ってたけど、まさかあんな事件を起こすとは思わなかった」

ふいに、学生時代の飲み会を思い出す。同郷の同世代が集まって、安居酒屋の長テーブルで酒を飲んだ。そういえばあのとき、今は不安な時代だ、バブルなんて砂上の楼閣だとまじめに話していた女子学生がいたことを飛馬は思い出す。あれは美保だったか。前世さがしの文通がはやっているという話も、たしかその場で出た。記憶はあいまいなのに、あの夜と、今こうして美保と向き合っている夜がつながっているような錯覚を飛馬は抱く。

「ノアの方舟って話あるでしょ？　聞いたことあるよね？　聖書の。神さまに洪水が起こるって言われて、ノアって人が神さまの指示通りにでっかい舟作って、自分の家族と、動物を雄雌一頭ずつ乗せるの。聖書だから宗教違うけど、私その話のこと考えたんだよね」

とつぜんはじまった話が、どこにどうつながるのかわからずに、飛馬はただ相づちを打って先を促した。

「私だったら、家族だけ生き残るなんていやだと思っちゃって。洪水がきて、みんな死んで、乾いた陸地に降り立つのが自分の家族だけって、どう？　うれしい？　私だったらみんなと流されるほうを選ぶ。信じる者だけ助けます、じゃなくて、信じない人といっしょに流されなさいっていう神さまがいたとしたら、そっちを信じるって、そう思って、離れたんだけど。でも、それって、あれの影響かもしれないなとも思うんだよね」

に笑わない。

「え、あれって何」飛馬は訊いた。
「子どものころにはやったでしょ、世界が滅びるって話。あれなんかはいっそすがすがしいじゃない、みんな滅びるんだから。……なーんて冗談だけど、でも、私たちの世代って何かしらの影響を受けてるとはマジ思うな。世界はいつか滅びて、UFOは人や牛を誘拐して、死んだ人とは会話が可能で、超能力は存在する。大人になっても、どっかそういうの信じてるとこ、ない？」

酔ったのか、どこか据わった目つきで飛馬を見て、ぼそぼそと話す美保は、もうさっきみたいに笑わない。

「でも、ほら、滅びなかったがぁ」飛馬はわざとおどけて言った。
「滅びなかったね」と、美保は力の抜けたような顔で笑い、ワイングラスのおかわりを頼み、取り分けたパエリアを猛然と食べはじめる。

何かをまじめに話し合おうとしているのに、どうやら無理そうだと、あきらめのようなものがその笑いから感じられ、飛馬は少しばかり途方に暮れる。美保の話は理解はできる。なぜカルト宗教から離れたのかも理解できた。そもそも信者だったのか訊いたのは自分だ。しかしながら、内面に踏みこむような深い話を本能的に避けてしまうことに今気づいた。子どものころに受けた影響とか、それによって生まれた欠損や不安定さや、満ち足りなさや漠然とした猜疑心、そういう話は聞きたくも、したくもないのだった。もしかして自分のこういうところが離婚の原因かもしれないし、女性とうまくいかない原因かもしれないと、酔った頭で飛馬はちらりと考えてみるが、もちろんそういうことを美保に話したいとは思わない。話題を変えようと、運ばれてきたワインに口をつける美保に、
「それにしてもよく飲むな」と飛馬は言った。

「ほら、消毒だから。ウイルスを消毒してるんだよ」と美保が言うので、

「そういえば、お湯で除菌できるって聞いたけど。ワインもホットワインにしたらどうだ?」飛馬は言った。

「ほーら、私たちはやっぱりだまされやすい世代なんだってば」と、美保は耳障りなほどわざとらしい声をあげて笑う。深い話を避けていることを察したかのようなはしゃぎようだった。店内は、新型ウイルスのニュースなどなかったかのようなにぎわいようである。

2020　望月不三子

園花と幾度かいった公園は、不三子の家から電車かバスに乗らないといけない。テレビのニュースを見、新聞を読んでいると、とくべつな用もないのに公共の乗りものに乗るのはやめたほうがいいように思えてくる。二月のなかばすぎまでは、そうしたニュースと、実際の人々の暮らしぶりはまだかけ離れていて、スーパーマーケットも商店街もふつうに混雑していた。だから幾度か不三子も、平日の夕方や日曜日の昼間に、電車に乗ってその公園にいってみた。公園にいる家族連れはかつてよりいくらか少なくなっており、もちろん園花を見つけることはできなかった。

三月のはじめにはすべての学校が休校となり、三月の子ども食堂の中止も決まった。家でニュースを見ていた不三子が真っ先に思い浮かべたのは、このときもやっぱり園花だった。学校が休みならば給食もない。園花はおなかをすかせていないだろうか。それからようやく結愛のことも思い出し、保育園はどうなっているのかと亮にメールで訊いてみた。保育園は休園してはいない

という素っ気ない返事があっただけだった。

一斉休校となって最初の日曜日、不三子は弁当を作り、教会にいってみた。二月なかばから教会は閉館していて、礼拝も行われていない。商店街はまだふつうににぎわっていたが、教会の周辺はひとけもない。閉ざされた門には、しばらく礼拝は中止としますという手書きの貼り紙が貼られている。歩いている人の姿も少なく、園花は見あたらない。

家に帰り、園花に渡せたらと思った弁当を、不三子は食卓でひとり食べた。その日の夜、不三子は思いきって小川さんの携帯電話に電話をしてみた。

「学校が休校じゃあ、子ども食堂どころじゃないわよね。きてくれていた子どもたちや家族のことも心配だけど、今後のことはまだなんにも決まっていないの」と電話の向こうで話す小川さんの口調は、言葉とは裏腹に以前と変わりなく陽気だ。「望月さんもグループＬＩＮＥっていうのに入れば、やりとりに参加できるよ」と勧められるが、それには返事をせず、

「園花ちゃんの住所ってご存じ？」不三子は訊いた。「ほかのお子さんもだけど、私はあの子がどうも心配で。給食もなくておなかすかせていないか、気になってしまって」

「ああ、あの子。日曜の礼拝のあとにもよくきていたって、教会の奥さんから私も聞いたことある。住所はわからないのよね、おかあさんの携帯の番号ならわかるんだけど」

「それ、教えていただける？　いえ、電話はすることないと思うけど、念のためというか、何かあったらアレだし……」と自分でも意味不明だと思いながらもごもご言うと、案外あっさりと小川さんは番号を教えてくれた。

「早く再開できるといいね。フードバッグとかお弁当だけでも渡したいよね。あ、グループＬＩＮＥ入ってね」小川さんはあかるく言って電話を切った。

メモした番号に目を落とし、子ども食堂のものですけれど園花ちゃんはお元気ですか、とか、じつは以前から園花ちゃんにお弁当を作っていた望月と申します、とか、あるいは思いきって園花ちゃんとお話ししたいんですが、などと、不自然でなく、警戒心を抱かせないような切り出しかたを幾通りも考えてみたが、うまい言いかたを思いつくことができず、結局不三子はメモを折りたたんで、テレビのリモコンを入れている整理箱に入れた。

三月も数日が過ぎると、花見の宴会も自粛するようにと都からの要請があった。花見なんて屋外なのに、人が集まるというだけでだめなのかと思うと、用もないのに電車に乗って公園までいくこともはばかられ、不三子は家にこもりがちになった。一日じゅう情報番組にチャンネルを合わせたテレビをつけて、結愛に作ったベビー服の余り布でマスクを作り続ける。できあがると三、四枚まとめて亮や湖都や仁美に送る。マスクを送ったからといって、亮も湖都も仁美も、届いたとかありがとうとか、何かしら向こうから連絡してくるわけでもない。

三月から亮は自宅で仕事をするようになり、初音も週に二度ほどの出勤になったそうだ。それでも結愛は保育園に預けているらしい。

仁美は、いつかクルーズ船で旅行をするつもりだったらしく、自分たちの乗る予定だった船でもないのに、電話をするたびクルーズ船の件について興奮気味に話し、夫婦ともに不三子よりよほど感染をこわがって、ネットスーパーを利用するようになったらしい。

のんびりしているのは湖都で、

「東京は感染者がすごいみたいだけどこっちはそうでもないよ、そもそも人がいないしね」と笑っている。学校が休みになってしまったので、コミュニティの子どもたちを集めて青空教室をやることになったのだと、電話の向こうで陽気に話していた。

そういうあれこれを、不三子のほうから連絡して聞き出しているのである。

たった一年と少しのあいだだったと、針を動かしながら不三子は気づくと考えている。思いきって行動して、作った料理をおいしいと言われ、玄米の炊きかたやアレルギーの代替食を伝えたりと、勝沼沙苗に教わったことをはじめて外で生かすことができて、生きがいというのはいかにも大げさだが、それでもはじめて自分もだれかの役に立てると実感できたところだったのに、こんなことでふいに途切れてしまった。

鬱々と考えては塞ぎこみ、これではよくないと我に返り、天気のいい日はマスクをして帽子をかぶって不三子は外に出るようにした。それまではよく顔を合わせていた近所の奥さんがたも、家にこもっているのか、姿を見かけることがあまりない。気がつけば、電話ではなく直接、お店の人ではないだれかと、最後に会話したのがいつなのか、不三子にはすぐに思い出すことができない。

歩いていける距離にある公園にいってみる。マスクをしてランニングをしている男女がいるが、ついこのあいだまで大勢見かけた子どもたちの姿はない。乳幼児を連れて歩く親たちも見かけない。何が起きたのか、毎日ニュースを見聞きして、頭ではわかっているけれど、ひとけのない公園を歩いているとわからなくなる。子どもの声が聞こえないと、時間が停止したような錯覚に陥る。世のなかが、まったく知らない場所になってしまったみたいで、途方もない気持ちになる。

公園を一周していた不三子は、植えこみの陰にしゃがみこむ女性を見つけて足を止めた。何をしているのかよく見てみると、彼女のそばに大きな二匹の猫がいる。二匹とも、白地に薄茶色の模様が入った猫である。どうやら女性は猫たちに餌をやっているらしい。猫の家族が住んでいるとか、猫の子どもを盗む人がいるとしょっちゅう言っていた園花の話を不三子は思い出す。猫の話も亀や鳩や同級生の話も、子ども食堂のだれもが真剣に聞いていなかったが、もしかして猫に餌付けをして盗む人がいるというのは本当なのかもしれないと、不三子はその場に立ったまま、しゃがみこむ女性の動きを注意して見る。猫は人慣れしていて、しゃがむ女性の足に体を擦りつけている。女性は脇に置いた布袋に何かをしまっている。猫を撫で、何か話しかけ、立ち上がり、振り返った女性はそこに立つ不三子を見て、驚いた顔をし、

「あ、違うんです」と顎におろしていたマスクをつけなおして、慌てて言う。そんなに若くはない。染めてつやのない茶色い髪には白髪もまじっている。五十代くらいだろうかと不三子は見当をつける。「ここの子たちは地域猫で、ご近所には許可をもらって交代でごはんをあげているんです。ごはんのお皿は持ち帰りますし置き餌はしません。トイレもきれいにするっていう約束で」

彼女が勢いこんで何を言っているのか、何をそんなに慌てているのか不三子にはわからず、はあ、とちいさく相づちを打つ。

「猫によくない食べものをあげる人もいますから、あの貼り紙も私たちがしているんですよ。コロナになってここらへんも歩く人が少なくなったから、この子たちには安心ですけどね」と、彼女は一方的に言いながら、会釈をして、おそらく餌や使用済みの皿の入った布袋を提げてその場を立ち去る。彼女が指さしたほうを見ると、植え込みの奥のフェンスに、

「猫ちゃんがかわいいからといってむやみに食べものを与えないでください」という、かすれた手書き文字の貼り紙がある。二匹の猫は餌をもらって満足したのか、木の根元にぴったり寄り添ってまるまっている。不三子は猫から目をそらし、公園内をぐるりと見渡す。猫を観察している

園花がいるのではないかと思ったのだが、見える範囲にはだれもおらず、さっきの女性の遠ざかるうしろ姿だけがある。

「あの」不三子は思わず、その背中にむかって声を掛ける。彼女が振り返ったのを確認してから数歩近づき、「猫を連れていってしまう人がいるって聞いたんですけど、本当ですか」と訊いた。

「え、連れてくって、あれですか、保護団体とか？」彼女も怪訝な顔で不三子に近づく。

「だれかはわからないんですけど、猫をつかまえて持っていってしまう人がいるって……」

二メートルほどの距離をあけてぴたりと止まり、

「私もやってますけど、TNRの活動をしているボランティア団体はほかにもあるから、もしかしてその人たちかもしれないですね。あ、繁殖を防ぐために、避妊や去勢の手術をして野良猫をもとの場所に戻す運動です。その人たちなら、野良ちゃんをつかまえてると思いますよ、でも術後はもとに戻します」

女性の言っていることはなんとなくわかるような気もしたし、まるでわからないようにも思えたが、「そうでしたか」と不三子は言った。「なら安心ですね。ありがとうございました」頭を下げると、彼女は安心したようにうなずいてうしろ姿を見せる。

園花が見たというのはボランティアの人たちだったのかもしれないし、あるいは、園花が見たと言っている人たちと、今の女性が言っていた団体はべつなのかもしれない。ともあれ、園花は嘘ばかりついているわけではないし、猫さらいというわけでもないようだと不三子はひとり安心し、木の根元にぴったり寄り添って座る猫を一瞥して、その場を去る。


迷いに迷って不三子が園花の母親に連絡をしたのは、三月の三連休最後の日だった。子ども食堂は四月も中止が決まったと、その一週間前に不三子は小川さんから連絡をもらっていた。それどころか「東京は都市封鎖になるらしい、学校再開だってあやしい」と小川さんは言っていて、園花が心配になったのもあるけれど、それよりも焦燥感に似た不安を覚え、じっとしてはいられなかったのである。

電話は二度ほどの呼び出し音のあと、すぐに「だれ？」という女性の声がした。だれ？　といきなり訊かれると思わなかった不三子はたじたじとなったが、しかしそれでも、「子ども食堂の手伝いをしている望月と申します。四月も子ども食堂の中止が決まったので、連絡先のわかる親御さんにこうして連絡させていただいています」と、考えてあったせりふをなんとか伝えた。

「あ、そうですか」と声は言う。

「すぐおさまるかと思ってたんですけど、そうもいきませんよね。学校もまだお休みですものね。子ども食堂もお弁当の配布をしようかなんて話しているんですけれど、なかなかむずかしくて……」

「はあ」という相づちに、いらだちを感じ取り、

「ごめんなさい、お仕事中でしたでしょうか」あわてて不三子は訊く。

「っていうか、ご用件はなんなんでしょう」ぶっきらぼうな声に、不三子はさらに怖じ気づき、

「園花ちゃんお元気ですか、何かお困りのことはありませんか」とおそるおそる訊く。

「いえべつに」と素っ気ない声が返ってくる。

話をどう続けたらいいのかめまぐるしく考えていた不三子は、はっと思いつき、

「あの、子ども食堂がずっとお休みなものですからね、お弁当を、そうですすお弁当をご希望のか

たがいれば配布しようということになって、それでいかがですかってお電話を差し上げているんです」と、つい今しがたした発言とは矛盾すると気づきながらも、そんなことを言ってみる。

「え、ただで？」

「ええもちろん無料です。学校がお休みですから、お子さんのいるご家庭はお昼も毎日用意しなくちゃならなくてたいへんだという声も聞きますし、それでお弁当の配布を希望される親御さんもいらっしゃるんですよ」言いながら不三子は、うまいこと話をでっち上げている自分に高揚する。でっち上げているといったって、だましているわけではないと思えば罪悪感もない。

「え、何それ、届けてくれるわけ？」

「ええ、ええ、ご希望されるご家庭には配達します」毎日きてくれと言われたらいけるだろうか。いけないことはないだろうけれど、でも、子ども食堂は月に二回だったのだから、へんに思われないか。問い合わせをされても困る。「週に二回程度ですけれど」

「じゃお願いします。春休みが終わるまででいいんで」

「住所を教えてくださいますか。かんたんな道順もよろしければ……」

電話の向こうであいかわらず不機嫌な声が伝える住所を、不三子は震える手でメモしていく。

「念のため、私の携帯と、あと固定電話の番号もお伝えします。望月と申します。この件にかんして何かお問い合わせがありましたら子ども食堂ではなく、私個人にご連絡いただけますか。あの、今は集まることができなくて、持ちまわりでやっているものですから。あっ、それからお届けする曜日ですけれど平日がよろしいでしょうか、それともお休みの日が……」

「平日お願いします。いつでもいいんで。置き配で、置いたらこの番号にワン切りしてくれれば受け取るから」

不機嫌な声はそう言って通話を切った。何曜日と言っていなかったから、こちらの都合で決めていいということか。携帯電話を食卓に置いても手が震えている。何も悪いことはしていないと思いながらも、こんなふうに大胆な嘘をついたのははじめてだと、不三子は信じられないような気持ちで思う。よくあんなことを思いついたと自分を褒めたくもあり、もし大樹や小川さんにこのことが知られたらどうなるのかという不安もある。小川さんには打ち明けようか。打ち明けて、それで、弁当の配布ではなく、近所のスタッフが届けるのはどうかと提案しようか。

まだやることがあった。またひまになってしまった、せっかくのやる気を奪われてしまったと、くよくよしている場合ではない。不三子はまだ震えている手をこすり合わせるようにして、台所に向かう。意味もなく冷蔵庫を開けて中身を一瞥してから閉め、食器棚の隅に置いてある勝沼沙苗の本を引き出す。表紙の黄ばんだその本を手にするたび、仲間たちで編集作業をしていた日々の興奮を思い出す。

もうどこでも手に入らない本をぱらぱらとめくり、不三子は弁当の献立を考えてみる。茶色っぽい弁当にはしないようにしよう、デザートに果物やケーキも入れよう、弁当箱は洗ったり返却したりがめんどうだろうから、紙容器の弁当箱を用意すればいい、明日は午前中のうちに買いものにいこう。さまざまな思いつきがあふれ出てくる。お子さんのいるご家庭はお昼も毎日用意しなくちゃならなくてたいへんだという声も聞きますし——よくあんなことをぺらぺらと言えたものだと、ふいにおかしくなって、だれもいない台所でひとり不三子は声を出して笑う。

2020　柳原飛馬

三月に入ると、マスクに続いてトイレットペーパーがスーパーマーケットやドラッグストアから消えた。立ち寄ったドラッグストアで、その棚だけが空っぽで、「品切れ中」の札がかかっているのは、飛馬には異様な光景に見えた。

その数日後には、通勤途中にあるドラッグストアの前に行列ができているのを目にするようになった。九時半の開店まで一時間以上もあるというのに、毎朝十人ほどが並んでいる。開店時に補充されるトイレットペーパーを買うための列である。

「トイレットペーパーが手に入らなくなるってだれかが言い出したのよ」

「でもそのあとで、それはデマで、足りなくなることはないから買いだめしないようにって製紙の組合から声明が出ているみたいだけど」

「でも実際、ぜんぜん買えないよな」と、職員たちが話していたそのすぐあとに、今度は庁舎内の一般トイレや公園のトイレからトイレットペーパーがなくなりはじめた。だれかが盗んでいるらしい。「トイレットペーパーの持ち去り禁止」のポスターを作り、職員総出で公園や公共施設のトイレに貼ってまわり、予備用に置いてあるものを回収していく。

「長男の学校のママ友グループはすごいですよ、ＬＩＮＥグループ作って、専業のママとかリモートになったママで午前中に自転車で見まわりにいって、在庫を見つけると連絡してくれるんです。どこそこにあったよ！　って」と、いっしょにまわっている女性職員が話す。

「え、じゃ仕事抜けて買いにいってるの」飛馬が驚いて訊くと、

「まさか」と笑う。「でもうち、今月から夫がリモートなんで、今度そういうお知らせがあった

ら連絡して買いにいってもらうつもりですけど。ないと困るんで」

そんな話を聞いてから、飛馬は仕事帰りに、少しばかり遠まわりしてでも近所にあるドラッグストアをいくつか経由して歩き、トイレットペーパーの販売時間の表示があればメモをして、女性職員の話を参考に、マンマさんのアカウントでツイートした。

○丁目の○○ドラッグ、明日十四時にトイレットペーパー入荷予定だそうです！困ってる人はいってみてね〜！

四月に入ったら東京はロックダウンされるという情報を、飛馬は政恒からのＬＩＮＥで知った。大学の入学式も中止が決まり、新学期はすべてオンライン授業ということがもう決定しているという内容で、東京もロックダウンが迫っているらしいから、食料少し買っといたほうがいいぞ、と書かれていた。

「なんかロックダウンになるって聞いたけど」と、それを読んですぐ飛馬は隣の席の職員に言ってみたが、

「それはないでしょ」と彼は笑うだけだった。「そうなるんだったらおれたちが正式に知らされていないとおかしい。発令式だって中止になってないし」と言うのである。

たしかに役所になんの予告もなくロックダウンになるはずはないと納得はしたものの、しかし飛馬は隣の席の男より、大学で働く政恒の言うことに信憑性があるような気がし、レトルト食品やインスタントラーメンをこまめに買って帰るようになった。迷ったあげく、

ロックダウンになるかもしれないから、日持ちのする食材を買っておいたほうがいいかもね！とはいえ、くれぐれも買いだめはしないように〜！😥

とマンマさんのアカウントでツイートした。マンマさんをフォローしているのは、ボランティ

ア で参加した人たちや、かつて食堂にごはんを食べにきていた子どもたちの親と外国人留学生数人で、あとは毎回きていた高齢者たちにもしかしたらフォロワーがいるかどうか、という程度、子ども食堂と無関係の人たちは見ていないはずだ。だから飛馬としては、見知らぬ無数の人たちに向けて情報発信しているのではなく、顔を知っている人たちに直接伝えているような気持ちだった。女性職員の言っていた、ママ友たちの助け合いみたいなものだと思っていた。

異動もないまま四月に入り、新入職員たちが入庁し、緊急事態宣言が出された場合の対処を都知事が会見で説明し、いよいよかと飛馬は身構えたが、七日に発令されたのは海外諸国のロックダウンよりはゆるい外出自粛などを要請するものだった。図書館、体育施設、公共施設、本庁以外の区民事務所の一時閉鎖が決まり、その数日後、都では、飲食店の営業時間短縮や娯楽施設、展示会場等の休業が要請された。町は急にしずまりかえったが、飛馬たちはとたんに忙しくなった。それまで業務として企画してきた公共施設や公民館での催しはすべて中止になり、今後の運営についての話し合いがくり返されるようになった。さらに飛馬は、営業時間短縮や休業の要請を受けた事業主の相談や支援を請け負う事務局と兼務することになった。都の条例を確認しながら社会福祉協議会、産業振興センターとも話し合いを続けていく。都とはべつに、コロナ対策のポスターやステッカーを作り、その配布や発送も、声がかかれば手伝いにいく。

突然の嵐に巻きこまれたような忙しさに、飛馬は自分が何をしているのかわからないまま、指示された作業をこなしていく。入庁したばかりのころを思い出すが、体力は比べものにならないくらい衰えている現実を、こんなことで実感させられる。

残業すると、軒並み飲食店は閉まっていて、家に何かしらの買い置きがないとコンビニエンスストアの弁当ばかりになる。結局ロックダウンにはならなかったが、なぜそんな情報が出まわったのか、飛馬は考える余裕がなかった。四月も後半になって、マンマさんのツイートにだれかからの返信がきていることに気づいて、表示してみると、

ロックダウンは結局デマだったけど、でもあのとき買いだめしたおかげで、スーパーは三日に一度ってことになった今、助かってます。ありがとうございます。食堂再開たのしみにしています。

とあった。アカウントの写真はペットだろうか、オカメインコの写真で、アカウント名はサクラとあるが、それがだれだか飛馬にはわからない。けれども数日前に、スーパーマーケットでの買いものは三日に一度程度に減らすよう、都知事が会見で言っていたのを思い出す。

マンマです! インスタントラーメンの賞味期限は意外と短いから気をつけて〜! 食堂再開、待っててね‼

礼を言われたことに気をよくして、ガッツポーズの絵文字を三つつけて、飛馬はツイートボタンを押す。すぐさま「いいね」のマークがカウントされる。増えていくその数を見ていると、何が起きているのかわからなくなるくらい忙しい日々のなか、ものすごく久しぶりに人とじかに言葉を交わしているような錯覚を、飛馬は抱く。

その後も役所の忙しさは変わらず、飛馬の生活も変わらないまま日が過ぎて、気がつけば、なんだかおかしな世のなかになっている。旅行にいこうというキャンペーンの予告と、県またぎの移動はやめようという各県の呼びかけが同時にはじまり、他県ナンバーの車が嫌がらせをされたり、医療従事者の子どもが保育園で預かりを拒否されたりといったことがニュースで伝えられ、自分とは関係のない遠いところの話だろうと思いながら飛馬はそれらを聞き流していたのだが、

役所にも、どこそこのバーは八時以降もおもての明かりを消して営業していると告げ口をする匿名電話や、コロナ感染者が出た店だと貼り紙をされたと訴える苦情電話が相次いで、役所からクラスターが出たらたいへんな騒ぎになるだろうと容易に想像でき、職場の雰囲気もなんとなくぎすぎすしてきている。

そんな日々だったから、弁当の配布のみにして子ども食堂を再開すると大樹から連絡をもらったとき、飛馬は自分が救われたような気分になった。

八月の終わりに都内の二十三区以外の飲食店は、時短営業の要請が解除された。二十三区も近くそうなるだろうから、という大樹の見立てで、九月のはじめに対面でのミーティングが行われ、九月第二週から、以前のように月二回、第二、第四土曜日に、弁当とフードバッグの配布をはじめることに決まった。

九月の最初の土曜日、午後二時からのミーティングのために、飛馬はひさしぶりに教会に向かった。

教会の佇まいも、別棟の集会室も、やけになつかしく感じられた。ひとつだけ長テーブルが用意されていて、大樹と、四人のメンバーが座っている。飛馬に気づくとみんな笑顔を見せ、ひさしぶり、元気だった？　お役所はたいへんでしょうと声をかける。全員マスクをつけているが、その顔ぶれもなつかしい。

「じゃ献立決めて、あとは当日の流れを確認していきましょうか」という大樹の声で、ミーティングが開始される。

以前は八人、ひとりが引っ越して抜けて七人になったメンバーだが、今日は四人だけのようだ。

きていない人の顔は思い浮かぶが名前があやふやだ。今日だけ休みなのか、やめてしまったのか。

二種類の弁当の献立と、当日の調理の流れはてきぱきと決まっていく。ボランティアが当日何人集まるかわからないので、品数も調理手順も少ないほうがいいと大樹が言っているから、今日いないスタッフたちはどうやらやめてしまったのかもしれない。配布時間を分けたほうがいい、列を作るのはＮＧ、その場でおしゃべりがはじまるのを避けたい、と話し合いは続き、

「時間は区切らなくてもいいかもしれませんね、その日はぼくが外で誘導係やりますよ、間隔空けて並んでもらうように」と飛馬も話に加わる。

「また告知お願いしたいんですけど」と、ミーティングが終わり片づけと帰り支度がはじまると、大樹が飛馬に近づき、「あの、できるだけ不確定な情報は流さないでほしいんです」と、言いづらそうに言う。

「あ、ロックダウンのこととか？」

「そうです。デマの流布ととらえられかねないんで」

「そんな大げさな」と飛馬は笑うが、大樹は笑わない。

「じゃあみなさん、来週は十二時半集合で！　体調悪かったら休んでくださいね！」とみんなに向かって言い、一礼して集会室を出ていく。

「あの子、どうしてますかね。猫とか鳩とか、へんなことばっかり言ってた子」みんなと別れ、また二人で駅まで歩きながら、飛馬は望月さんに訊く。数歩うしろを歩く望月さんは、ちらりと上目遣いに飛馬を見て、じつは、とか細い声を出す。

「大樹さんにはないしょなんですけど、私あの子にお弁当届けていたんです」と望月さんは今度は目を伏せて言う。えっ、と思わず声を出すと、びくりとし、「柳原さんもお話ししていたじゃ

ないですか。子どものころ、近所の人がおかずを届けてくれたって。保護者と話ができて、そうできたらいいなと私も考えて」

「え、じゃあ母親と話し合って毎日弁当を届けてたんですか」ふりむいて話しかけるのが億劫で、飛馬は望月さんの隣に並ぶ。

「小川さんには話したんですけどね」と言う。「毎日ではないですよ、週に二回。園花ちゃんのおかあさん、このコロナで仕事がなくなってたいへんらしいんです。家にいることも多くて、だったら食事の支度をすればいいのにと思うんですけど、だっていくらでもお金をかけずに工夫できるじゃないですか、時間があるのなら。でもまあそれはよそさまのおうちのことですから」

以前より人どおりは少なくなったとはいえ、店から流れる音楽や雑踏の騒音に消え入りそうな声で望月さんは話し続け、ふと黙る。

「それで」と飛馬は先を促す。

「でもあの、おかあさんは私のお弁当が好きではないみたいで、お弁当よりレトルトとか？　ハンバーガーとか？　お弁当ならスーパーの出来合いとか？　そういうのがいいって言うんですけど、それって園花ちゃんじゃなくてご自分の食べたいものですよね。私、なんだか馬鹿馬鹿しくなっちゃって」

「まあ、そりゃ……それでやめたんですか」

「レトルトの添加物やコンビニのお弁当の保存料を摂り続けていいはずがないんです。とくにお子さんは食べないに越したことはないんです。そう話しても聞く耳持たずで……だから来週からお弁当の配布が決まってほっとしてるんです」

話が聞きたいことからどんどんずれていくいらだちは、だんだん無力感にかわり、飛馬は疑問をのみこんでただうなずき、歩く。

「助けたいと思ったって、こうしてはやばやといやになって放り投げてしまうんだから、私もひどい人間だとつくづく思ったんです。最初から何もしないほうがましだって」と言い、長いため息をつく。

「いや、ひどいなんてことないですよ。むしろ子ども食堂がないあいだ、おひとりでよくやられたと思いますよ」飛馬は言うが、望月さんはうつむいた顔を上げない。不確定な情報を流すなと大樹に釘を刺されたことを飛馬は思い出す。「だって、だれかの役にたてばいいと思っただけですよね。実際に少しのあいだにせよ、助かったと思いますよ。園花ちゃんも、おかあさんも」

ホームのベンチに並んで腰かけるが、望月さんがもう話そうとしないので、

「子ども食堂も年内に完全復活すると思いますよ。来年の前半にはワクチンも国民全員にゆき渡らせるって大臣かだれかが言ってたじゃないですか」飛馬は沈黙を埋めるためにそんなことを言う。望月さんはうつむいていた顔を上げ、不思議そうに飛馬を見る。「知りませんか？　ワクチンはすでにできていて、アメリカでは年内には接種もはじまるんじゃないかな」

「そんな、付け焼き刃みたいにしてできたワクチン……」とつぶやく望月さんの声をかき消すように下り電車がホームに入るというアナウンスが流れ、望月さんは立ち上がり、

「それじゃあまた。感染に気をつけて」と飛馬に頭を下げて背を向け、まだ電車は入ってこないのに白線の内側に立っている。

2020　望月不三子

九月から、子ども食堂での弁当配布が決まり、不三子はとりあえずほっとした。子どもたちに弁当を提供できるからというより、やることができたことに安堵した。

九月最初の土曜日に子ども食堂再開に向けての話し合いをすると、小川さんから電話で知らされた。弁当無料配布を行うので、望月さんはまた菜食弁当の献立をなんとなく考えてきてね、と言われていた。

話し合いの時間より少し早めに着くと、小川さんをはじめ三人のスタッフが集まっていて、みんなコロナの話をしている。どこそこの店員がかかっただの、だれそれが人工呼吸器までいっただの、不三子の知らない名前や、知っている店名などが飛び交っている。近所の人たちも、一時期は往来でまったく会わなくなったが、このごろでは道ばたで顔を合わせることが多い。意識的に距離をあけて短く言葉を交わすだけだが、それでもみんな、飽きもせずコロナがどうのと話している。近所の病院でクラスターが出たとか、新聞で読んだ情報などをくり返している。そのわりに、不三子のまわりでは感染したという人はいない。

メインスタッフのうち、三人は、家族の反対があったり、家族が医療関係者だったりして、しばらく休むということだった。話し合いは、残りの四人に加え、山本大樹と柳原飛馬が参加して行われた。献立を決めたあと、配布時間や手順、告知方法などについて話し合う。初回だから、だれもが好む定番の弁当がいいと小川さんが言い、ハンバーグ弁当と、不三子が担当する五目ごはん弁当になった。共通の副菜を決め、調理の手順を確認していく。何もかもがずいぶん久しぶりのことで、今年のあたままで自分の内にたぎっていた熱気を思い出すことはできるが、それが戻ってこないことに不三子は内心で戸惑っていた。

帰り道、園花に弁当を届けていたことを、ふと柳原飛馬に漏らしてしまった。もっと話を聞いてほしかったのだが、この時期にお茶に誘うのもためらわれ、ホームに引き留めて話し続けるわけにもいかないのであきらめた。小川さんには話さなかったことまでも、不三子はなぜか飛馬に話したかった。お世辞かもしれないが、おひとりでよくやられたと思う、なんて言ってくれるからかもしれない。

はじめて原園花の住まいを訪れたのは、思い切って母親に電話をした週の金曜日だった。園花の住まいは、教会と不三子の家の中間くらいにあった。どの駅からも十五分から二十分ほど歩く住宅街のなかの、二階建てのアパートだった。住所をたよりにはじめて訪れたとき、そのアパートの佇まいを見て不三子は高円寺のアパートを思い出し、なつかしい気持ちになった。結婚してすぐ住んだ最初の家だ。

弁当は何時でもいいから玄関先に置き、置いたら自分の携帯電話を一瞬だけ鳴らして切るように、と不三子は母親に言われていた。一階の奥から二番目と聞いた102号室の前までいき、ドア脇に置いてある黒ずんだ洗濯機の上に持参した紙袋をのせようとして、迷い、結局インターホンを押した。不衛生な気がしたのである。

だれ？　と部屋の奥から声がし、不三子は飛び上がって驚いた。昼も夜も働きづめという母親は不在だと思っていた。

「お電話差し上げた望月です、お弁当お持ちしました」とドア越しに声をかけると、

「置いてってください。っていうか、そう言いましたよね」と声が返ってくる。ドアは開かない。

「園花ちゃんはお元気ですか」不三子はなおも訊いてみる。

「元気ですよ」ぴしゃりと返ってきて、それきり無音だ。園花の声がしないかと、不三子はドアに耳を近づけるが、子どもの声はしない。「置いてってくださいね」叫ぶようにもう一度言われ、不三子はあわてて後じさった。

二人ぶんの弁当と、おからのクッキー、自分で用意したフードバッグ——自然食品店で買ったベジカレーと子ども用のシチュウ、有機野菜のポタージュ、レトルトの玄米パックの入った紙袋を洗濯機の上に置き、振り返りながら不三子はもときた道を歩いた。隅にアイスキャンデーやスナック菓子の空き袋が落ちた、アパートの暗い外廊下の光景と、廊下に面した窓の磨りガラスにぼんやりと映っていた、食用油や歯磨き粉の影が幾度も思い浮かんでは消える。磨りガラスの窓や、散らかった外廊下の感じも、高円寺のアパートによく似ていた。しかしさっき覚えたなつかしさは消え、胸が詰まるような気持ちになる。

結婚して高円寺で暮らしていたころ、真之輔も不三子も貧しかった。けれどそれは、はじまりの貧しさだった。いつか庭のある家を買って引っ越して、子どもに習いごとをさせて犬を飼って……といくらでもこの先を夢見るための貧しさだった。でも今、目の前にあった扉の向こうが、そうした未来につながっているようには不三子には思えないのだった。そのことに、自分でもおかしいと思うくらい不三子は打ちのめされていた。

それでも、その後も週二回、不三子は弁当と自作フードバッグを届け続けた。献立を考えたり、空いていそうな午前の時間に自然食品店へ買いものにいくのは、コロナの話題ばかりの日々の気晴らしになった。「置き配で」と言われても、毎回不三子はインターホンを鳴らした。毎回、だれ？　と母親の声が応えるが、扉が開くことはなく、不三子が名乗ると「はーい」と室内から返事があるだけだ。一度だけ、どうもありがとうという園花の声が聞こえたことがあった。

「園花ちゃん、元気？　学校なくてつまらないわね」と、不三子はついドア越しに声をかけた。「コロナだからねー」と返事があったが、その後不三子が話しかけても扉は開かず、返事もない。

母親に直接会ったのは五月の終わりのころだった。インターホンを押し、だれ？　と例によって尋ねられ、名乗るとドアが開いた。

「いつもありがとうございます」と、パジャマみたいなワンピースを着た女性は手をのばし、不三子から紙袋を受け取った。はじめて見る姿に不三子は面食らって言葉も出てこない。思っていたほど若くはない、初音と同じか少し下くらいだろうか、長い髪を後ろで束ね、化粧気のない地味な顔立ちの女性である。「ありがたいんですけど、あの、ふつうのごはんにしてもらえませんかね」と女性は言った。「玄米とか、うちの子苦手なんで。手作りじゃなくて菓子パンとかマックでもいいんですけど。あとレトルトも、野菜じゃなくて、ビーフとかポークとかも入れてほしいんです、お菓子もそのへんに売ってるのでいいんで。育ち盛りだから、野菜だけじゃ足りないし、発育もこの子、遅いほうなんでもっと肉とか必要なんですよね」と不三子の胸のあたりに視線を落としたまま早口で言い、ふっと笑う。

「でもあの、園花ちゃん、子ども食堂では玄米がおいしいって……」

「うちの子、お調子ものなんで、食べられないものでもよその大人が勧めるとおいしいっつって食べるんですよ」と、かぶせるように彼女は言う。

用意したお昼ごはんが気に入らないと食べないと言っていなかったか。よその大人がいれば気に入らなくても食べるのか。でもおいしいと、こんな子どもが嘘をつくだろうか。思い浮かぶ疑問をのみこみ、

「お仕事はお休みですか」不三子は訊いた。「いつもいらっしゃるから……」

「四月いっぱいはコロナで店は閉めてたし、再開しても客足が戻らないから従業員減らしてるんですよね。私も困ってるんですよ」と投げやりに言い、「じゃよろしくお願いします」と扉を閉めようとする。その母親の背後でちらりと影が動く。

「園花ちゃんお元気？」思わず不三子は声をかける。園花が仕切りの壁の向こうからちらりと顔をのぞかせる。久しぶりに見る園花だが、陰になっていて表情がよく見えない。もういいですか、と母親が再度扉を閉めようとするので、

「じゃあ今お仕事はなさっていないの」つい訊くと、母親は眉間にしわを寄せ、

「はあ？　働いてないわけないっしょ。早朝仕事いってんですよ。だからピンポン押されると迷惑なんです、仮眠とってることが多いんで」と言って思いきりドアを閉めた。

それ以来、不三子は弁当を届けにいくのをやめてしまった。成人しているのに反抗期のような態度の母親に、ファストフードを届ける気にはならなかった。体に悪いことがあきらかな菓子や高校生のころの湖都が重なったせいもある。何より、駅から老人の足で二十分もかかる道のりをいくら通ったって、園花には会えないのだ。届けにいかない言い訳をいろいろと用意してみたけれど、もしかしたら、あのアパートそのものに嫌悪めいたものを感じているのかもしれなかった。

週に二回でも、弁当を届けるのをやめてしまうと、驚くほどすることがない。どこかで耳にした終活でもやってみるかと家のなかを整理し、不用品をまとめて捨てたり粗大ゴミの申しこみをしたりし、飽きると帽子とマスクを装着して散歩に出かけた。

そんな日々だったから、弁当配布の決定は不三子にとって救いだった。以前のようなやる気も充実感も戻ってはこないが、それでも参加し続けている。弁当は午後一時から作りはじめて、四時から七時まで配布する。よく集まっては話に花を咲かせていた高齢者グループはこなくなり、

ごはんを食べにきていた子どもたちはくるにはくるが、話をすることもなく、弁当を受け取って帰っていく。園花は、弁当配布が開始されたのを知らないのか、姿を見せない。母親に電話をして、弁当のことを知らせようと思いながら、中途半端に弁当配達をやめたことが恥ずかしく、不三子はまだ連絡できずにいる。

感染者がまた増加傾向にあるとニュースでよく見聞きするようになった十一月、二週目の土曜日に集会室に足を踏み入れると、いつもの顔ぶれは厨房ではなく部屋の隅に集まっている。どうしたの、と声をかけながら不三子が近づくと、

「望月さん、見て、これ」と小川さんが調理用のビニール手袋をつけた手で、紙切れを不三子に見せる。

この非常事態に人集めはやめなさい。感染拡大を許さない‼

ちらしの裏にマジックペンで殴り書きされている。

「野上さんが今日いちばんにきたら、教会の門に貼ってあったらしいの」

「いやがらせですよ」

「人集めはやめなさいって、集めてないのに。集めないでいいようにお弁当にしたのに」

「ひまな人がいるのよね」みな口々につぶやく。

「声がうるさいとか、そういうことを伝えたいのかしら」不三子も疑問を口にした。

「おもしろくないんでしょうよ、みんなで何かやってること自体が」

こういう匿名のいやがらせ、そういえばテレビで見たわ。でもそれって地方のお店でしょ、東京でもあるのねえ。っていうか、ここお店でもなんでもないですよ。みんないっせいに口を開き、

たった四人なのにずいぶんなにぎやかさになる。

「とりあえずお弁当の調理をはじめましょうか、間に合わなくなるから、話はあと」我に返ったような小川さんの言葉で、みんなぞろぞろと厨房に向かい、並んで手を洗う。小川さんが調理用の手袋をしていたのは調理途中だったからではなくて、指紋をつけないようにして警察に提出するつもりだったからだと、調理中の会話で不三子は知った。

「今日、三人くらいボランティアの人きてくれるけど、その人たちにはこのこと言うのやめましょう。きてくれなくなるかもしれないから」と、野菜を刻みながら小川さんが言う。

二時近くに大樹と飛馬がやってきて、また小川さんは彼らに貼り紙の話をしている。不三子たちは厨房にも響く彼らのやりとりを聞きながら手を動かす。いやがらせとはいえ、貼り紙がされたから弁当配布も中止になるのだろうかと不三子は考えながら、大鍋で野菜の煮物を作る。

弁当のもらい手が途絶えて手が空いたとき、

「いやがらせは気にしないのがいちばんだとぼくは思いますよ」と、大樹が言い出した。「この貼り紙も警察に届けるほどではないと思いますが、それでは気持ち悪いって人もいるかもしれませんから、一応伝えておくくらいでいいんじゃないですかね」

「うちにもけっこう苦情がきてますよ。苦情というか、どこそこの店がこっそり営業してる、みたいな告げ口ですけどね。終息するかと思ったらまた感染者が増えてきてるから、みんなちょっとナーバスになってるんだろうなあ」と、飛馬も隣でうなずいている。

以前ほどのやる気はないものの、中止にならないとわかって不三子はほっとする。

「来年にはみんなワクチン打てるようになるんでしょ。医療従事者と高齢者が先に打つってテレビでやってたから、私たち高齢者はさっさと打って、こういういやがらせがきたら反論できるようにしましょうよ。あと、飲食店がやってる貼り紙もする？　感染対策をしてるって」

ほっとするやいなや小川さんがはりきった声で言うので、不三子はぎょっとする。

「高齢者はともかくとして、私たちまでいき渡るの、いつになるかわからないですよ。来年なんて無理なんじゃないかなあ」まだ三十代のスタッフが言い、

「子ども食堂の再開も念頭に置いて、検温カメラとかセンサー付きの消毒マシンとかも、寄付金で買うとか、寄付を募っといたほうがいいかもしれませんね」と大樹が言う。

お弁当、予約してないんですけど……と声がし、みんないっせいにそちらを向く。出入り口に受け渡し用の長テーブルを配置してあり、その向こうに中学生くらいの女の子が二人立っている。名前も年齢もわからないが、不三子にも見覚えのある子たちだ。近くにいたスタッフがさっと立ち上がる。

「予約なくてもだいじょうぶよ、こっちは今日はクリームチキンのお弁当で、こっちは筑前煮のお弁当。元気だった？　学校はどう？　このへんは体育祭も文化祭も中止らしいよねえ」と、弁当を手渡しながらスタッフは彼女たちと会話している。

「小川さん、ワクチン受けるんですか」隣にいる小川さんに不三子はそっと訊く。

「受けられるんだったら受けるわ、すぐに。なあに望月さんってそういうのアレな人？」と訊き返され、

「いえアレっていうか……一年もたたずにできたワクチンってどうなのかなって」不三子はもそもそと答える。

「ええー、平気よう、平気じゃないものを国民に打つわけないじゃない」

もし今後、子ども食堂の参加条件としてワクチン接種必須となったら、自分はどうするんだろ

うと考えながら、不三子は小川さんに適当な相づちを打つ。

2021　柳原飛馬

二月の半ば過ぎに、国内でも医療従事者を対象としたワクチンの接種がはじまり、四月の半ばには高齢者や基礎疾患のある人たち、その後に一般対象者への接種へと続く。飛馬たちは接種券の準備と発送に追われ、以前にもまして忙殺された。職員と交わす言葉はほとんど業務連絡のみ、以前は軽口を叩いていた者同士も、疲れ切っているのか、顔を合わせても会釈するくらいになった。

接種券の氏名等を確認し、封筒の名前と一致しているか確認して入れていき、封をする。だれも話をしないので、紙を折る音だけが会議室を満たしていく。事務的に動きながらふと、飛馬はおそろしいような気持ちになることがある。アメリカでワクチン接種がはじまったあたりから、いろんなネガティブな噂が流れるようになった。ワクチンを打つとマイクロチップが体内に埋めこまれるとか、人体から電磁波が生じるとか、そんなことを飛馬は信じてはいない。いないが、しかし一年ほどでワクチンが作られたのは事実だし、安全性は確認されたと専門家が言っていても、実際、接種して五年後、十年後、二十年後、何も変化がないという保証はない。なのに、こうして大量の接種券を送っている。もし、万が一、接種した人が五年以内に死んでしまうとしたら、今この手が送っているのは死への招待状みたいなものではないか――気がつくとそんなことを考えている。

そんなことがあるはずがない。我に返って、飛馬は天井を見上げて凝った肩をまわしてほぐし、馬鹿らしい、と胸の内でつぶやいてから、また作業に戻る。

そんな、付け焼き刃みたいにしてできたワクチン。そう言ったのは望月さんだ。専門的な知識があってそう言ったわけではなく、むしろそうした知識がないからこそのたんなる感想だろう。望月さんは白砂糖や白いご飯も否定するような自然派だから、ワクチンなんてものにも嫌悪を感じるのだろうと飛馬は考える。けれどもあんなつぶやきを聞かなければ、こんなにおかしな考えにはとりつかれなかったような気がしてならない。

同じ作業を黙々としている職員に、何か冗談めかして話しかけたいが、そんな雰囲気でもない。飛馬も黙ったまま作業を続ける。

残業して役所を出ると、飲食店は八時で軒並み閉店だ。八時直前に駆けこめる店もぽつぽつとあるが、役所に近い店だと、だれに見られているかわからないから入りにくい。結局、住まいの近くのコンビニエンスストアで弁当かレトルト食品を買い、部屋でひとりで食べることになる。

子ども食堂の開催日以外のミーティングは、グループＬＩＮＥとオンラインで行われるようになってしまったので、隔週土曜日の弁当配布だけが飛馬にとって対面でまともに人と話すいっときとなった。とはいえ、子どもたちも家族連れも、弁当を受け取るとすぐに帰ってしまうし、一度いやがらせのビラが貼られてからは、スタッフもみな無駄話などしないように注意している。

人と話すことが減ったぶん、業務以外のほとんどの時間を、飛馬はＳＮＳを見て過ごすようになった。電車のなかやひとりでとる昼食時、帰ってから寝るまでの時間だ。

ツイッターに表示されるのは八割がたが知らないだれかで、二割ほどが有名人や企業の公式ツイートだ。フェイスブックは半分以上がもと同級生などの知り合いである。

ツイッターでは、オリンピック開催の是非が激しく討論されていたり、緊急事態宣言中に闇営業している店を告発したり、煽るように旅先でのたのしげなツイートをする人と、そんな旅する人を非難するツイートがせめぎ合い、全体的にぎすぎすした雰囲気になっている。

フェイスブックでは、会食がなくなって夫が自炊をはじめたと、料理の写真とテキストを投稿する人もいれば、コロナなどまったく無関係に、映画の感想コメントをえんえんと書き連ねる人も、子どもの写真を中心に上げている人もいる。

コロナはただの風邪だから騒いでいるのはばかばかしい。そう書いている人もいた。その投稿主の名前に飛馬は覚えがなく、プロフィールを見てみると、同郷の同い年だが、出身高校も中学も異なっている。誘われた飲み会で会ったことがあるのか、もと同級生と友だち認定をしあっているときにまぎれこんでしまったのか。

飛馬は興味を持って、彼女の投稿を遡って読んでみた。二〇二〇年の二月より前は、小学生の子どもを中心にした、旅行や外食写真が多かったが、コロナ騒動がはじまるあたりからぴたりと投稿は止まり、五月の連休に、家族旅行らしい写真を何枚もアップしている。そのなかには、「こないで!」というプラカードを掲げた人たちの、顔を出さない配慮だろう、首から下だけ写したもの、「県外のお客さまはおことわり」という飲食店の貼り紙、ひとけのない植物園のような場所の写真がアップされ、

「こんな状況だからどこもがら空き。今いかなくていついくの?w」というテキストが添えられている。その後は一か月に一、二度、以前のような子ども中心の写真に戻るが、

「子どもから教育の場と学ぶ権利を奪う政府は許せない」

「マスク品切れとか、アホか、踊らされすぎ」

などといった挑発的なテキストが続き、昨年末になると、日常風景の写真とともに何かのURLが貼りつけられることも増えた。その投稿にたいして「いいね！」を示すマークや、その上の「すごくいい」を意味するマークの数も次第に増えていく。URLを開くことをためらった飛馬だが、しかし「いいね！」のマークを押しているのはだれなのか、そのなかに知っている人がいたりするのかどうか、いちいち調べていった。「いいね！」のマークをタップすると、そのマークを押した人の名前が表示される仕組みになっているが、知っている名前はひとつもなかった。

テレビもつけず夢中でスマートフォンをいじっていた飛馬は、ふと思いつき、今度は狩野美保の投稿をさがしてみた。タイムラインを遡っても見つけられず、友だちのなかから狩野美保をタップして、美保の投稿だけを見ていく。

もしかして美保は、ワクチンにかんするデマを信じているのではないかと飛馬は思ったのだった。コロナワクチンは闇の政府による行動監視だとか、ビル・ゲイツによる人口抑制だとか、あるいはこの人のようなだれかに影響されて、コロナ自体が存在しないと信じているのではないか、いや、美保ならいかにも信じそうだと思ったのだった。

美保のいちばん最近の投稿は二か月も前のことで、
遅まきながら初詣。お祈りするのはやっぱりコロナ退散！

というコメントとともに、飛馬にはどこかわからない古めかしい神社の写真があった。その前に遡っても、手作りマスクの写真だとか、ＤＶＤで見た映画の感想だとかが短く書かれている。しばらく遡っていくと、いっしょに飲んだときのスペイン居酒屋の料理写真も出てきた。フェイスブックで見るかぎり、美保は多くの人と同じようにコロナをおそれ、日常の変化を憂えている。そのことにかすかに落胆している自分に気づき、飛馬は複雑な気持ちになる。コロナは何ものかによる陰謀だと美保に信じていてほしかったのか、あるいは、ワクチンにたいする不安を共有したかったのか、それとも浄水場に毒がまかれると教えてくれたみたいに、特殊なルートで知り得た情報を教えてほしかったのか。自分の気持ちを自分でも把握できず、そしてワクチンへの漠然とした不安も消えない。

三月の第四土曜日、スタッフの集合時間に合わせて飛馬も教会にいった。小川さんに指示されるまま、寄付された野菜や菓子やレトルト食品をフードバッグに詰めたり、長テーブルを設置したりして働いた。厨房と集会室をいったりきたりしている小川さんは、アルコール類の提供禁止要請はどうなのかとか、国産のワクチンも治験がはじまったなどと話しているが、調理のあいだは極力会話しないようにという取り決めに従って、厨房からは何かを炒める音や水道の流れる音しか聞こえてこない。

配布開始の四時より前に、パンデミック前まで毎回のようにやってきていた高齢者グループのひとりがあらわれて、ちょうど出入り口前にいた飛馬に、

「あのさ」と話しかける。名前は覚えていないが、マスクをした顔に見覚えがあるので、

「ひさしぶりです、お元気でしたか。お弁当ですか?」と飛馬は気安く訊いた。

「違うのよ、あのさ、ワクチン予約ってこれでできるんでしょ」と、手提げ袋からスマートフォンを取り出して見せる。「券がきてるんだけど、電話してもぜんぜんつながらないんだもん。これならパッパッパッてできるって言われたんだけど、私こういうの苦手なもんだから」

「ああ、ああ、できますよ、やりますよ。接種券あります?」

飛馬は彼女を集会室に招き入れ、パイプ椅子を勧めて、彼女が差し出すスマートフォンと接種

券を受け取る。区のホームページにアクセスしようとして、ふと手を止める。

「前にここでよく集まってたみなさんも、ワクチン受けるんですか」

「ほら、子どもや孫が近所にいる人は、こういうのやってもらうらしいけど、私みたいなおひとりさまは、こうやってだれかに頼まなきゃね。そういう人、けっこういるから、連れてこようかしら。やってくれるでしょ、ここのかた、みんな若いから」彼女はそう言って声を上げて笑う。

「ええ、連れてきてくれてかまいませんけど、でもあの、ワクチン、不安とかないですか？」へんに思われないように飛馬は訊く。自分がかわりに接種会場の予約を取ることに、やはり拭えないためらいがある。

「ええ？　ワクチンだってコロナだって、本当はどっちも関係なく、私なんかはもう、いつお迎えがきてもいい歳なんだけどねえ」

「ワクチンを打った直後にくも膜下出血で亡くなった女性がいますよね。高齢者から打っていくなんて、なんだかおかしいと思いませんか」

背後から声がして、飛馬はびっくりしてふりむいた。望月さんがおだやかな笑みで、高齢女性に話しかけている。

「接種は関係ないってテレビで言ってたよ」

「そりゃあそう言わないと、みんな打たなくなっちゃいますから。わざわざ第一号の人の接種光景まで放映するくらいだもの」

飛馬はどうしていいのかわかりかね、望月さんと手のなかのスマートフォンを交互に見る。

「ね、終わった？　予約取れた？　場所どこ？　そこの小学校も接種会場になるって聞いたけど」女性は望月さんの話をまともに聞く気はないらしく、じれったそうに飛馬に訊く。

「あ、すみません、なんかぼくもうまくできないや。アナログな中高年はほんと使えないですよね。おーい、だれか、若い人に頼みがあるんだけど……」飛馬は逃げるようにその場を離れ、フードバッグを並べているボランティアたちに事情を説明する。

「あ、じゃあぼくやりますよ」年若いひとりがスマートフォンと接種券を受け取り、「ロックははずしてもらえますか」と、高齢女性のもとに向かう。会場どこにしましょう、え、どこがあるの、このあたりだと……、もし困ってる人がいたら連れてきてくださいよ、若い子たちにやってもらうから……。飛馬が視線を向けると、椅子に座る高齢女性を取り囲んで、ボランティアの数人がスマートフォンをのぞきこんで声高に話している。その場に立ったままの望月さんと目が合い、飛馬はふと目をそらす。

「なんか、闇の政府とか、そういうのを信じてるわけじゃないんですよ」

帰り道、駅まで望月さんと歩きながら、飛馬は思いきって言った。マスクをした望月さんはただうなずいている。まだ夜の七時過ぎだが、店を休んでいるのかそれとも早くに閉めてしまったのか、開いている店は少なく、商店街の街灯がこうこうとついていても、うらぶれた雰囲気になっている。

「今まで、本当に一度もワクチンについて考えたことがないことに、逆に気づいたんですよね。子どものころは学校や保健所でふつうに打ってたし……というより、そんな記憶もないくらいで。ぼくはインフルエンザにもかかったことがないから、予防接種も受けたことがないし……。今回はじめて、平気なのかなってふと思っちゃって」

「そりゃあそうですよ、BCGやジフテリアなんて昔からあるワクチンだって、重大な事故がけっこうな件数起きているし、最近はずいぶんあたらしいワクチンも増えたようだけれど、ひとつのワクチンを開発するのに十年は軽くかかるのが通常でしょう。こんなに急に作ったようなワクチンで、不安にならないほうがどうかしていますよ」

無口な望月さんが、食材や食事について話すときのように急に饒舌になる。フェイスブックで見たような、コロナは存在しない、闇政府による行動監視、人口抑制、あるいは利権云々、そんな突拍子もない理由でなくても、ワクチンに疑問を持つのはふつうのことだと、飛馬は安心する。

「じゃ、望月さんは接種しないんですか。なんだか子ども食堂は、ワクチン推奨的な雰囲気になってますけど」と訊くと、それにはっきり答えはせずに、

「免疫をつけるのはやはり食事だって、私は教わってきたものだから……」と、望月さんはあいまいに答える。駅が見えてくるころ、望月さんは今言っておかなければと決意したかのように飛馬を見上げ、「ワクチンを打ったらひどい副反応があるとか、最悪死んでしまうとか、そういうことがこわいわけじゃないんです。ずっと長いこと信じてきたことを、急には手放せないって話なんです。だから、受けたいかたはどんどん受けるべきだと私は思いますよ」と、早口で言い、真顔で幾度かうなずいている。

電源を入れないテレビの前で、飛馬はスマートフォンに文字を打ちこみ、消し、少し考えてはまた打ちこんでいく。しずかな部屋に、タイプライターに似た操作音が響く。

マンマです！今日はお弁当の配布の日でした～。みなさん、きてくれてありがとう‼ワクチンの接種、はじまってますね～。接種するかしないか、自分で考えて決めましょう！

強制ではないのだから、まわりの人や上司に言われたから、みんながやっているから、そん

なふうに考えないで、自分できちんと考えて、決めましょう‼少しでも不安があるのなら、打たなくてもいいんじゃないかな〜⁉

打ちこむべき文章を考えては打ち、打っては消す。望月さんの言っていたことは、至極まっとうなことだと飛馬は思う。これは陰謀論でもなんでもない。中学生だって自分で考えたほうがいいに違いないし、ワクチン済みの人しか子ども食堂を利用できないなんてことになったら、そっちのほうが問題だ。うん、そうだ。飛馬はくり返しその文面を読んでから、二度にわけてツイートする。

2021 望月不三子

三度目になる緊急事態宣言が本当に五月に解除されるとして、五、六月は様子を見て、夏休みをめどに、弁当配布から以前のような通常開催にしようという話が出はじめたのは、四月の終わりごろだ。

「でも本当に明けるのかしら、明けてもまたすぐ出るんじゃないの」

「それよりまたいやがらせがあるかも」

「それでもいつかはやっぱり切り替えたいですよね、いやがらせをこわがってもいられないし。ほかの区ではもう再開しているところも増えてますよ」という大樹のせりふを聞いても、不三子は以前のようなはりきった気持ちにはならない。体温測定機を入り口に設置することや、今までは徹底していなかった参加者名簿づくりが話し合われ、そうして案の定、

「高齢者のかたがたにはワクチン打ってきてもらいましょうよ、ご本人のためにも、お子さんたちのためにも」と、小川さんが言い出す。

「でもほら、わりとみなさん、スマホでの予約をしてほしいってきてくださっていたから、あのグループはもう接種済みなんじゃないですか」

「それもそうね。じゃ、こちら側も打てる人はさっさと打ってもらって、ホームページにワクチン接種済みですって明記したほうが、くる人たちも安心するんじゃないかしら」

「あなたたちはまだまだ先なんでしょ？　でも若いと症状は軽いっていうもんね」

彼らの会話を不三子は素知らぬ顔で聞き、弁当メニュウを書き留めたノートを熱心に見るふりをする。

だれがなんと言っても、新型ウイルスが認識されてから一年もたたずに開発されたワクチンを安全だとはとても思えないし、高齢者が優先的に接種していくのは、何か事故があったとしても先が短いから問題ないと思われているからだとしか不三子には思えない。小川さんが接種券が届いたと言っていたとき、不三子はそのとおりを口にした。しかし小川さんは、

「だって高齢者だけじゃないじゃない、お医者さんとか政治家たちだって優先的に接種してるじゃない」ととりあわず、「うちはほら、お店やってるから、もう義務みたいなもんよ」とつけ足した。

仁美もだ。不三子よりよほど感染をこわがっている仁美とその夫も、接種券が届くとすぐに予約していた。どちらも出歩く機会のない高齢者なのだから、予約なんかやめて様子を見なさいと不三子は言い含めたが、結局、二人とも接種してしまった。

小川さんは痛くもかゆくもなかったと言っていたが、仁美の夫は接種後に倦怠感が続き、仁美

は高熱が出て二日間寝ていたという。人によってそんなに異なる反応が出るのも、高熱などの激しい副反応が出るのも、何かおかしい。そう思っていたら死亡者も出た。どうしてみんなこわがらず、何も疑わず接種するのか、不三子には本当に理解できない。医師や政治家が優先的に接種していると小川さんは言うが、もしかして、専門的な知識を持つ人や政治にかかわる人たちを、だれかが排除しようとしているかもしれないじゃない。学識者がまず迫害され、殺されていった紛争だってあるではないか――そう考えるのは極端すぎると思ってはいるが、でもそんなふうに想像してしまうことも否めない。

「それはよくないと思いますよ」と声が上がり、不三子はそちらを見る。「接種するしないはあくまで任意であって強制じゃないので、ここに参加するのに接種済みか確認したりするのも、こちらも全員接種するべきだというのも、やっぱりよくないですよ」と言うのは飛馬である。

「強制っていうんじゃなくて、安心感の話よ。大樹さん、ほかのその、再開してるところはどうなの？　ワクチン済みですって言ったりしてないの？」小川さんが訊き、

「いや、内々ではわからないですけど、わざわざそういう告知をしたりはしてないですね」と大樹が答える。

やりとりを聞いていた若いボランティアのスタッフが、

「だけど接種すると不妊になるとか流産するとか、二年後に死ぬとかって言われてるから、私はちょっとこわいな」と言い、不三子はびっくりしてノートから顔を上げ彼女を見る。

「やだあなた、そんなデマ信じてるの？」小川さんが笑い、

「5Gとかディープステートとか言い出す？」野上さんも笑う。

「いや、そういうんじゃないんですけど……」と彼女は口ごもり、

「そういえばあれ見た？　ワクチン打ったら磁石がはりつくっていうデマ動画」

「猫がくっついてくるってのもありましたよね、おふざけで」と、話は流れ、ワクチン問題はうやむやになる。

七月の第二土曜日からふたたび子ども食堂の開催、八月には恒例だったお祭りも復活させようと話は決まり、ミーティングが終わる。みんなが長テーブルやパイプ椅子をかたづけはじめ、不三子はさっきの女性に近づき、

「不妊とか二年後に死ぬなんていう噂があるの？」と小声で訊いてみた。

「SNSやネットなんかで見かけただけです。信じてるわけじゃないんですけど」と彼女は言い、言葉に詰まるようにうつむいてしまう。

「それって、どうやったら見られるの？　ネットのどこを見たら……」思わず不三子が訊くと、

「そういうの、調べないほうがいいですよ」と、大樹が話に割りこんでくる。「そういうのを一言でも検索しちゃうと、AI、人工知能が、興味があるんだなって判断して、似たような記事をどんどん勧めてくるんです。SNSもそうです。それだけ見てると、考えが偏ってしまうので、真偽のあやしい情報は見ないにかぎります」と不三子を正面から見て言う。

「あら、でも、真偽かどうかも、多くの知識がないと判断できないんじゃないかしら」不三子が反論すると、大樹はさらに言葉を連ねる。

「そうなんですよ、以前だったら、情報をより多く集めて、そこから判断することも重要だったと思うんですけど、今はその情報自体にあやしいものが多いし、エコーチェンバー現象っていって、ある考えの人をフォローすると、同じ意見の人ばかりが集まってきて、それが真実だとしか思えなくなるんですよね。それで……」

「これ片づけてきます」いっしょに話を聞いていた女性スタッフは、畳んだパイプ椅子を持ってそそくさとその場を離れる。

「大樹さん」自分を見据える大樹をまっすぐに見返して、不三子は声を出す。「あなたから見たら、私なんて馬鹿みたいに見えるんでしょうね」

「えっ、なんですか急に」

「お勤めしたのなんて大昔のいっときだけ、そのあとはずっと、夫のお給料でのうのうと暮らしてきた、世間知らずの馬鹿と思っているんでしょう。こういう人がころりとだまされるんだろうなあって」言っていると腹が立ってきた。大樹にたいしてではない。では何にたいしてなのか、不三子自身もわからない。ワクチンの安全性が保証されていないという、ただそれだけのことを、なぜみんなちゃんと聞いてくれないのか。なぜみんな、安全だとそればかり主張したり、茶化したり、デマを信じていると十把一絡げにしたりするのか。一介の老いた主婦が、あたらしく開発されたワクチンのどこが危険か、専門的な名称や数値で説明できるはずがないと思うのはしかたがない、実際私にそんなことはできない、でもだからといって馬鹿にしすぎではないか。

「いや、だますもだまさないも、ないですよ。そうじゃなくて、今ネットとかって……」

説明をする大樹の声が遠のいていく。こういう人がころりとだまされる？　私はだまされまいとしているのだろうか。だまされまいとするあまり、べつのものにだまされているということはないか。いや、ちょっと待て。頭のなかがこんがらがって、不三子は何を考えているのかわからなくなる。

「だから望月さんは心配しないでください。食堂の再開まであと一息ですから」

大樹はそう締めくくり、不三子から離れていく。何を心配するなと言ったのか、不三子はそのうしろ姿を目で追いながらぼんやりと考える。


母の死後、まったくといっていいほど連絡をとっていなかった弟が亡くなったことを、不三子は仁美の電話で知った。心筋梗塞で倒れ、そのまま意識が戻らずに亡くなった。コロナ禍のため葬儀は家族だけ、しかも一日葬ですませるつもりだと、弟の妻から連絡があったという。

「お香典だけでも送ると言ったんだけれど、お気持ちだけいただきますの一点張り」

「コロナに感染したんじゃない？　それともワクチン接種後？」不三子が声をひそめて訊くと、

「だから心筋梗塞だって。それでね、お墓はとうさんとかあさんのところじゃなくて、富士山のほうの霊園に買うそうなのよ。コロナがおさまったらお墓参りにいってやってくださいって言ってた。ねえ、本当にお香典送らなくていいのかな」

「いいって言っているんだからいいんじゃないの。お返しなんかもめんどうだろうし」

それにしてもまだ若いのに、お葬式もいけないなんてさみしいよねえ、と話し続ける仁美に相づちを打ちながら、きっとワクチンを接種したあとに心筋炎を起こしたのだろうと不三子はひそかに思う。そう言わないのは、医者にワクチンとの因果関係はないと言われ、妻がそれを信じ、追加調査を希望したり、しかるべき機関に問い合わせたりしなかったからだ。


仁美との電話を切って、不三子はまず湖都に電話を掛けた。電話に出た女性に湖都の名を伝えると、ずいぶん長く待たされたあとで、

「なあに、どうしたの」と湖都の声が聞こえた。

「もうずいぶん会っていないから覚えていないかもしれないけど、おじさん、私の弟が亡くなったって、今連絡をもらって」だからどうしたというわけではないが、だれかに伝えずにはいられ

なかった。

「それってワクチン？」と湖都がまずそう切り出したので不三子はぎょっとする。「おじさんって昔、おばあちゃんのお葬式で会ったよね？　私より年下の、いやったらしい子どもたちがいたよね」

「どうしてワクチンが原因と思ったの」

「え、このご時世だもの、六十五歳以上からはじまったでしょ、接種が。もちろんおかあさんは毛嫌いしてるから打ったりしてないでしょ？　私たちはね、コロナ自体、存在しないとは言わないけど、騒ぎすぎだと思っているんだよね。ワクチンなんてやばいに決まってる」

その湖都の言葉が、今までのだれよりも自分の考えに近いことにほっとして、

「二年後に死ぬっていうのは……」不三子はそろそろと口を挟む。

「それはデマ。デマと噂と真実は分けなきゃだめ。二年後にみんな死ぬなんてのはデマだけど、このワクチンは世界的に人口調整をするために作られたものだから、不妊リスクが高まるというのは本当。今はＳＮＳでそういう内部情報も出てきやすいの。出たらまずいものは今政府が片っ端から削除してるけど、追いつかないよ。おかあさんはＳＮＳとか見ないだろうけど」

一方的に話し続ける湖都の声に耳を傾けながら、今抱いたばかりの安堵が急速にしぼんでいくのを不三子は感じる。人口調整？　この子は何を言っているのだろう。ワクチンの安全性が確立していないことと、ワクチンは人口調整のために作られたというのはまったく違う。この子にこう言わせているのはなんなのだろう。体によいものだけを食べて、うつくしいものだけに触れさせて、たいせつに育てようと決めたことも、玄米や低農薬の食料をさがして奔走したことも、時間をかけて離乳食を作ったことも、まるで昨日のことのように覚えている。そうして、いっとき

離れていったこの子は、勝沼沙苗の言ったようにきちんと戻ってきた。私が選んだほんもののところに、この子は戻ってきて、私ができなかったことまでやっている。共同生活をし、畑を耕し、収穫し、収益を分け、災害に遭った人たちを助けにまわる。何も間違っていない。

なのになぜ、子どもができなかったのはポリオワクチンのせいだとか、コロナワクチンは人口調整のためだとか、おかしなことをこの子は言うの？

日本古来の食生活が、この国の国民のいのちと幸福に結びつく——不三子の耳に、はじめて会ったときの勝沼沙苗の声がよみがえる。何もなかったところにちいさく光の切れこみが入り、あれよというまに切れこみは扉の輪郭になり、それがゆっくりと開き、燦然と光が入りこんでくるあの感覚も、ともによみがえる。

そのとき、べつの声が沙苗の声に重なった。国を愛する女性たちが今立ち上がらなければ、大和撫子の名を後世に恥じることになると、吹き込まれた言葉を何も疑わずそのまま大声で叫んでいたんです——加工されていない、母の、低く抑揚のない声。自分でしっかり考えて決めなさい。自分で調べて、自分で考えないと——。

私は勝沼沙苗の言葉を信じることを、選んだのだと、だれにたいしてか強く訴えるように不三子は思う。吹き込まれたんじゃない、きちんと聞いて、この人はただしい、この人の言うことは本当だと自分で判断して、従うと決めたのだ。

母だってそうだったはずだ、と不三子は気づく。お国の言うことを、新聞に書かれていることを、ほかの人が言うことを、自分で聞いて、読んで、考えて、それで決めたはずだ。報国債券を買うように勧めよう、挺身隊に入るよう勧めよう、それがただしいと信じることを決めた。

いや、それは決めたのだろうか。だって、信じないなんて選択肢は、そこにあったのだろうか。

選択肢なんか最初からなくて、ただ、真実があっただけではないのか。その真実のとおりに動き、声を上げ、進むしかなかった。信じるも信じないも、ない。

だけど私は違う。私は違う。私はただしいと思うことを信じると決めた。不三子はその場に突っ立ったまま、胸の内で叫ぶように思い、ふと、部屋に広がるしずけさにのみこまれる。

私たちは知らない。ただしいはずの真実が、覆ることもあれば、消えることも、にせものだと暴露されることもある。それだけではない、人のいのちを奪うことも、人に人のいのちを奪わせることも、あり得る。そんなことにはじめて思い至り、不三子の内にもしずけさが流れこむ。私は違うという言葉も、そのしずけさにのみこまれていく。私が信じてきたことはなんだったの。私が信じていることはなんなの。しずけさのなか、ただ疑問だけがあぶくのように浮かぶ。

2021　柳原飛馬

三月の末に、ワクチンの接種に不安があるなら打たなくてもいい、というようなことを、飛馬は軽い調子でツイートした。べつに特殊な思想でもなんでもなく、ふつうのことだと飛馬は思っていたし、あのときは、子ども食堂に参加するのに接種は必須のような勢いだったから、それはそれでよくないと考えてのことだった。

そのツイートは今までになくリツイートされ、リプライ欄には、飛馬が想像しなかったような言葉が並んだ。前年、ＷＨＯのニュースを見ながらツイートした、にんにくの比ではなかった。

不安を煽ってるの？　ワクチンやばいって言ってる？　コロナで重症化したらどうなるか知っ

ていますか。親戚がコロナで亡くなりました。それでもワクチンは打つなと言いますか。もしかして反ワク？　っていうかこの子ども食堂、もしかして実態は反ワク集団？

反ワク、とだれかが書きこんでから、いきなりリツイート回数が増え、リプライが増えた。この人の言っていることはただしい、ワクチンはDNA操作が目的だ、反対デモが○月○日にどこそこで開かれます、ぜひ参加を！　といったまさに反ワクチンと言われている人たちのリプライも増え、SNSにはめっきり疎《うと》い飛馬が呆然としているあいだに、リプライをまとめたまとめサイトとやらができ、子ども食堂に苦情の電話が複数きていると大樹から連絡があり、さらに、マンマさんのツイート主は区役所の人間だということがばれて、区役所にも苦情と問い合わせが寄せられる事態に発展した。

気がつけばリプライ欄にはまともな文面はなくなっていて、シネとかアホとかいった言葉が羅列され、あたおかだとかチラ裏だとかいった聞き慣れない言葉は検索して意味を知った。

SNSに疎いからこそ、見知らぬ人たちからの罵詈雑言に深く傷つくことはなく、ただただ、飛馬は驚いていた。言ってもいないことを言ったと批判されているのだから、何がどうしたらこうなるのかすら、わからない。

結局、大樹からは即刻ツイートの削除を命じられ、課長と部長からも呼び出されて飛馬は厳重注意を受けた。マンマさんのアカウントはなくなり、上司からは顛末書の提出を求められた。デマを流したとは言えないが、しかし接種を推奨する立場として不注意ではあった、という理由である。

飛馬はときどき、自分の部屋でまとめサイトを眺めた。次第に攻撃的になるコメントの羅列を何度読んでも、傷つくとか、痛手を負うといったことはなかったが、もし、マンマさんでなく、自分自身の名で、自分自身の考えをツイートし、こうして攻撃されたらやっぱり痛みを覚えるのではないかとも考えた。

そうしてふいに、まったく脈絡なく、飛馬は子どものころに没頭していた文通を思い出した。見ず知らずの人たちから届く、見ず知らずの町と生活の断片。手書きで文字を書き、住所を書き、ポストに投函し、相手に届くのに一日か二日、返事がくるまでに数日。

自分が大人になるまでに、ポケットベルができて携帯電話ができてパソコンができて今はみんながスマホを持っている。あのころには考えられなかったスピードで他人とやりとりできるようになった。これほど大きく世界が変わっているのに、なぜ、見知らぬ人とかかわりたいという気持ちは変わらずあるのだろう。もしかしたら、こんなふうに幼稚な罵詈雑言があふれかえるところを見ると、見知らぬ人に向けた悪意や憎悪や、名もないネガティブな感情は、進化した世界で人類があたらしく獲得した何かなのだろうか。飛馬はまとめサイトをくり返し読みながら、そんなことまで考えた。

大樹からも厳重注意を受けたので気まずかったが、それでも飛馬は子ども食堂には通い続けた。もしかしたらひどいリプライを書いただれかが、文句を言いに乗りこんでくるかもしれないと思ったが、そんなことはなかった。大樹も、ツイートが炎上したことを知っているらしいスタッフもいつもどおり飛馬に接した。

そうして八月に、飛馬はほかの職員たちとともにワクチンを接種した。不安がすべて拭い去られたわけではなかったが、接種したのは、そんなできごとがあったから、ここで受けないと、職場でワクチン反対派だと認定されるような気がして、それはいやだと思ったからに過ぎない。木曜日に接種し、その後、聞いていたのとまったく同じに二十四時間後に発熱した。

スポーツドリンクを飲みエナジーバーを齧り、熱でもうろうとしたなか、つらつらと考えごとをした。熱が三十九度近くまで上がったときはさすがに不安になり、もしここで死んだら、罵詈雑言を送ってきたり役所に苦情の電話を入れたやつは後悔するだろうかと考えた。あるいはワクチンに重大な欠陥が見つかって、五年後、もしくは十年後、接種した人がみんな息絶えるとしたら——そのとき、自分の行為を悔いるのかな。いや、みんな死ぬならしかたないか、べつにいいやと思うかもな。あ、美保の言っていたことってこういうことか。たしかに、信じない人たちといっしょに死になさい、なんて教える宗教はないよなあ。もしあったら、美保はまた信じようとするんだろうか。考えごとは結論を出さずに浮かんでは消え、あるいは眠りが消し、土曜の朝に平熱に戻った。

あまりにもふだんどおりなので、休もうと思っていた子ども食堂にも参加することにした。子ども食堂は、高齢者たちも数人は戻ってきているし、子どもたちも家族連れも数組参加してはいるが、パンデミック前のようには盛り上がっていないように飛馬には感じられる。食事のとき以外はマスクをしているからだろうか、それとも終わりの見えないパンデミックによって世のなかが変わってしまったのか。

この日も、終了の七時よりだいぶ前にみんな帰ってしまい、集会室はがらんとしている。スタッフたちで黙々とあとかたづけをする。厨房は人手が足りていそうなので、飛馬は二階のゲームやおもちゃをかたづけにいく。先月から参加している学生ボランティアたちに声をかけ、彼らの指示どおり、床に散乱している絵本やプラスチックのボウリングピンを集めていく。

「オリンピック終わってもう見るものないよね」

「そういえば、未来人、金メダルの数あてたよね」

「こないだコロナは二〇二四年に終わるって書いてたじゃん。じゃあれもあたる?」

「あたるにしてもあと三年もあるよ、うんざりだよ」

彼らの声を聞くともなく聞いていた飛馬は、

「未来人って何それ?」と何気なく話に加わった。

「知らないんですか。ツイッターで、未来からやってきた人の予言が、次々あたってくってすごい話題ですよ」と、髪の短いほうの学生が言う。

「え、何それ」

「訊くとなんでも答えてくれるんです。ぜんぶじゃないと思うけど。もうじき帰っちゃうから、訊きたいことあるなら訊いたほうがいいですよ」と、茶髪を結わえた学生が答える。

「未来さん?」驚いて飛馬は訊いた。かつてアマチュア無線家のあいだで有名だった未来さんが、今度はインターネットにあらわれたのか。しかし茶髪の学生はめんどくさそうに、

「未来さんじゃなくて未来人。検索すると出てくると思いますよ」と言って、「私、床拭くやつ借りてくるね」と階下にいってしまう。もうひとりのほうを見ると、

「説明超むずいんで、検索したほうがいいです」と笑顔を見せて、彼女もその場を離れていく。

帰り道、いつものように駅までは望月さんと二人きりになる。

「おととい、ワクチン接種したんですよ」歩きながら飛馬は言った。

「だいじょうぶでした? 副反応」望月さんが訊く。

「とりあえず磁石はくっつきませんでしたよ」と飛馬は冗談を言うが、望月さんが笑わないので、

「昨日は熱が出て一日寝てましたけど、今日はもうすっきり。どうしようか迷ってたんですけど、炎上事件があったから、打たないわけにはいかなくなっちゃって」と説明する。

「何事件ですって?」と訊かれ、

「え、ご存じないですか?」と訊き返す。「ぼくが、子ども食堂のツイートで、ワクチンに注意みたいなことを書いてしまって、それに反発した人たちが、食堂にも苦情の電話をしてきたって聞いてませんか」

望月さんはあいまいな表情で飛馬を見上げる。何かがあったことは知っているが、よくはわかっていないのだろうと飛馬は推測する。説明するのもやっかいなので、

「デマを流したわけじゃないんですけどね。不安を煽るからって」ごまかすように笑った。望月さんも困ったような顔で愛想笑いを浮かべる。

望月さんとホームで別れ、電車に乗ると飛馬はすぐにスマートフォンを取り出して、「未来人、ツイート」で検索してみる。該当者らしき人のツイートがいちばん上に表示され、それを読んでいく。かつての未来さんとはまったく関係のない、二〇五八年からきたという人のツイートのようだ。その人物がした予言をスクロールして読み耽りながら、あやうく信じてしまいそうになる。いや、まさかと茶化すように思いなおしながら、過去からきただれかと話したいと思った気持ちを飛馬はふいに思い出す。


過去最高レベルの強い勢力を持った台風が八丈島付近を通過し、関東地方に接近するおそれがあると朝の天気予報で気象予報士が言っているのを飛馬は見たが、いつまでも暑いのにもう秋なのかと思っただけだった。しかしその日の午後には気象庁が記者会見を開き、台風は猛烈な勢力を保ったまま明日には関東地方に上陸する見込みであり、観測史上最大規模の台風になるおそれがあると発表した。それを受けて午後、区役所では対策本部が設置された。

災害対策本部が設置されたことは今まで幾度もあり、しかし台風の場合はとくに、進路が逸れたり勢力が弱まったりということが多く、飛馬もこのときはさほど心配していなかった。一日の業務を終えるまでに電車が止まることもなく、倒木や飛来物の報告もなさそうだった。午後六時過ぎ、役所を出ると雨も風も強かったが、コンビニエンスストアも開いていて、バスやタクシーは盛大に水をはね上げながらも走っている。

飛馬は住まいの近所の食堂に入り、まだ七時前だったのでビールと定食を注文した。店内に設置されたテレビでも台風のニュースをやっている。アナウンサーがヘルメットをかぶり、どこかの町角で実況中継をしている。運ばれてきた生ビールを飲みながら、飛馬はテレビを見つめたままスマートフォンを取り出す。大樹からＬＩＮＥが届いている。

明日は台風のため子ども食堂は中止とします。予約者には連絡済みです。

とある。

明日は台風のため子ども食堂は中止となりました～‼みんな、川を見にいったらだめだよ～‼

マンマさんになりきった文面がすぐに浮かぶが、もうマンマさんのアカウントはないと気づく。

川はくれぐれも見にいかないでください、不要不急の外出はお控えください、どうかいのちを守る行動をしてくださいと、暴風雨のなか、アナウンサーが叫んでいる。

「こういうの、最近よく言うけど、前からあったっけ」とカウンター席でビールを飲んでいる高齢の男性客が、カウンターの向こうにいる店員の女性に訊いている。「いのちを守るとかなんとかさ」

スマートフォンに目を落としながら飛馬も心の内でそれに同意する。前はこんなふうなことは言っていなかった。こんなふうにして叫ぶほど、大きな台風なんだろうか。最大規模の大雪、降水量、強風、猛暑、とくると、かならず不要不急と続き、いのちを守る行動をと続く。

「そりゃあれよ、温暖化でおかしくなってきたってわけよ、昔はもっとふつうの台風だったんじゃない？」カウンターの内側で女性が言うと、白い上っ張りを着た店主らしき男が、

「なんだふつうの台風って」と笑う。

閉店の七時を少し過ぎて店を出ると、雨脚も風もさっきより強くなっている。商店街は閉店している店舗が多く、歩く人の姿もない。ガラス張りの店や民家の窓ガラスにはばってんや米印に貼ったガムテープも目立つ。店には一時間もいなかったのに、町が急激に変わってしまったみたいに感じられる。人のいなくなった町を歩きながら、それでも飛馬はそんなにおおごとにはならないだろうと思っていた。だって未来人は、次の大きな災害は二〇三七年だと言っていたし、と考えて、飛馬は苦笑する。なんだ、結局信じてるのかよ、未来人が未来からきたって。

強風と横殴りの雨に傘はまったく役に立たず、職員寮にたどり着いたときにはひと泳ぎしてきたようにびしょ濡れだった。ポストの中身をとっていた後輩職員が、

「呼び出しあるんじゃないですかね」と、挨拶のように飛馬に言う。職員寮に住む人は、ちいさな子どもや介護の必要な人がいるなどの家庭の事情があるか、体調不良でないかぎり、警報によって臨時招集がかかる。

「かもな」と軽く返事をして、飛馬は自室に向かう。

テレビをつけるとほとんどの局が台風情報を伝える特別番組になっている。隣県ではいくつかの町に避難指示が出ている。うるさいくらい速報が流れ、どこそこの町で最大風速がいくつ最大雨量がいくつと文字が伝えて消えていく。窓をたたきつける雨と風の音に、飛馬は子どもみたいに心細い気持ちになっていく。速報と、避難指示と、不要な外出はくれぐれも控え、身の安全を

確保するようにとくり返すニュースキャスターに、心細さは恐怖へと変わってきて、飛馬はテレビを消してスマートフォンをチェックする。参集要請のメールがきていないか確認しつつ、つい個人のほうのスマートフォンも手に取る。ＳＮＳでは、台風被害や避難所を知らせる投稿がタイムラインにあふれている。フェイスブックを確認すると、養生テープを貼った窓や、水が流れこんでいる地下鉄駅の写真を投稿している人たちがいる。そんななか、例の同級生はあいかわらず、「三分程度なので見てみてください」と、何かの動画をつい数時間前にアップしている。おそらくワクチンの害毒にかんする動画だろうと思って飛馬は開かない。ただ不思議に思う。顔も思い出せないが、この人は今迫りくる台風よりワクチンのほうがこわいのだろうか。無意識に未来人を信じてしまうことと、無批判に陰謀説を信じてしまうこととは、まったく違うと自分では思うが、しかしどこにどんな違いがあるのだろう。

早めに風呂に入り、いつ招集がかかってもいいようにスマートフォンを枕元で充電し、とりあえず横になる。うとうとしかけたときにメールの通知音が鳴り、暗闇に光を放つスマートフォンを確認すると、やはり災害招集だった。

庁舎に集まった面々は、それぞれ濡れてもいい格好に着替え、消防署と連携をとりながら割り振られた仕事に就く。職員寮に長く住む飛馬は幾度か招集されたことがあり、土のうを作って運んだり、被害のあった場所の点検にいったりしたが、この日割り振られた避難所の開設ははじめてだった。避難所に指定されている小学校に、ほかの職員たちと車で向かう。体育館や教室に、夜のうちに避難所を作り、降水量を見つつ、必要なら明けがたに高齢者を中心に避難を呼びかけることになった。車内で、どこの体育館に何名、だれがいくかが決められ、近い順に彼らを降ろしていく。

フロントガラスにも車窓にも大粒の雨が当たり、まるで洗車機に入ったみたいだが、飛馬は、たいしたことにはならないだろうとまだ思っていた。土のうの設置に割り振られた若い職員たちは気の毒だが、それで氾濫や決壊などが発生しても浸水被害は抑えられるだろうと、どこかで思っていた。

割り振られた小学校の体育館に着くと、先に到着していた職員たちがきびきびと動いている。彼らの指示のもと、飛馬とほかの職員は館内にブルーシートで区画を作り、各区画を隔てる段ボールの仕切り作りをまかされる。

「防災会も前までは定期的に防災訓練とか、こういう備品や機材の点検もしていたけど、コロナで間遠になってたところへきての大型台風だからなぁ。令和はずいぶん厳しいよな」と年輩の職員がどこか高揚したような調子で話し続けながら、段ボール仕切りの作りかたを説明する。「こんな段ボールの仕切りだって、上は開いてるんだから意味ないっちゃないけど、ないよりはマシでしょ、何かしらあったほうが。このへんの人たち、避難指示とか出たことないから慣れてないし、コロナうつされるからいきたくないなんて言い出しそうだから」

彼の陽気な饒舌さは小川さんに似ていて、彼女からの連想で、望月さんがふと思い浮かぶ。望月さんの詳細は知らないけれど、話しぶりから、ひとり暮らしで、子どもたちは遠くに住んでいるのだろうと飛馬は想像している。もう就寝している時間だろうけれども、なぜか、暗闇で彼女が目を開けて、強まる雨と風の音を聞いているような気がする。

ブルーシートはだいぶ間隔を空けて敷き、そのあいだに、逆Tの字形に切り貼りした段ボールの仕切りを床に貼りつけていく。深夜二時過ぎに、防災会の人からおにぎりとお茶の差し入れがあった。

ひととおり設置が終わると、飛馬たちは災害対策本部と連絡を取り合い、人手の足りていない指定避難所を問い合わせ、そこに向かって作業を手伝う。区画にもソーシャルディスタンスが必要なため、実際に収容できるのは、パンデミック前に想定していた人数の三分の二から半数ほどになり、それで指定外のコミュニティセンターなども避難所として開放することになったと、ともに作業をする人々の会話から飛馬は理解した。

午前四時近く、近所の川が避難判断水位に達した。今後、よりいっそう雨は激しくなる見込みがあるため、高齢者や移動のむずかしい人への避難が区から正式に呼びかけられ、消防団員たちは危険地域に住む該当者たちに、電話連絡や送迎の車を出すことになった。空が白む気配はいっこうにないが、夜明けの時間が近づくにつれ、どの避難所もせわしなく、あわただしくなった。

今まで災害招集にかり出されることはあっても、避難所の設置や誘導を飛馬は体験したことがなかった。東日本大震災のときに手伝いにいった経験しかない。たいしたことにならないだろうという飛馬の予測は時間の経過とともにどんどん揺らいでくるが、しかしこの期《ご》におよんでも、避難指示が出ることはないだろうと、何かにすがるような気持ちで思っていた。

「避難を促しても、いく必要ないって動かないお年寄りがやっぱり多いらしいね」

「そりゃ動きたくないのはわかるけど、この台風はほんと危険だから、説得しないといかんよ」

消防署と連絡を取った職員たちが話しているのを耳にして、飛馬はまた、望月さんのことを思い出す。

「あの、ひとり暮らしのお年寄りのかたがたなんかは、地域ごとに全員登録されてるんですか」

飛馬は消毒薬の補充をしながら、隣でべつの作業をしている人に訊いてみる。

「全員とは言わないけど、まあだいたいはね。でもあれだ、何年か前の台風もすごかったけど、浸水したところなんて数えるほどだったから、川沿いの人に連絡しても、深刻にとらえてもらえない場合が多いよね。今入ってる連絡ではやっぱり避難に応じる人は少ないみたいだね。高齢のかたは動きたくないって言い張ることが多いし」

非常事態の緊張のせいだろう、彼はずいぶんと大きな声で訊いていないことまで話す。相づちを打ちながら、迎えにいったほうがいいだろうかと飛馬は迷う。しかし迎えにいって、あやしまれないだろうか。

「ちょっと何これ！　見てください、これ完全に氾濫してますよ」近くでだれかが声を上げ、数人が集まってひとりの手元をのぞきこみ、何これ、どこだ、この近所？　と口々に騒ぎはじめている。飛馬たちもその場を離れて輪に加わる。

「何々、どうしたの？」

「これ見てくださいよ、だれかがツイートしたんです、今の川の様子」

差し出されたスマートフォンを覗きこむと、ツイッターの画面に、暗いなか、川の水があふれて川岸を越え、住宅まで濁流が広がっている写真がアップされていて、「みんな逃げて！　マジ危険」とコメントがついている。ここどこだ、住所わかる？　対策本部に連絡する？　ちょっと落ち着こう、みんなが口々に何か言い合うなか、飛馬は何かに突き動かされるようにその場を離れた。迎えにいったほうがいいかなどと考えている場合ではない、迎えにいかなければ。たったひとりで強まる雨と風の音を聞いているだろうあの人を、迎えにいかなくては。

2021　望月不三子

携帯電話が鳴ったのは朝の八時前で、雨風の激しい音にほとんど眠れなかった不三子はとうに起きていて、朝食もすませていたが、それにしてもこんな時間に何ごとかと電話に出ると、柳原です、子ども食堂の、と声は告げた。最大級の台風で、地域一帯に避難が呼びかけられている、自主避難場所が開設されたのでいったほうがいいと電話口で言い、もし出かけるのが無理ならば迎えにいくと言う。

昨夜に上陸した台風の勢力がそうとう強いこと、観測史上初といえる降水量であり風速であり、関東のいくつかの県と都内にも特別警報が出ていることは、朝の情報番組を見て知っている。昨日の夜から、多くのテレビ局が特別番組を放送し、いのちを守る行動をと連呼しているのも知っている。

たしかに近年まれに見る大きな台風なのだろうが、不安を煽る過剰な演出のように感じられて不三子はテレビを消している。そしてなぜ飛馬が電話までしてくるのか理解できない。

「川が増水していて、氾濫危険水位にはまだ達していませんが、これから達する可能性があるんです。高齢者のかたがたにこうして避難所のご案内をしています。ご住所を教えていただければ近くの避難所をお知らせしますよ」と、逼迫した声で飛馬は言うが、まだ達していないならだいじょうぶではないかと不三子は思う。

「川が氾濫するかもしれないってことでしょうか。うちは川まで距離もあるし、二階もありますから」

「もし一階が浸水したら二階にずっといなくちゃならなくなるし、倒壊の危険があるかもしれないですし。ご住所はどちらですか」

不三子は訊かれるまま町名と番地を告げ、「このあたりのみなさん、窓を養生して家にいますよ」確認したわけではないが、きっとそうだろうと思いながら言う。「ご心配ありがとうございます」と電話を切り上げようとするが、

「子ども食堂にきてくれるお年寄りのみなさんも避難所にいきましたよ、ご近所で残っているかたがいたら、声かけて、いっしょに避難してください」と飛馬は食い下がる。めんどうになって、ありがとうございます、そうします、と言って不三子は通話終了ボタンを押してしまう。

電話は切ったが、しかしにわかに不安になって、居間のガラス戸から外を見る。雨というより巨大なバケツで空から水まきをしているような具合である。その場を離れてテレビをつけてみるが、風雨の音にかき消されて音量を上げなければ聞こえない。上げたところで、ニュース速報を知らせる音が鳴り響き、不三子は飛び上がるほど驚いてテレビを消す。落ち着くためにお茶を飲もうと湯を沸かす。

避難所なんて、ここに引っ越してきてから四十年、一度だっていったことがない。東日本大震災のときに近所の施設や学校の一部が崩れたり、十数年前にはやはり台風で浸水があったりしたが、どれも「いのちを守る行動」が必要なほどひどいものではなかった。

ものすごい音がして、ガラス戸から外を見てみると、どこかの屋根か、まがりくねったトタンが狭い庭を転がっていく。不三子はつい天井を見上げる。浸水したら二階にいけばいいが、築四十年になるこの家の屋根が飛んだら、自分ではどうしようもない。そのときは避難所にいけばいいか。そんなことを考えていると、レインコートを着た人が門の前に立つのが見えた。同時にインターホンの音がする。その場を離れて受信機のボタンを押し、どなたでしょうと問いかけると、

柳原ですと答えが返ってくる。

不三子はあわてて玄関に向かい、ドアを開ける。川からあがってきたようにレインコートから水滴をしたたらせ、

「迎えにきました、近くの避難所にご案内します。タクシーつかまえようと思ったんですけどぜんぜん車も走ってないんです。でもすぐそこですから、身のまわりの貴重品だけ持って、いきましょう」と飛馬は玄関先で言う。

「なあに、あなた、こうして一軒一軒まわっているの？　お仕事？」不三子は眉をひそめて訊く。飛馬は言葉を選ぶように少し口ごもり、

「もうじき避難指示が出るので、おひとり暮らしのかたに声をかけてます。……というより、あの、個人的な知り合いのかたがたが心配で、業務の休憩を抜けて勝手にきました。お隣もひとけはないですし、あっちの武井さんというお宅は玄関に避難完了のマグネットをつけてましたよ」

不三子は何も言えず、ただ垂れ続ける水滴が飛馬の足元で水たまりになっていくのを見つめる。なぜか唐突に、巨大な建物が燃えるさまが思い浮かぶ。噴き出す炎と黒い煙にすっぽり包まれるその建物がなんなのかはわからない。記憶でもないのに、勝手に脳裏で再生される光景のまがまがしさにのみこまれるように、何かおかしいと不三子は感じる。個人的な知り合いだから心配？子ども食堂で顔を合わせるくらいで、どんな知り合いだというのだろう。それなのにわざわざ家に押しかけてきて、連れ出そうとする、これは何か裏があるのではないか。

「どこなんですか、その、近くの避難所って」おそるおそる訊いてみると、

「そこの第三小学校です、コロナの感染予防のために間隔を空けてますし、換気もしてます」と飛馬は即答し、小学校という言葉で不三子はワクチンを連想する。たしか小学校の体育館も、休

みの日には集団接種の会場になるとだれかが話していたのではなかったか……こうやって誘導して、未接種の高齢者に強制的に接種をさせるのではないか。いつだったか飛馬は、自分は打った、磁石もくっつかなかったと言っていたではないか。この飛馬の意味のわからない訪問に、そんなふうに考えれば納得がいく。

「あなたからしたら、働いた経験もほとんどない、年金で暮らしている私のような年寄りなんて、かんたんにだませると思うのでしょうね」言うつもりはないのに言葉が漏れ出る。前にもそんなことを言ったと不三子は思い出す。この人にではない、子ども食堂の代表者に言ったのだ。

「だますってなんですか。だましたりなんかしませんよ。もし避難して、浸水もなく無事に台風が去ったら、だましたことになるかもしれませんが、それだっていいじゃないですか。何もなかったねって笑い合えばいいじゃないですか。危ない目に遭うくらいならだまされてくださいよ」

怒ったように言う飛馬を、その本心をさぐるように凝視していた不三子の目に、会ったこともない若い女の姿が重なる。

そうするのがあなたのためだし、お国のためになるの。ね、いきましょう。まったく何も疑わず、信じることをまっすぐに言い、向き合った少女の手を握る。みんなが神と崇める存在がそう言っているから、えらい人たちがそう言っているから、新聞にそう書いてあるから、ラジオでそう言っているから、周囲の大人たちがみんなそう言っているから、だから間違っていないと彼女は信じている。向き合った少女もきっと信じただろう。この先生の言っていることはただしい。間違っているはずがない。おかしなところにいけと言うはずがない。だましたりするはずがない。

「何を持っていけばいいの」

気がつけば不三子はそう言っている。

しかたがなかったじゃないか、何がただしいかなんて、みんな知らなかったんだから。神さまのような存在だって、知らなかったんだから。私たちのだれも、知るはずがないんだから。

いっさいのよろこびもたのしみも持たないよう、慎重にそれらを遠ざけて、後悔の奥底から一歩たりとも出ようとしなかった母に、今、不三子はそう言いたかった。その無気力と無関心を軽蔑し、忌み嫌った母に、そう言いたかった。言ったって、その暗い場所から出てこようとはしなかっただろうけれど、でも、言ってあげたかった。

私だって信じるのをやめることができないの。よい食べものが幸福を作るのだと、女が家庭を、世界を幸福に導くのだと、それが間違った考えだとはどうしても思えないの。子どもたちが離れていっても、娘がおかしなデマを信じていても、いいえ、私自身が幸福には導かれなかったというのに、自分が間違っていたとはどうしても思えないの。だから後悔すらできないの。そんなふうに、暗い場所で話しかけてみたかった。

「非常用の持ち出し袋があればそれを。なければ、貴重品と最低限の着替えと、それからもし飲んでいる薬があればそれと、眼鏡も。携帯の充電器も持っていったほうがいいですね」

安堵の表情を浮かべて飛馬は早口で言う。不三子は我に返る。なぜこの人に、会ったこともない若い母が重なったのだろうと、笑いたくなる。性別も年齢も違うし、そもそも、言っていることが違う。

それでも不三子はもう我を張ることはせず、荷物をまとめるために階段を上がる。できるだけ急いでください、と背後で声がする。

言われたものを鞄に詰めながら、川が氾濫することなどあるはずがないと、なおも不三子は思っていたが、外に出て玄関の鍵を閉めるとき、ふと、もう二度とこの家に帰ってこられないかもしれないという予感を抱いた。さっき一瞬だけ浮かんだ、燃えて崩れ落ちる建物はこの家の未来だったのだろうかと、不三子は振り返り古びた家を見上げる。

「風が強いので傘もあんまり役にたたないんですけど、いきましょう」飛馬はそう言い、傘を開く。

「園花ちゃん」飛馬の背後で傘を手にした不三子は、ふと思いついて口にする。「あの子だいじょうぶかしら」

「は？」振り返って飛馬が叫ぶように訊く。

「園花ちゃん。あの子のおかあさん、朝に仕事にいってるって言ってたんです。もしかしたらひとりでお留守番しているかもしれない。園花ちゃんも迎えにいきましょう」不三子も、風の音に負けないように大きな声を出す。飛馬は戸惑った顔で不三子を見ている。開いた傘が風にあおられて右に左に大きく揺れている。「迎えにいきましょう。電車は止まっていませんよね」不三子は大声でくり返す。

　川は氾濫しない。家は浸水しない。小学校に収容されて、高齢者はワクチンを強制されるのかもしれない。それでどうなろうが、私はもうかまわない。けれど子どもは接種の対象者ではない。だからひとりでおびえているに違いない園花を連れていって、風雨が弱まるまで保護し、大人たちといっしょにいたほうがいいと不三子は考えたのだった。

　電車は止まっていなかったが、車内はガラガラで、町にもひとけはなく、コンビニエンスストアも閉まっている。歩道では看板や植木鉢が倒れたり転がったりしていて、車道にはどこからか飛んできた大ぶりの枝や工事用のコーンが横たわっている。人もいない、開いている店もない町を、不三子ははじめて見た。飛馬の言うとおり、傘はまったく役にたたない。向かい風にあおられて裏返しになってしまうし、そうならないように顔の前に突き出すようにしてさすと前が見えない。レインコートのフードをかぶり、畳んだ傘を脇に抱えて不三子は歩く。不三子のうしろを、やっぱり傘をさすのをあきらめた飛馬が、不三子のボストンバッグを抱えるようにして歩いている。

古びたアパートの外廊下は浸水こそしてはいないが、吹きこんだ雨が勢いよく流れ、タオルやバケツやマスクやゴミの入ったレジ袋が散乱していて、それを見たとき不三子は、きてよかったと思った。もしかしたら母親はいるかもしれない、とこの時点で思ったが、もしいるのなら母子二人で避難するように言えばいいだけのことだ。

「ここです」不三子は振り返って飛馬に言い、奥から二番目の古びたドアの前で、インターホンを押す。「園花ちゃん、いる？　お弁当のおばあちゃんよ。もしいるのなら開けて」

不三子が呼びかけると、意外なほどすぐにドアは開いた。Tシャツにショートパンツ姿の園花が裸足で玄関に立ち、泣きそうな顔で不三子を見上げる。

「ママはお仕事ね？　あのね、台風がきていて、こわいでしょう。おばあちゃんと安全なところにいこう、しずかになるのを待とうね、ごはんもあるし、おやつもあるから」不三子は園花に言う。

「あのねママはりっちゃんのところにいるの、りっちゃんはママの妹で、りっちゃんが赤ちゃんを産んだからそのお世話をするって言って、園花お利口だからお留守番できるよねって言ってりっちゃんの、りっちゃんの赤ちゃんは双子でね」

不三子は濡れるのもかまわずしゃがみこんで衝動的に園花を抱きしめる。開いた扉から見える部屋の床は服や雑誌や化粧品や空のペットボトルが散乱している。その奥の部屋には敷いたままの布団が見える。猫の家族、アメリカにいった友だち、母親のモデルの妹、ころころ変わる園花の話をまともに聞く子どももスタッフもいなかった。みんなてきとうに話を合わせて聞き流していた。作り話だと思っていた。でも、この子がしているのは作り話ではなくて、信じたい現実ではないかと、りっちゃんの双子の赤ちゃんについて話し続ける園花を抱きしめて不三子は思う。そうであったらどんなにいいか。母親は自分を置いてきぼりにしていったのではなくて、母親にしかこなせないたいせつな用事があったのだ。そうであればどんなにいいかと不三子だって思う。

湖都だってそうだ。子どもを産めなかったのはわけもわからず打たれたワクチンのせい。得体の知れない新型ウイルスも、異様なスピードでできたワクチンも、だれかの思惑によるもの。そうであれば、どんなにいいか。理不尽の理由があったら、どんなにいいか。私たちのだれだってそうだ。何がただしくて何がまちがっているか、ぜったいにわからない今を、起きているできごとの意味がわからない今日を、恐怖でおかしくならずただ生きるために、信じたい現実を信じる。信じたい真実を作ることとする。

「だからみんなでママを待とう、ここで待ってますってママにメモを残していくから、いっしょにいこう。ね、あたたかい食べものもあるかもしれない。鍵はある？」

「あたたかいのってコーンスープ？」

「コーンスープもきっとある。だからいこう。何か羽織るものがあれば持ってきてちょうだい」

「台風、こわい？　もっと大きくなる？」

「なるの。だから安全なところにいこう、ね。すぐ近くだから」

園花は不三子の腕から逃れて部屋の奥に駆けていく。不三子は立ち上がり、名刺の裏か何かに避難所の場所を書いてくれるよう飛馬に頼む。Tシャツの上にパーカーを羽織った園花はピンク色のリュックサックを持って戻ってくる。慣れた様子でドアに鍵をかけながら、「猫ちゃんたちを見にいきたい」と不三子に言う。「猫ちゃんたち、つかまえられてみんなでお部屋にいるから、台風でもみんな平気かどうか、見にいきたい。いってていい?」

「猫ちゃんはだいじょうぶだよ」焦《じ》れた様子で飛馬が言う。「つかまえた人がきちんと守ってるからだいじょうぶ。だから早くいこう」

「えー、でも猫ちゃんたちを置いて逃げちゃってるかもしれないし台風だから捨てちゃってるかも」と園花は譲らない。

「どこにいるの、猫ちゃんたちは」不三子は訊いた。

「あのねだれも住んでいないおうちにいる。園花が連れていってあげる」

「園花ちゃん、これから雨も風ももっと強くなるから、早く避難所にいこう、ね」

「いやだ! 猫ちゃんを見てからいく」

「柳原さん、園花ちゃんの言うところにいきましょう」不三子は言った。だけど、と言いかけた飛馬を遮り、「猫が無事ならそれでいいし、もし猫がいなかったらそれだっていい、何もなかったって笑い合えばいいだけですよ」そう言いながら、これはさっき飛馬が言っていた言葉だと気づいて、場違いにも笑いたくなる。「だからいきましょう、園花ちゃん、案内してちょうだい」

アパートの敷地の外に出ると、園花はあっという間にびしょ濡れになる。地面にたまりはじめている水に、サンダルをはいたちいさな足は足首まで沈む。それでも園花は歩いていく。

そのあとを不三子、不三子のうしろを飛馬が歩く。アスファルトにたまる水かさはさっきより増え、側溝の網蓋から水があふれ出している。前を歩く園花は、パーカーが濡れそぼち、足を水たまりに入れるのもいとわず、ちょこちょこと早足で歩く。

地球上の人がすべて消えたかのようにひとけのない道を、そうやって並んで歩いているうち、不三子は教会で聞いた聖書の話を思い出した。信心深い男が、洪水が起きることを神さまに教えられ、神さまに命じられたとおり大きな舟を作り、家族とつがいの動物や鳥とともに、食料を持ってその舟に避難する。雨は長いこと降り続け、陸地は消え、すべての生きものは息絶える。もし私がその男の妻だったら彼とともに舟に乗りこんだだろうか。男は神さまの言うことを信じたけれど、私は信じないと、舟に乗るのを拒んだだろうか。これは神さまの物語だから、神さまを信じた男の家族と動物たちだけは、助かって生き残る。でも現実はそうではない。神さまは人間をだますし人間はすすんでだまされる。自分の信じることを信じない配偶者と、長く連れ添うこともできる。神さまの世界はなんと秩序だっていて、人間の世界はなんとはちゃめちゃなんだろう。

さっき一瞬垣間見た幻影で燃えていたのが、家ではなくて、男の作った舟に思えてくる。神さまを信じて乗りこんだ舟だって、この現実では燃え落ちるかもわからないのだ。そんな光景を、私はさっき無意識に思い描いたのかもしれないと不三子は思いながら、土砂降りのなか、ちいさな園花の背中を見て歩く。

住宅街のなかを進み、角を曲がり、細い路地を入り、そのつきあたりに木々と雑草に埋もれるようにして、今にも崩れそうな木造の家があった。見るからに空き家である。そこまで進んだ園花は、振り向き、「ここ」と不三子を見上げて指をさす。「ここに猫ちゃんたちがいる」たたきつけるような雨に目を細めて言う。

不三子は飛馬を振り返る。レインコートのフードをかぶった飛馬は、あきらかにいやそうな顔で敷地内を覗きこんでいる。たしかに、捨て猫の住み着いていそうなたたずまいである。

「二階があるから、猫がいたら移動させましょう」そんなことができるのかわからないまま、不三子は言う。この地域に洪水にかんする警戒レベル四、避難指示が発令されました、住民のみなさんはすみやかに避難を開始してください、というパトロールカーの音声が切れ切れに、風雨の轟音のなかから聞こえてくる。飛馬は意を決したように両手でごしごしと顔をこすると、不三子と園花のわきを通り抜け、空き家へと向かう。雨にかすむそのうしろ姿を、園花と不三子はその場に突っ立って見つめた。

2022　柳原飛馬

あたらしい年が明けても、新型コロナウイルスはまったく終息の兆しを見せていない。未来に帰った未来人のツイートを信じるならば、あと二年はこのウイルスに翻弄されるのだろうと飛馬は思っている。

幼い日に父と、それから元の妻と結婚前に一度、見にきたことのある、鉱山の供養塔を、年若いタクシーの運転手は知らなかった。飛馬はスマートフォンで検索して住所を告げ、運転手はそれをナビに入力して車を発進させた。

年が明けてすぐの連休ではあるが、供養塔の付近にはひとけがない。タクシーに待っていてもらって、飛馬は供養塔に花を手向け、手を合わせる。自然と、去年の台風のことが思い出される。

史上最大級といわれた台風が関東を直撃し、飛馬たちは災害招集を受けて土日も返上し、ほぼ徹夜で業務にあたった。ひとり暮らしの望月さんのことが思い浮かび、飛馬は何かに突き動かされるように彼女を避難所へと連れ出すため自宅に向かった。しかしながら彼女が、園花を迎えにいくと言い出し、その園花が猫がどうのと言い出したとき、怒りがこみ上げ、迎えになんかくるのではなかったと後悔した。床上浸水しようが家屋倒壊しようが、放っておけばよかったのだと思った。好きにしろと怒鳴って、自分だけその場を去りたい衝動を抑えながら、捨て鉢な気分で猫がいるという空き家に向かったのだった。

空き家の玄関ドアには鍵が掛かっていたが、庭にまわってみると、ひびの入ったガラス戸はかんたんに開いた。黒ずんだ布団、丸められたゴミのような衣類、ゴミ袋、雑誌類と新聞、空き缶やペットボトルが散乱した部屋に、しかし猫はいなかった。壁も簞笥も襖も、ひっかき傷で毛羽立ち、ぼろぼろになっていて、すえた匂いには排泄物らしいとがった悪臭もまじってはいるが、しかし猫はいなかった。飛馬は靴のまま部屋に上がり、隣接する台所も覗いてみたが、猫はいなかった。猫を運ぶなり連れていくなりしなくてすむことに、飛馬は深く安堵した。玄関を開けて園花に猫がいないことを確認させ、空き家を離れ、やっと近くの避難所に向かうべく歩き出した飛馬は、通りかかったパトロールカーを止め、高齢者と子どもだから乗せてほしいと頼み、避難所まで送ってもらった。

園花の母親の電話番号を望月さんが知っていたので、避難所に着いてから幾度か連絡をしたがつながらず、つながったのは土曜の夜十一時過ぎだった。園花を避難所で保護していることを飛馬が伝えると、大雨のなか、十二時近くになって迎えにきた。母親は不機嫌な顔つきで、眠る園花を文字どおりたたき起こし、手をつかんで立ち上がらせている。そして心配そうにそれを見ていた不三子に歩み寄ると、「あんた、うちの子に近づく理由はなんなの？　連れ去るつもりだったの？」と大声で怒鳴り、止めようと近づいた飛馬を押しのけて、園花を引きずるようにして帰っていった。

台風の去った翌朝、帰るという望月さんを飛馬は送っていった。実際に望月さん宅に浸水がなかったか、被害はないか、そのときはわからなかったからだ。道路は枯れ葉や割れた植木鉢や、どこかから飛んできた看板なんかが落ちているが、青空が広がっていた。

「柳原さんは私を避難所に連れていってワクチンを接種させるんだと思ったんです」と、望月さんはちいさな声で言い、息を漏らすように笑った。私をだますなんてかんたんだと言ったのは、そういうわけだったのかと飛馬は納得した。そんなことをするはずがないのに、と言おうとして飛馬は口を開いたが、しかし出てきた言葉はべつのものだった。

「子どものころ、ぼくの母はがんで入院したんですけど、かなりの初期で、治療可能だったんです。それなのに、ほかの入院患者が末期の患者さんの話をしているのを聞いて、てっきり母のことだと思ってしまったんです。もうなおらない、もう死んでしまうって。それをぼくは母に言ってしまったんです。言ったというのは正確ではないけど、なんていうか、もう助からないんだと伝えたようなものなんです。それで母は思い詰めたのか、自殺したんです」

突然の重苦しい告白に、望月さんが戸惑っているのが伝わってきて、

「あ、すみません、こんな話」飛馬は思わずあやまった。「そんなことがあったもので、あやまった情報を伝えて、あやまった判断を促すようなことをできるだけ避けたいとずっと思ってるんですけど、気づいたら、マンマさんのツイートでそういうことをしてしまったんですよね。あ、あやまった情報ではないですけど、印象操作になりかねないって怒られたんですよ。それに、昨日、川の氾濫の写真を見せられたんですけど、それもどうやら偽画像だったらしくて……。小学生のときから、なんにも変わってないのかって自己嫌悪です。不安にさせてしまって、申し訳あ

りませんでした」

「いいえ、あやまるのはこちらです。あらぬ疑いをかけてしまって。でも園花ちゃんもこわい思いをしないですんだし、あたたかいお食事もできたし。おかあさんを怒らせてしまったけれど……」望月さんは言葉を切って、黙って歩く。しばらくしてから、意を決したように、言った。

「それにね、どんなに頭がよくたって、ただしいことが何かなんて、私たちにはわからないときがある。いいことをしようと心から思っていたって間違うこともある。だから、とてもつらい思い出でしょうけれど、ご自分を責めないで。その、おかあさまのこと」

話し続ける望月さんの声に、聞き覚えのある声がそっと重なり、飛馬は耳をすます。

あんたたちのおじいちゃんが地震を予知したなんて話は嘘なんよ。

おじいさんにあやまれ、おじいさんが泣くぞ。

そんなこと、あるはずがないがねぇ。

だけぇ、忘れたほうがええよ、そんな話。

だけぇ、大勢を助けようなんて思わんでええの。英雄なんかにならんでええのよ。

母の言わなかった言葉までが聞こえ、飛馬は感電したような衝撃を受けて立ち止まった。川に流れる子どもをさがした幼い自分、地球の滅亡を防ぐことはできないかと願った気持ち、ひとり座る美保を見て見ぬふりをしたばつの悪さ、震災ボランティアのときの高揚、佐紀の捨て台詞、マンマさんのツイート、過去の断片が次々と浮かび上がっては消えていく。母はそう言おうとしていたのだろうか。かなしみでもない、つらいわけでもない、もちろんうれしいわけでもなく、感動したわけでもない、もしかしたらあまりの驚きのせいかもしれない、涙がこみ上げてきて飛馬はそのことにたじろぐ。望月さんに気づかれないように、横を向き、咳をする。

たどり着いた望月さんの家は浸水しておらず、ぱっと見たところでは破損もないようだった。「なんでもなかったって笑い合えますね」望月さんは家に入る前にそう言い、一礼して背を向けた。門を開け、玄関の戸を開け、振り返ってもう一度頭を下げる望月さんの姿を、閉まるドアが隠した。

区内では、床下浸水が十数件あったが、床上浸水も家屋の倒壊もなく、停電もなかったことが判明したのは月曜になってからだった。区内を流れる川が上流付近で氾濫し、堤防は押し流され、その地域では甚大な被害があり、他県では死亡者もかなりの数にのぼったことがわかるのは、さらにもう少しあとだ。園花の家庭の事情はわからないながら、あの日の母親の不在が妙に気になり、飛馬は子ども家庭支援センターに連絡し、それとなく様子を見てもらえないかと伝えた。そのくらいしかできることがないのが歯がゆかったが、それ以上積極的にかかわろうとは思わないのも事実だった。ツイッターで拡散された川の氾濫の写真は、おもしろ半分でツイートされた、数年前の、しかも他県の光景だったことがしばらくたってから判明した。

飛馬はタクシーに戻り、今度は両親の眠る寺の名を告げる。走り出すタクシーの窓の外に広がる田んぼは、やがてらっきょう畑に変わる。

寺の前でタクシーに待機していてもらい、飛馬は寺に隣接した墓地に向かう。ひとけはないが、正月休みに墓参りする人が多かったのだろう、あちこちの墓に供えられた花が、まだ枯れもせずに咲いている。飛馬も花を供え、線香をあげて墓前で手を合わせ、年度末で役所を辞める報告を胸の内でする。もし本当に祖父の話が嘘だったとするなら、それは父の願望だったのだろうか。理不尽な災害と多くの犠牲を、何よりも父の死と、その後にあったはずの、父不在によるさまざまな苦労を、父親の名誉の死に背負わせて、幼い子どもはなんとか受け止めたのだろうか。

昨年十一月の半ばから一か月間、飛馬の勤める役所では希望退職者を募っていて、飛馬はあとさきのことをよく考えずに応募したのだった。あの台風が去ったあと、やることはやり尽くした気がした。いったい何を、と自問しても、徹夜作業でもないし望月さんを迎えにいったことでもない、とくべつな任務をやりおおせたわけでもない。だからもしかしたら、やり尽くしたのではなくて、やり尽くさなくていいと思うことができたのかもしれない。父がかつて言っていた「ひとさまの役に立つような立派な男」を目指さなくていいと、心から思えたのかもしれないと、飛馬はちょっと思った。

四月以降、何をするかはまだ決めていない。東京に戻ったらすぐに転居先をさがしはじめ、引っ越しの準備に取りかかる。今も続けている子ども食堂の手伝いは、今後もしようとは思っている。それ以外は本当に何ひとつ決めていない。

タクシーで市内に戻った飛馬は、記憶のままに町を歩いた。以前はなかった居酒屋やカラオケ店が並ぶアーケードを歩き、子どものころからある文房具屋をのぞき、春には桜の咲く路地を歩く。自然と、かつて住んでいた団地に足は向かう。細い川を越え、住宅街を進んでいくと、団地があったはずの場所には、似たような外観の戸建てが数軒建ち並び、かなり大きなコインパーキングが広がっていた。

そのままあたらしい光景に、居並ぶ古びた団地群を重ねようとしてその場に突っ立っていると、頭上を飛行機が飛んでいった。飛馬は空を見上げ、飛行場を見にいった四人家族が乗っている想像をしながら、遠くなっていく飛行機を見送った。

ホテル近くの居酒屋に、開店と同時に飛馬は入り、透明のアクリル板で仕切られたカウンター席に通された。ビールと、とうふちくわや猛者エビの刺身を頼む。なじみ深い団地がなくなっていたせいで、はじめて訪れた旅先のように感じられる町を歩きまわって少々疲れていた。カウンター上部には音声の消されたテレビがついている。夕方のニュースを流すテレビを見上げて、運ばれてきたビールを飛馬は一気に半分ほど流し込む。

団地はなくなっていたが、通った学校は、校舎が新築されていたり工事中だったりするも、以前と変わらない場所にあった。そうした変わらないものをさがすように飛馬は闇雲に歩き続けた。歩けば歩くほど、記憶が映像となってあらわれては消えた。母の働く焼き鳥屋や、知らない人たちから送られてきた手紙や、川に広がるナワコのスカートや、地球が滅びると話しあった面々や、放送部や無線部の部室が、順序なくばらばらと思い浮かんだ。

ビールを飲み干し、おかわりし、お通しのもずくを食べながらもなお、飛馬の内で記憶の断片は自動的に浮かび上がり続け、それらはときに目の前のテレビ画面よりも鮮明だった。店の引き戸が開き、あらたに客が入ってくるたび、それが父や母や忠士や、大人になった康男や浩之であるような気がし、飛馬はいちいちそちらに目をやる。

口さけ女はいなかった、とふいに飛馬は思った。世界は滅亡しなかった。水道から致死量の毒は流れなかった。二〇〇〇年になった瞬間にコンピュータシステムに異常は生じなかった。被災地で暴徒化した人たちはおらず、ライオンは動物園から逃げ出さなかった。事前に流布された予言は外れ続け、事後に聞かされる噂はぜんぶデマだった。一方で、飛行機がビルに突っこみ、大災害が起き町を破壊し、疫病が世界的に流行し、戦争は起き続けている。それらはだれも予言しない。どこかでだれかがしたのかもしれないけれど、その予言者はだれも救っていない。だからだれもが、このわけのわからない世界の解釈を試み、そこで日々生きることに意味を付加しようとし、いつだって予想不可能の未来の舵をとろうとする。明日から都市封鎖される、お湯ならウイルスは死滅する、コロナウイルスなんて存在しない、二〇二四年にコロナは終息する。何か、なんでもいいから何かを信じないと、何が起きるかまったくわからない今日をやり過ごすことができない。

突如、フィーッフィーッフィーッと奇妙な音が店じゅうに響き、考えに耽っていた飛馬はとっさに身をすくめ周囲を見渡す。店内にいる数人の客も、店員も、同様にこわばった表情で顔を見合わせている。フィーッフィーッフィーッ、地震ですと人工的な声が続ける。客のほぼ全員がスマートフォンを手にしている。画面に大きなエクスクラメーションマークと緊急速報の文字が出ている。ああついに、と飛馬は絶望的な気分になりながら周囲をうかがう。客たちも全員、口を開けうつろな目で店内を見まわしている。

「誤報だ、誤報。最近多いよな」と店主らしき男が言い、

「誤報かぁ」カウンター席にいる客がそれを受けて言う。それでも客たちはたがいの顔をさぐるように見ていたが、警報がピタリとやみ、揺れる気配がないのを確認するや、安堵の雰囲気が店じゅうに広がる。飛馬も、動揺をごまかすように隣の客と顔を見合わせて笑い、ジョッキに残ったビールを飲み干し、「おかわりお願いします」と、カウンターの向こうに声を掛ける。

子ども食堂のスタッフ全員に、飛馬が三月いっぱいで退職する話は広まっていて、顔を合わせる人はみな、これからどうするの、とそれぞれの作業をしながら気安く訊いた。

「故郷で弁当屋でもはじめようかな」と冗談めかして飛馬が答えると、

「第二の人生ってわけね」

「子ども食堂は続けてくれると思ってたのに」

「今はどこにでも子ども食堂があるから、帰った先でも続けられるでしょ」と、案外みんな本気に受け取るので、軽口を交わしているうちに、だんだん本当に帰る予定があるような気になって、

「いやいや、まだ決まってないんだから。ここには通い続けるかもしれないんだし」とあわてて言う。

子ども食堂は、前年に再開してからは、第何波がこようとも、従来通り月二回、開催し続けている。一時期こなくなったスタッフで、戻ってきた人もいれば、そのままやめてしまった人もいる。パンデミックの最初のころよりボランティアは増え、おしゃべりにきていた高齢者たちもまた戻ってきた。開設当初から通っている子どもたちは小学校の高学年や中学生になっていて、通い続けている子もいる。一時期よくきていた留学生たちは母国に帰ってしまったのか、パンデミック以後は顔を見せないが、昨年末あたりからあらたに参加する子どもたちも家族連れも少しずつ増えた。食事中以外はマスク必須だが、ゲームや季節のイベントがあるのも以前と変わらない。

ワクチンを受けてもコロナに感染することがわかって以来、小川さんもほかのスタッフも、みんなワクチンを接種するべきだとは言わなくなった。そもそもスタッフで感染歴のある人も多い。いやがらせの貼り紙があったことも、今では笑い話になっている。望月さんはベジタリアン食担当をずっと続けていて、あたらしいスタッフたちに玄米の炊きかたや、コーフーやセイタンといった代用肉の作りかたや調理法を教えている。代用肉と飛馬が言うと、肉の代用ではないといちいち望月さんは訂正するのだが。

園花は、最初の緊急事態宣言時の子ども食堂閉鎖以後、きていない。台風の夜、母親に連れられて帰った園花がどうしているのか飛馬は知らない。望月さんは食堂の再開を知らせるために思

いきって母親に電話をしたと少し前に飛馬に話した。電話はつながらなかったがメッセージを残したと言っていたから、いつかまた園花はふらりとあらわれるのではないかと飛馬は思っている。

「そういえば、この近所で野良猫を違法で売ってた人が摘発されたよね」と、調理をしながら小川さんが言い出し、まるで飛馬の考えを読んだかのように「それでさ、猫ちゃんが盗まれてるとか言ってた子、前にいたなって思い出したのよね。ぜんぜんこなくなっちゃったけど」

「違法で売るって、野良をつかまえて勝手に売ってたってこと？」

「コロナで巣ごもりして、ペット飼う人が増えたっていうじゃない。それで違法売買をする人も出てきたんじゃないかしらね」

「捨てられるペットも多いって言いますよね……」

「そういえば、望月さん、猫ちゃんの運動はじめたのよね？」小川さんが思い出したように言い、その場にいたみんなが望月さんに目を向ける。飛馬も思わず目をやると、玄米をちらし寿司用に型抜きしていた望月さんは顔を上げる。飛馬と目が合う。

「猫ちゃんの運動ってなんですか？　ごはんあげたりとか？」と若いスタッフが訊く。

「ごはんはむやみにあげちゃいけないんです。野良猫が増えないように、つかまえて去勢や避妊させて戻したり、あとは、事情があって飼えなくなった猫ちゃんたちを引き取って育てたり、いろいろなんです。私は猫を飼ったこともないし、つかまえたりなんて、とってもできないから、保護猫ハウスのお手伝いとか、寄付品の管理とか、そういうことしかできないんですけど」

　自然食について語るときのような、独特の饒舌さで望月さんは言い、みんなの視線を集めていることに照れたのか、視線を手元に戻し、作業を続ける。

「もしまたこの食堂が延期とか中止になったときに、何かやることがないと、ぼけちゃいそうだから」言い訳するようにつぶやいている。

「え、じゃあ実際、増えてるんですか、コロナの巣ごもりで違法なやりとりとか」別のスタッフが訊き、

「それは私はちょっとわからないんですけど、捨てられるペットは多いとは、よく耳にしますよ」と望月さんは顔を上げずに答える。ええ、それってひどい、人間って勝手ですよね、などと数人が言い合いながらそれぞれの作業に戻り、もうそろそろ受付開始しますねー、と集会室から大樹の声が聞こえ、はーいと厨房のスタッフたちは返す。雛祭りは来週だが、今日の子ども食堂は雛祭りイベントだ。お内裏さまとお雛さまの、手作りの顔出しパネルが二階に用意されている。

その日の帰り、飛馬は駅ではなく、一度だけ訪れた園花の住まいに向かった。ドアをノックするつもりはなかった。園花に偶然会えるかもしれないと期待しているわけでもない。ただ、申し訳ないという気持ちが湧き上がり、それを持て余していた。

子ども家庭支援センターに様子見を頼んだときすでに、かかわりたくないと思っていたこと。病気の妹とかアメリカにいった友だちとかの話と同様、猫の話もいいかげんに聞いていたこと。猫を助けにいくと園花が言ったとき、猛烈に腹立たしく感じたこと。置いていきたいとすら思ったこと。猫がいないとわかったとき、ほらみたことかと思ったこと。つまり、何ひとつ助けられなかったこと――いや、そもそも助けが必要なのかどうかすらも知ろうとしなかったことが、申し訳ないのだった。望月さんが、慣れないながら保護猫活動に参加したのにも、それと似たような、けれど彼女にしかわかり得ない、持て余すような感覚があったのだろうと、言い訳するように話していた姿に、不思議な共感を覚える。

すっかり暗くなった住宅街を歩いていると、望月さんとずぶ濡れになって歩いたときのことが

思い出された。園花を先頭に、空き家に向かったことも。あのときのいらだちも、猫がいなかったときの安堵も、昨日のことのように思い出せるが、いったい何を救いにいったのだろうと今になると思う。猫がいたとして、はたして猫を救えただろうか。猫を救うことで園花を救えただろうか。園花を救うことで、望月さんを救うこともできただろうか。大勢を救うことがどだい無理でも、でも、近くにいるだれかが助けを求めて手をのばしていたら、それに向かって手をさしのべることくらいは、自分にもできるのだろうか。

かつて訪ねた古いアパートは、闇に沈むようにして建っている。いくつかの部屋の窓に明かりがついているが、一階の、奥から二番目の窓は暗い。カーテンがしまっている様子もない。飛馬は通行人にあやしまれないよう、住人を装って躊躇なく外廊下を進む。園花の部屋の前に、あったはずの洗濯機がなくなっている。でも、洗濯機があったということ自体が記憶違いかもしれない。

奥までいって引き返す。明かりのついている窓もあるのに、全体的に人の気配がしない。飛馬は外廊下を出る。ちいさく猫の鳴く声が聞こえた気がして、振り向く。蛍光灯に照らされた外廊下が、奥の闇に吸いこまれるようにして続いている。猫はいない。飛馬は息をひとつついて、アパートの敷地を出る。夜は静まりかえっている。

参考文献

『マクロビオティック料理』桜沢里真著　日本CI協会
『子どもの健康食』東城百合子著　池田書店
『家庭でできる自然療法』東城百合子著　あなたと健康社
『子どもと親のためのワクチン読本』母里啓子著　双葉社
『ワクチンの作られ方・打たれ方』斎藤貴男著　ジャパンマシニスト社
『母原病』久徳重盛著　サンマーク出版
『アマチュア無線をはじめよう』CQ ham radio 編集部編　丹羽一夫監修　CQ出版社
『すごい！鳥取市 100SUGOIBOOK』すごい！鳥取市プロジェクト著　浅田政志写真　玄光社
『軍国の女たち』早川紀代編　吉川弘文館
『戦争を生きた女たち』粷谷美規子著　ミネルヴァ書房
『国防婦人会』藤井忠俊著　岩波新書
『女子挺身隊の記録』いのうえせつこ著　新評論
『地域で愛される子ども食堂つくり方・続け方』飯沼直樹著　翔泳社
『情報パンデミック』読売新聞大阪本社社会部著　中央公論新社

謝辞

本書の執筆にあたり、元鳥取県観光戦略課の中島文夫さま、杉並区役所文化・交流課の馬場大岳さま、阿佐ヶ谷ガヤガヤ食堂の三浦優子さま、工藤昌之さまにご協力いただきました。深く感謝申し上げるとともに、この小説の記述は、すべて著者の責任に帰することをお断りしておきます。

初出　「週刊新潮」二〇二二年四月一四日号〜二〇二三年四月二七日号連載
刊行にあたって大幅に加筆修正を行いました。

装画　津田周平

著者紹介

1967年神奈川県生れ。90年「幸福な遊戯」で海燕新人文学賞を受賞しデビュー。96年『まどろむ夜のUFO』で野間文芸新人賞、2003年『空中庭園』で婦人公論文芸賞、05年『対岸の彼女』で直木賞、06年「ロック母」で川端康成文学賞、07年『八日目の蟬』で中央公論文芸賞、11年『ツリーハウス』で伊藤整文学賞、12年『紙の月』で柴田錬三郎賞、『かなたの子』で泉鏡花文学賞、14年『私のなかの彼女』で河合隼雄物語賞、21年『源氏物語』(全3巻)訳で読売文学賞(研究・翻訳賞)を受賞。著書に『キッドナップ・ツアー』『くまちゃん』『笹の舟で海をわたる』『坂の途中の家』『タラント』他、エッセイなど多数。

方舟《はこぶね》を燃《も》やす

発　行……2024年 2月25日

3　刷……2024年11月30日

著　者……角田光代《かくたみつよ》

発行者……佐藤隆信

発行所……株式会社新潮社

〒162-8711　東京都新宿区矢来町71

電　話　編集部 03-3266-5411

　　　　読者係 03-3266-5111

https://www.shinchosha.co.jp

装　幀……新潮社装幀室

印刷所……株式会社光邦

製本所……加藤製本株式会社

ISBN978-4-10-434608-0　C0093

もう一杯だけ飲んで帰ろう。　角田光代　河野丈洋

今日はどこで誰と飲む？　近所の居酒屋、旅先の味、深夜のバーの後は家でおかわり。夫婦で訪れたお店で語ったあれこれを綴ってごくごく読めるおいしいエッセイ。

☆新潮モダン・クラシックス☆
失われた時を求めて　全一冊　マルセル・プルースト　角田光代編　芳川泰久訳

その長大さと複雑さ故に、名声ほどには読破する者の少なかった世界文学の最高峰が、現代を代表する作家と仏文学者の手によって、艶美な日本語で蘇える画期的縮約版！

墨のゆらめき　三浦しをん

実直なホテルマンは奔放な書家の副業である手紙の代筆を手伝わされるうち、人の思いを載せた「文字」のきらめきと書家に魅せられていく。待望の書下ろし長篇小説。

僕の女を探しているんだ　井上荒野

黒いコートを着た背の高い彼は、大事な人を探しにここへ来ていた——。大ヒットドラマ「愛の不時着」に心奪われた著者による熱いオマージュのラブストーリー集。

ひとりでカラカサさしてゆく　江國香織

三人はなぜ、大晦日の夜に一緒に命を絶ったのか——。思いがけず動き出した残された者たちの日常を描き、人生における幾つもの喪失と終焉を浮かび上がらせる物語。

無人島のふたり　山本文緒
120日以上生きなくちゃ日記

お別れの言葉は、言っても言っても言い足りない——。ある日突然がんと診断され、余命宣告を受け、それでも書くことを手放さなかった作家が、最期まで綴った日記。